还原犯罪现场 1
MASTER DETECTIVE

人鱼诅咒

风雨如书 | 著

SPM 南方传媒　花城出版社
中国·广州

图书在版编目（CIP）数据

还原犯罪现场. 1，人鱼诅咒 / 风雨如书著. -- 广州：花城出版社，2023.3（2023.9重印）
ISBN 978-7-5360-9648-6

Ⅰ．①还… Ⅱ．①风… Ⅲ．①长篇小说－中国－当代 Ⅳ．①I247.5

中国版本图书馆CIP数据核字(2022)第207452号

出 版 人：张 懿
责任编辑：李 卉 夏显夫
特约编辑：曾 恬
责任校对：梁秋华
技术编辑：凌春梅
封面设计：拼林設計

书　　名	还原犯罪现场1　人鱼诅咒 HUANYUAN FANZUI XIANCHANG 1 RENYU ZUZHOU
出版发行	花城出版社 (广州市环市东路水荫路11号)
经　　销	全国新华书店
印　　刷	深圳市福圣印刷有限公司 (深圳市龙华区龙华街道龙苑大道联华工业区)
开　　本	787毫米×1092毫米　16开
印　　张	24.25　1插页
字　　数	520,000字
版　　次	2023年3月第1版　2023年9月第2次印刷
定　　价	59.80元

如发现印装质量问题，请直接与印刷厂联系调换。
购书热线：020-37604658　37602954
花城出版社网站：http://www.fcph.com.cn

目 录

巨人花园

楔子	一	2
楔子	二	4
第一章	初见	7
第二章	翻案	10
第三章	辩解	13
第四章	凶手	16
第五章	推理	18
第六章	转折	21
第七章	请求	24
第八章	原则	27
第九章	抉择	30
第十章	使命	33
第十一章	调查	36
第十二章	推荐	38
第十三章	坚定	41
第十四章	不平	43
第十五章	选拔	47
第十六章	闪电	50
第十七章	杀人	53
第十八章	希望	56
第十九章	争执	59
第二十章	笔录	62
第二十一章	内情	65
第二十二章	推凶	68

第二十三章	善恶	72
第二十四章	自首	75
第二十五章	被抓	78
第二十六章	疑点	81
第二十七章	翻供	83
第二十八章	铁证	87
第二十九章	救人	90
第三十章	援助	93
第三十一章	逃亡	96
第三十二章	灭口	99
第三十三章	黄雀	102
第三十四章	真相	105
第三十五章	探心	109
第三十六章	元宝	112
第三十七章	赌局	115
第三十八章	真情	118
第三十九章	伤情	121

哭泣人鱼

楔子	定团队	126
第一章	新案件	129
第二章	牧童生	132
第三章	调查说	136
第四章	火柴杀	139
第五章	失踪了	142
第六章	差一步	146
第七章	杀人者	150
第八章	木偶戏	153
第九章	离奇杀	156
第十章	都得死	159
第十一章	盯梢者	163
第十二章	童话镇	166
第十三章	鬼主人	169
第十四章	海妖族	172
第十五章	初见面	175
第十六章	诡夜光	178

第十七章	鲛人泪	181
第十八章	人鱼会	184
第十九章	惊魂夜	187
第二十章	营救	190
第二十一章	真与假	193
第二十二章	触发点	196
第二十三章	破阴谋	199
第二十四章	告别	202
第二十五章	再生丹	205
第二十六章	狡兔窟	208
第二十七章	失踪女	211
第二十八章	逐臭者	214
第二十九章	奇迹学	217
第三十章	替换者	220
第三十一章	无常会	223
第三十二章	被雁啄	226
第三十三章	天惩罚	229
第三十四章	主导者	232
第三十五章	女巫祭	234
第三十六章	迷途者	237
第三十七章	忏悔录	240

人间蒸发

楔子一	追	244
楔子二	悟	247
第一章	会	250
第二章	破	253
第三章	泪	256
第四章	惊	259
第五章	变	262
第六章	隐	265
第七章	谜	268
第八章	查	271
第九章	媾	274
第十章	并	277
第十一章	诱	280

第十二章 辨	283
第十三章 路	286
第十四章 误	288
第十五章 奇	291
第十六章 狱	294
第十七章 错	297
第十八章 疑	300
第十九章 透	303
第二十章 悔	306
第二十一章 逃	309
第二十二章 道	312
第二十三章 造	314
第二十四章 散	317
第二十五章 谎	320
第二十六章 叹	323
第二十七章 局	326
第二十八章 追	329
第二十九章 断	332
第三十章 隐	335
第三十一章 现	338
第三十二章 险	341
第三十三章 正	344
第三十四章 斗	347
第三十五章 对	350
第三十六章 巧	353
第三十七章 变	356
第三十八章 合	359
第三十九章 破	362
第四十章 伤	365
第四十一章 抓	368
第四十二章 同	371
第四十三章 替	374
第四十四章 终	377

巨人花园

楔子 一

2016年12月24日，星期六，平安夜。

卢浩博搓了搓手，然后对着镜子里的自己仔细看了看，露出了一个满意的笑容。今天的他打扮还不错，精致的西服，白色的衬衫，头发光亮，皮鞋一尘不染，最主要的是手里的鲜花特别漂亮。

手机响了一下，小叮当传来了一条微信："我已经出发了。"

卢浩博最后看了一眼镜子里的自己，伸出手做出了一个V字手势，走出了房门。

今天是卢浩博和小叮当的第一次见面，但是两人其实已经认识半年多了。这半年，两人越来越熟悉，彼此也都能感觉到对方的爱意，就等着见面捅破这层窗户纸。一周前，小叮当提出见面，时间定在了平安夜的晚上，地点就在阳城浩云酒店的天台餐厅。

卢浩博今年二十三岁，大学学的是殡葬专业，不过出来并没有做同类专业的工作，而是去了一家律师楼做资料员。卢浩博性格腼腆，有轻微的陌生人恐惧症，见了陌生人就害怕，尤其见了女孩子更是脸红心跳舌头打结，所以一直都没有女朋友。不过，网络这个平台正好解决了卢浩博的问题，让他可以隐藏在电脑后面用文字代替说话。

这半年和小叮当接触，让他觉得自己的爱情终于来了。他甚至在家里经常一个人反复练习见面后如何和小叮当说话，克服自己的陌生人恐惧症。

走进阳城浩云酒店的电梯，卢浩博忽然开始有点紧张。旁边一道进来的女孩看到他的盛装打扮和手里鲜艳的玫瑰花，不禁多看了他几眼。这让他觉得更加紧张，额头都沁出了一层密密实实的冷汗。

"加油。"女孩在21楼下了电梯，临走前忽然对卢浩博说了一句鼓励的话。

"谢、谢谢。"卢浩博脱口说道。

电梯门关上了，卢浩博深深吸了口气，心情慢慢平复了下来。刚才那个女孩的鼓励，让他忽然觉得紧张的情绪好了很多。

电梯到30楼，卢浩博走了出去。

面带微笑的服务员走了过来："先生，有预订吗？"

"有的，12号，卢先生订的台。"卢浩博点点头。

她刺激着他的全身，很快他的衣服就被扔到了地上，然后两人拥抱着躺到了床上。他被女人的温柔和身体彻底淹没了，等到女人将身体贴到他身上的时候，他忽然想起来应该从床头拿一个安全套，可是女人的娇喘和身体的舒爽让他忘记了一切,在昏黄的夜灯下,他彻底沦陷了。这个晚上,卢浩博第一次享受到了男人的感觉。从进入房间到他睡着,一共做了三次。最后实在精疲力竭了,便倒头睡着了。

卢浩博是被一阵敲门声惊醒的,他拿起旁边一件衣服披上,揉着惺忪的睡眼去打开门的时候,门外站着的服务员发出了凄厉的叫声。

此时,卢浩博才发现自己穿着的衣服上竟然有一大半是殷红的鲜血,不止衣服上,他的手上和胳膊上也是殷红的血。他回过头的时候,更是吓得瘫软到了地上,床上躺着的女人身上竟然插着一把匕首,将白色的床单染成了红色。

"杀人了,杀人了。"门外的服务员连滚带爬地叫喊着。

警察很快来到现场,将卢浩博带回了公安局。经过现场调查和对目击证人以及监控录像的查访,最终警察认定卢浩博就是杀死张瑶(小叮当)的凶手。对此卢浩博极力反驳,可是面对警察给出的证据,卢浩博又无力反驳。

卢浩博所在的律师楼也帮忙进行了跟进,最终却无能为力。阳城浩云酒店天台餐厅服务生宋伟明的口供证实了卢浩博和张瑶在浩云酒店一起用餐、开房的事实;阳城浩云酒店28楼的监控录像证实了卢浩博和张瑶进入同一个房间的事实;张瑶体内的精液和卢浩博自己的口供证实了两人发生关系并且同床共枕一夜的事实;杀死张瑶的凶器上的指纹以及卢浩博身上的其他痕迹证实了卢浩博杀人的事实;微店店主谢峰证实卢浩博用微信购买杀死张瑶的凶器的事实。

"人证、物证、口供,这些都完整清楚,证据链没有一丝漏洞,逻辑合理。如果说你还坚持不认罪,那可能只有一个原因。"卢浩博的上司,阳城金牌律师洪福说道,"你的精神状况出了问题,杀了人,你并不知情。"

"不,我绝对没有杀人,我的精神也很正常。洪老师,我是被冤枉的,我买那把匕首不过是巧合,我怎么会杀人呢?你要帮我,你要帮我。"卢浩博激动地站了起来,哀求着。

"小卢,我这儿已经尽了最大的努力。像你这样的,如果不是因为我找人,你的档案已经通过简易程序直接转到法院了。"洪福说道。

"难道真的就没有办法了吗?我相信哥哥一定是无辜的,他怎么会杀人呢?"卢浩博的妹妹卢青青说道。

"不,还有一个人能帮我,青青,你去找他,他一定可以帮到我。"卢浩博突然想了起来,眼里顿时充满了希望。

"谁?"卢青青慌忙问道。

"陈远。"卢浩博两只手紧握着,缓缓地说出了一个名字。

楔子 二

哐当，外面的门关了。

他从黑暗中坐了起来。

世界终于安静了。

这里是阳城第一殡仪馆，也是他从小长大的地方。

推开值班室的门，他走了进去。温暖的光照在他年轻的脸上，他坐了下来。值班台下面放了一些破旧的书，都是他从二手市场上淘来的。全部是关于心理、关于人性、关于性格的作品。他喜欢在深夜的时候看这些书，每次看这些书的时候，他感觉能让自己走近别人。

今天是2016年12月28日，还有三天就要过年了。不过对于他来说，年月日没什么区别，唯一需要做的事情是回家里和父亲吃一次饭。说来也奇怪，明明两个人就在一个单位工作，但是平时他从来没有在一起吃过一次饭，有时候见面了，也只不过是点点头，看起来仿佛是两个普通的同事一样。

老更头说过，他和他父亲真是一个脾气，针尖对着麦芒，谁都不让谁，真是注定的父子冤家。

值班室有点热了，他干脆脱掉了外套。

没过多久，值班台上的电话响了起来。他皱了皱眉，每次这个电话响起，就说明有新人要送过来了。

他拿起电话，放到了耳边。

"接货。"果然，那边传来了内勤的声音。

他挂掉电话，然后穿上外套，走出了值班室。

阳城第一殡仪馆不大，但离市区不远。他的父亲在殡仪馆干了三十年，所以考大学的时候，毫无疑问让他选择了殡葬专业，毕业后通过父亲的关系进入这里工作。他在殡葬专业选修的是化妆师，这种职位在国外也叫殓师，专门为死者做遗体化妆工作，也是帮他们设计离开人世最后的样子。

对于这份工作，他没有抗拒，反而有些喜欢。平常他不喜欢和人说话，沉默寡言，但是很多时候，当他给那些尸体做完最后一个妆容后，他会守在尸体旁边抽根烟，然后看着尸体和他们对话，思索他们经历过怎样的人生。男男女女，爱恨情仇，悲欢离合，富贵贫穷，最终化为一捧灰烬。

每个人的人生都不一样。

但是结局却一样。

外面下起了雪，星星点点，有点冷。他将羽绒服裹了裹，然后走到了前面的内勤处，那里放着一个车子，上面躺着一具尸体，盖着一层白布。几个家属正在内勤处办理手续，他走过去交接了一下，然后推着车子往前走去。

"师傅，让、让我再看一眼。"旁边一个女孩拉住了车子，眼里全是泪水，哽咽着说道。

他默不作声。

"回去吧，人已经不在了，多看一眼多一分难过。明天来瞻仰厅好好告别吧。"内勤的工作人员过来说话了，然后冲着他摆了摆手。

他推着车子离开了。

后面传来了那个女孩痛声的哭泣。

这样的场景见过太多了，生离死别，最痛苦的是死，因为真的是阴阳两隔，再也不见。最后，可能有的连回忆都没了。

他推着尸体来到了化妆间。

冷气从四面八方吹来，即使是在飘雪的冬夜，依然不会停止。

尸体是一个男孩，大约二十岁，死于车祸，半个脑袋都被撞烂了，一只胳膊因为骨折呈弯曲状。

他看了一下家属填写的《特许服务协议》，发现没有特别说明。于是拿起手机对着男孩的尸体拍了两张照片。这么做的原因首先是死者死于车祸，交警有时候会因为后期赔偿或者官司问题，来确定尸体之前的样子；其次是防止有些家属在看到化妆完的尸体后觉得不合适大吵大闹。

半个小时后，他完成了化妆。男孩的样子已经发生了很大的改变，他摘下手套，拿出了一根烟。

看着躺在化妆台上的男孩，他猜测着，男孩最后的一段路是怎样走的。刚才化妆的时候，他已经看了男孩身上的伤痕以及尸体发生的变化。男孩的左手骨折特别厉害，加上左边脸受到了撞击，可以确定当时他的车子应该是逆向行驶，然后发现对面来车来不及刹车，导致身体左侧惯性撞到了对方车子上，摔了出去。

资料表上显示男孩才二十一岁，还是大学生。这样的惨剧发生，对家庭一定是一个致命的打击，尤其他还有个女朋友。这种情感经历，对女孩的打击很厉害的，有的会产生情感恐惧症，甚至有的因此而抑郁，从此陷入痛苦的心理疾病中。

外面的电话又响了起来。

他站了起来，将尸体推了出去。

今天有点忙，平常晚上很少有人来殡仪馆的。

"哪位？"他将手里的烟灭掉问道。

"你是陈远吗？阳城科技学院殡葬系2012班的陈远吗？"对方似乎不相信，又确认了一下。

"你哪位？为什么会知道我大学上学的班级情况？"陈远不禁疑惑了。

"我是卢浩博的妹妹卢青青，卢浩博你还记得吗？"对方说道。

卢浩博，很快，一个腼腆害羞的男孩子出现在陈远的脑子里，他当然记得卢浩博，因为卢浩博是他在上大学时为数不多的朋友。

"是他，你是他妹妹？怎么找到这里来了？"陈远想了起来。

"我哥杀人了，不过他说他没杀。现在所有证据都证明凶手是他，但他却说自己是无辜的，说只有你能救他。"卢青青简单将事情说了一下。

"卢浩博杀人了？我救他？我怎么救他啊？"陈远顿时愣住了。

"我哥说了，如果这世界上还有一个人能救他的话，就是你了。你一定要帮帮他。求求你了。"卢青青在电话里哀求着。

"可是，我、我不是警察啊。"陈远为难地说道。

"求你了，陈远，我哥哥的命在你手里了。我好不容易才要到你们这边的电话，一直都联系不上你。"卢青青说着哭了起来。

"那好吧，明天我们见一面吧。"陈远受不了卢青青的哭声，只好答应了。

挂掉电话，陈远停顿了半天。

卢浩博，那个和自己一样话不多，甚至见人还有点陌生恐惧症的人竟然杀人了？

陈远当然知道为什么卢浩博说只有他能救他。

那是因为方明浩。

上大学的时候，他们三个人是特别好的朋友。因为一次意外，方明浩被人杀害。警察草草了案，愤怒的陈远匿名写了一封方明浩杀人现场还原推测信，清晰地将方明浩被杀的原因以及符合杀害他的嫌疑人特点描述了出来，后来警方根据那封信破了案。

当时警方还全城寻找匿名信的主人，可惜陈远早已设计好了一切，让他们根本无从查起。但是，这件事并不是天衣无缝。在方明浩的墓碑前，陈远无意中说了出来，结果被卢浩博听到。

窗外的雪越来越大了，天地间很快被覆盖了一层白，整个世界的颜色就这样被遮盖了。

陈远想起了那时候卢浩博跟他说的话："你竟然有这样的天赋？为什么不去考取警察学院呢？你可知道，也许这个世上有着和方明浩一样需要帮助的人。"

"但是方明浩只有一个。"他说。

"如果有一天我也遇到了这样的事情呢？你会不会用你的天赋来救我？"卢浩博问道。

当时他没有回答卢浩博的问题。没有想到，现在这个问题却一语成谶。

陈远并不知道，这个普通的雪夜，命运的齿轮开始转动，徐徐向他开来。而他也不再是当年那个个人英雄主义的匿名者……

第一章 初见

If I should see you,after long year.
若我会见到你,事隔经年。
How should I greet,with tears, with silence.
我如何贺你,以眼泪,以沉默。

——George Gordon Byron(乔治·戈登·拜伦)《春逝》

2016年12月29日,陈远接到卢青青电话的第二天。

阳城浩云酒店,30楼,天台餐厅。

昨天阳城下了一场小雪,城市的表面积雪未化,在夜色下成了一道别样的风景线。坐在餐厅的靠边位置,正好可以将整个城市的风景一览无余。

陈远坐的位置正是半个月前卢浩博和网友张瑶(网名小叮当)约会见面时坐的位置,他的对面是卢浩博的妹妹卢青青。

虽然半个月前这里闹出了杀人案,但是却并没有影响天台餐厅的生意。那件凶杀案对于人们来说不过是一个茶余饭后的新闻事件。

"我们、我们为什么要约在这里?"卢青青自从第一眼看到陈远,就充满了疑问。哥哥卢浩博告诉她,这个世上如果还有人能救他的话,就只有陈远了。所以卢青青认为陈远应该是一个英雄一样的人物,即使不是警察,也是一个高大威武、正义感十足的男人。可是见面后,卢青青顿时有点失望了,陈远看起来很腼腆,甚至还有点冷漠。也许是太过生疏,他和卢青青说话还有点口吃。卢青青不禁怀疑,这个陈远真的能帮哥哥洗脱冤情吗?

"这里方便一些,了解案情。"陈远轻声说了一句,然后开始埋头吃东西。

卢青青还想说什么,但是看到陈远的样子不禁把话咽了回去。

"吃完饭有什么安排?不如我们去开房吧?"突然,陈远说了这样一句。

"什么?"卢青青顿时愣住了,脸色顿时涨红,她生气地说道,"你、你在胡说什么?"

"对啊,第一次见面就开房,这不符合逻辑。卢浩博是一个宅男,平常见个女人都不敢多说话,他肯定不会主动提出开房的。"陈远点点头,不知道是自言自语,还是跟卢青青说话。

"你是在、你是在调查案子吗?"卢青青这才明白,陈远刚才的话并不是有意冒犯,似乎是在推测哥哥的案子。

陈远没有理卢青青,而是四处看了看,最后目光落在了前面不远处的一个角落上，那里有一个监控摄像头的空壳，他站起来走过去仔细看了看，可能因为看不清楚，干脆搬起一张椅子，站了上去。

"先生，你有什么事吗？"服务员走了过来。

卢青青在一边有点尴尬，不知道该怎么说。

"这个摄像头坏了吗？"陈远低头问了一下。

"对，之前警察来调查的时候发现坏了，所以干脆先取掉了。不过很快会安上新的。"服务员解释道。

"你是想看那天我哥和那个女人的情况吗？"等到陈远从凳子上下来，卢青青说话了。

"对，也不对。"陈远说。

"你问我就好了。我哥跟我说了，当时是那个女人提出开房，然后她先离开了，后来我哥才过去。"卢青青觉得陈远有点舍近求远。

"人们陈述的真相和真实的真相是不一样的。现在可以确定一定是那个女人提出开房的，并且她先下去了，她什么时候下去的？卢浩博在她走后多久离开的？离开的时候有没有发生什么事情？这期间，卢浩博有没有和别人打电话，或者发信息求助？"陈远拿起筷子轻轻在桌子上敲着。

"这么复杂？"卢青青张大了嘴巴，然后忽然想起了什么，"对，对了，我哥说当时他跟他的一个朋友发了信息求助，具体是什么内容，我记不清了，我本子上有记录。我翻下看看。"

"不用翻了，我了解卢浩博的性格。在女人提出开房的时候，他一定很紧张，肯定希望做点什么。最大的一个可能性就是问一个比较熟的朋友，这种情况下要不要准备安全套之类的，或者会不会被警察查房。"陈远摆了摆手说道。

"怎么是这个可能性？难道不会是自己好好思考一下，面对这种情况该怎么办又或者说是……"

"不会的，根据你给我的资料和警察调查的情况，卢浩博和这个张瑶认识了半年，并且在网上卢浩博多次表露了自己对张瑶的喜欢。对于一个暗恋了半年对自己提出开房请求的女孩，他不会纠结该不该拒绝，只会纠结怎样做好这件事，让对方满意。所以你哥一定会找朋友打电话或者发信息，希望获得这方面的帮助。按照你哥的性格，他应该是先发信息，得不到回复才会打电话。所以，我得知道你哥那天找那个朋友说了什么。"陈远打断了卢青青的话，并且说出了自己的理由。

"有，有的。都在这里记着呢。"卢青青从包里翻出了一个本子，找了几页后，放到了陈远面前。

本子上记得很详细，卢浩博的这个朋友叫边思成，是一家酒吧的服务生。就像陈远说的一样，卢浩博当时是给边思成发了个微信，微信的内容对话卢青青记录了下来。

卢浩博：【老边，小叮当竟然说要我去她房间喝咖啡，我真后悔没听你的，早点准备东西，她让我十分钟后过去。】

边思成：【十分钟时间太短了，你下楼买有点来不及，让姑娘等太久也不合

适。浩云酒店的床头都有安全套，可以随便用，哥们儿，祝你性福。】

陈远皱紧了眉头，他往后看了看卢青青记的资料。后面的资料应该是卢青青询问卢浩博得出的内容，所以陈述上比较乱，但是基本上能看明白。

卢浩博在十分钟后结账，然后下楼去了28层，按照对方给他的房号，来到了2809房间。进房间后，小叮当就抱住了他，然后两人直接上床了。因为是第一次接触女人，所以卢浩博充满了紧张与兴奋，整个晚上都陷入了浑浑噩噩的状态，一直到第二天中午十二点，服务员进来后才发现卢浩博身边的张瑶已经死去多时。

"其实，你可以亲自找我哥问问情况的。他是当事人，肯定清楚整个事情的细节。"卢青青看着陈远的样子，提出一个建议。

"你哥才不清楚，要是清楚，还会被人冤枉吗？"陈远说着合上了手里的本子，放到了桌子上。

"是，也是，我觉得我哥就是一个大傻蛋。好好的，和网友见什么面，这下倒好，本来家里事情就多，之前因为他的工作，惹了一些人，天天都不太平。现在他又被扣上了杀人的屎盆子，真是倒霉透了。"卢青青说着不禁哭了起来。

陈远很少和女人打交道，这卢青青虽然是卢浩博的妹妹，但也是二十出头的女孩，长相还算清秀，加上两只眼睛又圆又大，此刻充满了泪水，倒让陈远有点不知所措。他拿起桌子上的餐巾纸想递给她，又有些不好意思。

"给我啊。"没想到卢青青一把夺了过去，擦了擦眼角的泪。

"你、你也别难过，我会帮忙的，尽全力。我们现在只是初步了解了一下这个东西，如果想翻案，一定得准备充分，否则不能说服法院那边，基本上就没戏了。"陈远说道。

"我哥说了，你是唯一可以救他的人。我这几天就跟着你，你让我做什么都行。"卢青青恢复了之前的情绪，看着陈远说道。

"这、这倒不用，如果有需要我就联系你吧。"陈远还没遇见过这种事，不禁有点紧张。

"不行，我一定要跟着你，帮你做饭洗衣服，总之你只负责想办法帮我哥就行，其他的都交给我吧。"卢青青摆了摆手说道。

第二章　翻案

陈远并不熟悉国内的法律流程。他和卢青青来到了卢浩博工作的地方——阳城天光律师事务所。他们找的人是卢浩博的上司，也就是准备给卢浩博做辩护律师的洪福。洪福是阳城的金牌律师，不过陈远看了一下，他的成功案例大部分都是一些经济案，刑事案件很少。可能陈远的质疑惹恼了洪福，他有点不高兴，对于陈远他们的问题也显得有点爱理不理。

不过陈远还是了解到了，现在卢浩博的情况还算不错，只是到了公安局侦查阶段，虽然说人证、物证都有，但是因为卢浩博并不认罪，所以公安局只能等检察院的正式逮捕令下来才能将卢浩博移交给检察院，进行下一步审问。

所以陈远他们只要能在检察院的正式逮捕令下来之前找到卢浩博不是杀人犯的证据，就可以将他救出来。

时间上确定了，剩下的就是找出卢浩博被冤枉的证据，这也是整个案子的最大难题。人证太多，除了阳城浩云酒店天台餐厅的服务员、酒店的保洁员，甚至还有随后赶来的一名警察的口供，都让卢浩博百口莫辩。至于物证，在张瑶的手机里，两人的聊天记录，加上尸体里化验出来的精液，都和卢浩博百分之百衔接。

如何突破这么完整的证据链，找到背后的疑点呢？

陈远陷入了沉思中。

会不会人真的就是卢浩博杀的，只是他不知道？可是，如果真的是他杀的人，整个证据链也太完整了，巧合得让人不太相信。

因为之前公安机关进行了案件调查，所以很多相关证据都被取走了。这样一来，陈远就更加被动了。

如何证明一个人的清白？最直接的就是找到他的不在场证明。但是这点对卢浩博显然不适合，所以只能通过人证和物证来寻找突破点。通常来讲，最容易作假、成本最低的就是人证，其次是物证。因为人证可以通过收买、错位甚至帮凶进行伪造，但是物证就比较难，因为会有专业机构进行鉴定。

"我需要你帮我找一下这几个人的全部背景资料。"陈远决定从人证入手，卢青青是报社的记者，调查普通人的背景她有很多办法，所以陈远的要求对她来说并不难。

两天后，卢青青将人证的所有资料都放到了陈远的面前。

接下来，陈远做的一切事情让卢青青有点摸不着头脑。比如陈远又去了阳城浩云酒店，还在28层开了一个房间，并且让卢青青在房间里洗澡，然后他才进来。卢青青问了几次陈远为什么这么做，但是都没有得到回答。

2017年1月2日，正月初五，星期一，宜祭祀、解除、断蚁；忌修宅、嫁娶、行丧。

根据之前的约定，陈远带着所有资料，在卢青青和洪福的陪同下来到公安局为卢浩博翻案，因为案子涉及检察院批示阶段，所以阳城市检察院也派来了两名监督员。去之前，卢青青还请媒体朋友过来帮忙，所以整个翻案过程被迅速推上了新闻头条，一时之间成了整个网络上的热门新闻。

陈远第一次面对这种情况，还是有点紧张。对面聆听的人分别是之前负责卢浩博案件的阳城公安局刑侦队队长关鹏飞以及他的直接上司阳城公安局刑侦科科长陆志国，阳城第一人民检察院监督员杨帅、宋晓敏以及阳城部分媒体代表。

卢浩博以及之前的相关人证全部来到了现场。

"陈远，你确定代表洪福律师来做这次辩解吗？"关鹏飞是这次案件的负责人，他做刑侦多年，对于这个案子基本上确信无疑，如果是一个律师来辩解，他还觉得说得过去，但是根据陈远的简历，他不过是一个殡仪馆的工作人员，唯一让人觉得意外的是在他上大学的时候，曾经帮同学翻过案。

"确定，是我来辩解。"陈远点了点头。

"那开始吧，你有什么不同意见可以讲出来。这关系到案件的公正性，不是儿戏，如果你的辩解没有实际作用，是需要负法律责任的。"关鹏飞说道。

"我知道。"陈远点了点头，开始了自己的辩解。

对于这个案件，因为之前新闻的报道，所有人都清楚目前整个案件的情况。所以陈远简单介绍了一下案件的过程。卢浩博与相识半年的网友张瑶（网名小叮当）选择在圣诞节前见面，然后约在阳城浩云酒店天台餐厅吃饭，饭后，张瑶提出去她开好的2809房间聊天。十分钟后，卢浩博下楼来到2809房间。然后里面的张瑶已经洗过澡，房间里灯光昏暗，两人发生了性关系。并且整个晚上，卢浩博与张瑶发生了三次性关系。一直到第二天上午十一点四十分，阳城浩云酒店服务员林阿花按照酒店规定来打扫房间，敲门进入房间后看到了一身是血的卢浩博，并且看到了床上被杀死的张瑶。

于是酒店立刻打了报警电话。

二十分钟后，阳城公安局刑侦队队长关鹏飞和相关队员来到现场，法医对张瑶的死亡现场做了现场调查，然后比对了卢浩博身上的相关信息。

两天后，也就是2016年12月26日，法医给出了具体的尸体检验情况，张瑶体内的精液证实是卢浩博的。然后张瑶的致命伤口是心口中刀，根据现场情况，凶手是杀死张瑶后，再将她放到了床上。凶器是一把二十三厘米的仿军用匕首，根据调查，是卢浩博于一个月前向微信好友谢峰购买，结果没过几天，匕首就丢了。可是，却在案发当天晚上突然出现，并且成了杀死张瑶的凶器。

关鹏飞人证调查走访方面，阳城浩云酒店天台餐厅服务员宋伟明证实了张瑶在吃饭后先下楼，十分钟后卢浩博跟着下楼的事实，并且在这十分钟内，卢浩博显得很急躁，很紧张。

阳城浩云酒店28层的监控摄像头也清晰地记录了张瑶和卢浩博先后进入2809房

间的画面。一直到第二天上午十一点四十分，服务员林阿花无意中发现了凶案的发生。

人证、物证均证明卢浩博和张瑶进入了一个房间，然后第二天发生了凶杀案。虽然卢浩博并不承认自己杀人，但是这在强悍的人证、物证面前已经没有什么说服力。

"整个案件情况是这样的，对吗，关队长？"陈述完案件后，陈远问了一下关鹏飞。

第三章　辩解

陈远展示了一份东西，那是卢浩博和张瑶在网上的所有聊天记录。通过聊天记录可以看到，他们第一次聊天是张瑶主动加的卢浩博，然后慢慢两人开始熟悉起来，再后来几乎每天都会聊天，甚至还说过一些肉麻的情话。

"这些都已经是调查过的东西，有什么问题吗？"监督员杨帅对于陈远提供的信息提出了疑问。

"对，这些确实是调查过的东西，看起来没什么问题。可是在张瑶认识卢浩博之前，张瑶的网络聊天工具几乎没用过。并且我这边还查到了，张瑶之前的生活过得并不如意。这里有一份她的基本资料，大家可以听一下。"陈远说着将一份张瑶的基本简历拿了出来，念了一下。

张瑶，女，1992年8月14日出生，汉族，系阳城六合县潘家庄人。张瑶的父母在她十岁时出了车祸双双离世，她一直由她的奶奶抚养。十五岁那年，张瑶的奶奶也病重离世，然后她的姑姑拿走了她的抚养权，但是张瑶在姑姑家住了不到半年就离开了，原因是她的姑父对她有猥亵行为，这一点阳城六合县110指挥中心有报案记录，已经得到确认。十五岁的张瑶从此踏上社会，没有学历，没有工作技能，没有背景，所以一直做的都是最底层的工作。后来，张瑶谈了个男朋友，但对方是一个骗子，很快将她抛弃。

于是后来的几年，张瑶陆续谈了几个男朋友，但是结局都不好，再后来她开始和几个朋友从事仙人跳的合作。根据阳城公安局档案部的系统调查总结，张瑶因为涉嫌仙人跳敲诈勒索他人钱财被举报八次，被关起来三次。

一直到张瑶和卢浩博第一次聊天之前，张瑶的生活都不是特别好，甚至可以用窘迫来形容。可是她和卢浩博认识之后，生活一下子变了很多。比如她租住的地方由之前的合租廉价小区，搬到了环境好点、租金比较贵的奥美天骄小区。并且之前张瑶还有一份工作，但是认识卢浩博后，她便彻底在家里宅着，不再工作。原因可能有几种，要么自己有足够的钱让自己休息，要么是卢浩博给了她钱让她休息。调查证明，卢浩博并没有给张瑶多余的钱，张瑶也没赚到那么多钱，所以只有一种可能，那就是有其他人给了张瑶足够的钱让她安心地和卢浩博聊天，熟悉起来，甚至网恋。

"打断一下。"这时候，关鹏飞举了一下手，"你说的都是受害人张瑶的情况，这似乎和卢浩博杀人以及杀人动机并没有什么关系吧？"

"有，当然有关系。"陈远看着关鹏飞斩钉截铁地说道，"你们之所以认定卢浩博杀人事实成立是根据两点：第一点是卢浩博确实进入了张瑶的房间，然后一直到第二天发现张瑶被杀都没离开；第二点则是凶器上有卢浩博的指纹，并且凶器是卢浩博一个月前购买的。"

"对，难道这还不够吗？"关鹏飞点点头。

"可是如果卢浩博和张瑶是被设计的呢？那么人证的证词就会成为凶手的帮凶，至于物证，只不过需要简单处理一下。"陈远说道。

"你这是什么意思？"关鹏飞愣住了。

"关队长，不要着急，听我慢慢说。"陈远继续讲了起来，"卢浩博当天晚上进入2809房间后，根据监控录像显示，一直到第二天上午十一点都没有人再出现在监控画面里。等到服务员进门后，发现了卢浩博杀人的事实。

"的确，从警方调查的监控画面资料里，包括阳城浩云酒店的监控录像里，的确没有其他人出现。但是大家可能不清楚，在浩云酒店的监控系统中有一个问题，那就是阳城浩云酒店的监控系统每隔八个小时会有两分钟的处理缓存数据的时间。我们查了一下，阳城浩云酒店28层的处理缓存时间是每天早上的四点十五分到四点十七分，以此类推，阳城浩云酒店27层的处理缓存时间是四点十二分到四点十四分。也就是说在这系统处理缓存数据的两分钟内，完全可能有人借着监控系统的时间空隙进入房间。所以说，单靠这点认为监控画面里没有其他人进过2809房间这个事实并不成立。"

"这点当初IT部也提了出来，不过这个时间太短，虽然是有两分钟的数据处理时间，但是掐头去尾，也就一分钟左右。所以陈先生你说的那种凶手借这个时间进入房间，杀死张瑶，再出来，显然是不够的。既然你也看了监控录像，想必也应该知道，当时无论是27楼还是28楼，都没有人出现。"关鹏飞针对陈远提出的时间问题做了回答。

"错了，你们忽略了一件事情。"陈远摇了摇头。

"什么事情？"关鹏飞问道。

"的确，从27楼到28楼时间就像你说的那样，但从28楼到29楼却不是那样的时间。因为29楼不是客房，是阳城浩云酒店的物料房和服务员的休息区，所以监控系统在29楼并不和其他楼层一样，它在29楼的时间恰恰是其他时间的一倍，也就是说是四分钟的盲区时间。这个时候，如果凶手利用这四分钟时间下到28楼行凶，然后再上来，时间上绝对绰绰有余。"陈远说道。

"如果按照你这么说的话，凶手要一直隐藏在28楼以上，等到监控系统时间缓存的时候再进去杀人吗？29楼是阳城浩云酒店的物料房，并且一直有服务员；30楼是楼顶天台餐厅，也有值班人员，凶手怎么藏在那里？"关鹏飞问道。

"对，关队长说的这点非常对。凶手怎么藏在29楼不被发现呢？那么就只有一种可能，凶手其实就是在阳城浩云酒店工作的人员，这样便可以大摇大摆地在29楼或者30楼待着，并且等到监控系统处理数据的时候下到28楼，用备用房卡打开2809的房间，进入里面杀人，然后再出来，完成这一起天衣无缝的嫁祸谋杀案。"陈远说着用力拍了一下桌子。

"什么？凶手是浩云酒店的工作人员？"陈远的这个推论震惊了所有人。

"不错，并且凶手之前一定测试过从29楼或者30楼到28楼的时间。"陈远说到这里，转头看向了卢浩博，然后问道，"卢浩博，我问你，在你去28楼的时候，有没有遇到什么事情？"

在这之前，卢浩博一直都在仔细听着陈远的话，这时候的突然问话，让卢浩博有点反应不过来，他吞吐着声音："我、我。"

"你仔细说下当时你结完账往28楼去的情况。"陈远看他说不出来，于是提示了一下。

"好的。我那天结完账，准备去坐电梯，但是电梯一直没上来。对了，旁边的服务员对我说可以直接走楼梯，比电梯要快多了。"卢浩博眼前一亮，然后他的目光落到了前面的证人位置上说，"对，就是他，宋伟明，他跟我说走下去比较快。"

"是，我是说了，可是走楼梯就是比电梯快，这有什么问题吗？"宋伟明顿时紧张起来，脱口说道。

"没关系，这其实很正常。但是正因为这一点，我查了一下你的资料，发现你和张瑶竟然认识。这一点你该不会也否认吧？并且我还查到，你和张瑶有过一段感情经历，后来张瑶抛弃了你。"陈远走到宋伟明面前说道，"本来你并不是在阳城浩云酒店天台餐厅工作的，你是在浩云酒店13层的自助餐厅工作的，可是一个月前，你却主动要求上天台餐厅工作。这是为什么？这天台餐厅的工作比起自助餐厅的工作可要辛苦多了，薪水还一样，你为什么这么做呢？是不是为了做什么事情呢？"

宋伟明身体一震，瞪着眼睛，看着陈远，嘴唇哆嗦着："没有，我就是想到天台餐厅工作，谁说我不能来天台餐厅工作了？这有什么问题吗？"

"没问题。这并不能说明什么。可是你却疏忽了一点，那就是半年前你用微信和张瑶聊天，虽然你处理得很干净，找不到任何信息，但是张瑶那边却没有处理干净，我们在调查张瑶和卢浩博的聊天记录时，正好也发现了你们的聊天记录。你要不要重新回忆一下？"陈远说着，从桌子上拿起几份打印好的聊天记录，然后将其中一份放到了宋伟明面前。

看到面前的聊天记录，宋伟明整个人顿时软了下来。

第四章　凶手

聊天记录上清晰地记录着，有人找宋伟明做一件事，就是找个女的跟卢浩博聊天假装网恋，然后对方会付一笔钱。宋伟明因为还喜欢着张瑶，所以便把这个好事介绍给了她。

"就算这样，就算这样也不能证明我杀人啊，我为什么要杀张瑶？我喜欢她的，我很喜欢她的。"宋伟明瞪着双眼，质问道。

"现在在我们并没有说你是杀人凶手。我们现在要知道的是那个让你做这件事的人是谁？"陈远问道。

"我不知道，我不知道。"宋伟明摇着头。

"就知道你会这么说，不过没关系，我知道对方是谁。"陈远笑了笑。

"你怎么会知道？你不可能知道的。"宋伟明嘴唇哆嗦着，他简直不敢相信眼前的一切。

"我们判断一件事情的巧合程度，自然不能只看结果，也要看之前的过程。我们调查了一下，在卢浩博和张瑶认识到出事的前后时间，卢浩博生活上没什么变化，但是工作上却有一个比较奇怪的地方，那就是卢浩博负责的一个案件发生了很大的变化。这个案子大家都很熟悉，就是阳城明悦集团走私案。

"半年前，明悦集团走私案被新闻炒得特别热，然后一名媒体记者拍到了阳城明悦集团走私的照片，但是那名记者却出了车祸，当时正好有几个目击证人看到撞倒记者的车子和人都是明悦集团的。很巧的是，卢浩博就是那几个目击证人中的一个。现在，阳城明悦集团马上要面对法院的最后一次审判，之前的几个目击证人，要不休假了，要不离开了，只剩下卢浩博一个目击证人。"

人群顿时一片哗然，在前面坐着的陆志国也身体颤了一下。陈远说的这点显然是所有人都没有想到的。

"所以说让你做这件事的人肯定就是明悦集团的人，他们只不过是想让卢浩博做不了目击证人，想要一份可以威胁卢浩博的证据，可是你却杀了人。我说得对吗？"陈远走到宋伟明的面前，盯着他一字一字地问道。

"我，我不想杀人的。"宋伟明不知道该怎么说。

"你本来并不想杀人？之前卢浩博丢失的匕首应该是被你偷的。你当时拿着匕首来到房间里面，本身就有了杀心。尤其是你看到张瑶和卢浩博在床上你妒忌了，因为你喜欢张瑶，可是你却发现张瑶喜欢上了卢浩博，所以你才动了杀心。你想杀的是卢浩博，但是张瑶却阻止了你，所以你一气之下就动手杀死了张瑶，对吗？"陈远怒声问道。

"对,张瑶这个贱女人,是我杀了她。"宋伟明被陈远逼得受不了,大声叫了起来。

全场一片哗然,所有人都惊呆了。

"原来是你,是你这个王八蛋。"卢浩博指着宋伟明大声叫了起来。

"不错,是我。"宋伟明咬着嘴唇,然后声音颤抖着说道,"张瑶就是个贱货,该死。明明说好只是把你骗进房间拍照片,可是她却和你上床了。我们说好的,可是她却不遵守承诺。她该死,你也该死。"

所有人的目光都聚到了宋伟明的身上,记者的镜头和其他人的手机也都对准了这个杀人事件的真正凶手。

等到有人想起陈远的时候,才发现不知道什么时候陈远竟然已经离开了现场……

第五章　推理

陈远并不开心。

宋伟明认罪太快了，原因应该是他内心太过紧张。毕竟杀了人，并且是曾经有过感情交集的女人，心里总是充满了恐惧与忐忑的。

本来陈远还准备了其他证据，不过用不着了，因为他的责任就是帮卢浩博洗清嫌疑，至于其他事情，他可没心思去管。

身后走过来一个人，陈远看了一眼，认出了对方。他是之前坐在嘉宾席上的一个领导，是关鹏飞的上司，阳城公安局刑侦科的科长陆志国。

"怎么，这样就走了？"陆志国走到他面前说道。

"宋伟明已经承认了杀人，也就是说卢浩博没事了。我的任务完成了。"陈远说道。

"可是还有很多疑问啊！尤其是我还有很多好奇的地方想知道答案。"陆志国说道。

"但是我不想说。"陈远不想再和他多说什么，转身向前走去。

"不，你想说。"身后的陆志国说话了。

陈远停下了脚步。

"宋伟明认罪太快了，他的心理素质太差，可能这是你没有想到的。如果不是他那么快认罪，你要证明卢浩博没罪，至少要拿出明确证据来证明，否则根本没有办法证明卢浩博的清白。宋伟明这么快认罪，反而让你精心准备、调查取证的关键性东西没有用到，你甘心吗？"陆志国说着又走了过来。

"有什么区别？现在反正卢浩博已经清白了，无论什么样的证据，都比不上罪犯认罪要有力得多。"陈远承认陆志国说的是对的，不过事情已经结束了，就算他手里还有其他证据，也没什么作用了。

"有的，如果我诚心诚意请求你告诉我，你会答应吗？"陆志国盯着陈远的眼睛，目光里充满了期待。

"好吧。"陈远不知道为什么，竟然答应了他。

陆志国和陈远来到了附近一家咖啡馆，两人对坐着，在悠扬的音乐声里，陈远讲出了他刚才没有来得及说的证据。

陈远的证据来自杀人现场。

在调查案件的时候，陈远曾经和卢浩博的妹妹卢青青去了现场，并且还开了一个房间，尝试回到杀人现场的感觉。

当天晚上，心情忐忑的卢浩博来到2809房间，没想到一进屋就被张瑶拉着上了床。两人认识半年，这一切被认为是顺理成章的。根据卢浩博所讲，当时他进入房间后就闻到了一股香味，然后到了床上后，更是感觉云里雾里的，他以为那是和女人上床后的感觉，其实那应该是张瑶在身上喷了迷魂水之类的东西，为的就是让卢浩博意识模糊。对方这样做可能只是想要一些可以威胁卢浩博的东西，比如和张瑶上床的照片，又或者其他东西。

但是宋伟明却利用监控系统时间进入房间，然后发生了杀死张瑶的事实。

"我看了现场的照片、张瑶的伤口和床上那些血迹的位置以及地面上的东西。虽然一片混乱，但还是能看出来张瑶被杀的第一现场是在床下面，这点根据血迹在地毯上的位置和样式可以确定。接下来，宋伟明才将被他杀死的张瑶放到了床上，黑暗中卢浩博并不知道张瑶已经死了，所以才会沾上血。"陈远分析了一下。

"根据你分析的这些证据，基本上是不是已经有了一个初步的真相？"陆志国问道。

"是的，真相应该很简单，和明锐集团走私案有关系的人，害怕卢浩博作为目击证人对他们不利，所以找到了宋伟明，让他想办法找个女人接近卢浩博，然后等到时机成熟了，拿到可以威胁卢浩博的证据。

"宋伟明觉得这个好事可以给张瑶，于是便让张瑶去做了。没想到事情弄巧成拙，张瑶竟然和卢浩博真的有了感情。他们兴许当初只是说好拍一下卢浩博的裸照什么的，可是到后来张瑶却开始阻止宋伟明，于是他们之间发生了冲突。愤怒的宋伟明杀死了张瑶，然后嫁祸给了卢浩博。"陈远说完，端起面前的水一饮而尽。

"真的很精彩，当然我也看到了很多你调查的细节问题。现在可以确定的是宋伟明就是杀人凶手，具体的事情真相，相信很快就会知道的。今天真是难得啊，如果不是亲眼所见，我真的不敢相信这一切。不得不说，你非常有刑侦的天赋。想不想做这块工作，将你的天赋彻底发挥出来？"陆志国问道。

"不，我不想。"陈远直接拒绝了他。

此刻陈远也明白了过来，陆志国对于案子可能已经知道了答案，他之所以过来，是觉得陈远是一个刑侦人才，想把他带到刑侦队。

"拒绝得这么干脆，能告诉我原因吗？"陆志国有点意外，不禁问道。

"没有原因，就是我现在的工作挺好的。今天之所以来是为了帮助朋友。"陈远说完，从口袋里拿出一张五十元钞票，放到桌子上，然后离开了。

陆志国没有追出去，他慢慢喝着眼前的咖啡，不禁笑了起来："这还真是一个有趣的孩子。"

坐在公交车上的陈远，望着窗外，想起了刚才陆志国跟他说的话。他的内心在莫名地翻腾，有一种说不出的感觉在脑袋里面回荡。

"你竟然有这样的天赋？为什么不去考取警察学院呢？你可知道，也许这个世上有着和方明浩一样需要帮助的人。"

"你非常有刑侦的天赋。想不想做这块工作，将你的天赋彻底发挥出来？"

卢浩博之前的话和陆志国的话充斥在他的脑子里，他感觉内心烦躁不安，禁不住长长地叹了口气。

陈远像往常一样回到了殡仪馆，开始了他的工作。因为最近忙着调查卢浩博的事情，所以有些工作积攒了下来，陈远又回到了之前的生活状态，忙着做事。先前帮卢浩博翻案的事情仿佛是记忆里的事情，明明才刚发生，却感觉已经发生了很长时间。

　　陈远并不知道，因为这次事情，他的人生将发生一个重大的变化。他在殡仪馆接连工作了一天一夜，然后回家睡了一晚上，等到他再来到殡仪馆上班后才知道卢浩博的案子成了社会的热点新闻，陈远则成了很多人关注的对象。殡仪馆甚至现在每天都会接到几十个电话说想见陈远。

　　面对殡仪馆同事的目光，陈远感觉特别不舒服。虽然有的同事是真心夸奖他，但是他却觉得自己似乎做错了什么。

　　坐在工作间里，他靠在墙角，望着前面冰冷的铁柜。很多时候，他就是这样度过一个又一个孤独的日子。他忽然很羡慕那些躺在铁柜里的尸体，因为他们的一切都已经静止，等待的是新的轮回、新的开始。

　　我的呢？陈远悄声问自己。

第六章　转折

　　那个男孩出现的时候，陈远正在和一个家属沟通火化后的工作。其实这不是他的工作，但是因为在职的那个同事请假，所以他要代管下。一个很简单的问题，对方就是怎么也听不懂。陈远有点生气了，干脆不再说话。

　　"你这人怎么回事？戴个口罩，也不帮我们解决问题。我们付了钱的，就这态度吗？"对方是一个四十多岁的女人，牙尖嘴利，得理不饶人。

　　陈远对于这样的女人更是不屑，走到旁边拿起电话想找其他人来代替自己，旁边的女人不依不饶地喊着，到后面竟然将陈远的口罩拉了下来。

　　"哎哟哟，是你呀，我认得你。你就是那个打官司的人。就是你了，怪不得架子这么大。"女人越发激动起来，她的叫声引来了旁边很多人。

　　"你干什么？"那个男孩走到了陈远和那个女人中间。

　　"你是什么人？哪里来的小孩子啊？"女人看着眼前的男孩，不禁问了一句。

　　男孩确实不大，十八九岁的样子，看起来跟高中生一样，戴着一个宽大的眼镜框，脖子上还套着一个耳机，背着一个黑色的耐克书包。他看着女人，扬了扬手里的手机说道："刚才我都录下来了，你的要求很无理，要是报警，我可以提供证据的。"

　　"说什么哟？什么证据？你们是一伙儿的啊！"女人的声音明显低了下去，旁边她的同伴拉着她骂骂咧咧地离开了。

　　人群散开了，陈远重新戴上了口罩，转过身想往里面走去，后面的男孩喊住了他。

　　"什么事？"陈远转过头看了看男孩，他的身上没有佩戴挽带，并且看他的样子，也不像有亲人朋友离世。

　　"我是专门来找你的。"男孩从包里拿出一张报纸，上面是陈远几天前为卢浩博证明清白的新闻，在头版。

　　"回去吧。我没什么说的。"这几天，陈远除了接到很多这样的电话，甚至还有很多人来殡仪馆，包括他的家里找他。并且目的都很无聊，要不是一些媒体的采访，要不是有案子想让他帮忙的。

　　"你听我说完，你给我五分钟时间，不，三分钟时间。"男孩追了过来。

　　"一分钟，看在你刚才帮我的分上。"陈远停了下来，对男孩说道。

　　"好，一分钟也行。"男孩点了点头，"我叫林南，是一个高中生，非常喜欢推理，我看过很多推理小说，对了，还参加过一些推理活动……"

　　"你在浪费时间，还有四十秒。"陈远打断了他的话。

"好，好，我直说。我看了你给你的朋友卢浩博翻案的视频，我发现了问题。那把凶器是卢浩博购买的，因为宋伟明的提前认罪，所以凶器的事情没有说清楚。我特意看了一下那把刀子，当时警察公布的现场照片上，在现场地上的血迹是圆形的，但是在床上的血迹除了圆形血液痕迹外，还发现了锯齿状的痕迹。

"这不符合法医逻辑，其中有问题。为此，我专门咨询了一个法医网友，她跟我说了，如果距离不超过三十厘米的话，留下的血迹是圆形的，如果超过的话则是锯齿状的。如果说张瑶是被宋伟明杀死的，那么根据地面上的圆形血迹分析，当时宋伟明和张瑶的距离应该不超过三十厘米。

"宋伟明杀死张瑶后，将张瑶重新放到床上，床上之所以会出现锯齿形血液痕迹，应该是他为了嫁祸给卢浩博，特意将刀子放到卢浩博手里，对旁边的张瑶进行了第二次刺杀，所以在床上有了锯齿形的血液痕迹。但是除了这些锯齿形的血液痕迹，床上还有圆形血液痕迹。这应该是张瑶被人在小于三十厘米距离下进行刺杀留下的喷溅血液痕迹。这点就非常奇怪了，因为肯定不可能是宋伟明干的。那些圆形血液痕迹留下来就只有一个人可以做到，他就是卢浩博。所以说，张瑶可能是被宋伟明伤害了，但是真正杀死张瑶的人，其实是卢浩博。"

林南说完这段话，肯定超过一分钟了。不过陈远没有打断他，而是认真仔细听他说。说实话，陈远不懂得法医，不过林南说他找了做法医的朋友特意咨询了这些事情，那么应该不会出错。

事实真相是什么？

卢浩博是被冤枉的吗？

陈远在调查卢浩博的事情时，所有东西都明白，唯独疑惑的就是那把凶器。卢浩博说那只是一个普通的购买，因为他比较喜欢军用匕首，所以才买了一把仿造的。可是后来却丢失了。

正是因为这把匕首和整件事情一直都有点格格不入，所以当时陈远问过卢浩博为什么要买这样一把匕首。

卢浩博的回答很简单："就是特别喜欢这些东西。"

可是，陈远分析过那把匕首，他比水果刀要锋利得多，当然跟普通的匕首还是有差距的。这样一把刀子，它的作用对于卢浩博来说是什么呢？

"你叫什么？林南？"陈远又问了一下男孩的姓名。

"我叫林子南，不过因为我太喜欢柯南，所以就改名叫林南。"林南笑着说道。

"你提的想法很特别，你给我留下你的联系方式，我仔细想一想，然后再找你。"陈远说道。

"好的，那我等你。"林南兴奋地拿出一张名片，放到了桌子上。

陈远请了半天假，直接回家了。

陈远一个人住在阳城新区一个安置小区里，自从这套房子分到家里后，他就很少回家住。陈远的父亲也是一个性情寡淡之人，从来没喊过他回家。两人就像是最熟悉的陌生人，唯一的见面就是在单位食堂打饭时遇见，又或者是父亲负责的工作需要给陈远交接时。

前些时候，卢青青为了让陈远帮哥哥开脱罪名，在这里住了几天。毕竟是个女孩，将房子里面收拾得干干净净的，并且帮着将门口的一些东西也整理干净，对门邻居大妈还以为陈远找到了女朋友。直到看了新闻才知道卢青青是为了哥哥的官司才来找陈远的。

书桌上还有之前帮助卢浩博时留下的资料，其中有一些是陈远疑惑的地方，包括那把匕首在案子中的作用。

林南提出的血液问题，让陈远大吃一惊。这点如果公安局刑侦处发现的话，必然能成为一个推翻之前陈远所有推论的理由。可是为什么刑侦处没有发现这一点呢？

卢浩博已经被放出来了，上次还约陈远一起吃饭，想感谢他的救命之恩。现在，陈远觉得有必要见一下卢浩博了。

第七章　请求

　　餐厅定在明珠酒楼，比较偏僻，饭菜还可以。这是陈远要求的，因为现在他帮卢浩博的事情还在新闻热点上，他不愿意被记者或者媒体拍到。最主要的原因，陈远没有说，那就是他发现了卢浩博隐瞒的一些东西，他需要找他问清楚。所以这次见面吃饭，与其说是卢浩博感谢陈远，还不如说是陈远的质问会。

　　几天不见，卢浩博的精神好了很多。卢青青也来了，还特意打扮了下，看上去比平时漂亮了很多。

　　"陈远，真是谢谢你了。我、我也不知道说什么。"卢浩博端起一杯酒，激动地说道。

　　"是啊，要不是你，恐怕我哥真的就这么冤死了。陈远，我也要感谢你。"卢青青也端起了酒。

　　陈远没有动，他拿着筷子，夹了一颗花生米，塞进了嘴里，然后说道："先别着急，我有些事还要问问你。"

　　卢浩博和卢青青对视了一眼，两人疑惑不解地放下了酒杯。

　　"还记得我们上大学第一个晚上吗？宿舍的人凑在一起吃东西，当时都是穷学生，就一盘花生米。"陈远拿着筷子轻轻敲着盘子的边缘。

　　"记得，当然记得。宿舍六个人，大部分都会喝酒，就我们两个不会喝。"卢浩博点点头说。

　　"对，还是方明浩帮我们解的围。从那以后，我们三个关系就一直很好。那个时候我以为大家可以成为一辈子的朋友，然后等到老了的时候还能见面。可是，没想到方明浩却先离开了我们。"陈远说着低下了头，虽然当时他找到了杀害方明浩的凶手，可是方明浩却再也回不到他身边了。

　　"谁也没想到的事，这么多年过去了，我也会想起他出事那天的事。"卢浩博说着声音也有点颤抖了。

　　"所以我就剩你一个朋友了，我不想你有事情。方明浩当时的事情我觉得对我们来说都是一个警示。"陈远吸了口气，抿着嘴唇。

　　"我知道，这次说真的要谢谢你。真心话。"卢浩博再次举起了酒杯。

　　"可是，可是，你为什么要杀人呢？你为什么要杀了张瑶呢？"陈远抬起了头，目光直直地看着卢浩博，沉声问道。

　　"陈远，你说什么？我哥没杀人啊，不是你帮他证实的吗？"卢青青惊呆了，疑惑不解地看着陈远。

　　"是啊，陈远，你、你这是说什么啊？"卢浩博也看着陈远，眼里充满了惊讶。

"现场的照片我看了，在地下有一些圆形血液喷溅点，那是宋伟明在和张瑶小于三十厘米的距离内刺入张瑶体内血液喷溅所致。可是，在床上，却有一些锯齿状的血液喷溅点，这是大于三十厘米的距离刺入身体形成的血液喷溅点。当时宋伟明刺了张瑶，然后把她放到了床上，为了嫁祸给你，他自然是将张瑶的身体尽量贴在你身上，再把匕首塞进你的手里。这种状况下，如果你是无意识地刺入张瑶身体的话，那么形成的血液喷溅点肯定是圆形，而不是锯齿形。之所以在床上有锯齿形的血液喷溅痕迹，是因为你在床上并且是和张瑶身体距离超过三十厘米的情况下刺杀了张瑶。通过这点可以确定的是，当时宋伟明并没有杀死张瑶，只是刺伤了她，等到他把张瑶放到床上后，是你杀死了张瑶。我说得对吗？"陈远从包里拿出了两张照片，分别是张瑶被杀现场地上和床上不同的血液喷溅点痕迹。

"这能说明什么？当时我在床上迷迷糊糊的，根本不知道具体情况。也可能是我推开了张瑶，手里的刀子才刺入她的身体里面。"卢浩博说道。

"如果是那样的话，你的衣服前面应该也会有锯齿形的血液喷溅点。可是，上面没有。这说明当时你是有意避开了张瑶，所以那些血液喷溅点才没有喷溅到你衣服上面。"陈远说着拿出了另一张照片，那是证据三，卢浩博当时在案发现场穿的衣服，在衣服前面可以清晰地看见，上面只有一些平和的血液印迹，并没有锯齿形喷溅血液痕迹。

"我、我为什么要杀她？不是的，我没有动机，我没有理由。"卢浩博的情绪一下子上来了，他站起来，整个人在瑟瑟发抖。

"你有理由。"陈远也站了起来，看着他，"因为那天晚上你听到了宋伟明和她的对话，你知道了原来张瑶不是你想象中的好女孩，她之前甚至还陪人上床。你忍受不了这种欺骗，可是你又不敢起来跟他们理论，所以便躺在床上。等到宋伟明刺伤张瑶，将她放到床上，将刀子塞进你手里后，你知道宋伟明是想嫁祸你，这个事情肯定会被人发现，所以干脆将计就计，杀死了张瑶。"

"不，不。"卢浩博一下子瘫坐到了椅子上，整个人软了下来，"那不是我做的，我不想的。我那么爱她，我以为她就是我这辈子可以结婚的女人，没想到却是个贱女人。啊，为什么？为什么？"卢浩博捂住了脑袋，号啕大哭起来。

陈远慢慢坐了下来，原来事实真相真的是这样。

卢浩博渐渐停止了哭泣。

房间里静悄悄的，甚至能听见每个人的呼吸。

"我、我得告诉警察。"陈远站了起来，打破了沉默。

"不，不可以的。陈远，我们是朋友，我们是同学，你帮了我的，你不能再害我。"卢浩博一听，顿时叫了起来。

陈远没有说话，咬着嘴唇。

"哥，你先出去。"坐在旁边的卢青青说话了。

卢浩博看了她一眼。

"你先出去，出去。"卢青青连喊带推地将卢浩博赶了出去，然后关上了包房的门。

　　陈远站了起来，他能猜出来，卢青青应该是要替卢浩博求情。

　　"陈远，真没想到事情是这样的。我哥连我都骗了。"卢青青苦笑着说道。

　　"这不怨你哥，这和他的性格有关系，他可能当时都不知道自己在做什么……"

　　陈远的话没说完，卢青青一下子跪到了地上，抱住了陈远的双腿："你救过我哥一次了，求你再帮他一次吧。你也说了，他都不知道自己在做什么。宋伟明当时要杀张瑶的，他就是杀人凶手。陈大哥，我和哥哥自小父母双亡，一直都过得很辛苦，他是我唯一的亲人啊。"

　　"你起来，你先起来。"陈远将卢青青扶了起来。

　　卢青青擦了擦眼角的泪，忽然解开了自己的上衣，然后是胸罩。

　　陈远被卢青青的举动惊呆了，等到他反应过来，想制止卢青青的时候，卢青青已经脱下了自己的打底裤，全身只穿了一条内裤。

　　"你这是干什么？"陈远慌忙拿起旁边的外套，披到了卢青青的身上。

　　"只要你帮我哥，你怎样都行。我知道之前我在你那儿的时候，你偷看过我。你不讨厌我的话，我把身子给你，请你帮帮我哥。"卢青青抓住了陈远的手，放到了自己的胸口。

　　陈远瞬间像被电到了一样，立刻把手缩了回去，然后摇着头说："你别这样，我，就算我不说，警察也可能会发现的。"

　　"警察已经放了我哥，只要你不说，他们不会追究的。"卢青青说道。

　　"你这样算什么，我、我走了。"陈远不知道该怎么说，他打开包房的门，直接走了出去。

　　"陈远。"门外，卢浩博蹲在地上，看到陈远出来，他站了起来。

　　"你、你好自为之吧。你真的要感谢你妹妹。"陈远叹了口气，转身向前走去。

第八章　原则

　　从明珠酒楼走出来,陈远裹紧了羽绒服。北方的深夜,干冷干冷。刚才的一幕,让陈远内心莫名地翻腾。

　　卢青青说得没错,前几天她在陈远那里住的时候,陈远偷看过她。陈远从小到大,没有和女人在一起过,甚至连个女朋友都没有。对于女人,他还是充满了好奇。那次偷看,也是无意中发生的。当时陈远看资料累得忘了卢青青在家里,走到卫生间门口才想起来,卢青青正好在里面洗澡,透过门缝,他看到了卢青青白皙的身体,顿时呆在了那里。

　　也许卢青青误会了,以为陈远对她有什么想法;也许卢青青没有办法了,觉得除了自己的身体以外,没有其他办法可以阻止陈远。

　　陈远很痛苦。

　　这是他没有想到的结果。

　　夜,越来越深了。很多人急匆匆地往家里赶,可是陈远没有回家,而是直接去了殡仪馆。

　　坐在工作台边,陈远拿出了林南的名片。他在想,该怎么和林南说。

　　恍惚中,陈远趴在工作台上睡着了。他看到自己再次回到了为卢浩博辩护的时候,四周站满了人,他们全部盯着陈远。在陈远面前除了卢浩博、宋伟明以外,还站着一个人,她就是浑身是血的张瑶。

　　"你说啊,他是不是凶手?"张瑶伸手指着卢浩博问道。

　　陈远看着卢浩博,卢浩博的眼神里充满了哀求和颤抖。

　　"他是凶手,是他杀了人,为什么要推给我?"宋伟明往前走了两步,质问道。

　　四周人声鼎沸,议论纷纷,所有人的低声细语像一把把锥子,一下一下刺着陈远的心。

　　"不,不。"陈远捂着耳朵,闭上眼睛,蹲到了地上。

　　四周慢慢安静了下来,似乎没有了人。取而代之的是一个高跟鞋的声音,慢慢走到了他身边。

　　陈远抬起了头,看到一个女孩站在他的面前,她是卢青青。卢青青只穿了一件睡衣,从下面望上去,可以看到她里面什么都没穿。

　　陈远往后退了一下,坐到了地上。

　　卢青青蹲了下来,整个人几乎要贴在他的身上,卢青青的胸口露了出来,白皙的乳沟诱惑着陈远的眼睛,身上淡淡的香味充斥着他的鼻息。

陈远感觉整个身体僵住了，他看着卢青青的嘴唇覆了过来，鼻息里的热气在他嘴边缠绕。他想推开，但是双手却没有力气。抬起眼，他看到张瑶站在身后，向他伸着一只滴着鲜血的手……

啊，陈远一下子叫了起来，从噩梦中醒了过来。他抿了抿嘴唇，感觉后背全是冷汗。工作间里静悄悄的，静得甚至能听见他的呼吸。他松了口气，拿起桌子上的水杯，大口大口喝了几口水。

丁零零，突然，工作台上的电话响了起来，他一惊，然后迟疑了一下，拿起了电话。

"小陈，前面来人了。"电话里传来了前台工作人员的说话声。

陈远立刻站了起来，挂掉电话，穿上工作服，走了出去。

交接手续办好，陈远推着停尸车往里面走去。后面跟过来一个女孩，似乎是死者的朋友。

"家属在外面等吧。"陈远说道。

"我是法医。"女孩亮了一下她的证件。

陈远没有再说话，这种情况比较多，有时候公安局调查案件，会第一时间安排法医跟进。陈远所在的殡仪馆之前有专门的法医部门，后来法医部的人被调到了北边的新殡仪馆。

女孩跟着陈远走进了化妆间，陈远揭开了尸体上面的白布，仔细看了一眼死者，顿时愣住了。陈远怎么也没想到，这个死者竟然是林南；昨天晚上，还在这里和自己推理案件，约定好见面的林南。

"陈远？"这时候，旁边的女孩看清楚了陈远工作牌上的名字，喊出了他的名字。

"是，是我。"陈远点了点头。

"你就是那个为同学翻案的人吧？林南这两天找过你吧，他说他要找你的。"女孩说道。

"你是林南说的那个法医朋友？"陈远忽然想起来了，林南说过，他发现现场血液痕迹的问题，是一个法医朋友跟他说的。想来就是眼前这个女孩了。

"孟雪。"女孩点点头，说了自己的名字。

"他这是怎么回事？昨天还好好的。"陈远看着林南的尸体问道。

"意外。每个人的命运都注定了的，他买到了一本心仪已久的小说，然后太兴奋，过马路没注意，被车撞到了。"孟雪说道。

"真是遗憾，我和他还约好过几天见面的。"陈远叹了口气。

"你工作吧，我在这儿看看，送他最后一程。"孟雪说道。

陈远点了点头。

这还是陈远毕业后第一次在有人观摩的情况下进行工作。帮死者化妆是一个比较花费工夫的工作，每一步都要特别仔细，尤其是遇到被伤害或者毁掉的地方，更是麻烦。一般人很难在一旁观摩的，不过孟雪是法医，基本上也是和尸体打交道，所以从头到尾，孟雪都在一边看着，直到陈远完成最后一道程序。

"林南跟我说了，他说希望能说服你找到真相。"孟雪最后对陈远说。

"他是对的。"陈远说道。

"当然是对的，那个喷溅血液痕迹的问题已经证明了一切。"孟雪点点头。

"可是，为什么张瑶的案发现场，法医报告没提到这一点呢？"陈远问道。

"也许是因为已经有了充足的人证和物证，所以血液上的痕迹东西就简单化了。每个法医看现场的方式不同，这中间程序那么复杂，并不是谁都愿意去多说什么的，否则是要负责任的。"孟雪说道。

这时候，孟雪的手机响了起来，她拿起手机，接通了通话。

陈远转过头，看着林南，不禁叹了口气。

"我有案子要走了。关于你朋友的事情，你也许应该考虑下是不是把真相说出去。我想，这也是林南之前找你的原因吧。"孟雪收起手机说道。

陈远没有说话，默默地将旁边的化妆工具收了起来。

孟雪转身离开了，整个工作间安静了下来。

"对不起，林南。"陈远对着停尸床上的林南说了一句。

第九章　抉择

孟雪是一年前认识林南的，当时孟雪刚到明城市公安局法医鉴定中心。林南是一个推理爱好者，孟雪碰到一个案子的疑点，于是在一个推理论坛上发了求助帖，然后林南帮她找到了答案。于是两人便成了好友，没事便会聊聊天。

这次孟雪来阳城出差，正好和林南见面。两人一起吃了饭，然后林南告诉她说找到了一本心仪已久的推理小说。结果两人分开才半个小时，林南就被车撞了。

孟雪出生在一个法医世家，爷爷和爸爸都是法医，所以从小就接触到了尸体之类的东西。可是面对朋友的离去，她心里还是不太适应，心情低沉到了极点。

尽管如此，现在她还要跟着人出现场。本来她和上司张道河一起来的，但是张道河临时有事走了，所以案子就推给了孟雪。

张道河走之前特意跟孟雪交代了，说到了现场，找一下明城拐子镇派出所的民警李飞，他会协助孟雪进行案件调查。

一个多小时后，车子开到了拐子镇。在明城拐子镇派出所，孟雪见到了张道河说的李飞，然后也了解了一下现在的基本情况。

出事的老人叫孙奎，在敬老院住了三年多。孙奎的腿脚不方便，所以平常也不乱跑。结果没想到三天前，也就是2017年1月12日晚上的时候，孙奎从休息室的阳台上意外摔了下来。孙奎的儿子孙妙福知道后认为父亲不可能发生这种意外的，于是便报了警，并且要求警察派法医过来。明城拐子镇派出所对于孙奎儿子的要求没有办法调解，只好请求市区安排法医过来。

"其实这事很正常。孙奎年纪大了，腿脚还不方便，有目击证人。都说得很清楚了，可是孙妙福就是不听。我觉得他的目的就是想要点钱，但是敬老院觉得冤枉，不愿意拿这个钱。"李飞说道。

"以前也发生过这样的事吗？"孟雪听李飞说得这么轻松，感觉他应该办过这样的案子。

"是啊，这附近十里八村就这一个敬老院，因为这里风景还不错，还有一些附近市里的人过来。人多了，又都是老人，难免会出问题。所以老人在敬老院出事这也不稀奇的。"李飞说道。

李飞这点说得很对，敬老院里大部分都是老人，并且有的还有病，所以有人发生意外也不是什么奇怪的事情。

"那事不宜迟，我们现在过去看看吧。早点结束也可以早点回去。"孟雪说道。

从养老院回来，天已经黑了。

住宿的地方安排在拐子镇一个招待所，老板和李飞他们非常熟悉，应该是派出所对口的地方。虽然看起来不怎么样，但是东西非常齐全。李飞住在孟雪的隔壁，从进去后他就一直在打电话。房子隔音不太好，孟雪隐约还能听见几句，说的似乎就是孙奎的事情。

孟雪想了一下今天在现场看到的情况以及孙奎的尸检情况，心里已经明白了个大概。孙奎肯定不是自己摔下去的，孙奎的腿脚有毛病，他就算能到休息室的边缘，摔倒在地上，也不会滑下去的。

孙奎的前胸后背有一样的摔伤，从他伤口的位置看，应该是在坠楼前后背先摔伤，然后俯身下坠，胸口又摔伤。这说明什么？如果孙奎是自己摔伤，并且坠楼的，那么他的摔伤位置应该在同一个地方，五楼的高度，不可能让孙奎来个翻身坠的，时间和速度都来不及。唯一的解释就是他在坠楼前先被人摔伤了后背，然后再被反过来推下楼。

这是谋杀？孟雪握紧拳头，一下子站了起来。她翻了翻包才想起来，刚才的那份法医报告被李飞拿走了。

这个晚上，孟雪辗转反侧一直没怎么睡。隔壁的李飞似乎一晚上都在看电视，中间好像还有人来找他。一直到早上五点多，孟雪才迷迷糊糊地睡着了。

等到孟雪醒过来的时候，已经快中午了。她揉了揉有点发胀的脑袋，打开门走了出去。

"你醒了。"刚走出来，孟雪发现李飞站在门口抽烟。

"对啊，都中午了，看来要赶紧去派出所了。"孟雪说道。

"不用了，我们吃过午饭你就回去吧。"李飞抽了一口烟说道。

"回去？孙奎的事情还没完啊？"孟雪呆住了。

"结束了，孙妙福已经回家了。孙奎的尸体上午都被拉去殡仪馆火化了。现在这事情已经结束了。"李飞说着掐掉了手里的烟。

"什么？这，这不是开玩笑吗？尸体火化了？案子结束了？我这个法医竟然一点都不知道。他们，他们这个派出所简直太无法无天了，不行，我要跟市里汇报。"孟雪顿时被气得肺都要炸了。

"今天上午张法医过来了，事情是他处理的。本来想喊你的，但是发现你在睡觉，就没有喊你。这事已经处理完了，家属也不闹了，还有什么可说的？本来张法医让我直接回去的，我觉得把你一个人扔这里不合适，所以才等你的。"李飞说道。

"张道河来了？他在法医报告上签字了？"孟雪愕然地看着李飞。

"是啊，张法医自然要签字，要不然程序怎么走？"李飞点点头。

孟雪没有再说话，这些事情让她想起师哥之前跟她讲的话："这个世上不仅有黑白两种颜色，还有灰色。如果对任何事情太要求准确，会出问题的。这就是我们生存的世界，你无法改变的事实。"

车子在颠簸中离开了拐子镇，孟雪第一次对自己所做的这些事情有了厌恶感，这种厌恶感让她整个胃部翻腾，甚至头昏脑涨。

司机看到她不舒服，便打开了车窗。风吹进来，侵入肌肤，凉入骨髓。这让她的思路渐渐清晰起来，也让她理性地做了一个决定。

第十章　使命

陈远知道一定有很多人在找自己。

他关了手机，没有在单位，也没有在家。

这里是阳城东山墓园，除了值班室的刘老头外，恐怕此刻只有他一个活人了。他的面前是密密麻麻的墓碑。

大学的第一节课，老师让他们克服对死者的恐惧，其中一个办法就是来到墓园，从心底排除恐惧，真正地明白死亡是什么。

陈远很多时候会偷偷来墓园，这里除了埋葬了死者以外，他最好的朋友方明浩也在这里。

方明浩下葬的那天晚上，陈远在这里陪了他一晚上。那是他第一次感觉到什么是失去，什么是离别。

原来一个人真的说没就没了，然后就再也不会听见他跟你说话，跟你开玩笑。他化成了一捧灰，安静地躺在这墓园里，成了眼前这千千万万的沉默者之一。

"我们终究会成为这里的一个沉默者。"这是在方明浩葬礼上，老师说过的一句话。

法院已经正式给出了对卢浩博的认证，阳城公安局刑侦处提出了新的证据，那就是现场血液痕迹的问题，所以最后还是找到了卢浩博杀人的证据。

所以陈远关掉了电话，他不希望任何人找到他。

他无法面对卢青青哭泣的样子。

他无法面对同事们质疑的目光。

他无法面对媒体的各种猜疑。

卢浩博认为这个世上唯一可以救他的人是陈远，可是他杀了人，谁也救不了他。也许，若干天后，卢浩博也会躺在这里，他会见到方明浩。只是两个人见面后又该如何说话？

"你一定不会怪我的。"陈远对着前面说道。

远处传来了一个脚步声，有人走了过来。

陈远有些意外，这个时候，竟然还有人来墓园。他不禁坐直了身体，犹豫着是不是躲起来，免得被人看到。

正在思索的时候，那个人已经走了过来，站到了陈远面前。

"是你？"借着月光，陈远看清了来人的样子，竟然是陆志国。

"是我。"陆志国点点头，他穿着一身便衣，不过看上去依然挺拔坚毅，眼里闪着温和的光。

"你？"陈远说了一个字，不知道该说什么。

"你是想问我为什么会知道你在这里吧？"陆志国坐到了陈远的旁边。

"对。"陈远点了点头。

"我看了你的毕业报告，包括你在学校里的很多资料。你之前在网上写过一个日记，也被我破解了。然后看到了你和方明浩的故事，你在那里写到了这个地方。现在你的状况，我想恐怕你最想待的地方、最适合待的地方就是这里了。"陆志国说道。

"这么神？"陈远看着陆志国。

"你信吗？就像你对案件的推理。"陆志国反问道。

"我不是推理，我是现场还原，我是根据现场的东西进行还原推论。如果是推理，会有猜测和经验的成分在里面，猜测首先就是不准确的，经验有时候会出错。"陈远一本正经地解释了一下。

"你喜欢做一个入殓师吗？"陆志国换了一个话题。

"你、你挺不一样。"陈远看着陆志国有点惊讶。

"什么不一样？"

"你称呼我的职业为入殓师，这个挺意外的。很多人认为我做的工作是化妆师，给死人化妆的。入殓师这个职业是出现在日本，后来流入中国的，在中国也叫葬仪师。很多国人还不太了解这个，甚至有的殡仪馆根本就没这个职位。"陈远说道。

"劳动不分贵贱，工作不分职位，都是为人民服务。可是你知道不知道，有些人天生是有使命的。老天给了你某种天赋，为的就是让你使用它，而不是浪费。你可以想一下，如果贝尔没有去做科学家，我们可能现在都不知道电话是什么；如果莱特兄弟不试验千百次他们造的飞机，我们人类可能现在还不知道蓝天上面是什么。"陆志国望着前面说道，"这里躺着千千万万的死者，他们的一生又是什么呢？我们每个人只有在临死的时候才会回望这一生，有的碌碌无为，有的一生辛苦。可是，总有人在为别人做事。你难道真的想放弃你的天赋，甘心做一个入殓师吗？"

陈远没有说话，他在消化陆志国的话。

"省厅要组织一个新部门，这个部门里的人是从豫南省十八个市一百多万公安体制人员里挑选出的优秀人员。我们阳城三十多万体制人员，可惜并没有一个合适的。准确地说，我希望推荐你进去。"陆志国开门见山，说出了自己的来意。

"我？可我不是体制内的人员啊！"陈远脱口说道。

"这不是重点。就像我说的，你需要问自己，你希望用你的天赋完成使命，还是就这样将它浪费在你的世界里？"陆志国盯着陈远说道，"你好好考虑一下，三天内我等你电话。"

陈远还想说什么，陆志国已经站了起来，向前走去。陈远低头看见刚才陆志国坐的地方，放了一张纸片，上面有一个电话号码。

使命是什么？

  以前陈远从来没想过这些,他认为自己就是人群中的一颗尘埃,一颗低到地面上的尘埃。走在街上,甚至都没有人看他一眼。这么多年,他的生命中几乎没有人经过。很多次,他问过自己,这是他要的人生吗?当初报考殡葬专业,并不是他喜欢的专业,而是父亲可以帮他安排工作的缘故。

  陈远握紧了手里的那张纸条,长长地吸了口气,然后站了起来。夜风吹过来,有点冷,他裹了裹身上的羽绒服,然后大步向前走去。

  走到值班室的时候,正在里面守着电暖器的刘老头伸出了头:"小陈,要不进来暖和一下?"

  "不了,我要回去了。刘师傅,你每天守在这里,不寂寞吗?"陈远想了一个问题。

  "寂寞?你还年轻,你不懂。你知道这里有多少我的战友吗?这里以前是一个阵地,就是我和我的战友们夺回来的,他们有的倒在了这里,有的离开了这里。不过我还在这里,因为这是我们的使命,别人不懂的。"刘老头嘿嘿笑了起来。

  陈远点了点头,然后离开了。他边走边拿出手机,开机后,略过那些一个又一个的电话和短信,他拨通了陆志国的电话,然后说道:"我不需要三天的时间,我现在就可以答复你。"

第十一章　调查

车子是一辆黑色的大众车，父亲的私家车，平常很少开，甚至很多人都不知道父亲还有一辆自己的车。

孟雪的父亲孟天成是豫南省公安局法医中心的法医，因为工作，长期在豫南省与明城之间来回出差，平常都是开着法医中心的公车。这次为了孟雪的事情，他特意开着自己的车，目的就是避嫌。

"你看看你父亲，自从去了豫南省工作后，事事变得太形式化。都是为了查案，就算你开着公车又怎样？"爷爷坐在车子后面，对于孟天成非要开自己的车有点生气。

"爸，我能和您一样吗？现在很多事情看似简单，其实很复杂的。这次我能答应出来帮孟雪，也是冒着很大风险的。那张道河我也认识，说专业本事，那真不行。可是为什么人家能在明城公安局混到现在的位置，那肯定是有自己的本事的。要不是他这么欺负小雪，我也不想直接跟他翻脸的。"孟天成叹了口气说道。

"得了吧，我看着你长大，你这性子太过软和，谁都不愿意得罪，这也是你一直上不去的原因。"爷爷说着转过头看着孟雪说道，"还好小雪的性子没随你，不然我们老孟家也没什么希望了。"

孟天成还想说什么，手机响了起来，是他约的人打来的电话。简单沟通后，孟天成将车子拐进了旁边的一条小路上，然后拐了五个弯，终于在一个破旧的小区面前停了下来。

"你这拐来拐去的，到底是找的什么人？我看不行就直接找明城公安局刑侦科的人过来。"爷爷看着车窗外的情况问道。

"你放心，我找的是我一个同学，这同学是做刑警的，在我们上学的时候他就破过好多案子。这人的性格跟我不一样，绝对能够帮我们。"孟天成说道。

正说着，一个男人从前面走了过来，他大约四十岁，短发，身材魁梧，来到车子面前，直接打开车门，坐到了副驾上。

"鲁凡，以前是苏城公安局刑侦科的科长，现在准备调往省厅刑侦科。"孟天成介绍了一下进来的男人。

"哟，这后面的是孟老爷子吧，早就知道您了，今天才见着，真是太高兴了。"鲁凡笑嘻嘻地看着后面的爷爷说道。

"你做刑警的？怎么油腔滑调的？天成，你确定这人能帮到我们吗？"爷爷看着鲁凡的样子，不禁有点怀疑。

"嘿，孟老爷子，你可不能这么小瞧我啊！天成跟我说了一下事情，这太简单了。要不是天成找我,我都不会出来,我嫌这事太简单,根本不需要我出马。"鲁凡笑了起来,脸上一副自我得意的表情。

扑哧,旁边的孟雪看到他的样子,不禁笑了起来。

"那你说说这事怎么查?"爷爷问道。

"这事说简单不简单,说复杂也不复杂。因为这个事情不是公安局立案的案子,所以我们没有实际调查权,甚至还不如记者,记者还有个采访权呢。我们唯一能做的就是暗地调查,首先,要确定这些人确实是利用谋杀老人来获取巨额保险。现在看来,去找那些被杀的老人家属恐怕是找不到什么线索的,因为他们肯定都拿了钱,即使知道也不会说出来。所以能够证明敬老院有问题的第一个证据就是保险公司和他们之间的交易,这点就比较简单了。只要找到那个给敬老院牵线的保险员,从那里撕破一个口子,然后就可以拔出萝卜带出泥了。"鲁凡分析了一下计划方案。

"为什么不直接找公安局的人调查张道河和那个院长呢?"孟雪问道。

"张道河和那个院长,以及当地派出所的人,这三方肯定是相互勾结的,不然做不成这样的事情。如果我们直接大张旗鼓地去调查,肯定打草惊蛇。没有证据,最后不但事情做不成,还会惹一身骚。"鲁凡说道。

"鲁凡说得很对,我们都没有调查权,对刑侦又不懂。即使真的有证据,也不符合程序的。"孟天成跟着说道。

"那说这么多,就算是知道了真相,也没办法惩治这些人吗?"孟雪有些失望地说道。

"当然有办法了,只要我们找到了证据,就可以交给苏城警方来办理调查。拐子镇的位置其实属于明城和苏城共同管理的地方,如果说张道河真的和敬老院的院长勾结杀人,那么苏城警方肯定会出手。这样一来,他们就可以名正言顺地将拐子镇接到自己手里。这正好可以填补我们没有调查权的遗憾。"鲁凡说道。

"可以啊,你小子看着油腔滑调的,没想到脑子里逻辑很清楚啊。"爷爷对鲁凡的计划非常满意。

"老爷子,我可是一个有良知有责任的正义警察,即使我是一个公民,也会勇敢站出来。不信你问天成,我们上学的时候,我可是帮警察破案的优秀小侦探呢。"

"得了,闭嘴吧,小侦探。"孟天成瞪了他一眼,发动了车子,向前开去。

孟雪望着车窗外的风景,天空又飘起了雪花,零零散散的。孟雪相信,这个世界上总是有正义之士。就像林南,虽然只是个学生,但是却对黑暗从未恐惧。她不知道自己这么做对不对。虽然爷爷和父亲表示会用尽一切办法来支持她,还她清白。她想起了之前去拐子镇时古师傅对她说的那些话,仔细想来也并不是没有道理的。但是如果这个世界的黑暗没有人去照耀,那么谁还会期待光明呢?

第十二章 推荐

苏城第二监狱。

这是沈家明第三十六次来这里,他已经熟悉了这里的环境,甚至认识了门口的警卫。沈家明知道这是心理作用,因为每周六的固定时间,让他的内心和身体都形成了熟悉的条件反射。

苏城第二监狱,这座位于苏城丰收路中段的建筑楼,对面就是一条热闹的小吃街。可是一墙之隔,里外的人生却各不相同。

沈家明是在一次心理交流会上,经过朋友介绍认识了苏城第二监狱管理处处长左斌,那次左斌对于沈家明提出的一些心理观点非常喜欢,所以希望沈家明能来监狱里作为心理矫正师,帮助一些有心理问题的罪犯。

一开始,沈家明是拒绝的。毕竟,和罪犯打交道,沈家明是有点排斥的。可是,后来左斌邀请他去了监狱里面一趟后,他改变了主意。虽然在苏城第二监狱里有一些罪犯咨询干部,但是他们掌握的知识有时候无法和罪犯内心的障碍对接,所以在罪犯心理这块,还是有点吃力。这种状态下,罪犯虽然在自由上得到了惩罚,可是心理上却增加了痛苦,这样的教育并不成功。左斌之前一直从事的是罪犯心理咨询这行,他特别看重罪犯的心理状态。根据不完全统计,每年因为心理问题导致罪犯自杀,或者伤人,甚至出狱后再次犯罪的比例非常高,所以左斌认为将罪犯的犯罪心理从根本上灭掉,才是拯救罪犯的最好办法。

现在每个周六下午三点,已经成了沈家明在苏城第二监狱的固定咨询讲课时间。沈家明还记得第一次来讲课的时候,几乎所有罪犯都是排斥拒绝的,甚至还有的不配合,故意捣乱。但是随着他慢慢打开了这些人的交流渠道后,越来越多的罪犯愿意和他交流,甚至有的希望沈家明能单独帮助自己解开心里的迷惑。

每次帮这些人解开内心迷惑后,他们都会特别感动,甚至有的罪犯会跪下来感谢沈家明,说沈家明是解救他的神。

我不是神。沈家明说道。

是的,沈家明不是神,他也会犯错。他这辈子犯的最大的一个错,就是在女朋友安澜身上。因为他的错误理论,导致了安澜自杀,这成了他这辈子都无法改正的错误。

"沈老师,左处长在办公室等你。"这时候,一个狱警走了过来,打破了沈家明的沉思。

"好,我马上过去。"沈家明愣了一下,点了点头。

左斌的办公室在操场的后面,从操场经过的时候,正好碰到有一组罪犯在操场上放风。其中有人看到了沈家明，于是冲他喊了起来。

沈家明有点不好意思，对他们挥了挥手。

"沈老师，前面女监也有很多人需要您帮忙啊，尤其是您这么帅。"有人说了一句，然后其他人都笑了起来。

"说什么呢？别胡说八道。"旁边的狱警喊了一声。

沈家明脸有点红，不自觉地摆弄了一下头发，快速向前走去。

来到左斌办公室门口，沈家明敲了敲门，然后走了进去。

左斌正在办公桌前写东西，抬头看了一下沈家明说："你先坐下，等我几分钟。"

沈家明坐了下来，看到沙发旁边放了几本心理咨询书，于是拿起来看了看，书的内容大部分都是一些没有实际作用的理论知识，根本没有什么作用。

"一个好消息，一个坏消息，听哪个？"左斌写完东西，放下手里的笔，走到了沈家明面前。

"老左，你怎么也玩这套？跟我学的吗？"沈家明笑了起来，每次和人交流心理知识的时候，尤其是第一次见面的人，沈家明都会跟对方用选择性的话题拉近关系。所以左斌这么一说，他不禁笑了起来。

"其实是一个消息，对你来说是好消息，对我来说是个坏消息。"左斌说道。

"我比较喜欢站在对方角度想问题，所以选择坏消息吧。"沈家明坐直了身体。

"苏城公安局刑侦科的领导去省厅参加了一个会，省厅今年要各个地方推荐优秀的刑侦人才，组成一个新部门，专门破解各种疑案。苏城公安局负责这块的领导是我以前的老师，他想推荐一名熟悉犯罪心理的人才，他认为犯罪心理现在其实是刑侦里不可或缺的一部分。所以我推荐了你，并且老师对你非常满意，希望你能代表苏城过去，加入省厅这个新部门。当然，你要是去了省厅工作，我们这边少了一名优秀的咨询师，对我来说当然是坏消息了。"左斌说了一下所谓的坏消息。

"老左，你这有点夸张了吧？推荐我去省厅参加刑侦部门工作？我，我没听错吧？"沈家明张大了嘴巴。

"小沈，这是个难得的机会。你也知道，犯罪心理这块在我国刑侦上还是有点薄弱的，传统刑侦还是习惯用人海战术来调查案子，你的知识和能力能帮到他们的。更何况，就像我一直推广的理念，能够深入了解罪犯的犯罪心理，通过我们的能力，让那些走在犯罪边缘，或者说对犯罪知识并不了解的人能够悬崖勒马，将犯罪的念头扼杀于源头，这才是真正的大责任。省厅这次能够成立这样的部门，广收人才，就是希望能够得到各方力量的帮助。最难得的是我的老师为了让你进入新部门，还特批了一个职位给你，因为省厅那边要求所有加入新部门的人必须是公安体制内的人。正好你这几个月一直在我们这边上课，所以办起手续来也比较简单。"左斌说道。

"老左，你这根本不是跟我商量，等于直接就给我办了。"沈家明悲催地看着左斌。

"这是好事,要是其他事,我肯定不会帮你这么做的。你要相信我,你这一身的才华和能力,需要到更大的舞台发挥,而不是在我这边做一个罪犯咨询师。"左斌说着拍了拍沈家明的肩膀。

沈家明低下了头,没有再说话。

"所以今天是你在这里上的最后一节课,待会儿我把所有上过你课的人都集中到一起,你给大家再上一节课,以后恐怕没机会再来这里了。"左斌说着声音有点颤抖。

沈家明点了点头。

第十三章　坚定

孟雪真没想到，原来刑侦走访调查这么辛苦这么麻烦。

拐子镇的敬老院一共住了四十多位老人，并且他们走访的这些人还是鲁凡通过关系找人拿到的，可以说已经节省了一大笔时间。可让孟雪惊讶的是，这些老人的家属根本就不配合工作，有的甚至直接连面都不见。本来以为很简单的调查工作，调查了几家才发现其中的艰辛与难度。

"真后悔当时没有把孙奎的尸体检验书留下来。现在这样一家一家走访，简直就是大海捞针啊！"孟雪叹了口气说道。

"留下来有什么用？除非你能将孙奎的尸体留下来，那才是真正的证据。张道河为什么能够在这里翻手为云覆手为雨？那是人家直接毁掉了最关键的证据。"鲁凡说道。

"要不我们找下孙妙福？他当时怀疑他的父亲是被谋杀的，应该可以帮我们的。"孟雪想了想说道。

"没用的，他已经拿了敬老院和保险公司赔给他的钱，不会帮我们的。甚至我都怀疑他之所以这么做，无非就是为了多要点钱。"鲁凡摇摇头。

连续的奔波，孟雪的爷爷身体有点吃不消了。再加上他们走访调查一无所获，鲁凡提出不如先去苏城公安局一趟，那里有鲁凡的一个朋友。第一呢，可以在那儿休息一下；第二，可以听一下对方有没有什么好办法。

孟雪看到爷爷疲惫的身体状态，只好同意了。

苏城距离拐子镇有一个多小时的车程，孟天成对路段不太熟悉，所以让鲁凡开车。经过一个多小时的颠簸，他们来到了苏城公安局。

鲁凡的朋友叫郑子豪，他们以前合作过一个案子，在一起待了两个多月，关系还算不错。三年前，郑子豪被调到了苏城公安局刑侦大队。

对于鲁凡的到来，郑子豪非常高兴。当然，让他更加意外的是孟雪的爷爷。孟雪的爷爷孟秋寒是国内知名的法医，虽然现在退休了，但还是有很多人对他熟知敬仰。早些年孟秋寒还经常给一些刑侦从业者上课，给他们一个从法医角度去调查案子的思路。

"孟老爷子，你来这里算是来着了。我给你带个人过来。"郑子豪神秘兮兮地对孟秋寒说道。

郑子豪的样子让其他人也有点意外。

几分钟后，郑子豪带着一个穿着警察制服的男人走了过来。看到孟秋寒，那个男人欣喜地冲了过来："老师，真的是你啊！孟老师。"

"许穆，你怎么在这里？"孟秋寒认出了眼前的男人，身体微微有些颤抖。

"许处长是去年调到我们刑侦处的，他来到我们这里后就一直推广之前孟老师的法医刑侦理论，所以我们这里的人对孟老爷子非常熟悉。刚才鲁凡跟我介绍后，我立刻就想到把许处长喊过来了。我们许处长特别尊重孟老师，一直希望能有所建树了再去拜访孟老师。"郑子豪说着眼里泛出了泪光。

"你这孩子，想来就来嘛，无论做什么，只要堂堂正正地为人民服务，都是我的好学生。"孟秋寒两只手按着许穆的肩膀，怅然说道。

"孟老爷子真是桃李满天下啊，本来我还以为来这儿全要靠我的关系了，哈哈，谁知道还是我们老爷子面子大啊！"旁边的鲁凡说着笑了起来。

接下来，鲁凡给许穆以及郑子豪介绍了一下孟天成和孟雪，然后把他们去拐子镇的情况讲了一下。

"不瞒你们说，我们现在正在调查这个拐子镇敬老院，他们的院长王天来，还有拐子镇派出所的民警李飞，副所长赵三强，中国安康保险公司明城分部的保险员孙慧兰以及明城公安局法医鉴定中心的张道河，这些人都是我们的调查对象。不过因为案件里的人物涉及明城，所以我们领导正在和省厅部门进行汇报协调工作。我们已经掌握了他们的罪证，包括人证，现在就等着省厅回复后立刻抓人呢。"

听完鲁凡的讲述后，许穆说话了："是吗？这倒是挺意外的。"

鲁凡一听，不禁看了看孟雪。

"老师，你们为了这件事专门跑来，真是让我们做刑侦的惭愧。不过，不得不说孟雪，真是将门之后啊。为了正义，不惜与上司决裂。好样的。"许穆对着孟雪伸出了大拇指。

"许处长，你太客气了，我只是、我只是觉得不能任他们这么胡作非为。还有，我不相信这个世上有谁可以一手遮天，置法律于不顾。"孟雪说道。

"说得太好了。我们的执法队伍里，就需要有孟雪这样的血液，正因为有了这样的正义者，我们才能更好地为人民服务。老师，说到这里，我有个不情之请，希望您不要拒绝。"许穆说着站了起来，恭恭敬敬地给孟秋寒鞠了一躬。

"小许，你这是做什么？有什么尽管说。"孟秋寒看着他说道。

"省厅现在有个新指示，要在全省公安体制里面寻找有能力的人才，组成一个新部门，专门为省公安厅服务，破解一些重要刑事案件。我们苏城这个指标任务落到了我身上，本来我正在发愁不知道推荐什么人过去呢，可是现在我觉得孟雪非常符合这个要求，所以我希望可以推荐孟雪过去。"许穆说了一下情况。

"对，我也知道这个事情。我们明城好像也推荐了人过去。"鲁凡点了点头。

"好事，这是一件天大的好事。不过你跟我请求没有用的，这需要小雪她同意。作为长辈，我是绝对同意的。小雪，你觉得呢？"孟秋寒看着孟雪问道。

"如果这件事是在我们来之前说的话，我可能不会同意。可是现在我非常愿意。这次和鲁叔叔一起走访调查，让我深刻地感觉到了做刑侦工作的辛苦，如果说我的法医知识能够帮助到刑侦调查，那么刑侦工作一定会少走很多弯路。我也希望能把爷爷的这种精神传播出去。"孟雪点了点头说道。

第十四章　不平

车子停了下来，前面有点堵车。唐建设摆了摆手，对司机说道："我步行过去吧，你到前面找个地方停车，等我电话吧。"

"唐局，我看这儿到枫林小区还有一段路程啊，要不您稍等，我送您过去？"司机看了看导航仪上的剩余路程说道。

"哪来那么矫情，你忘了我是当兵出身，身子骨有那么弱吗？"唐建设说着打开车门，下了车。

从这里到枫林小区还有十分钟的车程，唐建设有点等不及了。他拿起手机，再次给郑卫国打了个电话，可惜郑卫国还是没接电话。

"这个郑卫国，还是这牛脾气。"唐建设挂掉电话，皱了皱眉头。

天气有点冷，不过街上人还不少。唐建设穿过前面一个街道，才发现对面是一个农贸市场，一群人正围在那里，好像发生了什么事。他不禁快步走了过去。走到那群人面前才发现，几个凶神恶煞的男人正围着一个女人在说什么，旁边还有一个坐在地上哭泣的老人，地上有一堆蔬菜撒落了一地。

"怎么回事？发生什么事了？"唐建设问道。

"这还看不出来？老人和女人是一家的，在这里卖菜没有交管理费，和几个人发生冲突了。"旁边有人说道。

"什么管理费啊！这个农贸市场本身就是自由市场，政府都不让收钱的，这些人都是流氓，专门欺负人。"

"就是，就是。"其他人纷纷附和道。

"别拉扯了，要不是看在你是女人的分上，早他妈揍你了。"这时候，其中一个男人对那个女人吼了起来。

"干什么？你们这么多人欺负女人老人，算什么本事？"唐建设直接走了过去。

"你他妈谁啊？想做英雄啊！帮他们交钱啊！"那个男人站了起来，看着唐建设说道。

"你们又是谁？光天化日之下，就这么在这里收钱欺负人？"唐建设问道。

"我们是这儿的市场管理员，在这里卖菜就得交钱。"男人指了指身上挂着的一个牌子说道。

"拿来我看看，是什么部门给你的牌子？就算是你有这权力，难道就这样暴力执法的？"唐建设对眼前男人的样子简直怒不可遏。

"他们不是管理员，管理费我们交过了。他们就是来捣乱的，他们买了菜不给钱，还把我的菜摊打翻了。我孩子有病，就指着这点菜买药的。"女人站了起来，哭着说道。

"放屁，我们买你的菜？我们稀罕你这点破菜吗？"后面一个男人破口骂道。

"你们就是拿人家的菜了，我亲眼看到的。"旁边一个十几岁的男孩看不下去了，走到前面说道。

"你他妈胡说什么！"前面的男人看到那个男孩说话，走过去揪住了他的衣服领子。

"给我放开他。"唐建设走过去照着那个男人的身体用力推了一下。

"你个老头子，真是找死！"那个男人被推了一个措手不及，摔到了地上，他站起来，冲到了唐建设面前，刚准备挥手打过来，却被一个人抓住了胳膊，然后一个后背摔，重重地摔倒在地上。

唐建设看到出手相助的人，顿时笑了起来："怎么是你？郑卫国。"

"老唐，你还是这么爱管闲事。"郑卫国摇了摇头。

"给我揍他们两个，简直反了天了。"那个被摔在地上的男人指着郑卫国和唐建设喊道。

后面的几个男人忽然反应过来，一起冲了过来，可惜他们来到郑卫国面前，三下两下就被打翻在地上。

"怎么样，还要不要来？"郑卫国蹲到那个男人面前问道。

周边围观的群众纷纷拍起了手。

"你给我等着，我喊人。今天非要把你们抓进公安局不可。"那个男人从口袋里拿出了手机。

郑卫国刚想说话，唐建设拉住了他，对男人说道："行，我倒要看看你今天怎么把我们送进公安局。"

围观的人越来越多了，有的人偷偷劝告唐建设和郑卫国赶快离开，那个男人有后台，不然肯定不敢在这里胡作非为。

不过唐建设和郑卫国没有动，他们把那个老人扶起来，然后将地上的蔬菜捡起来，放到了一边。

果然，没过多久，一辆警车过来了。三个穿着制服的警察走了过来，那个男人立刻走到他们身边，低声说了几句。

"就是你们在这里打架吗？"听完那个男人的话，其中一个警察走了过来。

"不是我们打架，是他们欺负这个老人和女人，我们上前询问，他们便动手了。"唐建设说道。

"问你了吗？动手的人是他吧？你看看你，毫发未损，你看这些人都被你打成什么样了！"那个警察瞪了唐建设一眼，然后对郑卫国说道。

"他们打不过我，难道还是我的问题？"郑卫国对于这个警察的说话逻辑简直无语了。

"打人就是不对，我们这是法治社会，你这是违法犯罪，知道吗？什么也别说了，你们两个跟我去派出所，现在就走。"那个警察指着郑卫国和唐建设说道。

"我们两个？他们呢？你要调查事情，至少也应该问清楚吧？你就是这么解决问题的？你证件给我看一下。"唐建设顿时火冒三丈，指着那个警察说道。

"你指什么指？我的证件可以给你看，等到了派出所，你想怎么看就怎么看。"那个警察怒声说道。

"你是哪个分局下面的，局长是谁？李虎、安军明，还是乔平？"唐建设生气地问道。

"你管我是哪个分局的！你们今天打人就要负法律责任。"那个警察气势汹汹地说道。

"行，我能给家人打个电话吗？"唐建设叹了口气说道。

"你今天找谁都没用，打吧，打完跟我回去。"那个警察冷哼一声。

唐建设拿起手机拨了一个号码，然后说了一下情况。

很快，那个警察的电话响了起来，他听完电话，顿时脸色巨变，嘴唇哆嗦，之前的嚣张跋扈样子一扫而光，眼里充满了害怕。他走到唐建设面前，哆嗦着说道："我、我我。"

"我什么我？我问你，你们分局的领导是谁？"唐建设问道。

"是、是乔平局长。"警察颤抖着说道。

唐建设冷哼一声，拿起手机拨出了乔平的电话。

五分钟后，乔平带着几个警察急匆匆地来到了现场。

"唐局，这、这是误会。真是误会。"乔平一脸歉意地走到唐建设面前。

"误会，什么误会？这么多群众在场，哪里是误会了？"唐建设问道。

"是，是，是。不过我们还是先离开这里吧，毕竟群众太多了，影响不好。"乔平连连点头。

"你也知道影响不好？我都懒得跟你说，这事你自己好好在这儿处理吧。郑卫国，我们走。"唐建设生气地瞪了乔平一眼，然后和郑卫国向前走去。

走出人群，郑卫国叹了口气说："老唐，你这脾气怎么还是这样呢？乔平说得没错，这得注意影响。不然明年政选的时候，又该有人给你小鞋穿了。"

"我就这性格，看不下去这些人拿着点权力关系就耀武扬威的。"唐建设说道。

"算了，不说这事了。你这么急着找我，到底什么事？"郑卫国换了一个话题。

"请你出山。"唐建设说道。

"我没听错吧？你这个省公安厅刑侦局副局长请我出山？"郑卫国笑了起来。

"说认真的，这次省公安厅要组织一个新部门，需要一些特殊的人才。你知道的，我一直都很看好你的。要不是你儿子郑晓明的事情，你现在肯定不会是这样。"唐建设说道。

郑卫国沉默了。

"你做了这么多年刑侦工作，难道忘了当初我们在学校时的警训吗？刚才的事情你也看到了，这个世上有很多事需要我们去做的。你为了刑侦工作失去了太多，难道就这么忍心放弃吗？"唐建设说着拍了拍郑卫国的肩膀。

"我有一个条件。"郑卫国迟疑了一下，抬起了头。

"你说。"

"我想见见晓明。"郑卫国咬着嘴唇说道。

"好，我帮你安排。只是晓明他情绪有点问题，就怕他不愿意见你。"唐建设迟疑了一下说道。

"没关系，我只想见他一面，就足够了。"郑卫国说道。

第十五章　选拔

左边的男人应该有四十岁左右吧？看得出来，他身体很不错，身材魁梧，眼神坚定，尤其是两只胳膊，肌肉发达。他坐在凳子上笔直挺拔，两只眼睛看着前方，手里紧紧捏着号码牌。这样的坐姿和习惯，一定是一个非常有原则的人。

右边的是一个男孩，二十多岁，长相帅气，说话温和，看起来并不太像警察系统里的人。他从进房间后就一直在和别人聊天，房间里等待牌号的一共七个人，他已经和五个人聊得火热起来，尤其是其中几个女警。剩下的两个没有和他多聊的，一个是陈远，另一个就是陈远左边的那个男人。

"32号郑卫国。"门打开了，一个女警拿着资料喊了一个号码。

左边的男人站了起来，抬步走了过去。

原来他叫郑卫国，陈远心里说道，这名字还真符合他的气质。看来应该是一个比较守原则的警察。

"嘿，你叫陈远？"这时候，旁边的男孩又探过头来，仔细看了一下陈远手里的表格。

"什么事？"陈远慌忙把手里的表格收了起来，有点不高兴。

"宅男，你肯定是宅男。估计生活中也没什么朋友，经常夜里睡不着吧。兴许晚上还会想起一些陈年往事。做过抑郁症测试没？肯定是轻度的，信不信？要不要现在试试？"男孩一连串说了一堆问题。

陈远皱了皱眉，他不太喜欢这个男孩的性格，太闹腾。不过男孩可能是学心理学的，虽然短短几句话，但是却清晰地把陈远的性格和生活习惯点了出来。确实，陈远有轻微抑郁症，之前他还去医院看过。

那个男孩看陈远没有说话，从口袋里拿出两张卡片，一张是红色的，一张是黑色的，然后对陈远问道："用最快的速度，选一张，不要想，下意识地选。"

陈远愣了一下，伸手指了指黑色的，在陈远指向黑色的同时，那个男孩收起了红色的卡片，然后笑着说："就知道你肯定会选黑色的。"

"为什么？"陈远有点好奇。

"红色代表热情，你的生活中严重缺少这个。你喜欢沉默，喜欢独处，喜欢安静，黑色代表的因素都符合你的性格需要，所以你会毫不犹豫选黑色。对了，介绍一下，我叫沈家明，来自苏城，是一名监狱心理矫治师。"男孩介绍了一下自己。

"监狱心理矫治师？"陈远还是第一次听说这种职业。

"对，主要负责罪犯的心理咨询以及心理问题解决。不过我本身是一名非常优秀的心理师，在监狱里帮助罪犯只不过是我的一个爱好而已。"沈家明说着摆弄了一下他的刘海，做出了一个自以为很帅的动作。

这时候，那个念号的女警又出来了，这次轮到陈远了。他站起来，整理了一下衣服，走了进去。陈远进去的时候，正好郑卫国从里面出来，两个人对视了一眼，点了点头。

陈远没参加过这样的场合，前面坐了四个考官，面目肃穆。旁边有一张凳子，看上去更像是四个人在审问犯人一样。在来的时候，陆志国已经跟他讲了很多，其实都是一些诸如不要紧张、正常发挥就好的话。但是真坐下来后，陈远还是有些紧张。

四个考官依次问了一个问题，然后四个人凑在一起低声说了几句话，最后，结束了。

走出房间，守在外面的陆志国走了过来。

"我们可以回去了吗？"陈远问道。

"说什么呢？这不还要等结果吗？如果通过了，就要进行分组了。分组后，就要一起合作进行案件测试了。"陆志国说道。

"我看优秀的人才很多，我不一定可以。"陈远低声说道。

"谁说你不可以了？要自信一点。来的时候，你父亲还专门给我打了个电话，要我好好照顾你。"陆志国说道。

"我父亲？"陈远有点意外。

"是的，你父亲说知道你大学毕业后进入殡仪馆不是你想要的工作，他还是希望你能有自己的选择。不管怎么样，他都会支持你。我看得出来，你父亲和你一样，都是不善言辞的人，不过内心都是比较火热的。"陆志国说道。

这确实是陈远没有想到的，他和父亲之间的关系，一直都是一种很平淡，甚至平淡到没有什么味道的关系。陈远离开殡仪馆的事情，父亲也没说什么。包括他来这里，父亲的态度永远都是漠然无视，仿佛跟他一点关系都没有一样。所以忽然听到陆志国说的这个事情，陈远的心里不禁有一点感动。

接下来，陆志国本来要带陈远在省公安厅里走一圈。结果，陆志国临时有点事情，于是陈远自己一个人在省公安厅里面四处看看。

"陈远？"忽然，有人喊出了他的名字。

陈远回头一看，发现后面站着一个女孩。

"是你？"陈远认出了女孩，她是林南的那个法医朋友孟雪。

"还真是你，这么巧。你在这里做什么？"孟雪笑了笑问道。

"我，我来这里……"陈远一时之间不知道该怎么说。

"你不会也是来参加省厅这个优秀人才选拔的吧？"孟雪倒是说了出来。

"是，是啊，是这个。"陈远不好意思地挠了挠头。

"你在刑侦这块这么有天赋，想来阳城公安局那边肯定会让你来。不错，不错，祝你成功啊！"孟雪说道。

"你也是来参加选拔的吗？"陈远问道。

"是啊，你知道我是做法医的，然后省厅这边的新部门肯定会更好点。"孟雪点点头。

正说着，陆志国从前面走了过来，冲着陈远喊了一声。

"那个，我先过去了。"陈远说着看了看前面的陆志国。

"好，再联系。"孟雪说道。

下午三点，选拔通过的名单出来了。陈远顺利通过了，并且他还在公示的名单里看到了几个熟悉的人：郑卫国、沈家明和孟雪。

"认识几个？"陆志国看着上面通过的名单问道。

"就知道三个，熟悉的话只有一个。"陈远说道。

"你还真是有点闷，我听说有的人都认识了十几个。不过这也没啥用，后面要靠实力。希望你认识的这几个能有和你在一组的，要不然和陌生人在一起磨合，那还真有点难为你了。"陆志国摇了摇头说道。

"陆科长，我现在觉得我可能不适合这个。要不，我、我回去吧。"陈远咬着嘴唇，犹豫了一下说道。

"怎么就不适合了？"陆志国愣住了。

"就是觉得，觉得不适合。"陈远也说不出来原因。

"我告诉你，你之所以不适应是因为你之前都是一个人工作，你的性格太封闭。你觉得那样快乐吗？你有没有发现，你当初在为卢浩博翻案的时候才是最快乐的，那个时候的你，全身都在放光，因为那才是真正的你。"陆志国拍了拍他的肩膀。

"您、您说得对，我是有点不适应。我努力克服，好好克服。"陈远咽了口唾沫说道。

第十六章　闪电

无巧不成书。

陈远怎么也没想到，自己来到省厅一共就认识三个人，这三个人就和他组成了一组。一脸正直的郑卫国，吵闹自恋的沈家明，还有较为熟悉的孟雪。孟雪也有点意外，本来以为和陈远只是碰巧遇见了，没想到竟然还分到了一组。

"听说这次一共五组，最终只有三组可以留下来，然后进入案子考核中。希望我们可以留下来啊，拜托各位了。"沈家明说道。

"刑侦破案靠的是实力，无论是留下来还是离开，都一样为人民服务。"郑卫国看了沈家明一眼说道。

"对，对，对，郑大哥说得很对，不过我还是想留在省厅新部门为百姓服务。"沈家明笑了笑然后看了看陈远和孟雪说道，"你们知道为什么咱们四个能分到一组吗？"

"为什么？"这也是陈远好奇的地方，不禁脱口问道。

"我看了看其他组的分组情况，然后比较了一下，发现我们四个人有一个和其他组成员不一样的地方。我们在来这里之前都不是公安系统体制内的人。"沈家明说道。

"是吗？你怎么看出来的？"孟雪有点惊讶地看了看郑卫国和陈远。

"很简单，郑大哥我观察了一下，他之前应该是做刑侦工作的，但是中间应该有一段时间停了下来，因为我看他一直在阅读熟悉墙壁上贴的一些工作条例以及变化习惯。有时候看见不熟练的字句，他还会默读出来。至于陈远呢，身形孱弱，一看体能就不及格，所以肯定不是做这行的。"沈家明推测了一下。

"那我呢？"孟雪问道。

"你刚才不是说了，你之前是做法医的，后来辞职不干了。"沈家明说道。

正说着的时候，房间的门被推开了。两个穿着警察制服的人走了进来，其中一个是豫南省公安厅刑事侦查局局长叶枫，他之前跟大家讲过话，跟在他后面的是一个男人，大约三十岁，短发，戴着一副眼镜，文质彬彬的，看上去跟一个文弱书生一样。

"大家坐下来说。"叶枫走到桌子前面，坐了下来，开始讲话，"各位好，恭喜你们通过考核，进入分组考核阶段。之前的初考，看的是你们个人的综合素质，那么接下来的分组考核考验的则是你们团队的合作能力。我来给大家介绍下，这是周子峰，也是你们这组的监督考察官，他负责你们这一组，然后你们有什么问题也可以跟他讲。虽然现在你们还在考核阶段，但是你们的一言一行、一举一动，都代表了警察的形象。所以出去查案子也好，做其他事也好，都要万分注意。"

接下来，叶枫把工作交给了周子峰。周子峰讲了一下他们组队后的基本情况以及注意事项。在考核阶段，他们暂时住在省公安厅安排的宿舍里，所有的生活杂事、工作分配全部由省厅统一安排。

"最后，我们还要给这个团队起一个名字，任命一个队长，如果外出执勤的时候，一切以队长的安排为主。"周子峰说道。

"队长很简单，无论从年龄还是资历，郑大哥最合适了。"沈家明接口说道。

陈远和孟雪也没意见，确实，郑卫国很适合做领导，他非常稳重、细心，又不多话。

"那这个组的名字呢？"周子峰问道。

"我看就叫闪电侦缉组吧？"郑卫国说道。

"这名字好，快如闪电，寓意也不错。"沈家明拍了拍手。

"那行，我们这组就叫闪电侦缉组，希望大家能够一起努力，争取留下来。"周子峰站了起来，身体往前倾了一下，伸出右手。其他人也站了起来，大家伸手握到了一起。

"加油。"周子峰对所有人说道。

宿舍在省公安厅后面一栋楼上，是临时安排的。男的在三楼，女的在二楼。陈远和沈家明分到了一个宿舍，他不禁皱了皱眉。

"看你脸部微表情，似乎有点不情愿跟我在一起啊！"沈家明看到陈远的表情，直接说道。

"我、我是不太习惯和别人在一起的。"陈远说的是实话，大学毕业后，陈远就一直是一个人住，不太习惯有人在身边。

"所以说你这毛病必须改一下，你总不可能一辈子都一个人吧？将来总得娶媳妇吧？正好，你跟我住在一起，我吃点亏，改良一下你这毛病。"沈家明说道。

"你不会准备把我当罪犯来矫正吧？"陈远问道。

"当然不会，你怎么能这么想呢？对了，我一直忘了问你，你之前是做什么工作的？"沈家明一边说着一边将拿到的被褥放到了床上。

"我、我之前是在殡仪馆工作的。"陈远犹豫了一下，说了出来。

"殡仪馆？"沈家明愣住了，眼里闪过一丝意外。

"我收拾一下东西。"陈远明白沈家明的心情，于是转身开始铺床，收拾起来。沈家明没有再说话，也开始整理自己的东西。他打开包的时候，里面有个东西不小心滑了出来，正好落在了陈远的脚下。陈远弯腰刚想捡起来，旁边的沈家明却一把夺走了那个东西。不过陈远也看清了那个东西是什么，那是一个相框，里面有一张女孩的照片。

沈家明似乎非常珍惜那张照片，吹了吹照片上的灰尘，然后从口袋里拿出一块干净的白色手帕，仔细地在相框上擦来擦去。

"女、女朋友吗？"看到沈家明如此看重这张照片，陈远不禁问了一句。

沈家明没有说话，依然在擦着那张照片，竟然落下了眼泪。

陈远也不知道该说什么,只好坐在床边,呆呆地看着他。他本以为沈家明是一个开心的乐天派,没想到还有如此悲伤的一面。那个照片上的女孩一定有什么故事,不然沈家明不会变得如此伤感。

　　手机突然传来了一条信息,陈远拿起来看了一眼,竟然是卢青青发来的。

　　"陈远,哥哥的判决书下来了,二十年刑期,这样的结果算是不错了。我很感激你为我们做的一切,我也为当时对你做的一些事情感到羞愧。你是一个好人,将来一定会有好的女孩在你身边。"

　　陈远看着短信,想回复却不知道该说什么,最后只好叹了口气,收起了手机。

第十七章 杀人

　　阳城解放区花园街，2017年3月15日，夜。
　　喧闹了一天的街道，随着夜幕的深沉慢慢安静下来。忙活了一天，周边的商铺一个一个地都关门了，只剩下了皇家茶室还开着门。
　　对面的胡同里，两个人正盯着皇家茶室里的情况，他们在胡同里已经待了一个多小时了。地上到处都是抽完的烟头。
　　"哥，我们还去吗？"旁边的人说话了，他穿着一件黑色的羽绒服，戴着一顶黑色的线帽。
　　"猴子，我们肯定得去，不去的话，范鬼子会打死我们的。"他嘴里咬着一根火柴说道。
　　"要不直接进去干吧？我看里面就一个人，我们两个还弄不了一个吗？"猴子说道。
　　他没有说话，拿起口袋里的烟，才发现里面早没了，只剩一个空盒子，于是用力扔掉了烟盒。
　　这时候，茶社里走出来几个人，这是最后一批客人了。他们拦上出租车，很快离开了。
　　"哥，你是不是害怕啊？"猴子又问了一句。
　　"靠，老子害怕个锤子。走，现在就去。"他说着吐掉了手里的火柴，然后抬步向前走去。
　　路灯下，两个人戴着帽子，穿着宽大的羽绒服，低着头快速冲向了对面的茶社。
　　两个人早已经计划好了，前天晚上和昨天晚上也踩过点了。到了最后客人离开后，老板还会在茶社里收拾一下，大约二十分钟，然后关灯关门离开。这段时间是他们进去的最好时间。
　　冲进茶社的那一刻，他先关了灯。然后在里面收拾东西的老板出来了，看到两个黑影，他不禁说话了。
　　"你们干什么？"
　　他和猴子顿时愣住了，停在了原地。
　　"替范老板要你的命。"他说着冲了过去，手里的匕首闪着寒光，直接刺入了前面茶社老板的身上。
　　噼里啪啦，他和老板一起摔了下去，两人滚到了地上，撞翻了旁边的凳子。被他压在下面的老板死死地顶着他的胳膊，让他拿着匕首的手无法下来。

"过来帮忙。"他回头冲着后面的猴子喊了一声，可是猴子似乎害怕了，竟然转身跑了出去。

这时候，外面经过一辆车，车灯闪过来，照进了房间里面。瞬间的光亮，让他看清了身下人的样子。

他顿时愣住了。

光亮很快灭了。

几分钟后，他从茶社走了出来，扔掉手上带血的匕首，然后走到了对面的胡同里。

"哥，怎么样了？人、人死了吗？"胡同里，蹲在地上的猴子看到他，立刻站了起来。

他没有说话，戴着手套的手微微颤抖着。

猴子从口袋里拿出一根烟，递给了他。点着烟后，他深深地吸了一口，然后长长地吐了一口气。

"咱们回去吧，杀人这事哪有那么容易，范鬼子这是要逼死我们，大不了咱们跟他翻脸。"猴子说着扶着他向前走去。

这个夜晚，他彻夜难眠，一直到天快亮的时候才睡着了，并且还做了一个噩梦，他梦到自己回到了九年前的那个下午。

2008年5月12日下午，他当时正在上学，突然整个世界就地动山摇，然后所有人都惊叫了起来，疯了一样向外面跑着。老师一边焦急地安排他们往外跑，一边打着电话。他在中间，跟着同学们往操场上跑，然后眼睁睁看着前面有的同学被从天而降的石头砸中，他吓呆了，然后钻到了旁边一个角落里。

正是在这个角落，让他躲开了地震的伤害，活了下来。可惜，他的父亲和同学以及很多好朋友，都被地震淹没在那天下午。

九年了，他已经很久没有想起那天的事情了。他知道自己这辈子都无法忘记，不过他没想到今天会这么清晰地记起来。他当然知道原因，可是他不敢面对。

从噩梦里醒来的时候，已经是早上九点了。他的后背全是冷汗，床单上都被汗水浸湿。他走到卫生间旁边，洗了把脸，然后收拾了一下，穿上衣服走了出去。

经过人民街，穿过胡同，他来到了昨天晚上来过的花园街。皇家茶社门口围了一堆人，还有两辆警车停在旁边。

正好有两名穿着白大褂的工作人员抬着一个担架从里面走出来，经过他身边的时候，他看到担架上的人的一只手垂在外面，那只手的虎口处有一道明亮的伤疤。

他咬着嘴唇，盯着那道伤疤，心情久久不能平复。

人群慢慢散了，他也离开了。

冷风吹在他的脸上，刀割般疼。他沿着街道慢慢向前走去，最后来到了一个地下停车场，然后走了进去。

停车场的下面是一个地下娱乐场所，烟雾缭绕的封闭空间里，有的在哈哈大笑，有的在破口大骂。他穿过人群，走到了后面的房间里。

昨天和他一起的猴子正站在一边，看到他进来了，欣喜地冲他招了招手。

对面沙发上坐了一个男人，正拿着一杯酒在喝。

"事情办得不错，很好嘛！"那个男人抿了口酒说道。

他低着头，没有说话。

"开心点啊，你怎么不开心？"男人一下子将手里的杯子扔了过来，正好砸到他的额头上，顿时他感觉一股黏稠的液体从脑袋上流了下来。

"范老大，我们、我们完成任务了啊？"猴子吓得哆嗦着说道。

"完成个狗屁！黄林山还好好活着，你们干什么吃的？"范老大恶狠狠地喊道。

"可是，老大，杀人我们真的没做过啊！要不、要不我们再试试？"猴子惊恐地看着范老大。

"我再给你们五天时间，要是黄林山还活着，你们两个就替他去死吧。"范老大说着离开了房间。

猴子走过来，拿着纸帮他擦了擦额头上的血，抱歉地说道："哥，昨天，昨天对不起，我是太害怕了，所以跑了。"

他没有说话，将纸叠了一下，重新按到了额头上。他咬着嘴唇，任凭额头上的痛蔓延到全身。

"要不下次我去吧？"猴子看他不说话，又说了一句。

"不用，你去帮我做另一件事，杀人的事交给我就好。"他抬起头看着猴子说道。

"什么事？"猴子问道。

第十八章　希望

　　这是闪电侦缉组第一次正式会议，周子峰带来了他们要面对的第一个案子，也是对他们团队考核的案子。

　　也许是因为还不太熟悉，四个人坐在一起，觉得彼此还有点生疏。不过四个人早已经做好了面对案子侦破的准备。陈远觉得，有了案子，可能四个人的交流会更方便一些。

　　案子发生在阳城，这让陈远有点意外。他不禁仔细看了一下案子的具体情况。

　　2017年3月15日，阳城解放区花园街发生一起凶杀案。死者男，身高一百七十三厘米，上身着黑色高领毛衣，下身穿一条深蓝色牛仔裤，左手戴一块罗西尼手表。根据死者身份证信息显示，死者名叫林耀飞，二十七岁，住址是阳城解放区人民路28号华苑小区3号楼2单元1号。

　　根据法医现场鉴定，死者胸前被刺三刀，其中一刀刺入心口，也是致命的一刀。死者仰面倒地，两只手上有擦伤以及压制性伤口，根据现场桌椅倒地的位置推测，死者应该在死前和凶手发生过打斗。

　　皇家茶社老板名叫黄林山，根据他的口供得知死者林耀飞在案子发生前半个月来到皇家茶社进行兼职工作，本来黄林山并不想要兼职员工，但是林耀飞一再请求，甚至提出可以不要工资，所以黄林山便同意了。

　　阳城公安局刑侦队成员走访了林耀飞的社会关系，发现林耀飞本身是一名广告公司设计人员，家境条件也不错，并且他即将与未婚妻卓诗婷结婚。可是，没想到却发生了这样的悲剧。这让卓诗婷和林耀飞的家人都无法相信。

　　阳城网监大队在对花园街四周监控画面查找中发现，在案发前，有两个人从皇家茶社的对面胡同走出来，然后走进了对面的皇家茶社，监控没有拍到后面的情况，因为很快就被人破坏了。

　　陈远看完案子的基本情况后，其他人也看完了。

　　"这里只是案子的基本情况，具体详细情况，你们到了阳城，阳城公安局方面会仔细与你们接洽。阳城正好是陈远的家乡，到那里应该会方便很多。总之，希望我们'闪电侦缉组'这次能圆满完成这个案子，争取在省厅留下来。"周子峰说道。

　　"放心，一定尽心尽力完成任务。"郑卫国站了起来，大声说道。

　　"出去后，一切事情都听从郑队长安排，现在你们代表的是省厅部门，所以时刻要记得自己的形象与责任，尤其是和老百姓打交道的时候。"周子峰又叮嘱了一番。

"请领导放心,我一定会照顾好大家的。"郑卫国保证道。

"好的,记住一点,无论案子查得如何,安全第一。"周子峰对着郑卫国点了点头。

车子开出了省厅大院,周子峰站在楼上凝视着前方,眼里带着一丝担忧。这时候,叶枫端着一个保温杯走了过来。

"叶局。"周子峰站直了身体。

"怎么,担心他们?"叶枫看着前面远去的车子问道。

"是,毕竟是新发生的命案,这要是耽误了,怕影响不好。"周子峰担心地说道。

"郑卫国做了十五年刑侦工作,他侦破的案件大大小小也有三百多件。你可能不知道,郑卫国和唐副局长是警校的同学,唐建设在我面前可是立了军令状的。再说为什么这次我把阳城的案子给他们?不是有陆志国在那里吗。有这两个人,就算其他人做不了什么事情,也足够了。"叶枫说完喝了口水。

"可毕竟是对他们这个团队的考核,不能靠陆科长啊!"周子峰叹了口气。

"小周,你和陆志国都是我的学生,两个人真是两个性子。你知道陈远吧,当初陆志国听了他一次翻案推理,甚至他都知道那次的翻案推理有很大问题,还是当机立断想将陈远带到刑侦这行来,他的性格胆大冒险,惜才爱才。这正好和你性格相反,你谨慎缜密,事事用心。所以我才想着让你带这个团队,老实说,五组团队里,我对这个团队最看好。"叶枫看着周子峰说道。

"叶局,您说得对。陈远的能力还是很不错的,是难得的,他毕竟没受过刑侦培训。其实陆科长跟我说了,我这个团队说起来实力确实不容小觑。孟雪出自法医世家,她揭发上司的事情我也知道。而那个沈家明明明可以去社会企业里面做高薪演讲,却偏偏选择去监狱里做无偿罪犯心理咨询。这几个人的脾性都是好的,他们身上都有我们现在公安系统里很多警察缺少的东西,再加上他们的专业,我相信肯定能培训出一个精良的团队。"周子峰说道。

"这就对了,你要相信我们的眼光。这个团队不只是你我的希望,更是你陆师哥,还有唐副局长以及杜厅长的希望。上一次我跟杜厅长去公安部开会,龙安省组成了一个调查组,专门对省内一些冷案进行调查侦破,做得非常成功。公安部希望各省能够向龙安省学习,多培养几个精良调查组。回来的路上,杜厅长便跟我提了这个想法,我们豫南省是国内最大的一个省份,一百多万警察里难道还挑不出几个优秀警察吗?所以这次的任务也非常关键,我们做了这么大一个动作,很多人都看着呢。"叶枫抿了抿嘴唇,重新端起杯子,才发现里面没水了。

周子峰看到后,立刻伸手想拿杯子帮他去接水,却被叶枫拒绝了。

"子峰,好好做,将他们做成我们豫南省的骄傲。"

"是。"周子峰站直身体,用力点了点头。

"对了,我听说他们取名叫'闪电侦缉组'?"叶枫往前走了两步,又回过了头。

"是,是的,这个名字我觉得还可以。"周子峰说。

"不错，快如闪电。好名字，当初我带你们三个的时候，还想过让你们叫闪电三人组呢。可惜，可惜伟明不在了。"叶枫说着叹了口气，转身走了。

闪电三人组，当初陆志国、周子峰、谢伟明三个人，作为叶枫最得力的学生，在参加一次侦查任务中，为了保护陆志国和周子峰，谢伟明不幸牺牲，这也成了叶枫心里最大的一个遗憾。周子峰知道，叶枫心里一直都有一个组建超级刑侦战队的心愿，当年他们三个人就差点完成了叶枫的心愿，现在闪电侦缉组成了叶枫新的希望。

其实，他们又何尝不是陆志国和周子峰的希望呢？

第十九章　争执

　　车子在公路上飞驰，郑卫国开的车，快而稳重，就像他的性格。沈家明坐在副驾上，孟雪和陈远坐在后面。

　　沈家明一上车就开始和其他人说话，可惜郑卫国话不多，陈远更是不愿意多说什么，只有孟雪还和沈家明聊几句。这让沈家明有点烦躁不安，只好对着后视镜里的自己，不停地撩着刘海。

　　"沈家明，你是不是非常自恋？"孟雪看着沈家明对着后视镜撩头发的样子，实在忍不住问了一句。

　　"这不叫自恋，这是时刻注意自己的形象。像我这么帅的人，要是因为头发或者妆容出了问题，我会很难过的。"

　　"还说自己不自恋，切。"孟雪低声嘀咕了一句。

　　"别说我自恋，要说自恋，陈远才最自恋。"沈家明冷哼一声说道。

　　"我、我没有。"陈远顿时涨红了脸，反驳道。

　　"早上起床的时候，我看见陈远拿着一小瓶香水，不过不知道为什么他没喷。"沈家明哈哈笑了起来。

　　"那，不是我的，那，我。"陈远一时不知道该怎么说。陈远也是在今天早上才发现自己包里有一瓶香水，仔细一想才想起来，那是之前卢青青在他家的时候放在书桌上的，来省厅比较匆忙，陈远没有注意便把那瓶香水塞进了包里。

　　孟雪看着陈远的样子，不禁也笑了起来。

　　"好了，我们还是聊聊案子吧。"这时候，开车的郑卫国说话了。

　　"就是，我们应该聊聊案子了。不如大家分别说下各自想法吧。"孟雪说道。

　　"那我先说。"沈家明举了举手，"你们知道，我是一个心理大师。那我就从心理方面来说一下对这个案子的理解吧。林耀飞是一个有工作的人，并且马上要结婚了，他的经济条件应该还可以，可是为什么却会在半个月前主动去黄林山的皇家茶社当兼职员工呢？一般来说，不要钱去一个地方学习的原因无非是想学习对方开店的经验，或者说是去体验生活。黄林山的皇家茶社从位置看，并不算太好的地方，并且在我们豫南省，大部分茶社其实不是卖茶的，而是打麻将的地方。所以说林耀飞去皇家茶社兼职的目的决定了整个案子的走向。站在林耀飞的心理角度，他之所以去皇家茶社做兼职，如果从工作方面推测，可能是因为设计需要；如果从生活方面推测，可能在皇家茶社里有他想了解的东西，并且这个东西一定是在晚上才出现。结合林耀飞马上要结婚的情况，我认为他去皇家茶社的目的生活方面概率比较大，并且很有可能是情感的原因。"

"情感？他喜欢上了别的女人？"孟雪脱口问道。

"至少那个人应该是在晚上出现在皇家茶社，并且林耀飞知道这个消息是半个月前。"沈家明点点头。

"这么一说，还确实有可能。从刑侦方向调查的话，林耀飞半个月前来到皇家茶社，那么肯定要查一下他半个月前遇到了什么事情。并且我认为林耀飞的未婚妻卓诗婷也需要好好调查一下。作为林耀飞的未婚妻，林耀飞半个月前晚上在皇家茶社兼职打工，卓诗婷肯定知道一些什么。"郑卫国接过沈家明的话说了起来。

"从法医给的数据看，林耀飞当时胸口有三刀，只有一刀是致命伤口。这似乎有点不合理。凶手如果是要杀死林耀飞的话，那么为什么只有一刀是致命伤口呢？通常两人在搏斗，尤其是生死搏斗的时候，除非是失手杀人，否则对方往往会刺很多刀，尤其是致命刀口，以确保对方确实被杀了。可是，林耀飞的致命伤口只有一刀，并且刀口不算太深，这不太像失手杀人，又不像是故意杀人。"孟雪从法医方面分析了一下。

"也许对方刺中林耀飞的致命伤口后害怕了，所以离开了？"郑卫国说道。

"如果是那样的话，对方害怕了，一般情况下凶器是不会拔走的，或者会扔到现场。但是在林耀飞被害的杀人现场并没有发现凶器，这说明这是有计划的谋杀。可是林耀飞身上的伤口又不像是有计划的谋杀，这就比较奇怪了。"孟雪说道。

"陈远，你怎么不说话？"这时候，沈家明看了看后面的陈远。

"我、我。"陈远有点紧张。

"你不会还在想刚才我说的香水的事情吧？开玩笑的啦！"沈家明嘟了嘟嘴。

"没有，我、我其实对案子的见解是从现场看起的，还有就是要看看尸体的情况。现在只是看了一下简单的案情，所以不好说什么。不过刚才你们说得都很好，有一点可以确认。"陈远迟疑了一下说道。

"哪一点？"孟雪问道。

"监控录像显示凶手是两个人，但是孟雪刚才说的情况正好可以反映行凶的人只有一个，并且那个人在行凶过程中可能发生了什么事情，让他忽然停顿了下来。"陈远说道。

"为什么这么说呢？"孟雪不太明白。

"其实很简单，如果凶手真的要杀死林耀飞，那么林耀飞被刺中心口后，凶手肯定会多刺几下，保证林耀飞死掉。可是法医报告上说，只有一处是致命伤，另外两道伤不影响什么。能出现这种情况，只有一种可能性，那就是凶手在刺伤林耀飞的过程中犹豫了到底要不要下杀手，所以停了下来，没有再继续。"陈远分析了一下。

"那为什么还会有致命刺伤呢？"沈家明问道。

"之前监控视频里显示是两个人进入了皇家茶社，那说明动手的可能是两个人。如果是这样的话，那么孟雪不明白的地方就应该有答案了。"陈远抬头看着孟雪说道。

"对啊，他们两个人，一个人停了下来，但是另一个人还可以动手。也就是说,现场动手的是两个人。我们怎么把监控视频里的线索给忘了!"孟雪恍然大悟,喊了起来。

"具体情况,我们还要看一下详细资料。马上就要到了,我们要先去阳城公安局,大家做好工作的准备吧。"郑卫国说着,将车子油门踩足,向前开去。

第二十章　笔录

阳城公安局一号会议室。

主持会议的是阳城公安局刑侦科科长陆志国,阳城公安局副局长李建强也出席了会议。对于省厅安排下来的闪电侦缉组查案工作,李建强代表阳城公安局表现出了热烈的欢迎。当然,对于具体案子的侦破协助工作,则需要刑侦科来协调和配合。

"下面具体工作就由陆科长和你们对接,我这边还有一个会,所以就不陪大家了。"李建强安排好工作后,便把闪电侦缉组交给了陆志国。

"我们也不客套寒暄了,我知道你们这次来查这个案子是考核团队的能力。所以咱们直接进入主题吧。"李建强走后,陆志国开门见山说话了。

"陆科长爽快人,相信我们一定可以顺利完成任务。"沈家明笑了笑说道。

"之前给省厅方面发过去的资料只是案件当时调查的资料,后来我们刑侦科和公安局以及网监大队都进行了进一步调查,也有了资料更新。现在给大家补充一下后面我们调查的资料以及相关人员的笔录。"陆志国说着对后面的工作人员挥了挥手,工作人员将准备好的资料拿了过来,然后分发给了大家。

陈远拿起资料看了一下,他发现补充的资料其实也不多,但是有了几个人员的笔录。比如皇家茶社的老板黄林山的详细笔录,林耀飞父母、单位领导以及同事的笔录,最关键的是林耀飞的未婚妻卓诗婷的笔录。陈远看了一下林耀飞父母同事的笔录,发现没有什么异常,于是直接翻到了林耀飞未婚妻卓诗婷的笔录。

询问笔录
第一次询问
询问时间:2017年3月16日14点26分至2017年3月16日14点52分。
询问地点:阳城解放区新华派出所
询问人:邓明飞　　职务:阳城公安局刑侦科警员
记录人:王佳　　职务:阳城解放区新华派出所民警
被询问人:卓诗婷　性别:女　　出生日期:1990年11月22日
民族:汉　　政治面貌:团员　　文化程度:本科
户籍所在地:阳城市西城区东河路印刷厂家属院2号楼1单元2号
现住地址:阳城市西城区东河路印刷厂家属院2号楼1单元2号
被询问人证件号码:410××919901122 6275
工作单位:阳城市蓝月亮书店

联系方式：186×××2647

问：我们是阳城公安局刑侦科刑警，现依法对你进行询问，根据《中华人民共和国行政处罚法》《中华人民共和国治安管理处罚法》以及有关规定，对于询问你的事情，你有如实回答的义务，并且应当如实向公安机关反映所了解的情况和事实。如果你回答的内容涉及国家机密、商业秘密以及个人隐私，公安机关将予以保密。你如果提供虚假信息，影响公安机关刑侦工作，将会承担法律责任。以上内容是否清楚？

答：清楚。

问：你是否认识死者林耀飞？你和他是什么关系？

答：认识，我和他是男女朋友关系，确切地说，我们马上要结婚了。他是我的未婚夫。

问：林耀飞在出事前有没有什么异常反应？有没有和其他人发生冲突？

答：因为我的工作，耀飞出事前我们见面的次数不多。他的情绪是有点问题，可能因为我父母希望他能在婚房的房产证上加上我的名字，但是他父亲不同意。可能，他如果有情绪上的问题是因为这个。至于他有没有和人发生冲突，这个我就不清楚了。

问：林耀飞在半个月前主动要求去皇家茶社进行兼职工作，甚至提出不要工资的要求，原因你知道吗？

答：这点林耀飞没跟我说过，我后来才知道他去皇家茶社兼职的事情，我也问过他原因，但是他没有告诉我。

问：你和林耀飞认识多久？在你之前，林耀飞有没有其他女朋友？

答：我们是三年前认识的，在我之前耀飞喜欢过一个女孩，不过对方根本不知道。我听耀飞说过，那个女孩是一个公益名人，他们是在汶川地震时认识的，后来耀飞跟着她一起做志愿者。后来在雅安地震的时候，他们去支援当地灾民，结果那个女孩因为受伤感染，没有得到及时治疗，去世了。

问：对于林耀飞的死，你有什么疑问吗？

答：这个问题我不想回答。

问：对于你这块的询问暂时到这里，如果有需要会再联系你。

答：好。

陈远看着这份询问笔录，有点惊讶。按说对于卓诗婷来说，就是一个普通的询问，但是刑侦科的人却进行了这么正式的笔录，并且和林耀飞有关系的其他人的口供都很正式。

"陆科长，你们这边的询问笔录都这么严谨正式吗？我看关于林耀飞的这些同事，有的询问笔录其实很简单，也没什么可用的线索。"果然，郑卫国提出了相同的疑问。

"询问笔录其实没什么，主要是我想着你们要过来，所以做了详细正式的询问笔录，可以方便你们查阅，节省时间。"陆志国说出了理由。

"其实单看笔录并不能看出什么，毕竟这是人想过以后回答的答案。想看一个人有没有问题，最直接的反应还是在他的表情、眼神甚至肢体上。老实说，我是心理方面的专家，我看这些东西，确实看不出什么。"沈家明耸了耸肩膀。

"这个简单，你们觉得谁需要再次询问，可以直接再去找对方。之所以做这个笔录，第一是为了初步了解这些和林耀飞有直接社会关系的人的情况，第二也是为了方便结案时资料补充。"陆志国说道。

"陆科长，别听沈家明胡说八道，他都没从事过刑侦工作，根本不知道这里的情况。"孟雪说话了。

"我、我怎么是胡说八道？我擅长的专业确实是心理这块啊！"沈家明看着孟雪说道。

"我、我想和卓诗婷聊一聊。"这时候，陈远说话了，打破了沈家明和孟雪的争吵。

"是发现什么了吗？"沈家明脱口问道。

"发现了一些东西，不过也不确定，需要找卓诗婷对一下。对了，你不是心理这块厉害吗？正好可以帮我一起确认下。"陈远说道。

"正好，我要去法医中心看看，了解下尸体情况。"孟雪跟着说道。

第二十一章　内情

　　陈远和沈家明来到了蓝月亮书店。这家位于阳城闹市中心，占地面积两百多平方米的书店，生意相当不错，让陈远和沈家明有点意外。现在书店的生意不太好做，尤其是智能手机出现后，越来越多的人习惯在手机上看书，这样造成了纸质书的销量越来越差，一些民营小书店，因为高昂的房租，加上堆积难销的库存，最终接连倒闭。

　　蓝月亮经营的模式除了书以外，还有餐饮区、自由阅读区、会员交流区。然后很多家长还带着孩子在一起亲子阅读。

　　陈远和沈家明在二楼一个区域找到了卓诗婷，她负责的图书板块竟然是推理小说。推理小说看的人比较少，所以卓诗婷一个人在那里。陈远和沈家明过来的时候，卓诗婷正在看一本小说，那本小说陈远之前看过，是阿加莎的《无人生还》。

　　"你好，卓诗婷，我们是公安局的。"沈家明拿出了证件，这是出发前陆志国给他们的，方便他们调查。

　　"什么、什么事？"卓诗婷顿时紧张起来，两只手重叠在一起。

　　"你不用紧张，还是关于你未婚夫林耀飞的一些事情。"沈家明笑了笑，"来，我们坐下说吧。"

　　"我们、我们上班规定不可以坐的。"卓诗婷低声说道。

　　"那要不找领导说一声？"沈家明皱了皱眉。

　　"没关系，你们有什么事情直接讲吧。"卓诗婷说道。

　　"那好吧，那就这样问问吧。"沈家明说着看了看陈远。

　　"我看了之前你在阳城解放区新华派出所的笔录，有一些地方不太明白，想再问问你。"陈远说话了。

　　"您请说。"卓诗婷眼神有点躲闪。

　　"就是关于林耀飞和之前那个女孩的事情，上次的记录有点不清楚。你能详细说一下这个事情吗？"陈远问道。

　　"这个事情我讲了，我也不太清楚。只知道那个女孩是一个做公益的志愿者，然后耀飞当时也在做公益，就偷偷喜欢上了她。可惜后来那个女孩在雅安地震的时候过去帮忙，结果被落石砸到了后背，她一直没说，等到伤口感染了才发现，送到医院后没想到却已经不行了。这事耀飞说起来的时候也很难过，我也不敢多问……"

　　"不，这不符合女孩的性格。沈家明，你是心理专家，你来说。"陈远打断了卓诗婷的话。

"卓诗婷，你爱林耀飞吗？"沈家明看着卓诗婷问道。

"爱，当然爱。"卓诗婷毫不犹豫地点点头。

"既然爱他，那么对于他的过去，包括那个做公益的女孩，你一定会很了解。这是女人的天性，因为任何一个女人都不喜欢自己深爱的男人心里还有其他女孩。所以你没有和我们说真话，你一定知道这个女孩的名字，包括她和林耀飞之前在一起的所有事情。现在林耀飞死了，我们要找出凶手，所以要了解到他的任何事情，希望你能配合，即使是个人隐私，也需要告诉我们。"沈家明声音很温和，像是一股清泉，缓缓流过。

"不错，我知道。那个女孩叫汪敏，她比林耀飞大三岁。当时林耀飞在地震现场救人的时候，汪敏救过他，所以他喜欢上了汪敏。可惜汪敏一直把他当弟弟看待。汪敏对耀飞的影响非常大，他甚至之前还通过汪敏领养资助过一个在地震中失去父母的男孩。所以我知道，我即使再怎么做，也无法和汪敏相比。即使、即使耀飞他愿意娶我做妻子，但他心里还是忘不了汪敏。"卓诗婷说到这里，情绪不禁激动。

"那个林耀飞领养的男孩现在什么情况？"陈远问道。

"三年前，我和耀飞认识后，觉得他还没结婚就带个孩子太麻烦，于是催着他将男孩送走了。他应该不高兴，但是也没跟我说。现在看来，我是有点自私了。"卓诗婷说着捂住了嘴巴，低声抽泣起来。

"在林耀飞出事半个月前，他在街上遭遇了抢劫，并且还有报警，这是怎么回事？"沈家明又问了一个问题。

陈远愣住了，他怎么不知道这个事情。不过他很快明白了过来，可能自己之前光顾着看卓诗婷的笔录，疏忽了其他地方。

"那件事啊，那件事其实和耀飞没关系，他是帮人的。当时有人在抢劫，耀飞看到了，便过去和劫匪打了起来，后来有人报警了，在警察做笔录的时候，耀飞便登记了一下自己的信息。"卓诗婷讲了一下。

这时候，前面同事喊卓诗婷。

"要不今天先到这儿，我要工作了。"卓诗婷应了声，然后对陈远和沈家明说道。

"也行，你先忙吧。"沈家明点了点头。

陈远和沈家明走出蓝月亮书店后，沈家明说话了："你有什么看法？"

"很明显，她拒绝讲汪敏和林耀飞的事情，这说明她内心非常在乎这件事情。三年前，她认识林耀飞后，知道了汪敏和林耀飞的事情，虽然汪敏去世了，但她还是做出了一个还击，那就是让林耀飞赶走了之前通过汪敏领养的孩子。从这点上来看，卓诗婷心思非常缜密，并且她负责的书目类型区域是推理小说，这样一个性格的人，是不可能疏忽任何和自己利益有关系的事情的。所以说林耀飞去黄林山的皇家茶社兼职的事情，卓诗婷一定知道原因，不过不知道为什么她没有说这点。"陈远分析了一下。

"可能卓诗婷确实不知道。从现在接触到的这些资料，我能估摸出林耀飞大抵是个什么样的性格。他本来的性格一定是阳光热情、内心善良，喜欢帮助人。当年和汪敏一起做公益，然后暗恋汪敏，但是汪敏却意外出事，这会让林耀飞本来的性格发生一些转变，后来认识了卓诗婷，与她恋爱，卓诗婷逼着他赶走了当年和汪敏一起领养的男孩，其实这会让林耀飞的内心性格发生更大的变化。卓诗婷的这种做法破坏了林耀飞之前的性格，这样的后果会让林耀飞与她发生隔阂。我记得在卓诗婷的笔录上，卓诗婷说她忙着筹备婚礼，和林耀飞见面的次数并不多，这恰恰和其他准备结婚的男女不太一样。一般来说，准备结婚的男女，都会非常开心地一起筹备婚礼。所以我认为可能林耀飞和卓诗婷的婚姻并不是水到渠成的，也许还有其他我们不知道的情况。"沈家明捏着下巴，和陈远讲了一下。

"我们先回去吧，看看孟雪和郑卫国有没有什么发现，大家一起交流下意见。"陈远想了想说道。

第二十二章　推凶

阳城公安局法医中心位于阳城公安局对面的一栋建筑楼内，因为设施比较先进，所以周边几个城市有些法医方面的工作都是在这里进行。孟雪和郑卫国来到法医中心的时候，正好遇见一个穿着白大褂的女人急匆匆地从里面出来，看到孟雪，她一下子愣住了。

"金姐姐，你怎么在这里？"孟雪也认出了眼前的女人。她是孟雪之前实习时的同事金凤，巧合的是金凤之前是孟雪父亲的实习生，所以两人关系特别好，后来孟雪去了明城法医中心，两人也联系得少了。

"孟雪，你、你不会是省厅过来的人吧？"金凤忽然明白了过来。

"对，对，我是省厅来的。这是我们队长郑卫国。"孟雪慌忙介绍了一下。

"刚刚接到陆科长电话，让我来带人，说是省厅过来的人。没想到是你啊，孟雪，可以啊，都混到省厅了。"金凤笑嘻嘻地说道。

"哪有，这也是碰巧。我和郑队长来看一下林耀飞的尸体情况以及法医报告书。"孟雪说出了她的来意。

"行，来吧，我带你们去。"金凤说着，将孟雪和郑卫国带进了法医中心里面。

林耀飞的尸体暂时停放在法医中心的实验室，虽然还没有查到杀害林耀飞的凶手是谁，但是他的家人一直在催着想拉走尸体了。

"其实也没什么特别的地方。法医报告上写得很清楚了。"金凤说道。

"金姐姐，我现在不只是在做法医。我要通过法医的知识帮助其他组员破解案子，所以查看尸体情况，不单是看法医这方面的情况，还有其他方面。"孟雪解释了一下。

"我知道你的意思，就是你之前说的你爷爷一直希望的那个事情吧。"金凤笑了笑说道。

孟雪这才想起来，之前的确和金凤说过爷爷之前的事情。孟雪的爷爷一直希望法医的工作范围不只是了解尸体的情况，更多的是可以直接帮助刑侦，甚至直接通过法医这块破获案件。

"在刑侦这块，法医是必不可少的一面啊，法医对尸体的鉴定直接关系着刑侦的方向。"郑卫国说了一句话。

"孟雪的爷爷希望的是可以培养出法医和刑侦结合的超级人才，当然这样的人才大多数是通过法医的知识来破获刑事案件。"金凤说道。

"这有点难度吧，毕竟刑侦工作主要是靠证据说话，法医最多能提供的是物证方面的,刑侦工作还要求人证、罪犯的口供,如果遇到一些罪犯死活不承认的话,还要做其他工作。如果单单是法医这块的话,就算说得再对也没用的。"郑卫国摇摇头说道。

"好了,好了,你们不要吵了。我们快去看看林耀飞的尸体吧。"孟雪拉着金凤,然后看了看郑卫国。

金凤笑了起来,凑到孟雪的耳边轻声说了一句:"你这个领导真是老顽固。"

林耀飞的尸体被拉出来了。

基本情况和法医报告上说的一样,伤口一共是三个,其中致命的伤口是左胸口上,直接刺入了心脏。

郑卫国看了看林耀飞的两只手,发现手掌中间除了法医报告上说的伤口外,还有一些细小的磨损伤。

"现场照片有吗?"郑卫国放下林耀飞的手问道。

"有的,就在这儿。我给你拿一下。"金凤说着走出去找到了一个档案袋,拿了过来。

郑卫国打开那些照片,仔细看了一下,最后拿出了几张林耀飞的尸体现场照片。林耀飞仰面躺在地上,两边有一些倒地的凳子,旁边还有一个打翻的自动麻将桌。

"关于林耀飞身上的这些伤口,你们有什么看法吗?"郑卫国问道。

"伤口情况很明显,三道刀伤,一道是致命伤。另外手上还有一些伤口,应该是和凶手在现场搏斗的时候擦伤的。"孟雪说着,指了指照片上林耀飞的尸体说,"奇怪的地方是,如果凶手最后一刀刺入了林耀飞的左胸口,那么他因为疼痛,应该是右手捂着胸口倒地,然后整个人仰面倒地。可是,他的右手上血并不多,并且是在抓着旁边的凳子。"

郑卫国没有说话,收起那些照片,然后看着金凤说:"我们可以带走这些照片吗?用完了再还过来。"

"可以,不过给公安局的法医报告里有一份的,你们如果需要这份就拿走吧。"金凤说道。

回到阳城公安局,郑卫国把照片放到了桌子上,然后和其他人讲了一下他们调查的情况。从法医中心出来后,郑卫国和孟雪又去了一趟网监大队,对于案发当日的一些监控录像资料进行了复查,因为凶手在行凶的时候破坏了正对着皇家茶社的那个摄像头,所以后面的情况并没有拍到。

"我们重新找林耀飞的未婚妻卓诗婷问了一些问题,也发现了一些情况。"沈家明说了一下他和陈远去蓝月亮书店对卓诗婷的询问情况。

旁边的陈远则看着那几张现场照片,眉头拧成了一个川字。他看完后,又去找了一下档案袋里所有的现场照片,仔细比对了一下。其他人看他认真的样子,不禁走过去也看了一下,但是并没看出什么。

终于,陈远放下了手里的照片,转头看着沈家明,目光直直的。

"干、干什么?"沈家明被他盯得有些发毛。

突然，陈远拿起旁边桌子上一支铅笔朝着沈家明的心口刺去。

"你疯了啊？"沈家明一下子抓住了那根铅笔，身体往后退了几步，结果没留神一屁股坐到了地上。

然后陈远将沈家明旁边的两个凳子一下子推翻，其中一个凳子压在了沈家明的左胳膊上，沈家明不禁往前一推，大声叫了起来："陈远，你脑子有病啊？要干什么？"

"现场应该是这样的，不应该是那样的。"陈远喃喃地说道。

"陈远，你、你发现什么了吗？"孟雪看着陈远的样子，似乎明白了，陈远好像在想案子。

郑卫国扶起了旁边的沈家明。

"刚才试了一下现场的情况。啊，对不起，沈家明，对不起，拿你做了一下实验。"陈远这才看到一脸气愤的沈家明，眼里闪着几乎要杀死他的怒火。

"那你到底发现了什么？"郑卫国看了看陈远。

"你们看，林耀飞的现场照片。这是他被发现时尸体的照片，仰面躺在地上，两边有凳子倒地，但是距离他身体最近的一把凳子却好好地在旁边。刚才我对沈家明做了一下攻击，他在慌乱倒地的时候触碰到身边的凳子，最先倒地的肯定是距离他身边最近的凳子。可是现场比较奇怪的是距离林耀飞最近的凳子却没有倒地。"陈远指着照片上的凳子说道。

"也许是巧合吧。"孟雪猜测道。

"不，肯定不是巧合。你们看，如果这把凳子也倒下来，会怎样？"陈远比画了一下凳子的位置。

"正好挡在了林耀飞的左胸口。"沈家明看出了蹊跷之处。

"不错，如果当时凳子倒下来的话，正好挡在了林耀飞的致命伤口面前。那么我们可以想一下，凶手杀人的话，既然已经在右边刺了两刀，如果左边又被凳子挡着，肯定会选择继续在右边刺杀林耀飞。所以通过这一点可以推测，左边的致命伤口和右边的两道伤口，可能并不是一个人刺的。"陈远说着重新拿起了桌子上的铅笔，开始了案件推测，"凶手进来对林耀飞进行刺杀，先刺了两刀，然后和林耀飞一起倒在了地上。凳子跟着倒地，距离林耀飞最近的凳子挡在了林耀飞的左胸口面前，这个时候，不知道什么原因，让凶手停了下来。接着，第二个人出现了，这个人的出现让林耀飞的胸口多了一道致命的伤口。那个凳子之所以在现场没有倒地，从位置角度来看应该是林耀飞将它扶起来的。"

"这是为什么？这不可能吧？"孟雪脱口喊道。

"你们看这个凳子的边缘，黑色的东西是什么？应该是血，这个位置只有林耀飞能碰到。所以只有这一个可能。这点可以用鲁米诺液到现场对那个凳子边缘进行测试，就能看出来上面是不是有林耀飞的血液痕迹。"陈远说道。

"可是这不符合逻辑啊，林耀飞为什么要扶起那把凳子？"沈家明疑惑地问道。

"那就只有搞清楚第二个出现在现场的人是谁了。为什么林耀飞要保护这个人?我想一开始林耀飞也没有发现这个凳子的问题,可能是对方离开后,林耀飞发现了这个凳子正好挡在他的左边胸口,这不符合正常人杀人的逻辑,所以才会扶起凳子。正是因为他扶起凳子后,体力不支,所以才会仰面倒地,然后做出了死亡现场的状态。如果是被正常刺入心口,那么他在临死之前应该是捂着胸口的。这也是他没有捂着胸口的原因。"陈远分析道。

"这、这简直不可思议!陈远,这都是你通过看这些照片想到的?"沈家明和孟雪他们对视了一眼,不禁拍了拍手。

"当然不是,也是综合了你们的意见。目前有些地方还需要相关证据来确认,不过现在能确定现场除了第一个刺伤林耀飞的凶手外,后来还有别的人来过,并且这个人林耀飞一定认识,要不然也不会最后扶正椅子来保护对方。所以我建议去网监大队,将皇室茶社附近的监控录像全部调取出来,看看案发时间段,有没有和林耀飞认识的人经过。"陈远说道。

"我们刚从网监大队出来,我已经和对方说了,让他们查一下案发时候附近摄像头的内容,应该很快会有结果。"郑卫国说道。

"那我们到时候就一起看看这第二个到现场的人会是谁吧。"陈远说着抿了抿嘴唇。

第二十三章　善恶

"那是一个秋天，风儿那么缠绵。让我想起他们，那双无助的眼。"手机里传来了韩红的声音。

七岁那年，他第一次听到这首歌曲，从此就刻在了心里，永远都抹不掉。那个时候唱这首歌的人是一个大姐姐，她是一名志愿者，也是当时地震救灾的组织者。她站在台上，含泪唱着这首歌，听得所有人泪流满面，也听得所有人激情昂扬。

"阿布，太阳出来了，天已经亮了。"林耀飞拉着阿布的手，对他说道。

他点着头，回头看着身后残缺不全的家乡，眼里全是泪。

唱歌的大姐姐叫汪敏，阿布正是通过她才认识了林耀飞的。失去故乡的孩子很多，大家排着队，然后和那些充满爱心的人站在一起。虽然重组了家园，虽然有了新的依靠，可是他们的眼里还是充满了悲伤，因为他们原本的家没了。

离开家乡的时刻，林耀飞和汪敏一直在说话。具体内容是什么他已经记不清楚了，大抵是汪敏觉得林耀飞一个男的领养他会有一些问题，不如转给有需要的家庭，可是林耀飞却固执地要领养自己。

最后，他睡着了，还做了一个香甜美丽的梦。在梦里，他看到自己重新回到了家乡，家乡倒塌的房子重新起来了，学校老师和同学们也都回来了，母亲端着热腾腾的饭菜站在门口冲他招手。

醒过来的时候，车子到站了。他跟着林耀飞下了车，来到了新的城市。

那个时候的他，就像一只喜欢躲在黑暗中的老鼠一样。他不习惯新地方的任何东西，虽然林耀飞带着他买了新衣服，理了新发型，甚至还买了新玩具，可是他依然不高兴。他唯一想要的东西是一个随身听，里面有一盘磁带，那里面是韩红的歌曲，他只听其中的一首：《天亮了》。

三个月，对他来说就像三个世纪。不仅是他，林耀飞也觉得非常郁闷，因为汪敏给他的试用期也是三个月，如果实在不合适，就要将他带走，转给有需要的人家。

他记得三个月最后一天的那个晚上，林耀飞很早就回家了，他做了一桌子菜，还买了一瓶酒。看得出来，对于他们之间的关系，林耀飞很失望。

"不管如何，你只要好好的就行了。"林耀飞对他说。

他第一次见到林耀飞的难过，不知道为什么，他心里更难过，明明是一桌可口丰富的饭菜，他却一口也吃不下。

"阿布，你知道我为什么执意要收养你吗？"半瓶酒下肚，林耀飞说话了。

他摇摇头，又点点头。

"你这孩子,话总是这么少,看着非常听话,但是却非常有自己的主见,跟我小时候一样。我跟你讲讲我的童年吧。"林耀飞笑着看着他,"我很小的时候,大概和你差不多大,父母离婚了。那时候我不知道离婚是什么概念,以为就是父亲出差,可是后来才知道原来是父亲抛弃了我和母亲。然后我和母亲相依为命,那日子,真的是太难过了。尤其是在学校,经常会受到别人的欺负,他们认为我是一个没有父亲的孩子。回到家里,我又不敢和母亲说这些话,因为一说她就哭,一说她就哭。那时候我就想,真希望自己快快长大,这样就可以主导自己的人生,再也不用忍受这种痛苦。可是,越是这样想呢,日子就越过得慢,不但过得慢,还越来越难受。我的母亲为了生活,选择了去外地打工,把我扔给了姥姥和姥爷,然而我的姥姥还要照顾自己的孙子,所以我就成了那个多余的人,永远都是惴惴不安地站在一边,生怕惹到别人不高兴,否则就会挨骂,就会没东西吃。"

　　"那你为什么不离开?"他问道。

　　"七八岁的孩子,能去哪里?我只能告诉自己,好好学习,等到自己有本事了,他们就不会看不起我。我的童年就是这样一步一步熬过来的。所以我看到你,就想到了自己,我害怕你跟我一样,所以才会执意收养你。不过我们虽然命运一样,但是性格却不一样,这三个月相处下来,大家的关系也不太好。看来,只能分开了。"林耀飞叹了口气说道。

　　那一刻,他的内心忽然就痛了一下,不知道是林耀飞的故事感动了他,还是其他原因,他主动要求留下来。

　　手机突然响了起来,打断了他的回忆。他拿起来看了一下,是卓诗婷打来的电话。他愣了一下,然后将手里的纸钱全部扔进了面前的火堆里,火光迅速燃烧起来,将前面的一张照片映衬得格外明亮,照片上的人正是林耀飞。

　　这是林耀飞死后卓诗婷第三次找他,前两次他都拒绝了。这次他没有拒绝,准时赴约了。

　　阳城民主路景秀餐厅。

　　这也是之前他第一次见卓诗婷的地方,当时是林耀飞带着他来吃饭,说给他介绍个朋友,那个人就是卓诗婷,也是林耀飞的女朋友。

　　他们第一次见面就非常尴尬,尤其是卓诗婷,听说他是林耀飞领养的孩子后,顿时满脸不高兴,甚至连饭都不吃了。

　　那个时候他就知道,这世上有些事情不是你想好就会好的。

　　推开景秀餐厅的大门,他扫了一眼,发现卓诗婷已经到了,她坐在前面左边的角落等他。他犹豫了一下,走了过去。

　　"你来了。"卓诗婷抬起头看了看他。

　　他坐了下来,没有说话。

　　"找你是有件事跟你说。"卓诗婷从包里拿出一本书,放到了桌子上,那是王尔德的《巨人的花园》,"整理东西才发现了这个,这是耀飞给你的礼物,你应该收着。"

　　他拿起了那本书,是的,这是林耀飞之前送给他的礼物,不过后来因为他离开的时候太匆忙没有来得及拿。

"找你来，是想做些事。不管怎样，耀飞对你对我都是很重要的人。他现在不在了，以后我们也不会再见面了。"卓诗婷说着泪水落了下来。

他拿着那本书，不知道该说什么。

"这里有一笔钱，我也是收拾东西的时候才发现的。看了耀飞的日记才知道，他这是想在你结婚时拿给你的。"卓诗婷将一张银行卡放到了桌子上。

"我、我不要。"他强忍着情绪，身体在抖，像风中的小猫。

"这是给你的，拿着吧。以后、以后要做个好人。自己照顾好自己。我走了。"卓诗婷说着站了起来，拿着包离开了。

他盯着桌子上那张银行卡，慢慢忍住了情绪。他打开了手里的书，那是林耀飞第一次给他讲的故事——《巨人的花园》。读到最后的时候，他再也忍不住内心的难过与悲伤，趴在桌子上低声哭了起来。

十分钟后，他走出了景秀餐厅，拿出手机拨出了一个电话说道："今天晚上我就动手，我今天晚上就杀了黄林山。"

第二十四章 自首

没有等网监大队那边查出案发当日第二个去皇家茶社的人，卓诗婷来自首了。这是所有人都没想到的。

审讯室里，卓诗婷交代了一切。

其实上次陈远和沈家明去找卓诗婷问话的时候，她就想主动交代问题了，可是因为还有一些事情没有做完，所以她没有那么做。这两天，她将要做的一些事情都做好了，所以才过来投案自首。

"既然想通了，就慢慢说，将整个事情的经过一丝一毫都讲出来。"郑卫国说道。

卓诗婷点了点头，然后讲起了整个事情的经过。

卓诗婷和林耀飞是2014年认识的，当时卓诗婷和一个朋友去参加一个活动。没想到活动没搞成，他们却成了最好的朋友。于是两人经常出来吃饭，你来我往，熟悉了以后，感情也热烈起来。一年多以后，两人走到了一起。

林耀飞以前没谈过女朋友，所以对卓诗婷非常好，对于她的任何要求从不拒绝。这也让卓诗婷感觉到了真正被男人宠爱的滋味。不过林耀飞有个秘密，他每周六的下午都会有事出去，并且无论什么事都会推开，这点卓诗婷问过几次，林耀飞都没跟她说。后来，卓诗婷为了弄清楚事情的真相，于是在一个周六的下午，偷偷跟着林耀飞看他去了哪里。

林耀飞先去超市买了一些东西，都是生活食物用品，然后坐车去了一个小区，进入其中一个单元楼里面。

卓诗婷没有跟上去，她坐在单元楼下面，猜测着林耀飞去了几楼，内心有种被欺骗的伤心失落感。

一个多小时后，林耀飞和一个女人下了楼，他们中间是一个十几岁的男孩子，三个人亲密地笑着走出了单元门。看到卓诗婷，林耀飞不禁有点慌张，可是他竟然没有说什么，径直离开，没有理会卓诗婷，仿佛根本就不认识她一样。

林耀飞的这个举动让卓诗婷火冒三丈，她当即拉住林耀飞骂了起来，要他解释清楚。无奈之下，林耀飞只好先让那个女人和男孩离开，自己留下来和卓诗婷说起了原因。

原来那个男孩叫阿布，是之前汶川地震时的孤儿，父母在地震中身亡。当时林耀飞在汶川做志愿者，于是就把阿布收留了下来。认识卓诗婷之前，林耀飞一直和阿布在一起。可是后来林耀飞认识卓诗婷后，害怕引起误会，所以才将阿布送到了一个新的地方，并且帮他找了一个照顾他的女人。

卓诗婷看到的和林耀飞、阿布在一起的女人是林耀飞帮阿布找的钟点工,因为和林耀飞以及阿布比较熟了,所以看上去非常热情,其乐融融。林耀飞之所以没有和卓诗婷说这件事,是担心因此失去卓诗婷。

事实证明林耀飞的担心是对的,卓诗婷一开始倒没觉得什么,还认为林耀飞真是太善良了,竟然还收养了一个灾区孤儿。可是当卓诗婷的父亲知道后,却坚决反对,他们给了卓诗婷和林耀飞很大的压力,如果他们想在一起,就必须立刻将阿布送走,他们不希望女儿刚嫁过去就有一个这么大的孩子。卓诗婷和阿布接触过几次,对他也没什么感觉。甚至阿布还有点讨厌卓诗婷,这让卓诗婷也开始和父母的观点一样了,她要求林耀飞送走阿布,不然两人就没有办法结婚。可是林耀飞既不同意送走阿布,也不愿意和卓诗婷分手。于是,两人就这样僵持了一段时间。

2016年5月12日,林耀飞给阿布办了一个生日会。因为阿布家乡遭遇地震的时候是5月12日,所以林耀飞总在那一天给阿布过生日。生日会后,卓诗婷偷偷找到了阿布,然后告诉他现在林耀飞和自己正因为他的事情非常痛苦,甚至还哭了起来。

那个时候的阿布已经十六岁,早懂得人情世故。于是,第二天,他给林耀飞留了一张纸条就离开了。

阿布的不告而别,让林耀飞非常意外,更多的是难过。他甚至跟单位请了长假,四处去寻找阿布。

可惜,阿布是故意离开的,所以林耀飞用尽各种办法,都没有找到他。

慢慢地,林耀飞接受了阿布离开他的事实,然后和卓诗婷的婚事也开始操办起来。但是,让卓诗婷没想到的是,半个月前,有人告诉林耀飞说看到阿布出现在皇家茶社里面。然后林耀飞便去了皇家茶社蹲守,甚至跟老板提出要在那里兼职。

2017年3月15日晚上,卓诗婷来到皇家茶社,她想和林耀飞好好谈谈,希望他能够了断和阿布的事情,因为他们已经订婚了。当时,卓诗婷赶到皇家茶社的时候,已经是晚上十点多了,茶社也准备关门了。林耀飞一个人坐在麻将桌前。

对于卓诗婷的出现,林耀飞有些惊讶,不过当卓诗婷提出要他和阿布断掉关系的时候,林耀飞却不同意,最后竟然拿出一把匕首,对卓诗婷说:"你干脆杀了我吧,杀了我我们的事情就结束了,大家都不用这么难过了。"

愤怒的卓诗婷拿起匕首说道:"你真以为我不敢吗?大不了,我杀了你,我再自杀。你这样会逼疯我的。"

两人越吵越厉害,慌乱中,卓诗婷将林耀飞推倒在了地上,手里的匕首竟然刺进了林耀飞的心口。卓诗婷当时吓傻了,等到反应过来的时候,林耀飞已经不动了。后来卓诗婷害怕极了,惊慌失措之余,她离开了现场。

"我没想到,我没想到手里的刀子竟然刺中了他。"卓诗婷捂着脸哭了起来。

听完卓诗婷的口供,对面的郑卫国看了看旁边和他一起审讯的陈远,叹了口气:"这真是一个令人悲伤的事情。"

这时候,有一名警察走了进来,在郑卫国的耳边说了几句。

"刚才网监大队那边查找到了皇家茶社附近几个区域的摄像头,发现在案发前拍到了你的身影。"陆志国说道。

卓诗婷低下了头："虽然我不是故意杀死耀飞的，事已至此，我只希望可以早点枪毙我，让我早点去见他。"

"之前我们一直不知道林耀飞去皇家茶社的原因，现在才知道原来是去找阿布。你可能不知道，虽然你无心刺中了林耀飞，林耀飞应该并没有怪你，他在临死之前伪造了一下现场，用来保护你。"现在陈远终于知道了为什么林耀飞在死前要把那个压倒他的凳子扶起来，他是在保护卓诗婷。

卓诗婷听到陈远这么说，不禁愣了几秒，然后放声大哭起来。

第二十五章　被抓

阿布将口罩戴到了脸上，他后面的猴子跟着也戴上了口罩。然后两人将手里的刀慢慢扬了起来，准备冲过去。

黄林山就在前面，他似乎喝了点酒，走路有点晃。

阿布和猴子跟着黄林山已经十几分钟了，之所以没有出手，是因为黄林山的旁边一直还有其他人。阿布觉得他们冲过去了，不一定能成功。

现在，跟在黄林山身边的人终于走了。阿布和猴子觉得机会来了。于是，开始准备下手。

黄林山停了下来，拿出一根烟，塞进嘴里，刚准备点着，打火机却掉到了地上，他于是蹲下身去捡。

"上。"阿布说话了，然后拍了拍前面的猴子。

猴子跑得很快，像风一样，他迅速来到了黄林山的身后，手里的刀子刚准备向黄林山刺去，旁边却突然蹿出来一个人，一脚将他踹翻在地上。然后旁边的人出现了，除了刚才踹翻他的人，还有两个男人，顿时将他围在了中间。

猴子顿时愣住了，身体有点瑟瑟发抖。

"等了你几天，现在才出现，真不容易啊。"黄林山站了起来，点着了手里的烟，深深吐了一口。

猴子看了看前面，阿布刚才没有来得及出来，那些人就出来了，所以他还在前面角落里没有被发现。不过阿布看到猴子被围了起来，不禁有点着急。

"他妈的，我还以为是什么人要杀我，原来是一个黄毛孩子。"黄林山走到猴子面前，抓住他的下巴看了一眼，破口骂道。

猴子没有说话，眼神恐惧地看着他。

"说，谁让你来的？"黄林山问道。

猴子没有说话，不过他的身体在颤抖。

"你他妈的。"黄林山照着他一巴掌打了过去。

猴子立刻觉得鼻子一阵剧痛，一股咸热的液体流了下来，渗到了嘴里，他不禁哭了起来。

"老黄，还是个孩子，怎么办？"旁边的人看到猴子的样子，不禁说了一句。

"孩子怎么了？要不是那个替死鬼，我他妈的早死了。必须得搞清楚是谁让他来的，不然我以后天天提心吊胆的。"黄林山怒声骂道。

"小子，你告诉我们是谁派你来的，我们不为难你。"旁边的男人看着猴子问道。

猴子没有说话，他当然不敢说，要是范老大知道他出卖了他，肯定会搞死他的。所以他只是看着黄林山。

"不会是哑巴吧？"旁边的人说着，在猴子的身上搜索了一番，也没发现手机什么的。

"带回去好好问问。"黄林山说道。

"算了，一个孩子，别搞出事了。我看直接送公安局吧，至于是谁搞的事情，公安局总会有个结果。"有人说道。

"对，给公安局的朋友说下，他们应该比我们更有办法。我们要是对他做什么事，责任咱们得背呢。"其他人纷纷劝道。

"好，不过先把他带回店里，好好收拾一顿再说。"黄林山想了想，说道。

其他人没有再说什么，他们拉着猴子离开了。

阿布从旁边的角落出来了，看着他们远走的背影，阿布恨恨地拿手打了旁边的墙一下，快步跟了过去。

猴子被黄林山拉到了旁边一个水果店，然后水果店的卷闸门被关上了。

阿布知道，猴子要遭罪了。他拿出一根烟点着，深深吸了一口。

时间一点一点过去了，水果店的卷闸门终于打开，那几个帮黄林山的人都出来了，然后一个一个离开。

阿布算了一下，里面就剩下猴子和黄林山了。他将口罩重新戴上，然后走了过去，敲了敲卷闸门的门。

"谁？忘东西了？"里面传来了黄林山的声音，然后卷闸门打开了。

阿布拿出刀子，一下子抵住了黄林山的胸口，然后走了进去，跟着卷闸门被关上了。

猴子坐在地上，满脸都是血，已经被打得不像样子。

"你们是一伙的？"看到阿布戴着和猴子一样的口罩，黄林山明白了过来。

"你他妈的。"看着猴子的惨样，阿布悲愤地将手里的刀子在黄林山大腿上用力刺了一刀。

啊，黄林山痛得一下子坐到了地上，哀号着。

"黄林山，老子今天宰了你。不过死之前也让你做个明白鬼，要杀你的人是范老大，你们之间的事情以后死了到下面说吧。"阿布说着，拿起刀，照着黄林山的心口刺去。

"兄弟，有话好好说。范老大给了你多少钱？我双倍给你，还有你们给他卖命，真的不值得的。他让你杀我，等到明天警察发现了，最后抓走的是你。你还年轻，怎么能做这种事情？"黄林山被绑了起来，连连哀求着。

阿布有些犹豫了，他想起之前卓诗婷对他说的话："做个好人。"他想起林耀飞给他的那本书，《巨人的花园》。

"兄弟，你这么年轻，以后的日子还长着，何必给别人冒这个险呢？你杀了我，你就成杀人犯了。"黄林山继续说着。

这时候，阿布感觉身后有个响声，可惜还没等他回头，一个东西重重地打在了他的脑袋上,他眼前一黑,顿时晕了过去。

  阿布做了一个冗长的梦,在梦里他看到自己站在家乡的土地上,四周全部是倒塌的残垣,无数个哭泣声从四面八方涌来,然后天色阴沉,乌云盖顶,雨水倾盆而下,整个世界仿佛都要被淹没。

  阿布睁开了眼,噩梦退去。他坐了起来,然后看到面前躺着的黄林山,不过,他身上全是血,胸口有一个殷红的伤口,身体一动不动。阿布回过头,之前在后面的猴子也不见了。

  突然,门外传来了一阵急促的敲门声,阿布刚站起来,门就被撞开了,几名警察冲了进来,为首的还拿着手枪,黑黝黝的枪口对着他,然后对他喊道:"放下刀,立刻放下手里的刀。"

  阿布往后退了两步,他这才发现自己手里拿着的匕首上沾满了血,不禁心里一惊,手里的匕首当啷一声掉在了地上。

  警察冲了上来,立刻将他按在地上,戴上了手铐……

第二十六章 疑点

陆志国看完了卓诗婷的口供，然后看了看其他人，问道："你们还有什么要补充的吗？"

郑卫国清了清嗓子说道："人证、物证以及口供，包括我们警方调查的资料，没什么问题，这案子也很清楚了。卓诗婷是误杀还是过失杀人，这个就得由法院来定了。"

"你们都说说。"陆志国说着看了看对面的陈远、孟雪和沈家明。

"任何案件，都是一个悲伤的故事。不过从心理这块来看，究其原因就是卓诗婷的自私，如果她能容得下阿布，也许他们早已经幸福地生活在一起了。卓诗婷太不了解林耀飞的心理需求了。在卓诗婷的口供里，我们可以感觉到林耀飞和阿布的感情还算不错，林耀飞之所以能和一个受过伤害的孩子如此融洽，想必因为他也是曾经受过家庭伤害的人，这点应该是他离异的家庭环境所致。

"林耀飞被卓诗婷刺中要害，不但没有选择呼救，反而替卓诗婷伪装了一下现场，这说明林耀飞已经对生活没了信心。一个人如果失去了某个东西，在短时间内会走向极端。也就是说，林耀飞在当时已经不愿意继续活下去，所以在临死之前替卓诗婷做了一件事，想将致命的刀伤嫁祸给先前袭击他的两个人。这种爱，真不知道是感动还是不幸。"沈家明最后叹了一口气。

"你呢？孟雪。"陆志国问道。

"从法医这块看，已经很清楚了。根据卓诗婷的口供，也对上了林耀飞致命伤口的吻合度。如果说还有什么补充的，那应该是找到在前面袭击林耀飞的两个嫌疑人，所有的伤口情况就一目了然了。"孟雪说了一下法医这块的情况。

"那陈远呢？"陆志国最后看了看陈远。

陈远似乎没听到陆志国的话，半天没有反应，其他人顿时都看了过去。陈远的两只手合在一起，左手拇指搓着右手拇指，然后两只手在桌子上轻轻叩着，正在想什么事情。等到发现其他人的目光都落到他身上的时候，他顿时紧张得坐直了身体，脸都有点红了。

"有什么看法吗？"沈家明用胳膊推了推他。

"有，有一些。不过可能，可能也不对。"陈远说道。

"那说来听听。"陆志国饶有兴趣地看着陈远。

"我是从孟雪他们带回来的现场照片看的，我带大家还原一下犯罪现场。2017年3月15日晚上，作为黄林山的兼职员工，林耀飞送走了最后一拨客人。这个时候，有两个黑影从外面走了进来。从案发位置看，当时林耀飞应该正在整理里面的桌子，先前的两名嫌疑人出现了。他们在对面的小巷子口已经等了多时，可能就是为了等到皇家茶社最后几个客人离开。

"从皇家茶社杀人现场的照片上可以看到，当时店里灯是关着的。这点我特意了解了一下，皇家茶社门口有一个柜台展示栏，到了晚上灯是不关的，因为柜台里一些茶叶是专门摆在那里做广告的。可是案发的时候，灯却是关的。这说明凶手在进入的第一时间先关了灯，这么做的原因有两点：第一是关灯遮掩自己内心的不安与惊恐；第二则是怕林耀飞认出自己。"陈远说出了一个新的推论。

"这、这先进来的人也和林耀飞认识？"大家都知道第二个进入现场的人是卓诗婷，可是谁也没想到第一个进入现场的人竟然也认识林耀飞。

"也只有这样才能解释为什么凶手只刺了林耀飞两刀。如果凶手是冲着林耀飞去的，那么已经刺了两刀，再多刺一刀也没关系。可是第一个到现场的凶手，并没有再对林耀飞进行杀害。我想可能是某个原因让凶手看到了林耀飞的样子，所以凶手没有再进行杀害。"

"可能凶手是要杀黄林山，然后看到林耀飞并不是黄林山，所以停下来了呢？"沈家明说道。

"不，如果是这样的话，凶手更会杀死林耀飞，因为他看到了凶手的样子。凶手当时在刺入两刀后，身体正处在兴奋和慌乱阶段，如果看到自己刺杀的人不是黄林山，那么他一定会杀死对方，否则回头让对方报警了，会给自己留下太多麻烦。所以事实是，第一个到场的凶手在认出林耀飞并不是黄林山后，不但没有继续对他下杀手，反而放过了他。还有那个阿布，我们应该找到他，通过他了解一下卓诗婷的口供真假。这个案子，看起来似乎很简单，但是疑点重重，所以我觉得现在结案还有点早。"陈远说出了自己的看法。

"可能确实是这样，我一直不明白的一点是，如果卓诗婷是第二个到达现场的，当时林耀飞和第一个到现场的人发生了争斗，卓诗婷应该可以看出现场的情况有问题。可是卓诗婷并没有发现有问题，这说明在卓诗婷到达现场的时候，林耀飞很有可能收拾过现场。"郑卫国捏着下巴说道。

"根据林耀飞尸体上的前两道伤口，确实不太严重，收拾现场是可以做到的。但这是为什么啊？林耀飞包庇卓诗婷可以理解，毕竟是他的未婚妻，可是前两个袭击他的凶手呢？林耀飞为什么要这么做呢？"孟雪说道。

"所以这个案子其实并不能算结案。如果从程序上讲，是可以申请结案。但这是考核我们的案子，我们必须将所有的疑点都搞清楚。先前那两个人还没有抓住，所以我认为我们先不能提交上去，否则可能会影响我们的考核成绩。"陈远看了看陆志国说道。

陆志国拿起手里的案宗，想了一下，重新放到了桌子上，然后说道："陈远说得没错，虽然现在卓诗婷已经自首，并且林耀飞被杀的真相细节也有了，但这是各位的考核案件，所以我希望能调查完整，一切疑问都解决后，再交给省厅。"

其他人相互看了一眼，点了点头，同意了。

第二十七章　翻供

拘留室的窗户很小，抬头望去，好像只有巴掌大一样。一同被关在一起的是一个女孩，只有十八九岁，染着黄发，戴着耳环，浓妆艳抹的，满嘴都是脏话。卓诗婷和她几乎没有一句话可说，只是简单敷衍了几句，最后换来了女孩几句臭骂。其中有一句让卓诗婷深有触动。

"都关进拘留室了，还装什么装？不累吗？"

以前，她也用同样的话问过林耀飞。她那时候一直觉得林耀飞领养阿布，有点装，可是现在她忽然理解了林耀飞。有些事情，也许外人看起来的确难以理解，可事实并不是那样的。就像她和这个黄毛，确实是没什么话可说，并不是她装清高。

那个时候的她，就像这个黄毛一样，气急败坏下，用最难听的话骂对方，可是林耀飞从来没有跟她发过脾气。

卓诗婷抱住了双腿，把头埋进了两腿之间，隐忍地哭了起来。此时她才忽然明白了林耀飞的心理，知道了林耀飞是多么爱她，而她却那么伤害了他，甚至无情地赶走了他最在乎的阿布。

"怎么，第一次被关进来吧？没事的，一两天就出去了。"看到卓诗婷哭了起来，旁边的黄毛又说话了。

"我出不去了。"卓诗婷抬起头说道。

"为什么？"黄毛问。

"我杀了人。"卓诗婷说着咬着嘴唇。

"真的假的？看、看不出来啊！"黄毛有些咋舌。

卓诗婷没有再说话，重新将头埋进了膝盖里面。她只想做一只鸵鸟，将头埋进沙子里，永远不要出来。

可是，任何事情总要有结果，不管今天如何糟糕，明天都会照常来临。

拘留室的门被打开了，有光进来，一个女警察喊出了卓诗婷的名字，她慢慢站起来，然后走了出去。

阳光有些刺眼，她闭着眼，半天才适应过来。

"今天要去法院吗？"卓诗婷问道。

"哪有那么快，现在公安局那边还没有把你的档案送到检察院，公检法三步最快也得一个月才能走完。"旁边的女警说道。

"那现在做什么去？"卓诗婷问道。

"询问最后一些东西，签字，没问题的话，档案就会被移到检察院。好心跟你说下，如果你有人，想找人帮忙，趁着现在，不然等档案到了检察院或者法院，就算你找人也不好操作了。"女警偷偷说了一句。

"我、我不需要。"卓诗婷迟疑了一下。

"随便你喽。"女警白了她一眼,走了出去。

这时候,走廊对面走过来两个人,前面的是一个瘦瘦的男警察,后面跟着一个十六七岁的男孩,他低着头,慢吞吞地走着。

"这么年轻,什么事?"带着卓诗婷的女警看到那个男警察后面跟着的男孩,问了一句。

"杀人。"男警察说了一句。

卓诗婷被他的话吸引住了,不禁抬头看了一下那个跟在男警察后面的人,仔细一看顿时呆住了,停在原地半天没有往前走。而那个男孩也抬起了头,眼里同样露出了惊讶的目光。

"怎么是你?怎么是你?你怎么会在这里?"卓诗婷突然像一头暴怒的狮子,一下子冲了过去,然后拉住那个男孩大声叫喊起来。

那个男孩没有防备,一下子被卓诗婷推了个正着,一屁股坐到了地上。当他看清眼前的人是卓诗婷的时候,颤抖着嘴唇:"我、我、我是被冤枉的。"

"干什么?干什么呢?"旁边的女警和男警立刻拉开了他们。

卓诗婷的突然举动惊动了旁边所有的人,就连那个男孩也坐在地上一动也不动。

女警用力抓着卓诗婷的手,往前推着她走去。卓诗婷还在叫喊着,最后几乎成了哭声:"不是说让你做个好人,不是说让你做个好人吗!你个浑蛋。"

"起来吧。"男警察拍了拍地上坐着的男孩。

"我是被冤枉的。"男孩看了看男警察说道。

"这话留给法官说,我没权力说你冤枉不冤枉。"男警察说道。

"麻烦你跟那位姐姐说一下,说我是冤枉的。"男孩说道。

"你们认识啊?不过说也没用了,她跟你一样,都是杀了人的。"男警察耸了耸肩,无奈地叹了口气。

男孩像泄了气的皮球,顿时低下了头。然后,突然,他撒脚向前跑去,这一幕发生得太快,等到他面前的警察反应过来的时候,那个男孩已经跑到了卓诗婷的后面,他用身体撞了卓诗婷一下,用力说道:"我没有杀人,我是被冤枉的,卓姐姐,我是被冤枉的。他们说你也杀了人,你为什么要杀人啊?你不是说让我做个好人吗?"

这时候,后面的男警察已经追了过来,将男孩拉了起来。

"我是被冤枉的,我没有杀人,我没有杀人。"男孩叫喊着,被那个男警察拉着离开了。

卓诗婷愣在了那里,半天没有说话。

"这世界真奇怪,两个认识的人竟然在这里遇见,并且都背上了杀人的案子。看那孩子的样子,要不真没杀人,要不真是害怕了。"女警扶着卓诗婷站了起来,叹了口气说道。

"他确实是个孩子，除了我，恐怕这世上没有人能够再管他了。"卓诗婷说着眼泪落了下来。

"你先管好你自己吧。"女警摇了摇头，拍了拍她的肩膀。

女警说得不错，卓诗婷再次来到了审讯室。这次询问他的人和上次的人不一样，旁边的人介绍了一下，原来是阳城公安局刑侦科的科长陆志国。

"这次询问你，是有一些地方还不太明白。你要是知道，麻烦配合下。"陆志国问道。

卓诗婷点了点头。

"2017年3月15日晚，你去皇家茶社的时候，发现林耀飞有没有什么异常？要是可以，你仔仔细细将你那天晚上进入皇家茶社的情况讲一遍。"陆志国问道。

"那天我到皇家茶社的时候，茶社的外面黑漆漆的，没有开灯。耀飞在里面收拾东西，我问他为什么不开灯，他说停电了。然后我和他说起了结婚的事情，他开始推三阻四，不愿意多说。再后来我们就吵了起来，林耀飞不知道从哪里找了一把匕首，扔到了桌子上，他说你干脆杀了我吧，杀了我什么事都没了。我当时被愤怒冲昏了头脑，直接拿起了刀子，然后对他说道，你真以为我不敢吗？大不了，我杀了你，我再自杀。你这样会逼疯我的。林耀飞后来站起来赶我走，我拿着刀子和他推搡着，慌乱中刀子竟然刺进了他的身上，然后他一下子摔倒在地上。

"当时我害怕极了，走过去看了一下，结果发现耀飞竟然已经没了气息。慌乱中，我便离开了现场。"卓诗婷说了一遍当时的情况。

"当时你发现林耀飞被刺中倒地，为什么没有想着救他，反而会离开现场？"这时候，陆志国旁边的警察说话了。

"我本来想救他的，可是发现他没了呼吸，已经死了。当时我又害怕又慌乱，便先离开了。"卓诗婷说道。

"那后来知道林耀飞死了，第一次在派出所对你询问笔录，你为什么不讲出实情？"那个警察又问道。

"林耀飞死后，我父母那边也乱成了一片。我本来打算去自首的，可是我想在去自首前先安顿好父母。还有，还有林耀飞的母亲，他的母亲有病，一直在农村老家，我卖了我们的婚房，将钱留给了她。办完这一切，我才来自首的。"卓诗婷说道。

这时候，门被推开了，一个警察走了进来，将手里的一份文件放到了桌子上，然后低声和陆志国说了几句话。

"你知道不知道，在你去皇家茶社之前，还有两个人去过那里，并且还伤害了林耀飞。"陆志国旁边的警察继续问了起来。

"我、我不知道。哦，我想起来了，怪不得那天林耀飞的样子有些奇怪，原来他受伤了。"卓诗婷恍然大悟。

"对，可能你更想不到的是，那两个伤害林耀飞的人其中有一个你认识，他正是之前林耀飞领养的那个孩子——阿布。"陆志国接口说道。

"什么？"卓诗婷惊呆了。

不止卓诗婷惊呆了，旁边的那名警察也愣住了。

"是的，刚刚得知的消息。其实这也证明了，为什么先前对林耀飞伤害的凶手只是刺了他两刀，并没有下杀手，因为其中有一个是阿布，他认出了林耀飞，所以停手了。同样，林耀飞也没有说出来，没有报警，是因为其中有一人正是林耀飞去皇家茶社等的人，也就是阿布。"陆志国说道。

"这不可能，阿布怎么会杀耀飞？就算他再恨他，也不可能杀他的。你们一定搞错了。"卓诗婷叫了起来。

"你说得没错，阿布肯定不会杀林耀飞。确切地说是阿布和他的同伴去杀黄林山，结果林耀飞在替黄林山守店，他们以为林耀飞是黄林山。等到刺中林耀飞两刀后，才发现那不是黄林山，于是停了下来。"旁边的警察解释了一下。

"对，就是这样。然后林耀飞怕别人发现阿布来皇家茶社，所以忍着身上的伤痛整理了现场。他没想到的是，你又来了，所以才发生了后面的事情。"陆志国对卓诗婷说道。

"阿布要杀黄林山？这是为什么呢？"卓诗婷摇着头，喃喃地说道。

"确切地说，阿布已经杀了黄林山。刚才接到了阳城东区派出所的消息，有一个名叫达布的四川籍男孩，杀死了黄林山。因为黄林山和我们查的案子有关系，所以派出所跟我们知会了一声，我们过去的警察发现这个达布和出现在林耀飞被杀现场的监控录像里的两个人中的一个非常吻合，最后确定，他就是当时刺伤林耀飞的其中一个人。"陆志国说道。

"阿布没有杀人，他没有杀人，他是被冤枉的。"卓诗婷一下子情绪暴躁起来，然后对着陆志国喊道，"你不是领导吗？你要救他，他是被冤枉的。"

"冤枉不冤枉，不是我说了算的。达布杀人现场证据充足，再加上他之前去皇家茶社的目的就是杀害黄林山，铁证无疑。"陆志国说道。

"他是冤枉的。我要救他，我不能让他有事。我要救他。"卓诗婷大声喊道。

"我很理解你的心情，不过你都自身难保了。"陆志国叹了口气，然后看了看旁边的警察说道，"就这样吧。"

"不，我要翻供，我之前说的话都是错的，我没有杀耀飞。我没有理由杀林耀飞，他是我未婚夫，我不可能杀他。我没有杀人。"卓诗婷看到陆志国要离开，于是大声喊道。

"卓小姐，你以为公安局是游乐场吗？闹着玩的吗？你说的情况我们都经过了现场证据的核查，就算你反悔也没有用的。"陆志国有点生气地说道。

"你们要证据证明是吗？我有证据证明我没有杀人。"卓诗婷看着陆志国，缓缓地说道。

"你有什么证据？"旁边的警察站了起来问道。

第二十八章 铁证

阿布被带进了审讯室。

对面坐着两个警察,一个负责询问,一个负责记录。负责询问的警察是阳城公安局东区分局的唐明,也是在现场抓住阿布的警察。

"我没有杀人,我是被冤枉的。"阿布用力拍了拍面前的桌子,可惜双手被固定着,徒劳无用。

"没有杀人?那我问你,2017年3月15日晚9点到10点,你在哪里?"唐明冷哼一声问道。

"我、我,我不记得了。"阿布话到嘴边说不出来了,他当然记得那天晚上自己在哪里,他和猴子在皇家茶社的对面胡同,等到皇家茶社快关门的时候,他们冲了进去。本来他们要对皇家茶社的老板黄林山下手,但是不知道为什么里面的人却变成了林耀飞,于是在林耀飞认出自己后,他快速离开了。

"不记得了?那我帮你回忆下。"唐明说着拿起一份文件,上面是几张监控录像的打印画像,"2017年3月15日晚上9点到10点之间,你和另一个同伙在阳城花园街皇家茶社对面胡同等待时机,等到对面皇家茶社客人走完后,你们冲进茶社里面对里面的人进行刺杀。你们的目标是皇家茶社的老板黄林山,可是那天在里面的人却不是黄林山,于是在发现这个情况后,你们匆匆逃离了现场。我说得对吗?"

阿布的后背冒出了冷汗,警察怎么会知道得如此清楚,仿佛就在现场一样。难道是范老大告发了他?不,范老大都不会知道得这么清楚。

"说,你们为什么要杀黄林山?"唐明放下了手里的文件,继续问道。

阿布没有说话,对方问的这个问题让范老大的嫌疑没了,范老大肯定不会这么害自己,不然自己交代了,不是给范老大找麻烦吗?

"达布,你以为你不说我们就拿你没办法了吗?告诉你,你杀人的事实清楚,物证清楚,人证清楚,就算你不开口也没关系,物证和人证到了检察院依然会裁定你杀人事实成立的。所以我劝你早点认罪,争取宽大处理。"唐明说道。

"我没杀人,我没有杀人,哪来的物证、人证?对,那天我确实去了皇家茶社,可是后来我也没杀人啊。"阿布说道。

"那我问你,2017年3月18日晚上10点10分,你为什么会去黄林山的商铺?当时我接到报警,带人过去的时候,现场只有你和黄林山的尸体。杀人的凶器在你手里,经过验证上面的指纹是你的,我们调查了黄林山的朋友,他们说本来他们已经抓住了你的同伙,准备送往公安局的,可是不知道为什么黄林山后来会被杀死。是不是你为了救你的同伙,杀了黄林山啊?"唐明厉声问道。

"我没有，我、我。"阿布不知道该说什么。

"我看你是不到黄河不死心，不见棺材不掉泪。"唐明说着拿出了一份笔录，然后说道，"这是你的同伙侯晓光的笔录，他已经承认了和你一起去杀黄林山的事情，并且他亲眼看见你杀死了黄林山，他已经做了你杀人的直接人证。你还有什么话好说？"

"你说什么？侯晓光做了我杀人的直接人证？这不可能，他胡说八道，我当时是去救他的，他怎么陷害我？我要见他，我要见他问清楚。一定是你们逼他的，他不会这么做的。"阿布大声叫了起来，整个身体开始颤抖。

"你以为我们是什么人？我们至于为了你去逼他吗？你可以见他，等你想清楚自己做了什么事情后就能见他了。今天先到这里吧，你自己好好想想，坦白从宽，抗拒从严，不要心存任何侥幸心理。"唐明看阿布的情绪有点激动，停止了询问。

阿布被重新关进了拘留室。

门被关上了，世界一片阴暗。

猴子竟然说是他杀了黄林山。

这是阴谋，这是陷害。

阿布想起了当时发生的事情，当时黄林山对他连连哀求，希望他不要杀他。阿布的确没有杀他的想法，他答应了林耀飞要做个好人，可是当他想起林耀飞的死后，顿时便有一种想离开人世的冲动。可是，他当时犹豫了，因为他想起了卓诗婷对他说的话。后来，有人从背后袭击了他。等到他醒过来的时候，黄林山已经死了，并且杀死黄林山的匕首在自己的手里。当时只有猴子在他的身后，他醒过来的时候，猴子已经不见了，并且警察冲了进来。

这一切太过巧合。

这一切肯定是被人设计好的。

猴子，他的面前闪现出了猴子那阴晴不定的表情，还有他来回晃动的眼珠子。原来是他在设计陷害自己。

这是为什么呢？

猴子为什么要这么做呢？

2016年5月12日，林耀飞给阿布举行了一个生日会。前半部分，阿布非常高兴。可是到后半部分的时候，卓诗婷找到了他，并且和他讲了一些话。那些话全部是他如何如何影响了林耀飞和卓诗婷的感情，并且因为阿布，林耀飞要面对很多事情。阿布知道，卓诗婷看似是无意中跟自己抱怨，其实言外之意是让自己选择离开。

阿布知道，因为自己林耀飞和卓诗婷经常吵架，甚至还有一次卓诗婷要求分手。对于这件事情，他也想了很久，自己已经不再是之前的小孩子了，于是当天晚上，他给林耀飞写了个留言，便离开了。

就在那天晚上，他遇见了猴子。离开林耀飞后，阿布才知道社会的恐怖。他身上没有多少钱，没有办法去旅店住宿。去火车站露宿被人赶出来，去二十四小时的麦当劳，因为不买东西也被赶出来。后来他来到了阳城东边的一座大桥下面，到了那里才发现原来这个城市无家可归的人太多了，甚至那座桥下面都是很多人争抢的地盘。他躲在一个小角落，结果被人欺负，是猴子帮他解了围，然后带着他去了附近一个商场的地下室，两人在那里睡了一晚上。

认识范老大，也是猴子带阿布去的，猴子的一个朋友在范老大手下干活。通过那个朋友，猴子和阿布也过去了。范老大让他们做的活儿很简单，都是一些偷鸡摸狗、坑蒙拐骗的事情。一开始，阿布不屑于做这些事情，可是慢慢地，为了生活，只好下水了。阿布因为脑子聪明，做事勤快，很快得到了范老大的赏识，猴子跟着他，生活也好了起来。虽然他们再也不用去桥底下抢地方睡觉，但是阿布并不开心，因为他知道自己做的这些事情是不对的。

2017年春节的时候，范老大跟黄林山做了一笔生意，结果范老大被黄林山坑了。黄林山虽然看似是一个小茶社的老板，但是背地却有很多有势力的朋友。范老大找过黄林山几次，结果都没讨着好果子吃，所以范老大才有了想找人干掉黄林山的主意。这个主意，自然而然就落在了阿布和猴子身上。

阿布和猴子都不愿意杀人，但是又不敢违背范老大的意思。所以他和猴子商量，对于黄林山，他们就教训教训他算了。反正范老大也不在现场，根本不知道他们的情况。

可是，现在黄林山竟然真的死了，并且猴子作证诬陷阿布杀人。这是一个阴谋，显而易见，阿布成了这个阴谋的牺牲品。想到这里，阿布不禁大声拍着门喊道："我是冤枉的，我没有杀人，我没有杀人。"

可惜，沉重冰冷的铁门，没有任何回应。

第二十九章 救人

　　卓诗婷的话让陆志国吃了一惊。
　　坐在旁边的陈远皱紧了眉头，他一直都觉得卓诗婷是凶手这个真相有点问题，但是却总找不到原因。现在卓诗婷突然翻供，让陈远的担心变成了事实。
　　"你再说一遍，你要为你说的话负责，这不是开玩笑的。"陆志国又问了一次。
　　"我说得很清楚了。林耀飞的致命伤口是在左胸，可我是一个左撇子。我习惯用左手拿东西，当时的现场你们可以看一下，林耀飞的左胸口旁边还有一把凳子在挡着，如果是我刺中他的话，那么他中刀的位置应该是右胸口，而不是左胸口。所以林耀飞不是我杀的，至于我是不是左撇子的问题，你们可以找我认识的人了解下，并且我去看过医生，有医生的诊治记录。"卓诗婷又说了一遍。
　　"你先前为什么要自首？为什么要说自己杀了林耀飞？"陆志国问道。
　　卓诗婷低下了头，没有说话。
　　"卓诗婷，我在问你话，为什么要说自己杀了林耀飞？"陆志国敲了敲桌子。
　　"我可以说，除非你们答应我一个条件。"卓诗婷抬起了头。
　　"什么条件？"陆志国问道。
　　"帮她救阿布。"旁边的人脱口说道。
　　"是，是的。"卓诗婷这才注意到陆志国旁边的警察，他年龄看起来不大，长得清秀腼腆，话虽然不多，但是每次都准确无误地找出问题的答案所在。听陆志国刚才喊他，他的名字叫陈远。
　　"我们需要商量下，然后再给你回复。"陆志国看了看卓诗婷。
　　"其实就算你不说，我也知道原因。"这时候，陈远说话了。
　　"嗯？"旁边的陆志国有点惊讶。
　　"现在我来帮你说一下，2017年3月15日晚上十点多，你到了皇家茶社去找林耀飞，结果进去后发现里面一片混乱，并且林耀飞受了伤，于是你走过去想报警，又或许想带他去医院，但是却被他拒绝了。然后林耀飞告诉你刺伤他的人是阿布，他不希望你报警。看到林耀飞如此袒护阿布，你和林耀飞再次争吵起来，再后来，不知道林耀飞和你说了什么，但是其中一定有一点，就是无论阿布做了什么，你一定要帮他，救他。你答应了林耀飞，然后离开了现场。第二天，你知道了林耀飞遇害的消息。你以为是阿布杀害了林耀飞，你虽然恨他，但是却不愿意违背对林耀飞的承诺。伤心欲绝的你，后来决定帮助阿布，将杀死林耀飞的罪名扯到自己身上。这样一来，你既可以和林耀飞一起死去，又可以兑现对林耀飞的承诺。我说得对吗？"陈远说道。

卓诗婷惊呆了，她愣愣地看着陈远，半天没有说话。

审讯室外的人也愣住了，因为卓诗婷的表情已经说明陈远说的是对的。

"今天你突然听到阿布杀了人，然后你才翻供，想救阿布。于是说出了你没有杀害林耀飞的直接证据，就是你是左撇子的情况。我想这也是你之前给自己留的后路，就是怕万一有什么事情，可以有回旋的余地。"陈远继续说了一下。

"你是谁？怎么这么清楚这些事情？"卓诗婷喃喃地说道。

"因为阿布和林耀飞的事情有关系，我们会了解一下。至于他到底有没有杀人，刚才我也说了，这不是我们所能决定的。既然你不是杀害林耀飞的凶手，我们也不需要再关着你，你办下手续，今天就可以出去了。"听到这里，陆志国说话了。

从审讯室里出来，陆志国直接让所有人去会议室开会，并且让负责阿布案件的分局刑侦支队带着资料和相关人员过来一起开会。

半个小时后，唐明带着两名警察赶了过来，他们是负责阿布案件的人。

唐明以前是阳城公安局刑侦支队的，后来被调到了分局做刑侦支队队长，不过他和公安局里的人都比较熟悉，尤其是陆志国，算起来还是他的老上司。

"唐队长，喊你过来是要了解下达布杀人的事情，你送来的资料我们看了下，不是特别详细。"陆志国对唐明说道。

"没问题，没问题。不如我跟大家仔细说一下吧，不然再整理这资料，怕大家等着。"唐明笑了笑。

"可以，记住要仔仔细细说一下，不要漏了任何情节。"陆志国点了点头。

"昨天晚上110接到电话，说阳城东区的菜园口28号底商有人行凶杀人。消息转到我们刑侦队后，我带人直接赶了过去。敲开28号底商的门，我们看到了一个人躺在地上，胸口全是血，已经死去多时，现场只有一个十六七岁的男孩。经过现场取证检验，凶器上的指纹就是这个男孩的。这个男孩叫达布，四川人。我们带回局里审了一下才知道，他竟然是之前林耀飞领养的一个孩子，想到现在你们这边正在查林耀飞的案子，所以早上我让人简单写了一下情况，送到了这边。"唐明说了一下阿布的情况。

"报案人是什么人？还有我看你直接给我的是人证、物证俱全。人证是什么人？"陆志国看了看手里的资料问道。

"人证就是报案人，也是达布的同伙，名字叫侯晓光。侯晓光打电话举报阿布杀人，他们之前就去死者黄林山的皇家茶社进行过一次谋杀，但是没有成功。所以我在资料里询问了一下，是不是这个达布也是杀害林耀飞的凶手，他会不会是把林耀飞当成了黄林山。"唐明说道。

"我们这边有证据证明达布并不是杀害林耀飞的凶手。"陆志国说道。

"侯晓光作为达布的同伙，为什么要举报他？还有达布杀死黄林山的动机是什么？"这时候，郑卫国说话了。

"这个还没来得及审讯，今天本来是第一次复审，可是达布的情绪非常差，一直说自己是冤枉的，所以我也没有急着下定论。"唐明说道。

"这点做得不错，虽然达布的案子人证、物证都有，但是他的口供没落实。所以还是要仔细一点，因为这个案子涉及我们现在查的这个案件，如果出了问题会直接影响后面的查案方向。"陆志国对着唐明满意地说道。

"现在林耀飞的案子怎么办？卓诗婷不是凶手，那么凶手会是谁呢？"沈家明问道。

"我看可以将达布的案子和林耀飞的案子合并起来，本身他们中间就有联系，如果合并到一起的话，可能结果会事半功倍。"郑卫国提出了一个新的想法。

"嗯，这样也可以。"陆志国捏着下巴思索了一番，点了点头。

第三十章　援助

卓诗婷从公安局出来了。

两天前,她带着死亡的准备走了进去,现在却意外地出来了。

阳光照在身上,她闭上眼,有一种莫名的感觉。

"姐妹儿,真是你啊?"这时候有人从后面走了过来。

卓诗婷转过头看了一眼,发现说话的人竟然是之前在拘留室的那个黄毛。

"这年头真奇怪,你不是杀了人?杀了人还能放出来啊?"黄毛嚼着口香糖看着她。

卓诗婷没有说话,抬脚向前走去。

一辆重型机车从前面呼啸着开过来,停在了那个黄毛身边,开车的是一个男孩,将一个头盔递给黄毛,黄毛坐到后面抱住了男孩的腰。男孩一加油门,车子风一样向前飞驰而过,只留下一股浓重的机油味道和灰尘。

那个叫陈远的警察说得很对,那天晚上,卓诗婷去皇家茶社找林耀飞,进入茶社,发现林耀飞正在里面收拾东西。她走过去看到林耀飞胸前在流血,仔细问了一下才知道刚才有人进来袭击了他。

"那还不报警?"她一听,急急地拿出了手机。

"不要、不要报警。"林耀飞拦住了她。

"为什么?"她不明白。

"他们不是故意的。"林耀飞说道。

"他们是谁?你认识伤害你的人?"卓诗婷愣住了。

林耀飞点了点头,坐了下来。

"是阿布?"突然,卓诗婷明白了过来。

"要不是你那天对他说那些话,他也不至于变成现在这个样子。"林耀飞叹了口气。

"他变成什么样子跟我有什么关系?他走上了歪路,怎么就怨我了?既然是他做的,那么就应该报警,让警察好好教育教育他,要不然以后还不知道会怎样。"卓诗婷顿时勃然大怒,拿起手机坚持要报警。

"他已经答应我,不再做坏事了。你这么做,不是要毁了他?你、你现在怎么这样?卓诗婷,我告诉你,如果你还想和我结婚,就答应我不要再去伤害阿布,要好好地对他。"这时候,林耀飞突然像一头愤怒的狮子,对着卓诗婷吼了起来。

卓诗婷从来没见过林耀飞这样,她安静了几秒,顿时叫了起来:"你竟然为了他来威胁我们的婚姻,你是不是疯了?"

"我是疯了，要不你杀了我吧。"林耀飞不知道从哪里找了一把匕首，扔到了桌子上。

卓诗婷顿时被愤怒冲昏了头脑，直接拿起了刀子，然后对他说道："你真以为我不敢吗？大不了，我杀了你，我再自杀。你这样会逼疯我的。"

林耀飞冲过来夺走了她手里的刀子，扔到了一边："你走吧，我想一个人静静。"

卓诗婷没有再说话，站了起来，离开了皇家茶社。

那个警察陈远竟然能如此准确地推测出这一切。

或许，他能够救阿布。卓诗婷忽然想到这一点，于是，她回头重新去了阳城公安局。

陈远似乎早已经想到卓诗婷会来找她，卓诗婷走进公安局门口，就看到了站在门口的陈远。

"其他人、其他人不在吗？"卓诗婷问道。

"其他人出去调查阿布的事情了，我想你可能会回来找我，所以在这里等你。"陈远说道。

"你怎么会知道？"卓诗婷对陈远实在是太惊讶了。

"猜测而已。"陈远说着往前走了两步，"其实我也帮不了你什么，现在陆科长已经答应调查阿布的事情，你安心等待就好。"

"我、我知道。可是，我，唉。"卓诗婷一时语塞，不知道该说什么。

"我知道你想说什么，你是不是觉得因为你的自私，才导致了现在的情况？如果当初你能大度点，让阿布留在你们身边，事情也不至于到现在这样。不过事情已经发生了，自责也没用。有些事，终会有结果的。其实你现在最需要的是见一下我的同事沈家明，他会帮到你。"陈远说着拿出一张纸条，递给了卓诗婷，上面是沈家明的电话。

"其实我对你们隐瞒了一点东西。那天回去后，耀飞给我发了一个信息，他说要我好好照顾阿布，然后我心里慌张，有些不安，便又去了一趟皇家茶社，结果发现耀飞他竟然已经死了。"卓诗婷说着眼泪落了下来。

"你看了他胸口的伤口？"陈远问道。

"是的，我看到了他的伤口情况，我知道那一道致命的伤口是他自己刺的，可是我不明白为什么。一直到后来我在收拾耀飞的遗物的时候发现了他在医院的一个化验单，原来他患上了肝癌，已经是二期重度了，只剩下两个月的生命了。"卓诗婷吸了口气，说出了另外一件事。

"原来是这样。"陈远叹了口气，"我一直都觉得林耀飞的致命伤口有点奇怪，可能是他自己做的，可是却找不到他这么做的理由，现在终于明白了。"

"本来我已经安排好了一切事情，我把林耀飞留给阿布的钱给了他，以为一切都没问题了。然后我投案自首，为的就是能够跟随耀飞一起离开，可是没想到却意外知道了阿布杀人的消息，所以我不得不翻供。因为我答应了耀飞，要让阿布好好的。"卓诗婷说道。

"林耀飞之所以选择提前离开,并且将那致命的一刀刺向自己,为的就是希望阿布可以迷途知返,也希望你能接受阿布。因为林耀飞知道自己的性命已经注定要失去,他希望自己最在乎的两个人能够好好地在一起,好好地活下去。林耀飞真的是良苦用心啊。他知道自己的死亡真相一定会被找出来,即使阿布和你被冤枉了,到时候也能还你们清白,然后让你们知道他的希望和期盼。"陈远说着眼睛不禁有点湿润。

"是,我一开始并不知道耀飞的用心。现在我明白了,所以我一定要将阿布救出来,我相信耀飞用生命对阿布的劝告,他一定听了进去,他一定不会杀人的。"卓诗婷点着头,早已经泪流不止。

第三十一章　逃亡

这是一间普通的房子，坐落在阳城老区的二马路上。二马路是一个即将要拆迁的地方，附近的小区和房子早已经搬空，但是到了晚上，里面却还住有人，都是一些租不起房的底层人员，甚至还有一些流浪汉和乞丐。

这里是猴子暂时待的地方，因为这里相对来说比较安全。四周都是一些鱼龙混杂的人，警察一般不会来这里，范老大的人更找不到这里。

猴子现在很痛苦，他出卖了阿布。

事情要从他们决定再次对黄林山下手的那天下午说起。猴子在外面买烟的时候，有一个男人找到了他。

男人希望猴子可以帮他做一件事，那就是在对黄林山下杀手后，打晕阿布，然后再给警察打一个报警电话。

猴子当场拒绝了对方，可是对方拿出了一大笔钱。猴子从没见过这么多钱，他心动了，最后在男人的劝说下，答应了对方。

当天晚上，他冲过去对黄林山袭击的时候，结果被对方抓住了。然后在他以为一切都完蛋的情况下，阿布来救他了。面对阿布的出现，他当时真的想放弃和那个男人的约定，可是那个男人说了，如果他不按照他们的约定去做，不但他活不了，阿布也别想活。无奈之下，他只好从背后打晕了阿布，然后借着阿布的手拿着匕首杀死了黄林山。然后，他离开了现场，给警察打了一个电话。

猴子打完电话后没有走，而是在外面等了会儿，最后看到警察过来，将阿布从里面带了出来，押上了警车。

做完这一切后，猴子给那个男人打了个电话。那个男人按照他们的约定，将答应好的钱给了他。本来以为一切都结束了，可是男人却让猴子去公安局做一个笔录，证明黄林山是阿布杀的。

"你要是不去，那么我只好把当时你借阿布的手杀死黄林山的视频发给警察了，虽然你拿了一笔钱，可是恐怕没有命来花了。当然，如果你按照我的办法去做，一切事情都完美了。杀死黄林山的人是阿布，跟你没关系。我也不会再找你。"那个男人连哄带吓地说道。

猴子到那一刻才知道，对方从一开始就给他设置了一个圈套，他进来后就出不去了，必须按照对方的路子来陷害阿布，否则他就会被推进去。

无奈之下，猴子只好听从对方的话，到公安局做了笔录，将黄林山被杀的所有事情都推到了阿布的身上。

这一切做完后，猴子便躲了起来。因为不但警察在找他，范老大也在找他。

现在他觉得自己像一只躲在黑暗里的老鼠，不敢见光。虽然他拿着一笔巨款，但是却不敢出现，只能躲起来。

此时此刻，猴子非常痛恨自己，他也非常后悔自己为了点钱出卖了阿布。想想阿布对他那么好，可是他却做了这种事。

砰砰砰，这时候，突然有人敲门了。

猴子一惊，站了起来，快步走到门边，低声问了一句："找谁？"

"刘大夫在吗？我们想看病。"外面传来了一个女人的声音。

"他搬走了。"猴子松了口气，听房东说过，他住的这个地方以前住着一个乡下医生，附近住的这些人没钱看病，都会来找这个医生看病。后来医生离开了这里。

"求求你了，开开门吧。孩子病得不轻。"外面的女人声音悲伤，似乎快要哭了。

猴子打开了门："他真的搬走了，不信你看里面，柜子都没了。"

门外站着一个女人，她穿着一件黑色的羽绒服，身材纤细，她慢慢抬起头，笑了笑说："医生真的走了啊？"

"是啊，我又没有必要骗你。"猴子点点头。

"那好。"女人低下了头，然后很快又抬起来，问道，"医生不在，不如你帮我吧？"

"你说什么？"猴子没听清楚，不禁身体往前靠了靠。

这时候，女人手里突然多了一根细长的钢丝，然后以迅雷不及掩耳之势一下子将猴子的脖子缠住，往前拖去。

突如其来的攻击让猴子一下子摔在了地上，整个人被女人拖着。缠绕在脖子上的钢丝仿佛要勒进肉里，让他无法呼吸，他用力蹬着双脚，可惜却根本无能为力。

经过门口的时候，猴子的左手一下子抓住了门边，然后他借势翻了个身，两只脚对着女人踢去。女人没有防备，一下子松开了手。

猴子借着短暂的时间，立刻从地上爬起来向前跑去，他一边跑一边将脖子上的钢丝取下来。钢丝确实缠绕得特别紧，最前面的一圈都嵌进了肉里，取下来的时候，弄得脖子生疼。

女人从后面追了过来，不过猴子已经跑进了前面一座建筑楼里，那是一座已经空置等待拆迁的楼房。先前猴子专门去里面看过环境，建筑楼的后面有一个墙壁被人砸开了一个洞，可以直接钻出去，洞外面就是二马路的路口，那里是一个宽阔的十字路口，还有一些超市、小商店，人比较多。

猴子连滚带爬地向前狂奔，建筑楼后面的那个洞是他唯一的希望。那个女人在后面紧跟着，两人距离并不远。终于，猴子跑到了建筑楼走廊的尽头，只见那个洞面前有三五个男人坐在那里。

糟了，猴子顿时明白了过来，他上次来的时候听人说过，有时候有一些流浪汉为了要钱，会守着那个洞，不让人过去。有些为了走捷径的人，便会给他们一些钱做过路费，现在看来这几个人守在洞口，估计是等着要钱的。

"小子，要过去吗？拿钱来。"其中一个男人看到猴子跑过来，直接说了起来。

钱，对了，猴子忽然想起了自己身上有钱。他从口袋里拿出一沓百元大钞，然后对那几个男人说道："这些钱给你们，帮我拦住后面那个女人。"

"哈哈，没听错吧？我一个人就搞定了。"那个男人笑了起来。

"人家说了，是让我们一起拦住。你一个人想独吞啊。"果然，猴子手里的钱成功吸引了那几个人。

猴子把钱给了他们，然后自己钻出了洞。他往外走了两步，又回头低身看了一下里面的情况。

只见那几个男人站在前面，确实拦住了那个女人，不过没有一分钟的时间，那几个男人就被那个女人打翻，一个一个躺在地上，哭爹喊娘地叫着。

"这是来杀我的啊！"猴子吓坏了，再也不敢看下去，撒开脚丫子向前面跑去，然后看到对面有个出租车过来，直接上了出租车。

"去哪里？"出租车司机边开车边问道。

"公安局，去公安局。"猴子急急地说道。

出租车司机奇怪地看了看猴子，直接加大油门，向前开去。

通过后窗户，猴子看到那个女人站在街头四处看着，确定她没追过来，猴子松了口气。

"看你这样子，遇到什么事了吗？这么晚了去公安局？"司机看着猴子惊魂未定的表情，不禁问了一句。

司机的话提醒了猴子，是的，这么晚了去公安局兴许没什么用。并且他想起之前那个男人让他去公安局作证，指不定那个男人和公安局的人都认识，自己这么过去万一自投罗网了怎么办？这时候，猴子忽然想起了一个人，那是阿布之前跟他说的，如果在这个城市走投无路的话，一定还有个人会收留他。

"去西城区东河路印刷厂家属院。"猴子脱口说出了那个人的地址。

"确定？"司机问道。

"确定，就去那里。"猴子连连点头。

司机掉了一下头，向左边的路口驶去。

二十分钟后，出租车停了下来，猴子付了车费，下了车。他记得阿布说过，那个人的家是住在2号楼1单元2号。

猴子走进小区，找到2号楼1单元，从楼下看了一眼，2号的家里亮着灯。谢天谢地，他松了口气，这说明家里有人，于是，他快步走了进去。

猴子上楼后没多久，一个人影从外面走了进来，暗淡的光亮下映出她的脸，她正是先前追踪猴子的那个女人……

第三十二章　灭口

门铃响了，卓诗婷立刻从沙发上坐了起来。她按照陈远给她的电话和沈家明约在家里见面，不过卓诗婷没想到对方来得这么快。

打开门，卓诗婷愣住了，门外站着的人竟然是一个二十岁左右的男孩，一脸狼狈，大口大口地喘着气。

"你，你是阿布的……家人吧？"男孩上气不接下气地问道。

"你是什么人？"卓诗婷狐疑地看着他，他显然不是陈远说的那个同事。

"我、我是猴子，阿布的朋友。我能进来说吗？"猴子擦了一把脸上的汗水说道。

"进来吧。"卓诗婷将猴子请了进去，然后关上了门。

猴子似乎很紧张，时不时往窗外看着。

卓诗婷给他倒了一杯水，放到了桌子上："我以前听阿布提过你，不过从来没见过你。你找我是有什么事吗？"

"我现在被人追杀，我做了错事。"猴子叹了口气，用力揪了揪自己的头发说道。

"这么严重？为什么不报警呢？"卓诗婷看着他不禁说道。

"警察不能相信的，这话说来就有点长了。总之，姐姐，让我在你这儿先躲一躲，我要是被他们发现了，肯定会被灭口的。"猴子一脸恐惧地说道。

这时候，门突然响了起来。

猴子像触电般一下子站了起来。

"不用紧张，来的是警察，是我约的一个警察。"卓诗婷笑了笑，对猴子说道。

"你约警察干啥？"猴子愣住了。

"有点其他事，不过正好，你要是需要他帮忙，可以找他。"卓诗婷说着往门边走去，打开了门。

沈家明确定了一下地址，就是眼前这个地方。虽然和卓诗婷沟通是沈家明的拿手本事，可是这要去卓诗婷家里，并且还是单独过来，沈家明还是有点尴尬的。本来他是要拉着陈远一起过来的，但是陈远却有其他事情，最后沈家明只好自己一个人过来了。

对于卓诗婷现在的心理状态，沈家明在路上已经想好了用什么办法来处理。卓诗婷现在对于林耀飞的死，处于极大的愧疚中，所以才会做出假冒杀死林耀飞的凶手，以求一死能赎罪的举动。很多人在生活中会遇到这样的事情，因为自己的一个问题导致亏欠别人。这种情况下,最好的办法就是移情修复。阿布,就是卓诗婷最好的移情对象。因为林耀飞临死之前将阿布托付给了卓诗婷,所以阿布是帮助卓诗婷走出心理阴影的最好办法。

陈远和其他人正在忙着调查阿布的事情,如果阿布真的是被冤枉的,那么自然是一件好事;如果他没有被冤枉,则需要用事实让卓诗婷认清现状。所以这次沈家明的家访沟通也显得非常关键。

敲开门,沈家明愣住了,开门的不是卓诗婷,而是一个陌生女人,不过长相不错,穿着一件紫色的毛衣和一条蓝色的牛仔裤。

"你找谁?"女人打量着沈家明。

"你好,我找卓诗婷,我和她约好见面的。"沈家明抚了抚额前的刘海,这是他见到美女后的一个习惯性反应。

"哦,她临时有事出去了。让你明天再来。"女人笑了笑说道。

"是吗?那太不巧了,我大老远来的。你是她那个合租的室友吧?"沈家明问道。

"是的,不好意思,让你白跑一趟。"女人点了点头。

"那行吧,我明天再来。不过,可以借个厕所吗?"沈家明不好意思地问道。

"当然,当然可以。"女人将沈家明让进了房间里。

两分钟后,沈家明出来了。

"方便告诉我你的名字吗?"沈家明问道。

"问这个干什么?"女人有点生气了。

"对于美女,我总是想认识,下次见面了我们也好熟悉一些。"沈家明笑了起来。

"不好意思,我对你没兴趣,请你赶快离开。"女人冷声说道。

"是不是等我离开了,你好对卓诗婷下杀手啊?"沈家明依然笑着,不过声音变得冷漠起来。

"你什么意思?"女人盯着他。

"卓诗婷根本没有什么合租室友,刚才我去卫生间只看到了一个人的洗漱用品,这说明你也不是长住在这里的。我和她约好今天见面,即使她有事要爽约,也会给我一个电话或者信息。这所有的条件加到一起证明你是一个陌生人,确切地说你是一个不速之客,并且绑了卓诗婷,她应该就在房子里的某个地方。"沈家明看着女人的脸,说出了自己的分析。

"哼。"女人冷笑了一声,"这世上聪明的人很多,可惜聪明过头就是愚蠢。既然你想死,那么也怪不得别人了。本来我想放过你的,可是你非要往枪口上撞,那就怪不得我了。"

"终于露出自己的真面目了。"沈家明说道。

女人没有说话,从腰里拿出了一把闪着寒光的匕首,对着沈家明冲了上来。

当啷,一番打斗后,女人手里的匕首掉在了地上,沈家明将女人压在了地上,然后从腰上取出了手铐,给她戴上。不过因为沈家明是第一次给犯人戴手铐,还是有些不熟悉，摸索了半天才戴上。

"真是不好意思，第一次用这手铐，有点生疏。"铐好了女人后，沈家明不好意思地说道。

"你到底是什么人？"女人怒声问他。

"不是说了，我是一名心理专家，哦，忘了说，我现在做了警察。不过你别以为我刚才制伏你的本事是做警察后学的，我跆拳道黑带八段可是我之前上大学时学的，就是害怕遇到一些犯罪分子打不过，防身用的。没想到学了这么多年，第一次遇到的竟然是个女杀手。恐怖。"沈家明说着哆嗦了一下身体。

接下来，沈家明在房子里找了一下，最后在主卧找到了被绑着的卓诗婷，他解开了卓诗婷身上的绳子，取掉了她嘴里的毛巾。

"快，柜子里还有个人，需要马上急救。"卓诗婷急急地说道。

打开柜门，猴子从里面摔了出来，沈家明慌忙扶住了他，然后探了探他的鼻息，又摸了摸他的脉搏。

"怎么样了？我现在马上联系医院。"卓诗婷一边问一边拿起旁边的电话。

"不用了，他已经死了。"沈家明摇了摇头说道。

卓诗婷顿时呆住了，手里的电话掉落了下来……

第三十三章 黄雀

阿布虽然只有十七岁，但是目光却比同龄人坚定很多。他安静地坐在那里，目光和陈远对视着，没有一丝逃避和恐惧。

"我再说一次，我没有杀人。我承认，我当时确实是想杀黄林山，但是没有下手。后来被人打晕了，等我醒过来的时候，黄林山已经死了。这就是事实。"阿布再次陈述了自己的话。

"这是对你的调查资料。人证是侯晓光的口供；物证是当时在你手里的凶器，上面有你的指纹；动机，你之前去皇家茶社就准备杀黄林山——这一切都能证明黄林山被你杀死的概率是百分之九十九。"陈远拍了拍桌子上的调查档案说道。

"为什么你说百分之九十九？如果认定是我杀人的话，不应该是百分之百吗？"阿布问道。

"因为没有被法院判定的案件，我们都不会说百分之百。也就是说你只有百分之一的希望。"旁边的郑卫国解释了一下。

阿布听到后，整个人顿时瘫了下去。

"到现在你还不说是谁指使你杀黄林山吗？"陈远再次问道，"这是你最后的机会了，我想你不希望林耀飞在九泉之下死不瞑目吧？他用自己的性命希望感化你，你是真的不明白，还是不愿意去相信？"

"我，我，我。"阿布低下了头，眼泪流了出来，片刻后，他抬起了头，轻声说道，"我对不起林叔叔，你们赶快枪毙我吧，人是我杀的，我没什么好说的。"

陈远心头一震，不禁看了看旁边的郑卫国。

郑卫国刚想说什么，陈远却拍了拍他，然后结束了询问。

从审讯室出来，守候在外面的唐明立刻跟了过来："怎么样？这小子其实就是杀人犯，只不过他害怕而已，所以故意说自己没杀人。"

"为什么不继续问下去？"郑卫国问陈远。

"阿布为什么会一直喊冤，可是说到林耀飞的时候又说自己杀了人，只求一死呢？我觉得其中肯定有其他隐情，这个隐情让阿布很痛苦，宁可用死来赎罪，也不愿意讲出来。这里才是整个案子的关键所在。当时他的情绪已经非常激动，再问也是徒劳。这块心结，我看还是要等沈家明过来帮忙解开。"陈远说了一下情况。

正在聊着的时候，沈家明打来了电话。

"好，我们马上过去。"郑卫国听完电话，对陈远说道，"沈家明去卓诗婷家里出了点事。"

"沈家明过去应该带个警察一起的，他一个人肯定不行，这是违反规定的，可他就是不听。"陈远叹了口气说道。

十五分钟后，郑卫国和陈远赶到了卓诗婷的家里。

单元楼门口围满了群众，郑卫国和陈远拉开警戒线走了进去。现场就是卓诗婷的家里，不过进入后了解了一下，陈远和郑卫国才知道事情并不复杂。沈家明按照和卓诗婷约好的时间过来，结果发现开门的不是卓诗婷，于是留了个心眼进去看了一下，结果推测卓诗婷可能被绑架了。

"你抓住的人？"看着旁边被绑着的罪犯，陈远问道。

"当然是我，难道还能是别人？"沈家明抚摸了一下自己额前的刘海。

"真没想到沈警官不但心理专业厉害，还是跆拳道高手。这个女人的信息我们已经确认了，她的绰号叫毒玫瑰，是国内通缉多年的杀人犯。没想到今天栽在你手里。"负责记录的警察对沈家明连连夸赞。

"可惜侯晓光被她杀了，卓诗婷也受了伤。"沈家明有点遗憾地说道。

"抓紧审讯毒玫瑰，看一下是谁雇用她杀侯晓光的。"郑卫国看了一下现场的记录资料说道。

"毒玫瑰这样的杀手一般都受过培训，普通审讯很难让她开口的。我看还是让我试试吧。"沈家明说道。

"那行，本来想让你去和阿布沟通下，看下他的心理症结在哪里，不过审问毒玫瑰要紧。"郑卫国犹豫了一下说道。

"我去医院看下卓诗婷，也许从她身上能找到一些可以解开阿布心结的东西。"陈远说道。

"这样，孟雪还在检查侯晓光的尸体，等她结束了，你们一起过去吧。大家分头工作，下午回来开会，汇总一下各自调查的情况。"郑卫国看了看陈远和沈家明。

侯晓光的尸体没什么复杂情况，就是被一刀致命，这充分说明了毒玫瑰的目标以及下手的狠毒。

"听沈家明说，这个侯晓光是专门跑到卓诗婷这里来躲避毒玫瑰的追杀的，没想到还是丢了性命。"陈远有点惋惜地说道。

"毒玫瑰显然是老手，下手残忍，目标准确，即使侯晓光不在这里，估计也难逃一死。对方杀死侯晓光的目的会是什么呢？这个侯晓光是阿布杀人的人证，难道说毒玫瑰是为了救阿布？"孟雪疑惑地说道。

"正好相反，我看这个毒玫瑰杀死侯晓光的目的就是让阿布的人证不能再翻供，确认无误。这样一来，警察就只能以侯晓光之前的口供作为人证证据来敲定阿布的罪行。即使阿布真的是被冤枉的，想找出其他证据恐怕都难了。"陈远说道。

"如此看来阿布、卓诗婷和侯晓光，都不过是棋子，真正在后面的凶手还没有一丝痕迹露出来。"孟雪恍然大悟。

"不错，真正的凶手躲在后面操纵着一切，这才真正可怕，因为你不知道对方下一步会做什么。单从对方能雇用得起毒玫瑰这样的杀手，就可以看出对方一定不是什么简单的人物。"陈远皱着眉头说道。

"对了，你让我查的事情我特意重新去比对了一下。"孟雪忽然想起了一件事。

"是吗？怎么样？"

"和你想的一样，如果是那样的话，整个现场的情况也就显得顺理成章了。可是，我不太理解，为什么会是这样一个情况？"孟雪说道。

"现场是一个谁都不知道会发生什么事情的场所，就像我们每个人的情绪一样。你永远无法想象下一刻会发生什么事。一个平常懦弱老实的人，可能会突然爆发杀人。同样，一个性格暴躁的人，也可能会突然有一天变得安静沉稳。真正不变的就是现场留下的证据，通过这些证据推测出现场发生的情况，然后找出当事人的举动，再利用心理方面的知识来解读当事人的举动，最后找出事情的真相，这也是我们这个闪电侦缉组的作用。"陈远说道。

"厉害，听你这么一说，感觉事情好像很明朗了。"孟雪不禁对陈远夸奖了一番。

"没有了，这不也得靠大家嘛。"陈远不好意思地挠了挠头。

第三十四章　真相

　　这次的会议有点不太一样，除了阳城公安局副局长向国安、刑侦科科长陆志国以及刑侦队队长关鹏飞和闪电侦缉组的成员外，还多了两个人，他们分别是卓诗婷和阿布。

　　参加会议的人对于卓诗婷和阿布的出现有点意外，不禁低声议论。不过，很快郑卫国就打消了他们的疑惑。

　　"关于林耀飞的案子，其实之前提出过结案，但是因为还有一些疑惑的地方，所以和陆科长讲了一下，拖延了几天。现在可以说案子正式结束了。相信大家也知道，这个案子是我们闪电侦缉组的一个考核案件，所以我们非常慎重。现在我们开始给各位汇报一下这个案件的真相。

　　"五天前，我们从省厅来到阳城，开始接手阳城花园街皇家茶社发生的命案。通过阳城公安局刑侦科给我们的资料和我们后期的调查，我们得知发生于阳城花园街皇家茶社的命案现场其实一共有两拨人出现。第一拨人是两个人，他们是在命案的晚上9点到10点之间进入皇家茶社。他们毁掉了店面门口的监控设备，进入皇家茶社后，与当时在皇家茶社里面的林耀飞发生了争斗，刺了林耀飞两刀，但是都不致命。然后，两人离开了现场。没过多久，另一个人又来到了现场，这个人的出现和离开十分钟不到，然后等这个人离开后，林耀飞便死在了皇家茶社。"郑卫国讲了一下事情的经过。

　　"那这么说凶手就在这三个人中间了？"向国安问了一句。

　　"不错，并且那天出现在现场的三个人中有两个今天就坐在我们会议现场。"郑卫国点点头，然后说道。

　　"不会吧？难道说在那天去过现场的人是他们两个？"所有人的目光落到了阿布和卓诗婷的身上。

　　"对，那天卓诗婷和达布就是去过现场的人。另外还有一个叫侯晓光的，不过他已经遇害了。所以说，那天到过现场的人我们都已经找到了，并且也知道整个事情的真相。"郑卫国点点头。

　　"郑队长，这个达布是杀死黄林山的人，莫非他也是杀死林耀飞的凶手？"坐在后面的唐明问了一句。

　　"唐队长不要着急，听我们慢慢讲出事情的真相。"郑卫国说着看了一下旁边的陈远，"那么，我们先从当时的犯罪现场说起吧，这一点由陈远跟大家说一下。"

　　陈远点了点头，说话了："现场其实比较乱，来过两拨人，并且在这期间，林耀飞还曾经调整过现场，这也是导致我们侦查方向之前出现错误的原因。刚才郑队长说了，现场一共来了两拨人，其中一拨是这个叫达布的男孩，还有另外那个遇害的侯晓光。他们是在晚上9点到10点进入皇家茶社的，他们在进入之前，怕别人发现，破坏了旁边的监控摄像头，还关掉了皇家茶社里面的灯。

"达布和侯晓光他们要刺杀的对象其实是皇家茶社的老板黄林山，因为关了灯，所以当时他们并不知道里面的人不是黄林山。等到达布与林耀飞开始了打斗，并且刺了林耀飞两刀后，达布看清了林耀飞的样子，然后停了下来，并且迅速离开了现场。"

"为什么？不会是怕杀错人吧？"关鹏飞问道。

"不，当然不是，原因是林耀飞和阿布认识，并且两人关系非同一般。"陈远摇摇头说道，"2008年5月12日，汶川地震，阿布失去了自己的家园和家人。当时作为志愿者的林耀飞通过一个公益组织领养了阿布，然后将他带到了阳城。可惜，后来因为林耀飞的女朋友卓诗婷不想让阿布和他们在一起生活，阿布不得不离开了林耀飞，流浪在外面。阿布离开林耀飞后，林耀飞非常难过，他一直在寻找阿布。就在他出事的半个月前，他遇到一个人抢包，结果发现那个人竟然就是阿布。林耀飞没想到阿布竟然堕落成了抢匪盗贼，他觉得自己没有照顾好他，所以才想着再次见到阿布，希望劝他回头。林耀飞不知道通过什么办法知道阿布要对黄林山下杀手，所以他才提出去黄林山的茶社里兼职，为的就是希望能够在阿布来的时候劝他回头。"

"这有点麻烦吧？为什么不直接找到阿布呢？"唐明不太明白。

"林耀飞在前段时间查出了肝癌晚期，他的生命期限没有多久了，所以他才选择了用生命劝告阿布。"陈远说着，看了看对面坐着的阿布。

果然，听到这个消息，阿布浑身颤抖了一下，他转过头看着旁边的卓诗婷，卓诗婷含泪点了点头。

阿布戴着手铐的手用力握着，因为痛苦身体在微微颤抖。

"因为阿布和林耀飞的关系，当时阿布和侯晓光离开了现场。当然我相信林耀飞一定也对阿布说过劝他回头，不要走歪路的话。阿布的两刀不是致命伤，所以林耀飞忍着伤痛，将现场重新收拾了一下。没过多久，卓诗婷来到了现场。卓诗婷是林耀飞的未婚妻，他们因为阿布的事情导致本来应该准备的婚姻停了下来。那天晚上，他们因为阿布再次争吵起来，气愤之余林耀飞甚至拿出了之前阿布刺伤他的匕首，慌乱之余卓诗婷刺中了林耀飞，最后负气离开了现场。"陈远说道。

"这么说林耀飞是被卓诗婷杀死的？"关鹏飞说道。

"之前卓诗婷自首的时候，我们也以为是这样。但后来卓诗婷说她是一个左撇子，林耀飞的死亡现场左胸口有凳子在一边，按照习惯，卓诗婷应该是刺中他的右胸口。再加上，卓诗婷在回家后还收到了林耀飞的一条短信，加上法医对林耀飞的死亡时间判断，卓诗婷并不是杀死林耀飞的凶手。"陈远答道。

"那杀死林耀飞的凶手是什么人？"唐明问道。

"在解开凶手的面目之前，我想让我的同事沈家明给卓诗婷和阿布讲一下埋藏在林耀飞心底的一些东西。相信大家听完后，就会明白一切。"陈远没有回答唐明的问题，将问题抛向了沈家明。

沈家明轻声咳嗽了一下，撩了撩额头前的刘海说道："这真是一个悲伤的故事。在这个看似简单，却迷雾重重的命案里，真的是让我看到了人性的真谛。这里有本书，是之前林耀飞给阿布的礼物，名字叫《巨人的花园》，是英国童话作家王尔德写的。故事内容很简单，一个巨人有一个美丽的花园，每天都会吸引附近很多小孩子过来玩耍，这让巨人非常烦恼。于是有一天，巨人便赶走了这些小孩子。花园安静了下来，可是巨人却并没有高兴起来，反而想念那些孩子的欢笑声，尤其是到了冬天，孤零零的巨人倍感孤独。终于，春天来了，阳光进来了，他才发现那些孩子才是赶走孤独的阳光，是花园里的春天。在林耀飞的世界里，他就是那个孤独的花园，而巨人就是他的未婚妻卓诗婷，那些孩子就是阿布。当年林耀飞从灾区将阿布带到自己的家里，他们相依为命，因为林耀飞小时候就是孤独的，所以他不希望阿布和他一样。可是后来他认识了卓诗婷，卓诗婷却不喜欢阿布在他们中间。巨人赶走了孩子，作为花园的林耀飞感到了从未有过的孤独。并且他发现自己生命所剩无几，所以他用自己的生命来劝告卓诗婷和阿布，希望他们能相互扶持，好好生活。所以，林耀飞左胸口那一道致命的伤口不是别人刺的，而是他自己刺的。"

"什么？林耀飞是自杀的？"关鹏飞惊声叫了起来。

这时候，卓诗婷和阿布不禁放声哭了起来。

"不错，陈远在和卓诗婷聊后想到了这一点，然后我重新去看了法医报告，并且验证了尸体的情况。林耀飞的致命伤口从位置上看，他自己确实能做到，并且因为是他自己刺向自己，所以在中间因为疼痛会稍微有停顿，伤口的刺入也就分成两次，血液的渗出情况也会有所不同。"孟雪点点头，确定了这一点。

"不对啊，阿布刺了林耀飞两刀，卓诗婷当时也刺中了林耀飞，再加上林耀飞自己刺中的致命刀口。这应该是四道伤口，可是林耀飞身上只有三道啊？"关鹏飞提出了一个疑问。

"对，刚才说了卓诗婷是左撇子，所以她的那一刀刺在了林耀飞的右边，我检查了一下林耀飞的尸体，最后发现卓诗婷的那一刀和之前阿布刺中林耀飞两刀中的一刀重复了。也就是说，卓诗婷刺中的地方和之前阿布刺中的一刀重叠了，所以才会出现林耀飞身上一共被刺中四刀，但是却只有三道伤口的情况。"孟雪讲了一下其中的原委。

"原来是这样。"大家恍然大悟。

"林耀飞本希望可以像巨人的花园一样，给卓诗婷和阿布营造一个美丽的花园，可惜事情总是难以如愿。在童话故事里，巨人知道了自己的错误，可以重新拥有美丽的花园和可爱的孩子们，但是在现实中，失去了就永远失去了，只希望活下来的人能够珍惜，理解林耀飞的苦衷与愿望。"沈家明叹了口气，看了看对面的卓诗婷和阿布。

"真是一波三折，这个案子难为你们了。"陆志国听完大家的发言，说话了。

"林耀飞的案子结束了，但是和这个案子相关的工作其实还没结束。这次我们汇报案件，第一是为了给省厅那边的考核一个初步回复，第二是希望可以查清楚和这个案子相关的情况后再回省厅。"郑卫国说道。

"什么意思？林耀飞的案子还有什么地方没有查清楚吗？"陆志国愣住了。

"确切地说，我们的这个案子其实并不算完全侦破了。阿布和侯晓光为什么要去杀黄林山？并且黄林山确实被杀死了，现在凶手直指阿布，唯一的人证侯晓光也被人灭口。所以我认为真正杀死林耀飞的凶手，其实就是这个隐藏在背后的人，他让阿布和侯晓光去杀人，然后再让侯晓光给阿布制造了杀人的现场，最后再杀死侯晓光，这样就造成了死无对证，阿布成为杀人凶手的真相。所以说，只有抓住这个隐藏在背后的人，才算是找到了真正的凶手。"郑卫国解释了一下。

"不愧是省厅过来的人，就是不贪功，不急躁，做事认真仔细，宁可牺牲自己的考核时间，也要为案情的完整负责。这点我会跟省厅领导汇报的。"向国安不禁对他们竖起了大拇指。

第三十五章　探心

　　这世上从来就没有无缘无故的谋杀。就像一段感情，从来没有无缘无故的爱，也许是人中一眼，也许是某个瞬间，又或者是某一句话，才让双方产生火焰，彼此相爱。

　　闪电侦缉组正式接手了黄林山被杀的案件，之前负责这个案件的唐明按照上级要求全力配合闪电侦缉组的工作。

　　陈远和孟雪去了黄林山被谋杀的现场，那是黄林山开的一个水果店，平常也不怎么开门。根据调查，那天黄林山抓住了来袭击他的侯晓光，便让人将侯晓光带到了水果店。本来黄林山的朋友希望他直接把侯晓光送到派出所的，但黄林山想先问一下是谁派侯晓光过来的，所以才去了水果店。结果没想到，后来阿布也赶来了。进门就用刀顶住了黄林山，将他绑了起来。

　　阿布的口供里说他在犹豫着要不要对黄林山下手的时候，被人打晕了。当时屋子里只有黄林山、阿布和侯晓光三个人，那么打晕阿布的人只能是侯晓光。侯晓光在被毒玫瑰追杀的时候，逃到了卓诗婷的家里，并且跟卓诗婷说了自己做了对不起阿布的事情。但是具体的事情侯晓光却没有说。

　　"侯晓光为什么在被毒玫瑰追杀的情况下不去公安局呢？之前他还专门在唐明那里做了指认阿布杀人的笔录。"陈远坐到车上，不禁想起了一个问题。

　　"也许是当时比较着急，慌不择路吧？"孟雪说道。

　　陈远摇了摇头："不，应该不是。卓诗婷不是说了吗？侯晓光是第一次来她家里，并且进来的时候还试着问是不是达布的家人。这说明他是特意来到卓诗婷家里的。在那种情况下，选择一个陌生的地方，却不去公安局或者派出所，应该只有一种可能。"

　　"公安局不安全？"孟雪脱口而出。

　　"不错，只有在这种情况下，侯晓光才会选择去卓诗婷的家里。不过他没想到的是毒玫瑰跟着他来到了卓诗婷的家里，依然没有放过他。"陈远说道。

　　"沈家明和郑队长正在对毒玫瑰进行审讯，希望能有新的发现。"孟雪说道。

　　"我看有点难，毒玫瑰是专业的杀手，对于保密这个问题她肯定会做得非常好。除非沈家明有其他办法。"陈远说着发动了车子，向前开去。

　　陈远说得没错，毒玫瑰的确是一个铁石头。传统的刑侦办法对她根本没有任何作用，无论问什么她都避而不谈。即使经过了各种询问以及长达五个小时不间断的审讯，她依然顽固不语。

　　"这该怎么办？你不是搞心理的吗？说一说。"郑卫国喝了口水，看了看沈家明。

沈家明盯着审讯室里面的毒玫瑰，微微点了点头："两种可能：第一，她或许根本不知道具体情况，只是负责杀人；第二，她知道自己肯定没事，所以在等，和我们耗时间。"

"有点奇怪，如果毒玫瑰只负责杀人，那么在杀死侯晓光的时候，完全可以顺势杀死卓诗婷，因为在杀手眼里，只要为了完成任务，根本不会管杀几个人。但是她却没有杀卓诗婷。并且当时我敲开门的时候，她甚至编造谎言希望让我离开。"沈家明捏着下巴，皱着眉头说道。

"确实奇怪，我翻看了一下毒玫瑰之前犯下的案子，大多数都是杀人灭口的。为何这次却没有杀卓诗婷呢？"郑卫国也是疑惑不解。

"我需要再问她几个问题。"沈家明突然想到了什么，推门走进了审讯室。

毒玫瑰没有动，依然一动不动地坐在那里，直视着前方。

"等待是一个非常考验人的事情。如果心里没有信仰，是很难等待下去的。毒玫瑰，你的信仰是什么？"沈家明走到毒玫瑰面前问道。

毒玫瑰扫了沈家明一眼，发出来一个冷笑声。

"我这儿有你一份资料，毒玫瑰，原名韩婉怡，八岁那年父母双亡，后来被天使堂孤儿院收留，十二岁那年被一个不愿意留下姓名的人带走领养，从此没了信息。2015年，国际警察联合我们国内警察在新城抓获一个胡姓男子，他大约五十岁，从他的住处搜到了很多派遣杀手杀人的单子，其中大部分都是你的外出任务。根据国内警察协同调查，那个胡姓男子就是当初从孤儿院领走你的男人。"沈家明说着放下了手里的资料。

"你们还知道什么？"终于，毒玫瑰说话了。

"没了。"沈家明摊了一下手。

毒玫瑰冷哼一声，没有再说话。

"让我来研究一下你的心理。你一直沉默不语，可是刚才在我说了一下你的资料后却问了一句，这说明你并不是不在乎自己的处境。如此情况下，只有一种可能让你这么自信，那就是公安局里有你的熟人，你相信他能救你出去，并且是百分之百相信。这个百分之百的信任并不是普通的关系，相信这个人曾经救过你一次。我看了一下当初警方抓获你养父的资料，其中有一些资料丢失了，这说明被人动了手脚，如果我推测得不错的话，应该是当时执行任务中的某个警察取走了那些资料，而那些资料自然是和你有关系的，兴许他还可能在当时放走了你。"沈家明说着走到了毒玫瑰的面前，目光直直地盯着她的表情。

毒玫瑰的脸皮颤抖了一下，左眼球向上翻动了一下，然后露出了一个不屑的表情。

"你的微表情已经告诉了我答案。"沈家明嘴角微微上扬，露出了一个坏坏的笑容。

"你不用诈我。"毒玫瑰说道。

"我没有诈你。刚才你的左眼球上翻，说明我问的问题是对的，不过你为了怕我看出来，故意做出一个不屑的表情。其实很简单，想找出这个人只要做一点就够了，和当年执行任务的负责人联系一下，找到人员名单，然后再和阳城公安局系统里的人员进行一下比对，自然这个人就会浮出水面。我说的对吗？韩婉怡。"沈家明微笑着问道。

"你在胡说八道，胡说八道。"毒玫瑰的冷静彻底被击垮了，大声咆哮起来。

"不过你放心，我不会这么做的。到时候你们两个来个互不相认，我们还要找国际警察那边作证，太浪费时间了。你不是特别期待他来救你吗？那好，我们就做好准备，一起等待他的出现吧。"沈家明说完，走出了审讯室。

"浑蛋，你个浑蛋，我要杀了你，杀了你。"审讯室里传来了毒玫瑰歇斯底里的咒骂，对此，沈家明只能无奈地摇摇头。

第三十六章 元宝

怎么判断一个人是好是坏？

武侠小说里总会有这样的矛盾纠结，比如《笑傲江湖》里的令狐冲，他一直都不明白从小教育自己长大的师父岳不群，为什么做的事情都是坏事？而在正派眼里的邪教却都是侠肝义胆、义气冲天的真汉子？

其实，金庸在小说里专门解读过，正派之人如果心存邪恶，那么就是坏人；邪派之人心存善念，就是好人。

可是，一个人做了九十九件好事，做了一件影响巨大的坏事，他是好人还是坏人？一个人做了九十九件坏事，做了一件影响巨大的好事，他是好人还是坏人？

哲学问题？

矛盾相冲？

一个人隐藏的秘密可能暂时不会被人发现，但是终有浮出水面的时候。

调查组在对林耀飞的档案进行归档的时候，陈远发现对于林耀飞患有肝癌晚期的事情并没有确认，只是从卓诗婷嘴里知道这件事情。整个事情的源头说起来就是因为林耀飞的生命即将走到尽头，所以他才用生命对阿布和卓诗婷进行了规劝与安排。陈远总觉得如果就这么结案了，对于林耀飞来说有点可惜。林耀飞生前是几个公益组织的成员，并且领养过阿布，还捐助过几个灾区的孩子。这些东西其实对一个普通人来说是非常不容易的。

陈远在阳城公安局IT部的帮忙下进入了林耀飞的网络ID，从他的QQ、邮箱，以及其他账号里，搜索了很多林耀飞和其他人的邮件往来，里面有很多林耀飞和公益组织一起合作的照片以及信件。

当然，陈远也在里面找到了汪敏的照片和林耀飞写给汪敏的一些日记和私信。

对于汪敏，之前卓诗婷说过，她是林耀飞在她之前喜欢的一个女人，也是因为汪敏，林耀飞才将阿布领养回来。可惜，后来汪敏在雅安地震的救援活动中出了意外。

陈远犹豫着是不是要看一下林耀飞写给汪敏的私信，毕竟那是死者的隐私。再说这个和案子也没什么关系。犹豫再三，他还是没有抵得住好奇心，走进了汪敏和林耀飞的世界。

2008年5月12日，汶川发生地震，汪敏在网上发布了一个帖子，希望找有爱心的人一起过去支援灾区。当时的林耀飞正好没有什么事情，便坦然赴之。经过一天一夜的车程，他在灾区现场见到了汪敏，并且和汪敏以及其他公益人员一起帮助灾民进行转移修复工作。那次经历，让他认识了汪敏，也偷偷喜欢上了汪敏。所以在领养灾区孩子的时候，他义无反顾地选择了阿布，因为他知道自己如果带着阿布，就可以多点机会和汪敏接触。

事实和林耀飞想的一样，他带着阿布的这段时间，汪敏的确一直和他有联系，甚至还来看过阿布几次。可惜没想到的是雅安地震的时候，汪敏出了意外。林耀飞为此痛苦了很久，直到遇见了卓诗婷。

看完林耀飞和汪敏的故事，陈远有点莫名的伤感。就在他准备关掉网页的时候，突然发现前面还有几个比较特别的邮件，邮件并没有在总邮件里显示，只能从前面邮件的提示中打开。于是陈远打开看了一眼，发现那是几个金融消费扣款的邮件通知，并且每一笔款都非常大，最大的一笔甚至在十万块钱以上。

"这种邮件是什么意思？"陈远问了一下旁边的工作人员。

"这是隐藏邮件，来，我帮你把它们显示出来。"工作人员看了一眼，对陈远说道。

在工作人员的帮助下，林耀飞的隐藏邮件全部出来了，陈远打开依次看了一下，然后皱紧了眉头。

郑卫国从外面回来的时候，陆志国喊住了他，旁边还有一个男人，一脸肃穆。

"这是我们公安局经侦队队长王振，他有些事是关于黄林山的，正好你们在调查黄林山被杀的事情，我们一起聊聊吧。"陆志国介绍了一下旁边的男人。

三个人走进了陆志国的办公室，然后王振先讲了起来。

王振目前在调查的是一个比较隐秘的案子，大约在半年前，一个号称元宝的神秘地下投资组织来到阳城，用了短短不到一个月的时间就敛聚了上千万的资金。这个组织的成员结构非常神秘，并且投资者根本见不到老板，只能通过一层叠一层的职位人员进入组织里面。因为这个元宝投资给的回报非常高，所以吸引了很多人。

"这也太奇怪了吧？老板都见不着，也敢投钱？"听到这里，郑卫国不禁有点疑惑。

"这个元宝投资用的办法是亲人朋友拉线，比传销温情，并且它比传销真实，确实给投资者回报。这让很多投资人非常渴望进入里面，有时候这个元宝投资还会将一些信誉不好或者投资金少的人主动清理出去。这让很多人更信任它，人们都想，要是这个元宝投资是骗子的话，哪有将钱退出来的道理呢？"王振说道。

"这是圈钱的手段吧？"郑卫国问道。

"一些投资骗子确实会用这种手段，但是这个元宝投资存在了半年，早已经过了最合适的抽身期。我们搞经侦的，有很多投资公司圈钱骗钱的案例，通常他们都是在短时间内将金钱的额度扩充到最大的时候，抽身离去。当然也有一些公司是实在没有钱了，不得不跑路。但是这个元宝投资却都不符合这些投资骗子公司的情况。我过来找你们，是因为我发现黄林山也在这个元宝投资里面，并且黄林山在里面的投资金额还不少，我们粗略统计了一下，达到了五百万。"王振说了一下情况。

"五百万？这个黄林山这么有钱？"郑卫国不禁看了看陆志国。

"这个黄林山看似是个生意人，其实是一个地头蛇，他开的水果店和皇家茶社都是幌子，背地不少收黑钱。我们继续说这个元宝投资，为了了解元宝投资组织的情况，我派了两个卧底进去，然后了解到了他们上层投资者的一个规则，那就是两个数额巨大的投资者，可以通过竞选的方式得到进一步的晋升。比如说黄林山投了五百万，另外一个人也投了五百万，那么这两个人就要竞争一下，看看谁能进入上层，当然，进入了上层，得到的回报就会更多。在这个关键时刻，黄林山竟然被人杀了。所以我们怀疑黄林山的死可能是因为这个。当然我们目前也没有直接的证据，不过向局长说你们正在调查黄林山的死，让大家通力合作，那我这边有这样的线索，就想着和你们通个气。"王振说完，端起面前的水一饮而尽。

"非常感谢王队长，这个线索很关键。我们这边确实有几个嫌疑对象，到时候大家可以一起合作，看看能不能有新的突破。不瞒你说，我们这边得到的线索是黄林山的确是被某个组织杀死的，并且还涉及专业的杀手。也许杀死黄林山的并不是他的竞争者，可能就是这个元宝投资里的人，他们为了不再让投资者更进一步，于是用杀人的方式保留自己的经济实力。如果真是这样的话，这个元宝投资不仅涉及经济案件，更涉及刑事案件。那这可是一个大案子。"一直沉默的陆志国说话了。

"的确，如果真是这样的话，这个元宝投资的高层人员可不是一般人，他们拿着这么多人的钱，几乎可以说是捏着整个阳城的大半个财政经济啊！"郑卫国看了看王振，惊声说道。

第三十七章　赌局

桌子上，放着一个iPad，上面是一张黑白照片，面前放了一个金色的元宝，闪着金黄的光泽。旁边一共四个人，围着桌子，静静地看着照片上的黄林山。他们戴着不一样的面具，看上去滑稽异常，但是气氛却肃穆阴沉。

"毒玫瑰被抓了。"其中一个戴着小丑面具的人说话了，他的声音比较尖细，手里拿着一个Zippo打火机，来回转着。

"真是打了一辈子鹰，结果让鹰给啄了眼。"小丑旁边是一个戴着僵尸面具的人，他说话冷漠，跟僵尸一样。

"毒玫瑰太轻敌了，那几个人毕竟是省厅过来的，听说是全省挑选的优秀人才。现在唯一担心的是毒玫瑰把我们的秘密暴露了，那就麻烦了。"坐在小丑对面的是一个戴着兔子面具的人，她的声音是一个甜美的女声。

"看来只有让鸽子出手了，鸽子出手的话，恐怕要同归于尽了。"最后一个是戴着白色威尼斯面具的男人，他似乎是这几个人的头目，说话深沉。

"可惜鸽子才进入公安局一年多，本来还希望他能做另一件事的。唉！"小丑面具叹了口气。

"黄林山这么简单一件事，最后搞成这样，真是太不应该了。所幸现在警察还没有查到账目的事情，尽快将林耀飞和账目之间的事情清理干净。我可不希望惹上省厅这些人。"威尼斯面具男说道。

"放心吧，我会马上安排好的。""小丑"说道。

从酒店出来，他将僵尸面具取了下来，塞进了包里。酒店大厅人比较多，应该是有外面的旅游团过来，人声鼎沸。他拿出手帕擦了擦额头上的汗水，低头走了出去。

街上灯火通明，车水马龙，人群熙攘。他从口袋里拿出一盒烟，塞进嘴里一根，点着深深吸了一口，心情随着吐出去的烟圈慢慢平复下来。

每次参加这样的聚会，他的内心总是悬挂着，七上八下，稍有不慎可能就会遇到无法预知的后果。

人生就是一场赌局，一步错，步步错，懊悔终生。

想到这里，他叹了口气，掐灭了手里的烟，然后向前走去。

这个世上从来都没有无本的买卖，他的生活从宁兰离开的那一刻已经决定了方向。有时候他一直在想，如果当时他没有那么执着，任凭事情正常发生，是不是处境不会像现在这样？

他必须做一个选择了，虽然早就想到了这一天，可是没想到这么快。

手机响了起来，他拿出来看了一眼，是妻子催他回家的信息，他拿起来准备回复，想了一下却又放下了。

前面是一条小巷子，穿过去就到了对面的街道，要比绕过去快一倍，只是有点太晚了，小巷子里还没有灯。

他犹豫了一下，还是决定从小巷里走过去。

喵，突然一只野猫从旁边跳了出来，尖叫了一下，从他脚边溜过。

"我去。"他被吓了一跳，不禁爆了一声粗口。

也许是这句粗口给了他力量，他快步向前走去，整个小巷子里空荡荡的，只能听见他的脚步声。

突然，他停住了脚步。

前面站着一个人，似乎在专门等他。

那个人一动不动站在前面，仿佛一座雕塑。

他慢慢往前走了两步，走到那个人身边的时候，那个人突然说话了："于医生，今天有点晚了。"

"你是谁？你什么人？"他警惕地看着对方。

"于舟，三十六岁，毕业于中国医科大学，对于国内基因DNA有非常深入的研究，曾经被多家媒体报道。可是大学毕业后，却回到了自己的家乡，进入当地人民医院做了一个普通的外科医生。两年后，和医院的护士陈娇结婚，并于一年后生下一个女儿……"

"你到底是什么人？你为什么要调查我的资料？"他大声打断了男人的话。

"我只问你一个问题，一年前的端午节，你和林耀飞去了哪里？"对方问道。

他听到这个问题，不禁浑身一震，顿时愣在了那里。

一年前的端午节，那个全国都在纪念屈原的日子，他和林耀飞去了"动物聚会"。现在想来，当时的处境对他非常不利，如果他再不带人进来，他的欠款就到了极限，只能用死亡来补偿。所以，无奈之下，他只好把林耀飞骗到了现场。

他也忘了当初是谁将他带进"动物聚会"里面的，反正最后他陷了进去，不但输光了所有积蓄，还欠了一屁股债。

"怎么，记不起来？要不要提醒一下你，当时你们一起去参加了一个私人聚会。"对方打断了他的回忆。

"你到底是什么人？"他睁大了眼睛，惊恐地看着对方。

"我是可以帮你的人，林耀飞的结局你看到了。相信过不了多久，你也是这样的下场。"对方冷声说道。

"不，我不要死，我不能死。你，怎么帮我？你可以帮我吗？"他摇着头，喃喃地说道。

"是的，我可以帮你。不过需要你的配合。"对方往前走了两步说道。

这时候，巷子外面闪过一道光，映出了对方的样子。

"是你？你是陈远？你是警察？"他认出了对方的样子，身体不禁颤抖起来。

"不错，是我。"陈远点了点头，说出了自己的身份。

"你怎么会在这里等我?你怎么会知道我们的事情?"他简直不敢相信自己的眼睛。

"很简单,我查看了林耀飞的经济状况,发现了一些你们经常往来的问题,然后又发现给林耀飞做出肝癌诊断记录的人是你。于是简单了解了一下你们的情况,没想到发现了更多的秘密。"陈远笑了笑,说出了原因。

"这是不可能的,你们怎么能这么厉害?我删掉了所有的资料,你们不可能知道的。"他还是不相信。

"是的,你做得非常好,非常干净,可是你疏忽了一点,林耀飞曾经给他的未婚妻写过一封没有发出去的邮件,里面提到了你们的事情。虽然只有几句话,但是已经足够了。"陈远说道。

他叹了口气:"没想到还是被你们发现了,你想要知道什么?"

"我们先离开这里吧,然后慢慢说。"陈远说着向前走去。

第三十八章 真情

　　2005年，这是韩婉怡来到天使堂孤儿院的第四年。

　　每个周末的晚上，她都会一个人坐在顶楼天台上往北边望去，那里是她的家乡的方向。她是整个孤儿院里最特别的一个，来到这里四年了，几乎从来没和别人说过话。即使在宿舍里被人欺负，又或者看到别人做错事，她都跟没看见一样。这样的性格让人讨厌也让人喜欢，更多的是让人没有威胁感。

　　整个孤儿院里，唯一对她友好的人是一个叫小钟的男孩，他们年纪相仿，但是小钟比她高比她壮，并且和孤儿院里很多人关系不错，所以在她受到欺负的时候，小钟总会帮她，可是她从来没对小钟表示过感谢或者一点好感。

　　弯月如钩，云朵暗淡。

　　她准备回去的时候，旁边的角落突然蹿出来一个黑影，将她一把抱住，然后拖到了旁边的角落里。

　　黑影是一个庞大的身体，将韩婉怡压在了身下，然后粗重的喘气声在她耳边响着，两只手在她身上摸索着，毒蛇一样的舌头，在她的脸上舔着，一股腥臭的味道蹿进她的嘴里，她差点要吐出来。

　　"小婉怡，想死我了。"男人发出了一个淫笑声，一只手捂住了她的嘴巴，另一只手伸进了她的身体下面。

　　她用力挣脱着，可是男人的手和身体像是一块巨石，死死地压着她，她根本动弹不了，只能眼睁睁看着男人将她的内裤脱下来，然后男人抽出自己的皮带将她绑了起来。

　　月亮被乌云盖住了。

　　她闭上了眼睛，眼泪流了出来，十二岁的她已经知道自己要面对什么。身上这个又臭又胖的男人她也知道是谁，从她来到孤儿院就一直被他猥琐的眼神盯着，有时候还会假装好意地摸她的脸。

　　咣当，一个声音响了起来。

　　她睁开了眼，看到暗淡的月光下，小钟站在一边，脸上充满了愤怒与恐怖。

　　"哎哟，我去。"身上的男人起来了，捂着脑袋向小钟冲去。

　　"婉怡快点跑，去找院长。"小钟很快被那个男人拉住了，然后挨了两拳。

　　"你住手，不然我让警察抓你。"她大声叫了起来。

　　男人停了下来，转身看着她。

　　"你现在走，我们不会说出去，要不然你等着坐牢吧。"她颤抖着声音，用力说道。

男人愣住了，片刻后，吐了口唾沫，转身走了。

她的身体顿时软了下来，瘫坐到了地上。

"婉怡，你没事吧？"对面的小钟跑了过来。

"我没事，你疼吗？"她哭了起来，小钟的鼻子上全是血，可是眼里对她全是关切。

"不疼，我没事的。"小钟说着帮她解开了身后的皮带，然后拿起了旁边的内裤，递给了她。

她低下头，接过了内裤，脸涨得通红。

小钟别过了身体。

空气很安静，月光又露了出来。

"你是不是喜欢我？"她忽然问道。

小钟愣在了那里。

"今天要不是你，我就被欺负了。"她说着低下了头。

"没事的，我会保护你的。我不会让别人欺负你的。"小钟握着拳头说道。

她抬起了头，月光下，睫毛沾着泪。

小钟看着她，两人不禁四目相对，她忍不住轻轻地亲了一下小钟。

砰，这时候天台的门被撞开了，几道手电的光照过来，刺眼的光和怒气冲冲的院长带着人走了过来。

她和小钟离开了孤儿院，她跟着一个陌生的男人离开了。那个男人姓胡，样子看着温和，但是却很少讲话。

"你以后叫我胡教官，你有两条路：要不跟着我，无论做什么事都不能拒绝；要不重新回到孤儿院。"胡教官说道。

孤儿院里没了小钟，想起那个男人，她毫不犹豫地选择了跟着胡教官。

胡教官带着她去了一个地方，在那里进行了七年的培训，让她从一个手无缚鸡之力的弱女孩变成了一个综合能力特别强的杀手。她杀的第一个人就是孤儿院的那个男人，几乎没用什么手段，也没想象中那么难，因为带着恨，所以很轻松就杀死了对方。

"作为杀手，你不能有感情。尤其不能对男人动情。"这是胡教官对她要求的最重要一点。所以在她开始正式接单的时候，她被胡教官找来的男人夺走了童贞，让她彻底失去了对身体和感情的在乎。

2015年，胡教官的老巢被国际警方攻破。她当时也在现场，不过冲进来的警察看到她的时候，愣住了。

眼前的警察竟然是小钟，十年没见，一见面却是如此场面。

小钟放走了她。

就像当年在月光下小钟对她说的话一样，他会保护她。

一个月后，她找到了小钟。

十年的感情，本以为在胡教官的训练下早已经风干，可是面对小钟的眼神和热情，她彻底抛弃了一切。

现在，她被抓了。

她知道小钟还会像之前一样来救她。可是她不希望他来，因为警察说了，他们在等他。如果小钟被抓，他们的秘密就无法再保守。

她焦急地看着墙壁上的钟表，时间一点一滴走着，像是针刺在她的心头一下一下地扎着。

门忽然开了，一个警察走了进来。

"什么事？"坐在桌子面前的警察问道。

"我是芦城分局的钟浩然，过来询问疑犯几个问题。"那个警察拿出了证件。

"怎么不白天过来？这个需要申请的。"坐着的警察说道。

"事情比较紧急，所以麻烦了。我们局长和向局长打过招呼的，不信可以问他。"钟浩然说道。

"你说的是什么话，我能去问向局长啊？行吧，你问吧。"那个警察白了钟浩然一眼。

"我不要回答，我拒绝回答任何问题，让他走，赶紧走吧。"韩婉怡大声叫了起来，并且对着钟浩然使了使眼色。

"吵什么？能不能安静下？"那个坐着的警察拍了一下桌子，站了起来。

这时候，审讯室的门被推开了，沈家明和郑卫国走了进来。

"钟警官，看到韩婉怡旁边的桌子了吗？"沈家明说道。

"什么意思？"钟浩然看了看他。

"我们在等你，那是专门为你准备的。"沈家明笑了笑说道。

"是吗？看来我们今天是没有办法离开了。"钟浩然说着走到了韩婉怡身边。

"我不是让你走，你怎么不听？"韩婉怡颤抖着喊道。

"我说过，不会抛下你的。"钟浩然说道。

"很感人，不过为什么要犯错呢？当年你放过韩婉怡，因为当时国际刑警的目标是胡教官，忽略了你做的事情。幸运之神不会一直眷顾你的。"沈家明叹了口气说道。

"这个我知道，不过今天既然来了，我也没想过能离开。大不了，大家同归于尽。"钟浩然说着解开了自己身上的制服，只见里面竟然绑着一颗炸弹……

第三十九章　伤情

这是阳城一个偏僻的街道，非常安静，远远近近只有四五个房子，都是别墅型的。

于舟看了一下陈远，示意他停车。

"是这里吗？"坐在后面的孟雪问了一句。

"陈警官，你谈过恋爱吗？"于舟没有回答孟雪的问题，反而问了开车的陈远一个问题。

"我？为什么问这个问题？"陈远有点尴尬。

"那就是没有了。孟警官，你呢？"于舟回头看了看后面的孟雪。

"嗯，谈过。"孟雪点了点头。

"那就好，因为你们要看到的事情，只有谈过恋爱的人才会明白。"于舟笑了笑，打开车门，走了下去。

陈远和孟雪走在后面，于舟带着他们向前面一个别墅走去，然后打开门，走了进去。

让人意外的是，别墅竟然没装修，里面是毛坯水泥地面。不过墙壁上挂着一幅巨大的写真画，上面是一个女人在翩翩起舞，挥着水袖，像一只美丽的蝴蝶。

"于舟，你说非要来这里讲你的事情，是因为写真上的这个女人吗？"陈远看着眼前的写真画，猜测着问道。

"不错，你们不是想知道为什么我会进入元宝组织吗？就是因为她。"于舟点了点头，讲起了事情的原委。

写真画上的女人叫宁兰，是于舟的恋人。两人相识于一场同乡聚会，一见倾心。于舟是医科大学的优秀生，宁兰是舞蹈学院的高才生。在朋友眼里，他们是天造地设的一对，他们约定毕业后就结婚在一起，一辈子不分开。

宁兰毕业的那天晚上，于舟和朋友们一起精心策划了一下，等宁兰跳完她的毕业作品，然后当场向宁兰求婚。

一切准备就绪，可是宁兰却在跳舞的时候摔倒在了地上，昏了过去。

宁兰患上了癌症，晚期。即使于舟是学医的，但是面对如此病症，他依然无能为力。他用尽各种办法，依然无法阻挡宁兰被病魔吞噬。

宁兰最大的愿望就是跳舞，可惜临死之前都没有完成毕业作品。于舟在宁兰临死前决定，要帮她完成这个愿望。

"抱歉。"陈远打断了于舟的话，"对于你的恋人的事情我们很遗憾，不过我们是来调查你和元宝投资的事情，可以直接点吗？"

"好吧。你们跟我来。"于舟脸皮颤抖了一下,然后转身向前面一个楼梯走去,楼梯是通往地下室的。

从楼梯上走下来,面前是一道密码门。于舟输入密码,然后走了进去。

地下室里的情景让陈远和孟雪惊呆了。

温度很低,即使他们穿着羽绒服,进去后依然觉得冷气颤颤。于舟打开了灯,只见中间有一口巨大的水晶棺材,里面躺着一个女孩,样子安详,仿佛正在熟睡。不过她的样子正是在上面看到的写真画上的女孩,宁兰。

"这是,这是冰冻尸体,外置供血装置?"孟雪看到水晶棺里的宁兰,惊声叫了起来。

"不错,可惜科学还没有研究出纳米科技再生术,否则我就用那个来保持宁兰的生命。现在也只能做到用外置装置供血,保持尸体恒温的状态。即使是这样,我也心满意足了。"于舟点点头说道。

"我明白了,你之所以和元宝投资有关系,是因为需要一大笔钱来支撑这个东西。"陈远突然说道。

"如果仅仅是这个的话,根本不需要元宝投资的巨额金钱。"于舟说着走到前面按了一下一个开关。

房间里的灯突然灭了,对面的墙壁上出现了一丝光亮,一个人突然出现在了前面,开始翩翩起舞。

"全息投影成像?"陈远猜测道。

"不错,我让人用宁兰的影像和她的身体一比一做了这个全息投影。现在看起来,她就像在我身边一样,我甚至觉得那就是她的灵魂。这些技术与设备的维持需要大量资金,所以我才会成为元宝投资的成员。"于舟说道。

"我现在才知道你刚才在车上问我们的问题的原因了。不过我好奇的是,你告诉我们这些,也就相当于要切断这里所有的设备与维持了,这是为什么?"陈远问道。

"原因很简单,因为宁兰的尸体已经无法再承受这些设备的维护了。"孟雪走到水晶棺面前,看出了尸体的变化,"人在死后,身体会发生变化,一切机能停止运转,细胞吞噬肉体,即使你用了先进的技术,却依然无法阻挡时间的变化。"

"不错,除了这个原因,还有一个最大的原因,元宝投资已经没有钱了,我这边的运转很快就要断掉了。我为了宁兰牺牲了一切,做了这么多,现在既然宁兰保不住了,我也不愿意一个人再活下去。这些年,我为元宝投资做了很多坏事,这些事情足以让我下地狱。我曾经对自己说过,如果有一天留不住宁兰了,那么,我会向警察坦白一切以赎罪。"于舟盯着水晶棺里的宁兰,沉声说道。

"好,现在跟我们回局里,把元宝投资的事情一五一十讲一下吧。"陈远说道。

根据于舟的交代,元宝投资一共有四个带头人,除了他以外剩余的分别是一号威尼斯鬼男、二号小丑、三号兔子女。他们每个月都有一次聚会,但都是戴着面具,从来不以真实面目相见,所以谁都不认识谁。

于舟只知道威尼斯鬼男是一个银行的高管,对于经济学以及人们对金钱的心理研究非常专业,可以说元宝投资就是他做起来的。至于其他人都是后来进来的,就像于舟,他利用自己医生的职业帮了元宝投资很多,所以才进入了高管里面。本来黄林山和另一个叫慈善者的人在竞争新的高管名额,但是黄林山却被杀害了。

让闪电侦缉组没想到的是于舟还说出了一个令人震惊的线索,林耀飞并不是因为得了肝癌才选择自杀的,而是因为他欠下了元宝组织巨款,如果他不自杀,元宝组织也会找人对他进行追杀。

陈远顿时明白了在查看林耀飞的邮件时,他的隐藏邮件记录里的那些巨额账单的原因。

于舟讲出了林耀飞的秘密,他的钱大部分都用在了慈善上。自从汪敏死后,林耀飞便以陌生人的身份接管了汪敏生前所有的业务,并且从元宝投资借了很多钱用来做这些公益。

这真是一个令人唏嘘的事情。

因为于舟的案子属于经济案,所以在了解了关于林耀飞的事情后,于舟被转到了经侦科。

从经侦科回来,公安局里一片混乱,问了一下才知道审讯室里出事了。陈远和孟雪立刻赶了过去,结果正好碰到陆志国在将其他人赶出来,然后爆破专家也赶了过来。

"沈家明和郑卫国在里面,今天是专门等待毒玫瑰的同伙进来,没想到对方竟然绑着炸弹。"陆志国讲了一下。

"我们要进去,那是我们的组员。"陈远说道。

"不行,很危险,对方随时会引爆。"陆志国摇了摇头。

"可我们是一个组啊,这、这如果出事了,我们怎么回省厅?"陈远看了看孟雪。

"至少、至少让我们在一旁。"孟雪请求着。

"那好吧,你们进去吧。"陆志国犹豫了几秒,同意了。

审讯室里一共四个人,毒玫瑰、钟浩然、沈家明和郑卫国。四个人,两两对峙。郑卫国举着枪,钟浩然捏着身上炸弹的拉弦,空气凝固,一触即发。

"钟浩然,你是一名警察,现在竟然在做这种事情,你对得起你们局里领导对你的栽培吗?你对得起你身上的警服吗?我劝你赶快投降,不要再执迷不悟了。"审讯室外,爆破组的专家对着审讯室喊道。

"我们大家冷静下,或许还有其他办法可以解决这件事情。"沈家明试图劝解双方,可惜郑卫国和钟浩然谁也不让步。

"这就是你爱韩婉怡的方式吗?"沈家明继续说道,"真是可悲可怜又可恨。"

"小钟。"韩婉怡看了看旁边的钟浩然。

"你们能离开吗?与其这样粉身碎骨,或许放下一切,还可以有体面的告别。

当年你在天台上,用瘦弱的力量捍卫韩婉怡的身体,那是英雄,现在你却用强壮的力量在毁掉你们的一切,这值得吗?"沈家明继续说道,"如果你们知道结局是这样,你们真的不应该再次重逢。"

"小钟,放弃吧。我们不能再错下去了。这一天,我们都料到过,不是吗?"韩婉怡哭了起来。

钟浩然回头看了韩婉怡一眼,松开了捏在拉弦上的手,抱住了旁边的韩婉怡,然后外面的警察立刻冲了进去……

哭泣人鱼

楔子　定团队

　　案件陈述报告是郑卫国上台讲的,他是一个老刑警,对于这种情况如何表述非常清楚。这次闪电侦缉组不但帮助阳城破获了一个刑事案件,还把这个刑事案件背后隐藏的一个涉及重大经济案件的元宝投资公司拉了出来,可以说做得非常成功,在几个考核团队里,尤为突出。

　　叶枫作为主考官,对几个考核的团队进行了细致的分析和分类,同时也对没有完成任务的团队给予了鼓励。最终,闪电侦缉组成为豫南省这次需求的特别调查团队。

　　接下来,叶枫让闪电侦缉组的成员依次上台发言,第一个发言的是他们的督察队长周子峰,然后是郑卫国,以及陈远他们。周子峰简单说了几句,对于这次的案件,他并没有过多参与,所以也没说太多。郑卫国他们则和台下的人一起分享了这次破案的经历,以及遇到的一些问题,包括在进行案件侦破的时候遇到的分歧以及困难。

　　"最后我想总结一下这个案子,以及我对我们这个团队的看法。"沈家明是最后一个发言的,他走到台上,将麦克风拉到了嘴边,"老实说,我之前做的都是内勤工作,简单来说就是站在台上,或者坐在客户对面,用专业知识帮他们打开心扉,面对他们的心理问题,解决他们的心理问题。我从来没想到有一天,自己会出勤去调查案子。对我来说,我认为,所有的犯罪都是一个悲剧,而每个罪犯的背后都有一个令人唏嘘的故事。我们这次去阳城,接到的案子更是令人心碎,因为在凶杀刑事案件里,最怕的就是这样的案子,凶手并不是坏人。

　　"我们公安部每年要遇到多少案子?这个数字是吓人的,其中破获的案件中,很大一部分里的凶手都是逼不得已去犯罪,等到案发的时候懊悔不已,可是却无法回头。

　　"犯罪心理专家一直在寻找如何避免社会犯罪增加率,如何遏制社会上部分人犯罪的冲动,又该如何将人们的犯罪率降到最低。这个问题其实非常简单,但是却又非常复杂。在我们国内,犯罪心理一直没有正式被融合进刑侦工作,原因就是两者之间还找不到一个结合的点。这次我作为心理专家能进入闪电侦缉组,感觉非常开心。我希望可以用我个人微薄的力量,推广犯罪心理在刑侦过程中的重要性。"

　　沈家明说完,台下的人纷纷鼓掌。虽然说对于犯罪心理这种刑侦手段很多人不太懂,但是大家多少都接触过犯罪心理,知道一点点。

　　会议结束了,闪电侦缉组的人正式进入省厅工作,这是大家一直期待的。周子峰带着他们来到办公楼,给他们介绍了一下省厅各个部门的工作分配。他们这个团队基本上是一个外挂在省厅外面的团体,所以所有的事情都听周子峰一个人安排,包括他们的工资待遇。

"搞半天,我们也就是一临时工啊?"听明白了周子峰的话后,沈家明嘟囔了一句。

"我们团队的一些手续现在还在审核,但是这不影响大家的工作。"周子峰安慰道。

"不管怎样,能进来就好了。"孟雪舒了口气。

"还有最重要的一点,你们作为省厅特别选拔的侦查小队,对外一定要保密自己的身份。你们要面对的东西,很有可能会有一天产生利益,大家要抵得住诱惑、欺骗,以及各种陷阱。这其实也是对一个警察的最基本要求。从此刻开始,你们的命运已经不属于自己,你们的使命和责任属于人民警察,属于豫南省千千万万的百姓。"周子峰沉声说道。

一切工作安排就绪后,他们回到了宿舍。陈远、郑卫国和沈家明三人在一个宿舍,郑卫国很快收拾好了自己的床铺,然后帮着陈远他们一起收拾了一下。

"郑队,你真是太好了。我最害怕的就是铺床单、套被罩这些活儿。"沈家明看着郑卫国帮自己铺好床单,在一边说道。

"你们不是从警察学校毕业的吗?在警察学校,军事化管理里面,第一件事就是叠被子,这体现了我们中国警察的一个专业素养。别看就是一个叠被子,还是非常讲究的。"郑卫国说道。

"这个我知道,部队里不是也一样吗?都要叠成豆腐块一样的版式。我军训的时候也学过,不过后来忘了。"陈远说道。

"陈远说得没错,我们做警察的还是要心细,这到了破案调查的时候还是比较有用的。"郑卫国说着走到自己床铺边,拿出一个相框,放到了桌子上。

"郑队,这是你儿子吗?很帅啊!"沈家明看到那个相框,里面是一个十几岁的孩子,留着长发,笑容灿烂。

"对,是我儿子郑晓明。"郑卫国点点头。

"他现在在哪里?怎么没听你说过?"沈家明问道。

郑卫国没有说话,低下了头,脸色有些黯然。

"哦,不好意思,想起来了,郑队你好像离婚了,孩子应该跟着妈妈吧,那也挺好的。"沈家明尴尬地笑了笑。

"不,他在少年管教所。"郑卫国吸了口气说道,"是我亲手抓他进去的。"

"是吗?"沈家明听到这个答案更加尴尬了。

"唉。"郑卫国叹了口气。

"家明,我看你床头也有个照片,是你女朋友吗?"陈远说话了,岔开了话题。

"是啊。"沈家明点了点头,他看到陈远也拿了一个相框,似乎想拿出来,又不愿意拿出来,神神秘秘的,于是他走了过去,说道,"你这是什么人啊?怎么躲躲藏藏的?"

"我、我这也不是谁。"陈远笑了笑,想收起相框,结果被沈家明拿了起来。

"这是谁啊?"陈远的相框上竟然是一个素描图,看上去似乎是一个四十多岁的男人,头发乱蓬蓬的。

"就是啊,我第一次见人用素描画在相框里,莫非这是你自己画的?"郑卫国也凑过来问道。

"是,是我画的。"陈远点了点头。

"哦,那应该是对你比较重要的人吧,怎么连张照片都没有?"沈家明放下了相框,有点同情地看着陈远。

"是,是挺重要的一人。"陈远点了点头,望着前方,"这是我最喜欢的一个人,他在我心里位置非常重要。不过我没见过他,只能凭着想象画出来。"

"这是你父亲吗?"郑卫国猜测着。

"不,这是日本侦探作家横沟正史写的小说《金田一探案集》里面的金田一先生,是我非常喜欢的一个人物。"陈远摇摇头,说出了相框人物的身份。

"什么?"沈家明叫了起来,脸上不禁露出了一个哭笑不得的表情。

郑卫国也愣在那里,尴尬地摸了摸后脑勺……

第一章　新案件

　　2017年6月6日下午3点10分，经群众举报，松鹤路巡视区110段在宁城二七区松鹤路28号紫苑小区2号楼地下室101发现一具尸体，死者浸泡在一个长三米、高四米的巨大玻璃鱼缸里面，尸体发胀，臭味熏天，早已经死去多时。现场并没有什么特别之处，唯一一点是在死者被害的鱼缸里有一个用木头雕刻的人鱼雕像。

　　经过刑侦队接手调查，法医进行进一步鉴定，确认死者是豫南省博丰文化传播有限公司的负责人李二傻。

　　李二傻名字不好听，但却是宁城文化圈赫赫有名的人物。李二傻其实是他的笔名，后来为了文化事业，就将自己的名字直接改成了李二傻。他创办的豫南博丰文化传播有限公司，在整个豫南省也算有点名气。

　　法医在李二傻的胃部找到了大量的水以及一些海草。根据鉴定，他就是在现场的玻璃鱼缸里被活活淹死的。

　　案子发生后，在宁城引起了巨大的轰动。尤其是李二傻在宁城也算是一个小人物，再加上有人在网上找到了一本名叫《死亡预言书》的小说，这本书写的就是发生在宁城的故事，并且网友们在其中找到了一个故事，里面主人公的死法竟然和李二傻的死法一模一样。并且小说里的杀人现场，凶手也会留一个人鱼雕像，证明这个人是被自己杀的。

　　宁城刑侦队立刻对《死亡预言书》的作者牧童生进行调查，但是追问走访了一天，并没有找到牧童生的任何信息。

　　此时，有网友晒出了一个杀人预告的帖子，杀人对象是豫南博丰文化传播有限公司的策划总监卢天福，杀人时间是2017年6月13日，也就是三天后，到时候凶手会进行网络杀人直播。

　　一时间，这个杀人预告的帖子被转发十万次，成为整个宁城甚至整个豫南省的头条新闻。

　　无奈之下，宁城公安局只好向省厅求助，希望他们能派人过来一起侦破这个案件。

　　这是闪电侦缉组成立后遇到的第一个案子，周子峰安排好工作，介绍完情况后，大家准备了一下，立刻向宁城赶去。

　　宁城位于豫南省的东北边，是豫南省和龙安省以及安明省三个省份的交界处。闪电侦缉组到达宁城的时候，已经快中午了。

　　宁城公安局副局长黄飞林以及刑侦队队长庄强早已经等待多时。看到闪电侦缉组的车停下来，黄飞林和庄强立刻迎了上来。

郑卫国代表闪电侦缉组和他们简单说了几句话，然后介绍了一下闪电的其他队员。

"正好中午了，我们到食堂边吃边说吧？"黄飞林提议道。

"好，那就有劳黄副局长了。"郑卫国看了看其他人，然后笑着说道。

宁城公安局的食堂不大，黄副局长特意让食堂安排了一个包间，几个人进去后，很快饭菜上来了，都是一些简单的家常菜。

"大家有任务，在这里我就以茶代酒欢迎各位的到来，希望你们早日破案，到时候我们再喝庆功酒。你们在这里尽管调查，如果有任何需求庄队长会全力配合你们。"黄副局长端起茶杯说道。

"对，对，对，对于案子以及其他事情，大家尽管嘱咐，我一定全力配合。我们争取在凶手杀害下一个目标前抓住他。"庄强连连点头。

在来宁城的路上，郑卫国已经针对这个案子进行了初步的工作分配。郑卫国和宁城警方接触一下，看看案子的调查进度；陈远和沈家明负责去命案发生的现场以及走访一下死者的社交关系人员；孟雪则去法医鉴定中心看一下法医报告，看看尸体有没有其他线索。

吃完饭后，大家简单准备了一下，然后按照之前分配的工作分头调查。陈远和沈家明开着车直接去了案发现场。为了配合他们的工作，庄强跟着他们一起过去了。

"其实省厅这个特别调查组选拔我也参加了，可惜被刷下来了。"庄强开着车说道。

"是吗？那还真可惜，要不然兴许我们都能分到一组呢。"沈家明坐在副驾，听到庄强的话，不禁有点惊讶。

"我这不是能力有限嘛。所以你们能过来调查这个案子，我特别高兴。"庄强笑了起来。

"其实这个案子不好做，因为涉及网络，可能需要一些网络知识丰富点的人来配合工作。"坐在后面的陈远说话了。

"对，对，我们也是这么想的。所以特意跟宁城网监大队要了几个高才生过来配合我们的工作，你们要是有什么问题，可以随时找他们联系。"庄强说道。

"我们先看看现场吧。"陈远点了点头说道。

半个小时后，他们来到了位于宁城二七区松鹤路的紫苑小区。庄强和门口的保安打了个招呼，直接把车开进了小区里面，在2号楼面前停了下来。

陈远下了车，仔细看了看眼前的建筑楼。这还是2010年左右的建筑设计风格，地下室在最底层，说是地下室，其实是半地下室。

"之前专门找物业和开发商问过。因为这个小区环境不错，所以地下室也租了出去，有的当作仓库，有的没钱的人便当睡觉休息的地方。正因为这一点，所以凶手才有机会在下面做了一件这么恐怖的事情。我们进去说吧。"庄强说着带着他们走进2号楼里面，然后从侧边的楼梯口向下面走去。

案发现场是地下室比较里面的一个房间，也许是因为这里发生了案子，四周的地下室好多都关着门，有的还在上面贴着转租、急售的单子。

发生案子的地下室贴着警察的封条，庄强直接撕开封条，打开地下室的门，三个人一起走了进去。

陈远一踏进里面，顿时有一种特别难过的感觉。他抬起头，从门口正好能看到前面那口巨大的玻璃鱼缸，虽然里面已经没有水了，但是陈远能够想象到里面充满水，然后李二傻在里面痛苦呼救，最后希望变成绝望，死亡来临，一切结束。

"当时这个鱼缸的水并不满，大约就到这里的位置。"庄强说着走到鱼缸面前指了指。

"你是说里面的水不满？但是李二傻竟然死在了里面？"陈远抬头问道。

"是的，这点也很奇怪，因为里面的水其实不满，按照李二傻的身高，他完全可以站着，浮出水面，可是是什么原因让他没有坚持活下去呢？"庄强看着面前的玻璃鱼缸，百思不得其解。

第二章　牧童生

郑卫国在庄强的陪同下来到了宁城二七区公安分局，他们是最早接到报案赶到现场的，等到发现案情严重，才向宁城公安局进行了汇报，庄强他们才接手开始调查案件。

庄强找到了当时最早赶到现场的两名警察，他们是二七区公安分局的民警陆发和尚成坤，他们拿出了当时的接警记录，然后和郑卫国讲了一下当时到达现场的情况。

2017年6月6日下午3点10分，110接到了群众报警电话，在宁城二七区松鹤路28号紫苑小区2号楼地下室101发现一具尸体。陆发和尚成坤当时在局里值班，接到报警后，立刻驱车赶往现场。他们赶到的时候，现场已经围满了人，大多数都是紫苑小区的业主。紫苑小区的物业保安之前受过一些突发状况的培训，所以在第一时间保护好了现场，并且维持现场秩序，等待警察到来。

报警的群众是紫苑小区2号楼3单元2号的住户，他下楼去地下室拿东西，结果发现从101地下室里传出来一股恶臭味，并且101地下室的门半开着，于是推开看了一眼，顿时被现场的情况惊呆了，然后他连滚带爬地从地下室跑出来，给物业以及110打了求助电话。

陆发和尚成坤进入现场后没多久，法医和其他工作人员也陆续赶了过来。经过调查，紫苑小区2号楼101地下室的业主叫李飞，是三年前购买的这个地下室，不过他一直都交给物业进行租赁打理，所以对于租户并不熟悉，也不了解。而根据紫苑小区的物业工作人员说，101地下室在一年前就被一个叫彭三槐的男人租了下来，并且一下子交了两年的房租，所以基本上就没管过，也没问过。

陆发查看了彭三槐与紫苑小区物业签署的租房协议，经过查证，彭三槐留下的电话和身份证复印件都是假的。紫苑小区2号楼附近的监控摄像头也出了问题，所以从表面上看，关于凶手这块的线索就此中断。

尚成坤对死者进行了简单的调查：死者李二傻，生前住在宁城公园里别墅2栋，系宁城博丰文化传播公司总经理兼法人。李二傻的妻子说他从三天前开始没有回家，因为李二傻的工作应酬多，所以经常三天两头不回家，对此李二傻的妻子也已经习以为常，只是没想到这一次李二傻却被人谋杀，这让她确实有点接受不了。

在对李二傻的社交关系以及邻居调查中，尚成坤得知李二傻这个人不是什么好人，他还有个外号叫鲨鱼，听上去就不是什么善类。早些年，李二傻是混社会的，后来有了钱便跟人学着开始搞文化，做起了公司。之前他的公司和一些客户发生过纠纷，但是都被他自己的私人关系摆平了。所以说，李二傻这么多年树立的仇人不在少数。可是他却不在乎。并且曾经在一次醉酒的时候说,有人坦言要杀了他。

后面的事情陆发和尚成坤就不清楚了,因为案子蹊跷,所以宁城公安局方面接手了案件。

"对,后面的事情就是我们刑侦队做的调查,他们转交给我们以后,就忙其他事情了。"庄强点点头说道。

郑卫国明白了,然后送走了陆发和尚成坤。

"我们调查的时候就比较详细,专门联合经侦队一起帮忙调查了李二傻公司的经济问题,发现李二傻的公司各类手续齐全,并没有经济问题。正当我们大家猜出各种可能的时候,对方的杀人预告出现在了网上。这才找你们过来一起查案的。"尚成坤说道。

听到这里,郑卫国顿时明白了过来。

"其他地方你还有什么需要了解的,我带你过去?"庄强问道。

"我们去李二傻的公司看看吧。"郑卫国想了想说道。

"好,不过那里现在应该够阴沉的,因为杀人犯预告的第二个目标也是这个豫南省博丰文化传播有限公司的人。我们现在去这个地方看一下吧。"郑卫国说道。

豫南省博丰文化传播有限公司位于宁城工行区商业街的德众大厦,这里是一个贸易文化公司比较集中的地方。豫南省博丰文化传播有限公司位于德众大厦十三楼,电梯门打开,一眼望去,郑卫国看到面前挂着很多公司的牌子,有的是豫南省的公司,有的是宁城的公司。

"这个豫南省博丰文化传播有限公司为什么不叫宁城博丰文化传播有限公司呢?"郑卫国问道。

"这个是公司注册的问题,之前我也不清楚,后来问了下才知道。豫南省是省会,注册资金超过一百万的名称就叫豫南省,如果低于一百万的就是宁城的公司。毕竟公司名字挂上豫南省,听上去比较靠谱一些。"庄强解释了一下。

"原来如此,那看来这个博丰文化公司还算不错了。"郑卫国说道。

两个人说着来到了豫南博丰文化有限公司的门口,推门进去,坐在前台的一个女孩站了起来,用警惕的目光看着他问:"你们找谁?"

"刑侦队的。"庄强亮了一下证件。

"你们有什么事吗?"女孩一看是警察,顿时有点紧张。

"了解一下情况,你们现在谁是负责人?"庄强说道。

"李总出事后一直是刘副总在管事,他一直在忙着和李总家属的后期公司股份沟通问题。就在里面。"女孩指了指公司里面。

"那行,就找他吧。"庄强看了看郑卫国,然后说道。

女孩站起来带着两个人走进了公司里面,然后让他们在会议室等一下。

很快,一个大腹便便的男人走了进来,他理着一个光头,肥肉堆在脸上,看不出表情。

"两位警官好,我是博丰文化的副总刘大海。"刘大海介绍了一下自己。

"我是庄强,市公安局刑侦队的。这是省厅过来的郑警官,我们来了解一些情况。"庄强介绍了一下他和郑卫国的身份，然后讲了一下他们过来的目的。

"这个之前不是警察已经调查过了？"刘大海摸了摸自己的脑袋说道。

"现在是补充调查，更何况现在还有你们这边的策划总监卢天福的事情闹得沸沸扬扬的。"庄强冷声说道。

"是的，是的，你们有什么问题尽管问，我一定知无不言，言无不尽。"刘大海连连点头。

"关于李二傻的死亡现场有一个人鱼雕像，这个东西你知道吗？"郑卫国问道。

"这个、这个真是第一次见。"刘大海眼神躲藏着说道。

"那那个叫牧童生的人，和你们公司有什么关系吗？"郑卫国想了一下又问。

"这个说起来还真是有点关系。"刘大海抬起了头，"这牧童生是一个童话作家，我们公司一年前的时候找他约过稿子，希望可以出版一本他的书，但是后来在和他沟通的时候出了点问题，所以没有合作成。再后来就听过其他作者说牧童生在背后说我们公司的一些坏话，我们也没在意。"

"就这些？"庄强问道。

"对，就这些。"刘大海点点头。

"那你们有这个牧童生的联系方式吗？"郑卫国问道。

"当时有一个QQ号，后来被对方拉黑了，然后也没留存。李总被害后，我们曾经托人找过这个牧童生，但是都没有他的联系方式，仿佛人间蒸发了一样。"刘大海说着叹了口气。

"李总出事后你们找牧童生做什么？那是什么时候的事情？为什么会找他？"听到这里，郑卫国紧声问道。

"这、这也记不清了，好像是三天后吧。"刘大海额头沁出了一层冷汗，神情也变得紧张起来。

"不对吧，我记得那个牧童生的杀人预告书在网上第一次出来是在李二傻被杀后的第七天吧？"郑卫国盯着刘大海说道。

"你们是不是有什么事情隐瞒了？这关系到卢天福的性命，到底怎么回事？"庄强一听，厉声喊道。

"是、是这样的。李总被杀的情况其实跟当初牧童生给我们写的稿子里的内容一样，也就是那本《死亡预告书》，当时我们第一时间想到的就是牧童生是不是按照他书里的情况在杀人，所以才会找他。"刘大海擦了擦额头上的汗说道。

"牧童生那本《死亡预告书》到底写的是什么？你们没看过吗？"郑卫国看了看庄强。

"这个还没来得及，因为我们也是通过网上那个帖子知道这本书和李二傻的死亡现场有点相似，我们去网上找那本书却没有找到。"庄强尴尬地笑了笑。

"这本书其实都没出版，因为里面杀人的场面太多，当时就是因为这个出版社没办法通过我们才和牧童生没有合作成。我们这里还有他的电子稿，如果你们需要可以发给你们看一下。"刘大海说道。

"如果说凶手真的是按照《死亡预告书》里的场景进行杀人,那么书里的内容就很关键了,因为会涉及凶手对卢天福下手的方式。"郑卫国若有所思地说道。

"那、那凶手真的是牧童生吗?"刘大海问了一句。

"这不一定,也可能是看过牧童生这本书的人。所以现在我们要马上找到这个牧童生,查一下到底有多少人看过他这本书。"郑卫国对庄强说道。

"这个、这个恐怕不好查。"这时候,刘大海又说话了。

"为什么?"郑卫国愣住了,疑惑地看着他。

"这个之前网上有过电子版,其实,其实是我们这边安排发出去的。就是前几天的事情,我们为了找到牧童生,所以不得不用了这个办法。可是后来那个杀人预告的帖子出来后,我们就删掉了电子版。虽然只发出去几天,但是看过的人可能好几万,所以要想找出所有看过那本书的人,那有点太多了。"刘大海不好意思地说出了原因。

第三章 调查说

宁城法医鉴定中心。

孟雪见到了李二傻的尸体。

法医鉴定李二傻死于被发现前十二个小时左右,也就是2017年6月5日凌晨3点左右,因为尸体被泡在水里,所以发生了快速变化。经过对尸体的解剖得知李二傻死于溺水,不过当时现场那个巨大的玻璃鱼缸里的水并不满,虽然鱼缸有四米高,但是中间有一座差不多八十厘米高的假山,再除去鱼缸的下部,大约整个盛水的容量高度也就一米七的样子,李二傻的身高只要站在假山上,都能将自己的脸露出水面,可是他却死于溺水。这种情况确实有点奇怪。

孟雪仔细查看了一下李二傻的尸体,发现在他的后背有一个伤口,从伤口溃烂程度看,应该是一个电击伤口。并且在李二傻的肩膀上还有一条鲨鱼的文身,那里也有一些伤口,六七个,都是被细小的工具刺进去的,皮肉外翻,从浸泡程度上看,应该形成没多久。

"这尸体被水泡了,比较麻烦,好在死亡时间不是特别长,再加上那个鱼缸是恒温的,不然再过一些时候,整个尸体都泡发了,还不一定能从鱼缸里取出来。"负责的法医对孟雪说道。

的确,这样的尸体处理起来非常难,好在时间不算太长。

孟雪看了一下法医报告的后面,发现上面除尸体的基本情况外,还描述了一下那个鱼缸的情况。

"这个本来是不需要的,但是因为涉及尸体温度的变化,所以我写上去了。"那个法医看到孟雪在看那个鱼缸的情况,补充了一下。

"这个鱼缸看上去挺怪的。"孟雪盯着那个鱼缸说道。

"是有些怪,你是指这里吧。"法医指着鱼缸的扣板上,那里有一条黄色的线从鱼缸里延伸出来。

"是的,这条线为什么不像其他线一样从鱼缸的过滤槽下面延伸出去,那样的话既看不出来,这个扣板也能扣上去。"孟雪说道。

"这个当时我问了一下,好像说这个线是特意接上去的,里面有一个喇叭。"法医说道。

"喇叭?"孟雪顿时愣住了。

"有些人养鱼要养什么生态鱼、智商鱼,便会给鱼听音乐什么的,所以会在鱼缸上加一个喇叭。"法医说道。

是这样吗?孟雪看着报告书上的鱼缸照片,不禁皱紧了眉头。

从法医鉴定中心出来，孟雪回到了公安局。其他人也陆陆续续回来了，大家开始了第一次的调查总结会议。

"我们从孟雪开始吧。"所有人到齐后，郑卫国看了看孟雪说道。

"行，我讲下尸体的情况吧。"孟雪点了点头，说道，"尸体是溺水而亡，不过很奇怪，因为鱼缸里的情况，死者完全可以站立着伸出脸面进行呼吸，但是不知道为什么死者却溺水而亡了。还有我在死者的后腰看到了一个电击的伤口，在死者的肩膀上发现了一条鲨鱼的文身，在文身上也有六七处刺伤，根据伤口看，应该是搏斗的时候被刺伤的。"

"死者的腰上有一个电击伤口，这个会不会是死者被凶手绑到地下室留下的伤口呢？"陈远听后说话了。

"对，很有可能。我们大家都在根据现场查资料，却忘了李二傻不可能自己来到紫苑小区的地下室，肯定是被人带过来的。"听了陈远的话，郑卫国一拍脑袋说道。

"如果是电击伤口的话，那么一定是身体力量小于李二傻的人做的。这种做法一般是女性犯罪比较多一点，并且女性犯罪者必然会有帮手。"沈家明说道。

"还有一点，就是那个鱼缸。"孟雪想起了那个鱼缸的事情，于是讲了起来，"鱼缸里面有一个喇叭，不知道是做什么的。"

"这个很正常，有些鱼缸是会带喇叭的，美其名曰，给鱼听音乐什么的。"沈家明说道。

"不，你们看这个鱼缸的图片，上面的喇叭线是从前面延伸出来的，这说明鱼缸的主人当时买鱼缸的时候应该没有这种功能，而是后来自己设计了一个。"陈远盯着文件上那个鱼缸的样子仔细看着说道，"如果说是自己之前就装上去的，完全可以从这个鱼缸的过滤槽下面走线，这是正合适的。我觉得这个鱼缸里的喇叭可能不是给鱼听的，而是特意给李二傻听的。"

"怎么这么麻烦呢？有什么话不能直接对他说吗？"孟雪愣住了。

"可能这些话涉及李二傻被杀的原因吧。"庄强说了一句。

"这是我这边调查的情况，其他的暂时没有了。"孟雪说道。

"陈远，你们那边有什么发现？"郑卫国看了看对面的陈远和沈家明。

"我们去了现场，基本上情况和之前庄队长他们调查的一样。现场比较特别，紫苑小区的地下室和普通地下室不太一样，是一个半地下室。虽然案发现场的2号楼地下室也有人住，但是在案发时却并没有什么发现。这应该跟李二傻被杀的时间有关系，凶手特意选在凌晨三点左右下手，这个时候大部分人都已经休息了。我和家明特意去了紫苑小区物业，查看了他们的监控设备，发现在2017年6月5日下午，紫苑小区2号楼旁边的摄像头被人刻意破坏了。物业那边接到了反馈，他们申请设备，然后再安排工人安装，至少要到6月6日，所以这应该是凶手特意为作案而毁掉的。我们也查看了案发前两个小时紫苑小区东西两个门的监控，可惜并没有发现什么可疑人物。凶手应该早有准备，可能在6月6日下午就已经潜伏到了地下室。"陈远说道。

"对，我和庄队长去找了当时最早出现场的两个警察，他们那里的出警记录和调查资料证实了这一点。李二傻的妻子说他三天前就没回过家，加上其他方面调查，李二傻应该是在案发两日前被凶手控制的。"郑卫国点点头，同意了陈远的说法。

"我们这边后来调查的疑问和孟雪发现的情况一样，就是那个鱼缸的问题。李二傻在鱼缸里其实完全可以活着，但是却溺水而亡了。现场我们对鱼缸也看了一下，结合之前大家说的，我怀疑李二傻在死前遭到了凶手的生死游戏。"沈家明跟着说话了。

"生死游戏？这是什么意思？"郑卫国问道。

"很简单，首先这个鱼缸的道具设置是一个问题，为什么要让李二傻死在这里呢？鱼缸的作用是什么？还有我们也看了，网上牧童生写的那本《死亡预告书》里第一个死亡的案件，是在一个巨大的空间里面进行逃命游戏。小说里的第一个死亡案件，除了环境这点和李二傻的死亡情况不一样外，其他的都很像。其实那个巨大的空间可能是因为凶手无法实现，所以用了鱼缸来代替。在那个小说里，死者要回答对问题才能离开，结合李二傻的死亡现场，这个鱼缸可能就是凶手给李二傻设计的一个生死游戏的道具。比如可能一开始水比较少，随着李二傻回答问题错误，水越来越多，最后到水几乎要淹没他。正因为一点一点看着自己即将被水吞没，即将被死亡侵蚀，所以到最后才会出现李二傻明明可以活下来，却出现了溺水而亡的情况。在心理学上，有一个非常典型的例子，把一个人的眼睛蒙住，然后在他胳膊上划一刀，然后放一块冰在他伤口处，告诉他他的血正在一点一点流失，很快这个人就会出现因为失血过多而死的现象。"沈家明用心理学的一个例子解释了一下现场的情况以及李二傻离奇死亡的可能性。

"我这边去李二傻的公司走了一趟，从他那边了解到这个牧童生的《死亡预告书》曾经和豫南省博丰文化传播有限公司合作出版，可惜后来因为内容问题没有合作。现在李二傻已经死了，我们除了调查这个外，最主要的一点是要保护卢天福。凶手在网上预告要杀死卢天福，这无论真假，我们都要做好准备。"郑卫国说道。

"关于卢天福这边，我们已经派人去做了保护。我之前提议让卢天福直接住到公安局，可是卢天福不愿意，他觉得网上那个帖子就是炒作。现在我们只能对他进行暗中监视了。"庄强说道。

"《死亡预告书》里第二个案子现场是什么样？有没有看一下？"陈远问道。

"我从博丰文化那边拿到了电子版，大家都可以看一下。但是里面好像还有四个案子，凶手会用哪个就不好说了，这个书的情况我们可以了解一下，但是不能做主要参考，如果这只是凶手的一个障眼法，我们会吃大亏的。"郑卫国说道。

"是的，这种案子难就难在这里，凶手可能会按照书里的情况来杀人，也可能不会。因为有了之前的案子，大家很容易先入为主，着了凶手的圈套。"沈家明点点头说道。

第四章　火柴杀

牧童生写的《死亡预告书》最初的名字叫《黑色童话死亡书》，因为牧童生是一个童话作家，虽然出版过几本童话书，但是一直默默无闻，于是便策划写了这本悬疑童话作品。在这本《黑色童话死亡书》里，牧童生用四个世界知名童话改成了凶杀案子，将童话和悬疑结合到了一起，让人感觉确实耳目一新，眼前一亮。

卢天福是第一个看到《黑色童话死亡书》的人，当时看完就非常喜欢，一心想将这本书策划出版。可惜，最终因为内容尺度问题没有做出来。现在他还记得当时跟牧童生说出没有办法合作的情况，牧童生只说了句，没关系，便没有再说任何一句话。在这之前，他们曾经一起讨论过书的封面、内容，甚至还想过将这本书去书展上做一次推广。

李二傻被杀，并且死亡现场和书里的第一个故事特别相像，因为这一点，网上有很多说法。后来竟然出了一个杀人预告，而被杀对象是卢天福。他认为这一切都是有人在故意炒作，如果凶手真的是根据《死亡预告书》里的案件杀人的话，为什么要提前预告呢？并且，剩余的四个案子里的环境和方法并不好做。最主要一点，如果真的是牧童生在杀人，那么他根本没有理由杀卢天福，因为这本书是卢天福挖掘出来的，并且帮他做了一些推广。

卢天福走到窗户旁边，推开了窗户，他看到楼下那辆黑色的福特车还停在对面马路上，那是警察派过来暗中保护自己的，里面是三名警察，他们已经在楼下对面停了一天一夜了。不仅如此，家里的电话也被警察装上了监听设备，这让卢天福有些话不方便在家里说了。

嘀嘀嘀，手机响了一下，有人发来了一条信息，他打开看了一眼，发现信息内容是一个用语言符号堆积的字母，wb，sx。

卢天福沉思了一下，立刻走到书桌前，打开了电脑，登录上了他的微博。果然，微博里有一条私信。

"刘总说警察去了公司，问了关于牧童生的书的事情。这几天事情比较多，怕警察关注过多把其他事情带出来。"

"放心，事情会很快结束的。网上那个事情肯定是假的，正好可以引开警察的调查目光。"

"要是方便的话，刘总约你今天晚上八点在八马茶室见面，有些话他要当面问你。"

"好，我想下办法。警察现在看得比较紧，我不想让他们靠近我这边。"

关掉微博，卢天福从书房走了出来。

这是之前在公司里的一种沟通方式，没想到现在却用到了。给卢天福发私信的是公司的官方微博，刚才的私信内容他已经删除了，就算后期被人查到也没办法看到内容。

现在，他需要想办法离开家，并且还不能让下面的警察发现。离开很容易，他从厨房的阳台就可以钻出去，跳到对面单元楼的阳台上，再从阳台通过隔壁单元楼楼道离开。这种事情之前他因为丢了钥匙，做过几次。难就难在如何让楼下的警察知道自己还在家里。

思来想去，卢天福只好用了一个最简单也最笨的办法，那就是打开书房的灯，将被子和枕头做了一个造型，放到凳子上，造成了一个从外面看里面似乎坐着一个人的样子。

一切准备就绪后，卢天福从厨房阳台跳了出去，几分钟后，他从隔壁单元楼楼道走了出来，悄无声息地离开了小区。

八马茶室距离卢天福家里并不远，他出来后并没有直接去那里，而是在四周逛了一下，确定没有警察跟着后，才走了进去。

以前博丰文化高层会议经常在八马茶室开，并且八马茶室的老板和他们也非常熟悉。现在是关键时刻，所以卢天福特意将自己打扮了一下，戴着一个鸭舌帽，进入八马茶室的时候，刻意避开了门口的摄像头，然后直接进入他和刘大海约的房间。

进入房间后卢天福才发现刘大海还没到。这个房间是八马茶室的VIP房间，一般情况下，服务员都不会过来。之前每次来这里开会，都是卢天福给其他人泡茶喝，现在刘大海还没来，卢天福便自己烧了一点水，冲了一些茶叶喝了起来。

几杯茶水下肚，卢天福感觉舌头有些发麻，然后眼前也开始慢慢模糊起来，他想站起来，却感觉没有一丝力气。他敲了敲脑袋，扶着墙壁大声喊了起来，可惜没有人听见，也没有人过来。

卢天福忽然害怕了，他用力想拉开门走出去，但是脚下却没有力气，仿佛踩在棉花上一样，最终眼前一黑栽倒在了地上。

很快，门开了。

一个人走了进来，慢慢走到卢天福的身边，轻轻用手抚摸了一下他的刘海，然后将卢天福扶起来，慢慢走出了房间。

卢天福做了一个梦，他梦到自己来到了一个冰天雪地的世界，自己衣衫单薄，被冻得瑟瑟发抖，想找个躲避冰雪的地方，但是一眼望去，冰雪连天。卢天福哆嗦着，向前走着。

终于，他看到了一丝火光，就在前面不远处，他不禁欣喜地向前跑去。眼看着就要跑到那个火光面前，火光却突然灭了。

卢天福一下子睁开了眼，然后他从噩梦回到了现实。

眼前是一个陌生的地方，顶端是一个昏黄的白炽灯，散发着有气无力的黄光。卢天福想站起来，却发现自己的左手和左脚被一条铁链锁着。他立刻脸色惨白，心脏直跳。他想到了那个网上对他的杀人预告帖。

"天冷极了，下着雪，又快黑了。这是一年的最后一天——大年夜。在这又冷又黑的晚上，一个乖巧的小女孩儿，赤着脚在街上走着。她从家里出来的时候还穿着一双拖鞋，但是有什么用呢？那是一双很大的拖鞋，那么大，一向是她妈妈穿的。她穿过马路的时候，两辆马车飞快地冲过去，吓得她把鞋都跑掉了……"

一个低沉的声音从房间角落里传了出来，这个声音朗诵的正是童话故事《卖火柴的小女孩》，这个故事卢天福太熟悉了，因为它正是牧童生写的《黑色童话死亡书》里第二个故事的开始。

"这不可能，不可能的。你是谁？是谁？"卢天福顿时浑身哆嗦，大声叫了起来。

那个声音没有理会他，继续念着《卖火柴的小女孩》的故事，直到故事结束。

卢天福四下看了一下，最后看到前面有一个桌子，他走过去才发现桌子上面有一盒火柴。

"卢天福，欢迎你来到你的生死选择时间。"喇叭里传来了一个尖细的声音。

"谁？你是谁？"卢天福一下子站了起来，看着前面的喇叭问道。

"这里的温度将会降低到零下，同时还有三个煤气罐，桌子上有一盒火柴。五个小时后，也就是2017年6月16日上午8点，煤气罐会开始漏气，同时温度会继续降低。你可以选择用火柴取暖，要活着可以选择坚持下去，如果煤气罐所有的气体泄漏完毕，你就赢了这场游戏，可以离开。"喇叭里传来了对方的声音。

"不，不要，这不是真的。"卢天福叫了起来。

对方没有再说话。

卢天福看着眼前的一切，他拼命地挣脱，可是手上和脚上的铁链却纹丝不动，根本挣脱不掉。

时间慢慢过去了，房间内开始慢慢弥漫出一股煤气的味道，并且房间内的温度也开始变得越来越低。

"就算冻死，也不能点着火柴。"卢天福对自己说道，他当然知道点着火柴后的后果。

可是，随着温度越来越低，他被冻得全身几乎要僵直，桌子上的火柴，像是散发着美味的烧鹅一样，诱惑着他饥肠辘辘的肚子。

卢天福不自觉地伸手拿起了那盒火柴，然后抽出一根火柴，带着笑容，擦向了火柴盒的燃火皮……

第五章　失踪了

　　杀人预告帖是在宁城的一家同城论坛里发布的，因为李二傻的死亡，所以整个帖子格外火热。发布帖子的人早已经调查过，对方用的是一个国外注册的邮箱，发布帖子的IP地址也无法锁定，基本上找不到对方的任何信息，对方说会在6月16日这天对卢天福进行杀害，所以从6月15日晚上开始，警察就对卢天福和这个帖子格外关注。

　　闪电侦缉组的成员也在分析这个杀人预告帖，因为这可能是现在案子唯一能找到突破口的地方，如果发布杀人预告帖的人就是杀害李二傻的凶手，那么他肯定会想尽各种办法杀害卢天福，以完成他发布预告帖的承诺。

　　"这种罪犯一般是自信完美型罪犯，他们大多数都拥有超高的智商和高于他人的逻辑缜密能力。他们既然敢这么明目张胆地发出预告杀人时间，可见对于自己的杀人能力非常自信。所以凶手应该也不是第一次作案。这种罪犯希望受到别人的关注，否则会感觉自己做的一切没有达到预期效果。"沈家明分析了一下凶手的性格和内心情况。

　　"宁城警方这块已经对卢天福进行了二十四小时安全监控，如果罪犯真的要对卢天福下手，恐怕不会太容易。"郑卫国说道。

　　"从表面看是这样，如果我是罪犯，那么我肯定会想办法进行杀人。否则在网上发布出去的预告杀人帖就成了一个笑话，这对这种犯罪类型的罪犯来讲比自己暴露、被警方抓住都要丢脸。所以如果警察的保护太过密实，我推测罪犯很有可能铤而走险，直接在警察眼皮底下动手。"陈远说了一下自己的看法。

　　"那样不正好，可以直接抓住凶手结案了？"孟雪听完陈远的看法，不禁愣住了。

　　"肯定不会那么容易。我刚才问了一下庄强，他说目前卢天福还在他手下的监控范围，现在是晚上十点半，距离罪犯预告的杀人时间还有一个半小时，这短短一个半小时，不知道罪犯会做出什么事情来。"郑卫国看了看手表说道。

　　"对方的网络杀人预告帖里只是说要在16日杀人，并没有说16日的具体时间，也可能是到16日的最后半个小时动手。这个罪犯很清楚警察会对卢天福进行暗中保护，所以特意把时间范围定成了一整天，在这个大范围时间内，警察要时时刻刻预防卢天福被杀，确实很考验警察的忍耐力。"陈远皱紧了眉头。

　　"我看了牧童生的那本《死亡预告书》，里面剩下的三个案子，分别写的是《卖火柴的小女孩》《白雪公主》和《长着驴耳朵的国王》。如果罪犯继续按照这本书里的方法杀人，那么肯定会在这三个故事里面挑一个。在这三个故事里面，

《卖火柴的小女孩》是一个爆炸案，《白雪公主》是一个虐杀案，《长着驴耳朵的国王》则是一个比较血腥的分尸案。从人的生理状况看，凌晨三点到四点是最容易犯困的时候，目前从卢天福被暗中保护的状态看，我觉得罪犯很有可能会选择《卖火柴的小女孩》这个故事进行杀人，因为是一个爆炸案，所以操作起来比较容易，只要能躲开门口的警察，就可以遥控炸弹进行杀人。"沈家明说道。

郑卫国低头沉思了几秒，拿起手机给庄强打了个电话。

很快，庄强的电话回复了过来。

郑卫国顿时站了起来。

"怎么了？"陈远看到郑卫国的样子，不禁问道。

"卢天福不在家，庄强的人一直在楼下，他们看到的影子是假的。庄强让我们现在立刻去现场。"郑卫国说道。

十分钟后，闪电侦缉组的人来到了卢天福的家里。

庄强正在对两个警察训斥，很显然，他们就是楼下暗中监控卢天福的人。要不是刚才郑卫国提醒庄强让他们去卢天福的家里看一下，兴许这会儿他们还在楼下。

"庄队长，现在骂也没用，当务之急是找到卢天福。"郑卫国对庄强说道。

"是是，这不让你们过来帮忙嘛。"庄强的态度比起之前好了很多。

"庄队，我们真的没有偷懒，一直盯着单元楼门口的，这人下午还出来买东西，怎么到了晚上就没了呢？"其中一个警察悲催地说道。

陈远打量了一下卢天福的家，这是一个二居室的房子，主卧没有阳台，次卧有一个晾台。房子不大，但是五脏俱全。

"你们确定他没有出来？是不是特意做了装扮，躲过了你们的视线？"郑卫国问了一句。

"没用，这个卢天福住的单元楼非常特别，一楼二楼是两个独居老人，三楼住的是卢天福，四楼住了一对年轻情侣，他们都是到晚上十一点多以后才回来，五楼没人住。就这几个人，这几天我们早把他们的身材、身高、样式、走路的姿势记得滚瓜烂熟了。所以要是卢天福从楼上下来，我们肯定能发现的，并且我们还开了一个录制设备，里面录了像的，刚才我们也查看了，真的没有发现卢天福下楼。"负责监视的警察说道。

"如果卢天福没有从这个单元楼下楼，也没有其他人进来的话，那么就只有一种可能，卢天福是自己离开的。"陈远说着往厨房看了看，发现厨房阳台上的窗户竟然开着，并且在橱柜的面上还有一个不是特别清晰的脚印。他伸头往外看了看，发现窗户的阳台和对面单元楼窗户的楼梯的阳台正好对着卢天福的厨房阳台，陈远看到这里，顿时明白了过来。

"难道这卢天福会飞不成？"庄强摸了摸后脑勺说道。

"他当然不会飞。你们过来厨房。"陈远对客厅站着的其他人喊了一声。

大家走到了厨房。

"厨房的阳台对面就是对面单元楼的走廊窗户，卢天福就是从这里跳出去，然后从隔壁单元楼离开的。你们的目光都在他住的单元楼门口，肯定忽略了旁边单元楼的人，所以他离开了，你们也不知道。"陈远指着厨房的阳台解释了一下。

"你怎么确定他是从这儿出去的呢？会不会是疑犯将他绑架，从这儿离开呢？"庄强问道。

"看，这里还有一个脚印。我刚才进门的时候特意看了一下鞋柜里卢天福的鞋子，大小跟这个应该差不多。"陈远指了指橱柜上的脚印说道，"如果是疑犯绑架了他，首先，疑犯从这里进来需要一定的时间和条件；其次，疑犯来到这里，被卢天福发现肯定会有争执。楼下的警察一直盯着上面的情景，肯定会发现。所以一定是卢天福自己从家里离开的。"

"可是卢天福为什么要这么做呢？"孟雪问了一句。

"这期间卢天福的手机和家里的电话是不是也做了全程监控呢？"沈家明问道。

"是的，这期间，不止卢天福的手机设备，他的网络通信设备，网监大队那边也进行了监控。刚才我联系了网监大队，他们说卢天福的网络通信设备并没有任何异常。手机这块我们刚才就查了一遍，也没发现任何异常。"庄强说道。

"那这可真奇了怪了。难道卢天福和谁约好了，所以才会在这个时候离开家吗？"沈家明摸了摸下巴，疑惑地问道。

"这不可能，下午的时候他还和我们的人说了一下情况，还希望能通过这次找到幕后凶手，解除自己的危机。"庄强摇了摇头，否定了沈家明的猜测。

"可能还有其他地方我们忽略了。"陈远往前走，来到了客厅。在客厅的窗口边，放着一个假人模特，卢天福就是利用这个假人模特骗了楼下监视保护他的警察。

卢天福是接到了什么样的通知，宁愿冒着被杀的风险，然后欺骗楼下警察，自己悄无声息地离开安全的家里，抛向充满恐怖的未来呢？威胁？诱惑？又或者说是其他呢？手机、网络通信设备都被监控，如果有人联系他又会怎么联系呢？

沈家明坐到卢天福的电脑前，打开电脑发现有一个密码，沈家明想了一下，试了几个密码，进入电脑系统里面。沈家明打开历史记录看了一下，发现卢天福之前浏览的几个网页，似乎没什么异常，大部分都是他们公司的一些网页信息，还有的就是卢天福的微博页面。当然，沈家明也看到了那个在宁城同城论坛里发的杀人预告帖，他不禁打开又看了一眼，这一看，顿时脸色突变，大声喊起了其他人。

杀人预告帖又更新了，对方发了一个很简单的更新："如果有警察看到这里，那么你们只剩下五个小时的时间来寻找卢天福，否则你明天看到的就是一具破损不堪的尸体。"

看到杀人预告帖的更新，加上卢天福的失踪，这预示着对方并没有说谎。卢天福被对方抓住了，并且只剩下五个小时的活命时间。可是，这么大的宁城，只有五个小时的时间，要去哪里找卢天福？

"你们看到了吗？对方说如果找不到卢天福，明天看到的就是一具破损不堪的尸体，这说明卢天福的死亡方法可能是爆炸。"沈家明说道。

"如果是爆炸案，那需要提前找好位置，然后布置好现场。可是这么大的宁城，可以做爆炸的地方太多了。"庄强咬着嘴唇，一脸纠结。

"不要着急，对方之所以这么说，就是希望打乱我们的阵脚。如果我们乱了分寸，那么很容易被对方算计的。"郑卫国沉着地说道，"现在我们先做工作安排，庄队长，你们去物业那边查看下隔壁单元楼的情况，看看卢天福是什么时间离开小区的，然后我们再让网监大队那边联合监控部门一起帮我们查一下卢天福大概去了哪里。"

"是，我们立刻就去。"庄强点头说道。

"这边继续查看一下，看看能不能找到什么原因让卢天福离开了保护现场。"郑卫国看了看陈远和沈家明。

"好，我们再看看。"陈远点了点头。

郑卫国和庄强带着人离开了，房子里只剩下了陈远和沈家明。

"这个疑犯还真有一套啊，竟然能够在警察眼皮底下让卢天福离开。"沈家明重新看了一下房子里的布局。

"对方一定早已经设计好了一切，让卢天福离开保护现场，肯定是提前做好的引子。究竟什么原因会让卢天福离开呢？想必一定是让他非常信任并且安全的事情，不然他肯定不会离开家的。"陈远说道。

"关键一点，对方是怎么通知卢天福的？没有提前约好，那么肯定是后来用某种办法通知的。"沈家明说着重新坐到了电脑前，打开了之前卢天福看的历史网页记录，然后一页一页地念着。

"等一下。"突然，陈远喊住了沈家明。

"有什么发现吗？"沈家明问道。

"你说卢天福在离开前看了微博？"陈远问道。

"是，有这个记录。"沈家明说。

"那微博里的通信你看了吗？就是和朋友之间的私信。"陈远解释了一下。

"这个微博有密码，还真没看。我现在试着登录下，看能不能进入他的电脑里面。"沈家明试着敲了几个密码，可惜都进不去。就在他准备放弃的时候，密码竟然对了，沈家明进入了卢天福的微博里面。

沈家明打开私信的位置，发现有很多女孩给他留言，不过大部分卢天福都没有回复。然后沈家明打开了第一个私信位置上的用户，竟然是豫南省博丰传播文化公司的官方微博，不过两个用户之间空白一片，什么信息都没有。

"不对，他们之间的私信应该被删除了。一般来说像这种官方微博，都会设置一个自动回复，里面包括感谢关注自己人的话语之类的。他们公司的微博回复怎么是空白的？恐怕只有一个原因，卢天福的微博私信被人删除了。"陈远脱口说道。

第六章　差一步

庄强开着车,孟雪坐在副驾上。两人按照郑卫国的安排,回宁城公安局网监大队查看卢天福离开的监控录像。

"孟警官,刚刚听我一个朋友说起你,原来你的专业是法医啊!"庄强边开车边说道。

"是的,我学的是法医。不过现在在闪电侦缉组里什么都做。况且我的爷爷一直都觉得法医和刑侦工作是分不开的,在古代很多法医就是直接断案破案的高手。"孟雪点点头说。

"这个我知道,宋慈啊,他不就是依靠法医的知识做的提刑官吗?还有一些电视剧里也有法医通过对尸体的判断帮助破案的。"庄强说道。

"是,但那些都是片面的。实际上在我们国家还是依靠传统刑侦队办法在破案,像你们一般查案,都是调查走访,要不就是查监控,找证人。其实在程序上还是有些浪费警力和精力。"孟雪分析了一下。

"这个确实,省厅应该也是意识到了这点,所以才会选出你们这个小组来嘛。"庄强说道。

不知不觉两人来到了网监大队,庄强停好车,两人一起向监控室走去。

监控室值班的正好是庄强认识的一个朋友,名字叫丁晓峰。两人简单沟通了一句,然后丁晓峰将卢天福住的小区的监控录像调了出来,孟雪和庄强坐下来仔细看着录像。

"看,这是不是卢天福?"看了一段时间后,孟雪突然指着屏幕叫了起来。

丁晓峰往后面倒退了几秒,重新播放,然后看到屏幕上有个戴着鸭舌帽的男人从单元楼里走出来,他的样子看上去非常警惕,确定四周没什么了,才压着身体快步向前走去。

丁晓峰将那个男人放大看了起来,虽然有点模糊,但可以确定他正是卢天福。

"能不能沿着他走的路线查看一下路线监控摄像头,看看他去了哪里?"孟雪想了想问道。

"我试试。"丁晓峰看着卢天福的位置,然后将四边几个摄像头位置的监控录像依次查看了一下,发现卢天福一路向西走去,最后去了卢天福住的小区附近的一个八马茶室。

孟雪拿出电话给郑卫国打了过去,将他们在网监大队找到的情况说了一下。

没过多久,郑卫国的电话打了过来:"我们去八马茶室问了一下,卢天福的确去过那里,可是后来有人把他带了出去。你们再查一下八马茶室的监控录像,看看带走卢天福的是什么人。"

孟雪挂掉电话，然后把郑卫国的要求说了一下。丁晓峰立刻调取出来八马茶室附近几个摄像头的资料，仔细查看起来。

八马茶室的位置处于闹市，所以门口来往进出的人太多，尤其是八马茶室的东门，因为和旁边一个酒吧共用一个大门，所以人特别多。很多时候人流的出入挡住了八马茶室的门口，所以即使有人从里面出来，也难以看清楚。

"我觉得要是对方从八马茶室里将卢天福带走，肯定会走这个东门。东门是酒吧，经常会有人喝多，那么对方从八马茶室里将卢天福带出来，身边的人还以为卢天福喝多了。然后凶手就可以堂而皇之地出来了。"庄强指着屏幕上的录像说道。

"这种可能性比较大，那么我们只要盯住卢天福进入八马茶室后那段时间被人扶着的醉酒的人，应该可以找到卢天福。"孟雪点了点头说道。

丁晓峰快速在屏幕上一帧一帧开始比对，很快，他将符合条件的几个醉酒的人挑了出来，除去一眼看出来不符合要求的，最后只剩下三组。其中有一组最为可疑，两个人都穿戴得严严实实的，什么信息都看不出来。

丁晓峰朝着那两个人的方向查过去，发现两人上了一辆黑色的大众汽车，车子向黑夜深处开去。因为那辆车子离镜头太远，所以没有办法看清楚车牌号。

郑卫国召集陈远他们回到局里，然后根据孟雪和庄强找到的监控资料进行分析。

"八马茶室位于宁城的人民区，如果这组人就是罪犯和卢天福，他们坐上了一辆黑色的大众桑塔纳轿车，方向是人民路与北环路。罪犯开着车，说明他带卢天福去的地方不会太近，并且北环路附近大部分是城中村。按照我们之前分析的，这次罪犯要选择的可能是一个爆炸案，那么他肯定会提前做一些准备，比如购买火药，甚至进行炸弹实验，所以他需要找的地方一定是一个比较安静，隔音特别好，即使发生小范围的炸弹实验也不会影响别人的地方。这样的地方，最合适的自然是这些城中村左侧的独立别墅区。因为无论是从距离还是从条件上看，这里也是最合适的地方。"郑卫国根据地图说道。

"对，一般来说，这种地方只要你关上门，旁边的人是不会敲门的。这也能让罪犯得到充足的犯罪空间。还有一点，假如卢天福想求救，在这种地方，根本不可能实现。"陈远点了点头。

"那我们事不宜迟，庄队长带上人，咱们一起过去排查一下吧。"郑卫国对庄强说道。

"好，没问题，我现在就喊人过来，我们立刻出发。"庄强接到命令，立刻站了起来。

车子在路上快速行驶着，那个城中村叫陈家村。在路上，庄强通过朋友了解到了那里的情况，那个左侧的独立小楼，是一个试验性拆迁安置房，可惜因为资金的问题，没有做好，所以那里便空了下来，平常也没人去。这种情况下，闪电侦缉组觉得这肯定是罪犯选择犯罪的地方。

从监控时间上看，卢天福被罪犯带走的时间已经快四个小时，对方随时都可能对卢天福进行杀害，所以现在是生死之速。

闪电侦缉组和警察的车子刚开到陈家村村口，就听见前面不远处的别墅区传来了一个震耳欲聋的声音。

这个声音，像一把刀子，瞬间刺中了所有人的心。他们知道，爆炸案发生了，他们差一步就到现场了。

"他妈的。"庄强用力拍了方向盘一下，咒骂道。

爆炸声引来了陈家村的村民们，尤其是看到还有警车，很多人都从家里走了出来。

"先去现场看看吧。"郑卫国叹了口气，拿出对讲机对庄强说了一下，"庄队长，你先维持下现场秩序，仔细看一下围观的人群，尤其是等一会儿卢天福的尸体被抬出来后，因为爆炸案的罪犯，大部分都有来到现场欣赏自己作品的习惯。"

"好的，我知道了。"庄强说道。

闪电侦缉组的人赶到了现场。

周边的居民也报了警，很快，附近分局的警察也来到了现场。经过交涉后，闪电侦缉组的人第一时间进入了现场。

爆炸的地方是位于陈家村西边的独立别墅区的1排第二个别墅。整个别墅区的完成度都不高，只有前几个别墅完成了封顶。让闪电侦缉组意外的是爆炸的这个别墅的一层竟然装修过，地板和墙壁以及天花板用的都是一样的材料，只不过因为爆炸，部分墙壁和地面被破坏了。

这是陈远第一次见到爆炸的现场，虽然之前看过一些影视剧和照片，但是真实的现场确实有点令人难以想象。孟雪提着法医箱直接开始进行现场勘查，卢天福已经被炸得四分五裂，大半个身体都被石块压着，一只手甚至飞到了一边。

"煤气罐爆炸，很简单的设置。"郑卫国看到旁边有三个裂开的煤气罐外体，顿时明白了过来。

"这里感觉挺冷的，这房间装了中央空调。"沈家明哆嗦了一下身体，在旁边的墙壁上看到了一个中央空调的温控开关。

"对方是怎么做到爆炸的呢？"进来的时候，门窗紧闭着，说明凶手肯定不在里面，煤气爆炸需要泄漏到一定程度后见光或者见火，如果要形成这个爆炸必须是屋内的人操作，难不成是卢天福自己做的？这不可能吧？

"《死亡预告书》里写的第二个爆炸案和这个非常像，会不会凶手就是在模仿书里的情节呢？"沈家明说道。

"从卢天福的尸体被损坏程度看，他当时应该在煤气罐的附近不远处，然后爆炸的时候，左手先被炸裂，跟着身体其他部分被炸开。从这样的情景看，似乎应该是卢天福的左手最先接触到爆炸点。"孟雪看完尸体的情况后，简单说了几句。

"如此看来尸体的情况也不好处理，都被炸成这样了。"陈远看了看眼前四分五裂的尸体有点想吐，但是强忍了下来。

"哈哈，抓住凶手了。"这时候，庄强突然从外面跑进来，一脸欣喜地叫了起来。

"什么？"郑卫国愣住了。

"抓住凶手了。凶手就在外面，我们抓住他了。"庄强喘了口气，沉声说道。

第七章　杀人者

庄强说的凶手是一个二十多岁的男孩，看上去文文弱弱的，戴着一副眼镜，头发有点长。庄强说当时这个男孩站在人群中，不停地往前走，眼神看上去都不一样。庄强走过去问他，他也不说话，想离开。

庄强越发觉得他有问题，便拉住他想再问一下情况，结果发现这个男孩手里拿着一个人鱼雕像。这个人鱼雕像正是上次李二傻死亡现场留下的那个东西。

男孩一看庄强发现了手里的人鱼雕像，于是撒丫子往前飞奔，所幸男孩的体力不太好，跑了没多远便停了下来。然后被后面追过来的庄强按到了地上。

"你就这样说人家是凶手？"听完庄强抓人的过程，沈家明不禁笑了起来。

"他自己承认了啊。当时我们也不知道他是凶手，只是觉得他可疑，可是抓住他后，他说自己是凶手。"庄强一本正经地说道。

"有这事？"这个倒让大家有点意外，郑卫国看了看其他人，然后说道，"走，看看去。"

庄强抓住的男孩叫杨牧，二十三岁，宁城太平镇人。刚才庄强就在警车上做了一个简单的审讯，如同他说的一样，杨牧承认自己就是凶手。

"你说案子是你做的？讲讲动机和作案方法。"郑卫国看了看被绑在车上的杨牧问道。

"我是一个童话作家，本来李二傻的公司说帮我出版书，结果他们不但没有帮我出书，还利用我的书去拉了一大笔钱自己过得潇潇洒洒的。前几天我母亲去世了，我又没有收入，我去找卢天福要钱，他就是不给，还让他们的人打了我一顿。你说，他们害得我家破人亡，我杀了他们难道不应该吗？"杨牧说出了自己是凶手的原因。

"你的笔名是牧童生？"陈远问了一句。

"不错，那就是我。"杨牧点了点头。

这倒让所有人吃了一惊，没想到眼前这个文文弱弱的大男孩竟然就是《死亡预告书》的作者牧童生。

"你是怎么杀死卢天福的？"陈远问道。

"很简单，我将他从家里骗出来，然后约见在八马茶室。在那里我让他喝了放有安眠药的水，等迷倒他后，我带着他从八马茶室的东门出来，八马茶室的东门和旁边的酒吧是共用的，经常有人喝醉，所以不会被人注意。之前我在这里准备了三个煤气罐，然后我将卢天福带到这里，将他绑起来，拧开煤气罐，泄漏煤气，并且将房间里的温度调到最低，我在卢天福的面前放了一盒火柴。卢天福被冻得受不了，最后精神恍惚，一定会拿起火柴取暖，就像童话里那个卖火柴的小女孩一样，可结局是不一样的，当卢天福划开火柴的瞬间，泄漏出来的煤气接触到火光，立刻就将他炸得粉身碎骨。哈哈哈。"杨牧说着笑了起来。

杨牧说的事情真相和之前闪电侦缉组判断的几乎一模一样。

"那你为什么会出现在现场？难道真的是为了来看现场吗？"沈家明问了一句。

"当然不是，你一定是搞心理学的吧？什么狗屁心理学，一点都不准。我之所以出现在这里，是因为我要放个东西在这里，因为这样这个案子才能算完整无缺。可惜，还没来得及放，就被人发现了。"杨牧叹了口气。

"你说的那个东西就是这个？"郑卫国拿出了那个从杨牧手里找出来的人鱼雕像。

"不错，这个和李二傻的死亡现场的人鱼雕像一模一样。这也是我杀死他们的标志。"杨牧点点头。

"那你杀死李二傻的动机和做法呢？"陈远跟着问道。

"你们真麻烦，听说你们是省厅来的，难道还没找到真相吗？李二傻的死很简单，我将他骗出来，困在那个玻璃鱼缸里，我让他回答问题，答错了就会往鱼缸里注水，一直注到将他淹死为止。就这么简单。"杨牧目光盯着陈远，沉声说道。

"果然是回答问题。"杨牧的话证实了陈远之前的推测。

"据我们所知，那个杀死李二傻的地方是一年前被一个男人租下来的，是你租的吗？"郑卫国问道。

"我当然不会自己去租，我找了一个人帮我租的，我给了他一笔钱。你们到底问完了没有啊？你们好歹是警察啊，难道真的是希望我将整个事情经过讲出来吗？那也太没意思了。"杨牧有点生气地说道。

"好，我们不问了，现在带你回局里。"郑卫国说道。

"不，还有一个问题，我要知道。"陈远一下子站了起来，因为车顶太低，差点撞到脑袋，他凑到杨牧的面前一字一句地问道，"淹死李二傻的鱼缸其实并没有注满水，李二傻只要仰起脸完全不会被淹死，可是为什么他却被淹死了呢？你是怎么做到的？"

"心魔。"杨牧露出一个诡异的笑容，然后跟着其他人下了车。

陈远从车里走了出来。

"真他妈的怪。"沈家明看着被带走的杨牧说了一句。

"你说他是凶手吗？"陈远问道。

"怪就怪在这儿，你说不是凶手吧，他知道所有的事情；你说他是凶手吧，却总觉得哪里不对。"沈家明说道。

"是和凶手的样子比对不上，李二傻和卢天福的体重都比他重，他是怎么办到这一切的呢？"陈远皱着眉头问道。

"通常这种身体处于弱势的人犯罪，都会用最简单最直接的办法来杀人。他们和女人杀人有很多共性。女人在杀人的时候一般都会找共犯。可能杨牧是凶手，也可能他这么做是为了掩护真正的凶手。"沈家明突然想到了一点。

"看来还需要对他进行进一步审讯与剖析。家明，这块你不是最擅长吗？成不成得靠你了。"陈远转头对沈家明说道。

"这个没问题，不过看杨牧这样子，我是真有点反感。我们对一个人的心理了解，最害怕的不是找不到侵入他内心的路口，而是怕他直接给你打开路口，让你随便进来，这样的话被动的反而是我们，很容易被对方牵着鼻子走。现在这个杨牧给我的感觉就是这样。"沈家明说着挠了挠后脑勺。

第八章　木偶戏

小星星儿童剧场是宁城特意为孩子举办的一个剧场，这里每周末都会有一些适合儿童看的节目。有时候是舞台剧，有时候是童话剧，有时候是节目表演，也有时候是单纯的电影观摩。

今天，小星星儿童剧场的节目是木偶戏《白雪公主》。这是改编自经典童话故事的一个木偶戏，之前放过几次，效果还不错。

下午三点开始，但是中午十二点多就已经坐满了人。场内比较吵，要么是小孩追逐打闹、跑来跑去，要么是靠着父母在吃东西。

小葵是剧场的现场督导员，面对这样的情况她已经习以为常了。毕竟，这样的周末，带孩子去外面一些游乐设施太冷并且还危险，哪比得上来这个剧场里，既不冷，还能让小孩见识一些好玩的东西。

这里的木偶戏和我们之前说的木偶戏不太一样，之前的木偶戏大多是不需要演员的，只要一个会表演木偶的老师和一个配音就够了。可是现在人们对影视这块越来越熟悉了，并且要求也越来越高，所以现场剧做起来就更难了。

《白雪公主》这个木偶戏，剧场设置的是先出现七个小矮人，然后他们在森林里发现了一个箱子，等到带回家打开一看，发现睡在里面的是白雪公主。为了达到一定的特效，他们安排了一个女演员提前躲在箱子里，等到她出来后，剧场给个特写，然后达到令所有人惊声尖叫的效果。

两点半，所有工作人员都准备好了，那个扮演白雪公主的女演员梁敏儿却还没到。小葵只好给她发了一个消息。

梁敏儿是之前从网上招聘来的，前几期演出的效果都很好。按照之前的约定，她应该两点就到后台做准备的，因为合作了几场，所以才放松了约定的条件。

"很快就到，我直接去后台。"很快，梁敏儿回复了小葵。

下午3点，木偶戏《白雪公主》正式开演了。在开演前，小葵也接到了梁敏儿的信息说她已经到了后台，准备换衣服。

剧场灯暗了下来，音乐声也缓缓放了出来。下面的人都被剧情吸引住了，就连一些小孩也是聚精会神地看着。

七个小矮人滑稽的表演和幽默的台词，时不时让下面的人爆笑一片。很快，剧场来到了最高热点，七个小矮人找到了那个箱子，他们你一下我一下准备打开箱子。

舞台上的灯一下子亮了，所有人都平静下来。

然后一缕光慢慢地从上面倾泻下来照到了那个箱子上。

"里面一定住着一个美丽的公主。"一个小矮人说道。

"不，也许是一顿丰盛的大餐。"另一个小矮人说道。

"或许是很多很多的玩具。"第三个小矮人说道。

所有小矮人的目光都聚到了那个箱子面前，然后他们一起用力拉开了箱子的门。

一个穿着洁白裙子的女孩蜷缩在里面，一动不动。

"真的是一个美丽的公主啊。"小矮人叫了起来。

这时候，箱子里的女孩从里面滚了出来，像皮球一样在地上翻了两下。

台下的观众静静地看着眼前的一幕，整个剧场鸦雀无声。只有小葵和后面的工作人员满腹疑惑，因为此时此刻，箱子里的女演员应该站起来，旋转着公主裙舞蹈的。但是她却躺在地上一动不动。

灯光再次聚到台上女演员的身上，这次她的样子清晰地呈现在所有人面前，只见她双目暴睁，嘴角流出两道血，整个人看上去俨然就是一个死人。在她的腹部，插着一把匕首，殷红的血正从伤口处往外渗。

发现问题的工作人员从后台赶了过来，此时，台下的观众才知道台上的这一幕不是演戏，而是女演员真的被杀了，顿时一片哗然。

接到报案的警察迅速联系了宁城公安局，然后刑侦队派人赶到了现场。仔细了解案情后，他们给庄强汇报了一下情况。

庄强推门进来的时候，闪电侦缉组正在分析杨牧的情况。

"庄队长，什么事？"对于庄强连门都没敲，郑卫国有点生气。

"又出事了。"庄强急急地说道，"新城区的儿童剧场发生了命案。"

"既然发生了命案，庄队长你怎么还在这里？你不会真要把宁城所有的命案都交给我们吧？"沈家明看着他说道。

"不是，这个命案和你们调查的案子有关系。当时剧场里正在演木偶戏，是《白雪公主》，然后现场还找到了人鱼雕像。所以在现场的刑警才跟我联系，让我来问问，看看是不是和咱们查的这个案子有关系。"庄强说道。

"《白雪公主》？这不是牧童生写的那本《死亡预告书》里的第三个故事吗？难道说这杨牧真的不是凶手？"孟雪一听，不禁站了起来。

"这样，陈远、孟雪跟着庄队长去现场看一下，沈家明和我再去审讯一下杨牧。"郑卫国想了想，安排了一下工作。

郑卫国之所以让沈家明和他再次提审杨牧，是因为之前他们一直怀疑杨牧的被抓太过蹊跷，可能是为了掩护真正的凶手。现在庄强带来的消息，表示真正的凶手或者说杨牧的共犯其实还没抓住，因为按照牧童生的《死亡预告书》里的杀人方式还在进行。

面对这样的情况，杨牧并没有说话，只是微笑着看着沈家明。

"你不是牧童生。"沈家明突然说话了，"只有虚假的身份才能坚定地面对任何调查，你所说的一切都是别人告诉你的，所以你无惧于任何审讯。"

"然后呢？"杨牧问道。

"如果你真的是牧童生,那么你更多地应该是关注自己的作品。现在有人正在利用你的书里的内容来杀人,这对一个作家来讲,多少会有点忐忑。可是你却根本不在乎。作品对于作家来说,就像自己的孩子一样,根本不会像你这样无动于衷。所以我判断你根本就不是牧童生,可是你却又非常熟悉案件的情况,甚至案件的细节。原因只有一个,那就是真正的凶手告诉你这一切,你甘愿为他顶罪。"沈家明说道。

杨牧没有说话,表情有点复杂。

"很显然,你以为你的顶罪可以结束这一切,但是现在案子依然在继续。这说明你想的一切都没有如愿,那个背后和你一起设计这一切的人的阴谋,落空了。"沈家明说着走到了杨牧面前。

"不,不会的。"杨牧嘴唇颤抖了一下。

"你可以等等看,很快我们就会把真正的凶手抓进来。所有犯罪的人,最终的归宿,并不一定是在监狱里,但是罪恶却一定会留在他的心里。"沈家明凑到杨牧的耳边,轻声说道。

第九章　离奇杀

庄强停下车，指了指前面的宁城剧院说："就是那里，你们先进去，我找个地方停下车。"

孟雪和陈远下了车，一起向前面的宁城剧院走去。

"这里以前应该是电影院，这和我们那里的情况差不多。很多民营的电影院干不下去了，就会做成这种剧院，请一些外地的民团来表演节目，基本上都是一些比较低俗的节目。"陈远走到剧院面前看了一下说道。

"你去看过？"孟雪笑了一下问道。

"哦哦，没、没有，你理解错了。我知道这个是因为之前阳城剧院发生了一起案件，送尸体过来的警察说的。"陈远一听，顿时涨红了脸。

"看你紧张的，我也就是随口一说而已。"孟雪瞪了他一眼，然后往剧院里面走去。

宁城剧院里面此刻非常热闹，一方面都是在现场看表演的家长与孩子；另一方面是剧院的工作人员。警察把现场分成了两部分；一部分是那些家长与孩子，在登记完他们的信息后，让他们快点离开；另一部分则是询问工作人员关于死者的情况。

"陈警官，你们过来了。"一个警察看到陈远和孟雪，立刻迎了过来。

"是你啊。"陈远认出了对方，他是庄强的一名手下小林，之前开会的时候见过。

"马队长，这是省厅过来的专家，现在负责博丰文化的案子。"小林对旁边一名穿着便衣的男人介绍了一下。

"我听庄队长说了，我是刑侦队副队长马一鸣，先前在外地办案，刚回来。你们好。"马一鸣介绍了一下自己。

"陈远。这是我的同事孟雪。"陈远和马一鸣握了握手。

"既然是省厅专家过来了，那就一起过去看看吧。"马一鸣指了指前面的舞台。

"马队，不等庄队长了吗？"小林看了看马一鸣，小声问道。

"等他来了还不一样，就别浪费时间了。对了，给法医中心打个电话，问问怎么法医还没来。"马一鸣对小林说道。

"马队长，没关系，我的同事孟雪就是法医专业的，她可以先看看现场。"陈远一听，立刻说道。

"那行，过去看看再说。"马一鸣打量了一下孟雪，似乎有点怀疑，不过还是同意了。

孟雪嘬了嘬嘴，凑到陈远的耳边轻声说道："这个马一鸣有点狂啊，明明是个副队长，搞得自己跟队长一样。我不喜欢他。"

"工作而已，别介意。"陈远安慰了她一下。

两人跟着马一鸣来到舞台中间，进入之前旁边的警察拿出了鞋套、手套和口罩递给了他们。

"法医不是还没到吗？这是哪儿来的？"陈远问了一句。

"这是我们马队让我们带在身上的，因为怕遇到命案需要看现场，所以准备好这些东西也不会毁掉现场证据。"那个警察说道。

孟雪听到这里，不禁多看了马一鸣一眼，没想到这马一鸣说话嚣张霸道，但是做事还挺有一套。

"死者什么情况？讲一下。"马一鸣对旁边负责询问笔录的警察问道。

"已经调查清楚了，演白雪公主的本来是一个叫梁敏儿的女孩，但是今天这个梁敏儿没来，来的是一个陌生女孩。我们从这个女孩身上查看了一下，找到了身份证和工作证，她叫海思思，是豫南省博丰文化传播有限公司的女编辑。"负责笔录的警察简单说了一下死者的情况。

"又是豫南省博丰文化的人！"听到死者的身份，陈远不禁有点惊讶。

孟雪没有说话，走到死者面前，仔细看了看尸体的情况。陈远和马一鸣也跟着走了过来。

"死者的致命伤口是胸前的这个刀伤，直接刺入了心肺。死者穿着表演服装，衣服扣子都很整齐，并且是在死亡之前穿上的。"孟雪看着尸体的表面情况分析道。

"怎么确定表演服装是死之前穿上的？"马一鸣问道。

"根据伤口血液的浸透程度，如果是死亡之后穿上的话，那么伤口渗出的血应该是沾染到衣服上的，不会形成浸透型伤口；反之死者是穿着表演服被刺伤，那么血出来的伤口就和被刺开的衣服边缘浸透到了一起。"孟雪说道。

"原来是这样啊。"马一鸣明白了过来。

陈远看着躺在地上的海思思，他总觉得似乎哪里有些不对，可是又说不上来。

这时候，法医赶了过来。陈远和马一鸣让开了位置，让法医和孟雪对尸体开始进行全面检查。

"我们去后面看看吧。"看到正在忙活的法医和孟雪，马一鸣提出一个建议。

"好，好的。"陈远点了点头。

后面被询问的大部分都是《白雪公主》的工作人员，对于他们的走访也没有发现什么问题，因为是现场木偶戏，所以每个人都关注的是自己手里的工作。至于海思思什么时候冒充了梁敏儿、什么时候来的，没有人注意。

陈远走到后台看了看，发现在后门有个摄像头，于是问了一下，在保安室他让保安找了一下案发前的监控录像，可惜没有任何发现。

从后台出来，孟雪和法医已经对尸体进行了详细的勘查。死者的死亡时间和致命伤口，基本上和孟雪说的没有出入。不过有一点奇怪的是，经检验，那把刺死死者的刀子上有死者的指纹，并且是唯一的指纹。

"什么意思？难道死者是自杀的？"听完法医的话，马一鸣愣住了。

"也不能这么说。"法医不知道该怎样表述。

"是这样的，如果是自杀的话，一般来说刀子刺入身体里面，因为人体的本能痛感反应，不会刺得太深，会有停顿。海思思的伤口上却没有这种情况，所以说不像是自杀，但是凶器上却只有海思思的指纹，这又有点奇怪。如果凶手是按着海思思，迫使她自己刺死自己的话，她的身体必然会用力挣扎，这样的话会导致伤口破裂范围比较大。如果是凶手戴着手套进行行凶，然后再加上海思思的指纹的话，那么凶手应该是从海思思的背后抱着她来做这一切，那么海思思的伤口血液应该是喷溅型，而不是现在的渗透型。"孟雪详细解释了一下海思思的尸体情况。

"那这算怎么一回事？"马一鸣看了看陈远，眼神有些迷茫。

陈远也觉得有点奇怪，一时没有什么想法。

"先把尸体抬回去吧，到法医中心再做进一步检查，看看有没有更多的线索。"孟雪对旁边的法医说道。

法医点了点头，安排人将尸体收拾了一下，然后抬着离开了。

这时候庄强从外面走了进来，看到尸体抬出去，他问了下基本情况。

可以看得出来，庄强和马一鸣之间似乎有点矛盾，两人话也不多，基本上都是关于案子的情况。

"既然这个案子和省厅专家查的是一个案子，那么我就不管了。你们忙吧，有什么需要再联系我吧。"马一鸣对庄强和陈远他们说道。

"你负责的那个案子不是已经结束了吗？"庄强问道。

"是结束了，不过还有其他事情。这个案子我估计也帮不上什么忙，你们好好查吧。"马一鸣说完直接转身离开了。

"你们别介意，马一鸣就这性格。不过办案能力还是不错的。说出来也不怕你们笑话，我刚到刑侦队的时候，马队长是我师父。只不过你们也看得出来，马队长的性格有点直，这在工作上，尤其是和领导这块是一个很大的问题。"庄强苦笑了一下说道。

"原来是这样啊，我说呢！"听完庄强的话，孟雪顿时明白了一切。

"我看我们先回局里吧，把这里的情况和郑队他们说一下，看看下一步怎么做。"陈远说道。

第十章　都得死

三起命案，死者都是博丰文化的人。

对于发生在宁城的这三起命案，媒体网络已经传得沸沸扬扬，各种说法都有。省厅甚至接到了上级领导的询问，让他们限期破案。和省厅一起承受压力的自然是宁城公安局方面，为了这个案件，一直忙着其他事情的宁城公安局局长邵建国亲自回来主持会议，联合闪电侦缉组一起成立专案组，对这个案件进行全程参与。

"今天是6月21日，我们这个案子的代号就叫6·21案件，省厅那边已经给了破案的期限，十天之内，必须查出真相。这点省厅过来的同志想必也收到叶局的指示了吧？"邵建国看了看郑卫国。

"已经收到了，虽然说是十天的期限，但是我们决定把时间定在七天之内，如果七天之内找不到凶手，这个案子的所有后果我们闪电侦缉组一力承担。"郑卫国说道。

"郑队长不要这么说，毕竟这个案子是在宁城，你们也是省厅过来帮我们的。就算最后查不到真相，我们也不能让你们来承担这个责任。大家要知道，每年的限期破案很多，但我们警察也不是神，只能尽最大努力。"邵建国说道。

"放心吧，邵局，我们对闪电侦缉组的同志非常有信心。之前本来以为抓住了凶手，但闪电侦缉组的同志很快就揭穿了对方是一个冒牌货。我觉得我们用不了一星期，就能找到凶手。"庄强跟着说了一句。

"扯犊子，你以为查案子是吃饭啊，想吃就能吃。我看这个案子够呛，很有可能大家一开始就查偏方向了。"坐在一边的马一鸣冷笑了一声说话了。

"马队，你有什么想法？大家不都是在群策群力商量嘛！"庄强尴尬地看了看马一鸣。

"我觉得一开始大家把省厅的同志看得太重了，以为省厅的同志来了，我们这边就可以轻松了。我了解了一下，也不是对省厅的同志有意见。省厅一共四名同志，做过刑侦工作的只有郑队长一个人，其余三个人各有所长，有做法医出身的，有做现场勘查员出身的，还有的是心理学出身。当然，三名同志能够进入闪电侦缉组，肯定是有一定能力。不过对于这种实际案件，我觉得还是不合适。案子到现在，最大的一个问题就是我们一直被对方牵着鼻子走。对方要杀人，我们就去保护人，然后对方杀了人，对方派出了一个假的凶手，我们就去审讯这个人。这是什么查案逻辑，根本没有自己的主见。我看这样下去，凶手再杀人，我们一样没有任何办法。我们应该怎么做？我们应该去找凶手，查凶手的信息，让凶手根本都没时间去做他计划好的事情。"马一鸣站起来,厉声讲起了自己的看法。

马一鸣的话有点难听,虽然没有直接说闪电侦缉组的问题,但是已经很明显了。

"查案方式是不一样的,每个团队都会根据自己的专业和习惯来查案。马队长说的确实没错,我们会虚心接受。"对于马一鸣提出的意见,郑卫国虽然觉得难堪,但还是心平气和地说话。

"马一鸣,这时候大家要团结。省厅过来的同志,自然有他们的能力和优势。你别光顾着你自己那套,现在大家要合作。"邵建国瞪了马一鸣一眼说道。

"马队长的话其实站在传统刑侦查案上是没问题的。"沈家明拨弄了一下他的刘海,接口说话了。

旁边的陈远拉了他一下,但是沈家明没有理他。陈远知道,每次沈家明教育人的时候,就会自恋地拨弄头发。

"我们闪电侦缉组确实只有郑队长之前是做刑侦工作的,我是做犯罪心理学的,确切地说我是和犯人打交道的。不知道马队长听过这句话没有,授人以鱼,不如授人以渔。什么意思?很简单的一句话,你送人一条鱼,不如告诉他怎么去抓鱼。就像我和马队长的工作一样,马队长是抓罪犯的,我是与罪犯做心理沟通的。马队长抓他一百次,不如我和他成功沟通一次。这个道理很简单,不难理解吧?正因为这一点,所以省厅领导才希望我能把犯罪心理这块带到刑侦破案里面来。这样的方式虽然可能不如你们传统刑侦破案看着有效,但真正的效果却是事半功倍。同样,我的另外两个同事,孟雪和陈远,他们一个是做法医的,一个是做现场勘查员的,这两种技能结合在刑侦里,无论从时间还是专业性上讲都是有百利而无一害的。"沈家明一口气讲了一堆道理。

"说的挺像回事,好坏抓住罪犯了再说吧。"马一鸣知道嘴上和沈家明不是对手,干脆摆了摆手,不说了。

"这样吧,既然马队长和我们的查案方式有分歧,干脆我们就分成两组,一起查这个案子,谁先查到算谁赢吧。这看似是个比赛,其实也是督促大家快速破案的一个办法。"郑卫国提出了一个办法。

"我看可以。不过郑队长,你们也别介意,马一鸣就这性格,他也不是专门针对你们,他就是喜欢较真。"邵建国说道。

"放心吧,我们闪电侦缉组其实正需要的就是马队长这样的质疑者,如果都是对我们的认可和夸奖,对我们其实不好。我们就是希望通过我们的能力,告诉大家,省厅这么做是对的。"郑卫国笑了笑说道。

会议结束后,闪电侦缉组的人员没有离开,留下来开了一个会。

"马一鸣的话其实提醒了我,之前我们查案一直都是用大家擅长的方式去调查,其实这样有一个弊端,时间资源比较浪费。大家查完后,还要回来汇总,再讨论。现在既然马一鸣那边提出了要和我们比赛,那我们现在就一起查案,四个人当成一个人,集合大家所有的能力,一起面对马一鸣的挑战。"郑卫国说道。

"可以,我也觉得我们虽然各有所长,但总是使不上力气。大家集合到一起,也许真的能解决这个问题。"孟雪第一个同意了。

陈远和沈家明自然也没问题，接下来，他们仔细研究了一下这个案子。

郑卫国和沈家明通过再次对杨牧的确认，知道他是冒充的牧童生。当然，他之所以能够如此了解案情的真相，那自然是涉案人员告诉他的。可惜无论怎么问，杨牧都不说。他只说了三个字。

"什么？"陈远问道。

"都得死。"沈家明说道。

"都得死。这话说得有点狠啊，他指的都是谁呢？"孟雪脱口说道。

"这是他唯一漏出来的口风，这说明凶手根本没有停止杀人的念头。现在对于受害人的信息全部是来自博丰文化，已经被害的是老总李二傻、总监卢天福和编辑海思思。我看了一下这个博丰文化，其实也没几个人，现在就剩下副总刘大海和一个司机彭茂。如果说凶手的目标就是博丰文化的人，那么就在这刘大海和彭茂中间了。"沈家明说道。

"其实马一鸣说我们调查的方向不对是有道理的，如果按照传统刑侦来调查的话确实应该是先去调查受害人的情况，然后寻找线索。我们一开始确实是受到了凶手的制约，我们以为可以通过凶手对卢天福下手时找到他，事实上这点凶手早已经做好了一切准备，让我们错失了很多机会。然后这个杨牧突然冒出来，又打乱了我们本来的调查计划。"郑卫国讲了一下他们调查这个案子后遇到的问题。

"现在我们面对的是第三起案子，刚才会议上我没说。其实这第三起案子和前两起不太一样，如果按照凶手的杀人方式，凶手应该会继续做杀人预告。但是凶手却没有，直接进行了杀人。这说明了一个问题，那个发布杀人预告帖的人和杀死李二傻与海思思的不是一个人。又或者说，杀死海思思的人和杀死李二傻与卢天福的不是一个人。"陈远说道。

"为什么这么说？是因为那个杀人预告帖吗？可是只有卢天福被杀的时候，对方在网上发布了杀人预告帖啊！"孟雪不是特别明白。

"一般来说凶手在杀死第一个人的时候会比较紧张，所以从第一个被害者并不能看出凶手杀人的特性，需要和后面的受害者联系到一起来推测凶手的做法。所以李二傻可能和卢天福是被同一个人杀的，也可能是被杀死海思思的凶手杀死的。"沈家明解释了一下。

"原来是这样啊。"孟雪倒是第一次听到这种说法。

"马一鸣肯定是按照传统刑侦方式调查，他会去调查博丰文化，因为三名死者都是博丰文化的人。我看我们可以先针对海思思的死进行调查，然后区分出到底海思思和卢天福的死亡区别在哪儿。其实这样要比去盲目调查有效果。"郑卫国拿着笔轻轻敲了敲桌子。

"行，那咱们就这么办。另外，我觉得杨牧这边是不是可以用一些办法，套出他藏着的秘密呢？"陈远说着看看沈家明。

"你、你看我做什么？"沈家明往后缩了缩。

"你是学心理学的，这套人话、骗人秘密不是你的强项吗？"陈远说着笑了起来。

"我可是有原则的,我不能这么做。这会毁了我的招牌的。"沈家明一听连连摆手。

"得了吧,现在招牌都快被人砸了。"孟雪翻了个白眼。

"也是,也是噢。那我去试试?"沈家明看了看其他人,然后不自觉地拨弄了一下他的刘海。

第十一章　盯梢者

　　马一鸣戴着墨镜，手里叼着烟，眼睛死死地盯着前面的巷子口。
　　旁边主驾驶和后面坐着的人都已经屁股发麻，肩膀酸疼，眼睛发晕了。不过跟着马一鸣出来，这种事情经常发生。盯梢，本身就是刑警入门的第一节课。
　　"马队，我去给大家买瓶水。"坐在后面的黑子实在受不了啦，找了个理由，准备出去。
　　"坐那儿，喝什么水？人没抓到之前，都给我老实待着。"马一鸣啜口说道。
　　"马队，我们都盯一上午了，连个鬼影子都没见，是不是线报有问题啊？我看大家也够累的，我去买瓶水，大家还得继续盯下去啊！"黑子笑了笑说道。
　　"我们盯了一上午，可能对方也盯了我们一上午。这盯梢，比的就是耐力。这么点时间算什么？想当初我刚入行的时候，跟着师父大冬天在草丛里盯了一天一夜，起来的时候衣服都冻到草丛里了，你们现在这条件，知足吧。"马一鸣冷哼一声说道。
　　"马队，目标出现了。"这时候，主驾驶上的警察突然说话了。
　　所有人的目光顿时聚了过去。
　　在前面不远处，一个戴着鸭舌帽的男人出现了，他四下看了看，确定没人了，走进了前面的巷子里。
　　"这个线报是怎么说的来着？"马一鸣问道。
　　"目标名叫谢三，每周四都会在这延安路找女人，一般都是下午1点之前离开。"黑子说道。
　　"现在几点了？"马一鸣问道。
　　"12点45分。"黑子看了看表说。
　　"这谢三真够泄的。"马一鸣骂了一句。
　　"哈哈，那我们得马上过去了，别等我们过去了，他结束了。"大家都笑了起来。
　　"下车干活。"马一鸣摘掉墨镜，打开了车门。
　　谢三确实身体不行，也许是多年贪色的缘故，也许是身体不好的原因。不过他对女人的兴趣却从来没有中断过。延安路一共十八家提供小姐服务的，谢三全部去过，并且有的还是第三次第五次。
　　刚走进延安路口，门口站着拉客的女人就喊了起来："三哥，过来啊，今天准备去哪家啊？"
　　谢三笑笑不说话，走路姿势有点得意。

谢三来这里，倒不是因为对女人需求特别大，而是因为他喜欢这种被女人喊着求着的感觉，那时候，他真觉得自己是皇帝。古代皇帝选妃子不过如此而已嘛。

今天谢三准备去小凤家，这个小凤今年十九岁，长相清纯，跟大学生一样。谢三快四十了，在现实生活中，别说大学生，就是大学生的妈都看不上他。不过在这里，他可以用钱享受到好的待遇。

小凤看到谢三走近自己的店铺，麻利地拉开门，拎起板凳往房间里面走去。

谢三边笑边跟着她。

"三哥，小心点啊，听说最近警察扫黄。"旁边的女人看着谢三进了小凤的店，酸溜溜地说道。

"那怕啥，三哥这速度，警察还没撞开门，他已经结束了。"另一边的女人吃吃地笑着。

"少说一句，小心三哥我下次吃点药找你，让你三天下不了床。"谢三回头对着那个女人喊道。

"快来啊，快来啊，现在就来吧。"女人笑的声音更大了。

谢三笑嘻嘻地回过了头，然后里面的小凤将门关上了。这是她们的规矩，第一表示有客人在里面，第二是为了防止警察突然进来。

今天谢三不知道什么原因，状态挺好的。要是平常早就缴械投降了，可是今天过了十几分钟依然没有下来的意思。

"三哥，你是不是喝酒了啊？"小凤有点坚持不住了。

"哪有？不信，你亲亲三哥，闻闻？"谢三说着凑过去想亲小凤。

"你快点吧。"小凤别过脸，不想理他。

这时候，外面传来了一个叫声，然后是一阵急促的敲门声。

"不会吧？"谢三一惊，立刻从小凤身上爬了起来。

门一下子被撞开了，几个男人冲了进来。

"你们干什么？"小凤惊叫了起来。

"谢三，你小子不错啊？这么年轻的女孩陪着你，你艳福不浅啊。"黑子一把将谢三从床上拉了下来。

"哥，哥，让我穿上裤子，穿上裤子好不好，有话咱好好说。"谢三一边用双手捂着裆部一边哀求着。

"穿裤子？现在知道羞耻了？"黑子照着他的大腿踹了一脚。

"别说了，送治安大队去。"马一鸣摆了摆手说道。

"各位警官，这算什么意思啊？你们，你们这不是摆明找我的吗？"谢三憋着个脸，哀声说道。

"你还真说对了，就是专门逮你了。"马一鸣走过去说道。

"这是为什么啊？我、我也没做其他坏事啊？"谢三哭丧着脸，不知道犯了什么事，惹了这些警察。

"那我问你点事，你是不是会如实告诉我？"马一鸣晃着手里的墨镜问道。

"肯定，肯定会的。您有什么事随便问，我一定说。"谢三连连点头。

"那行,我问你,你认识海思思吗?"马一鸣凑到谢三面前,盯着他低声问道。

谢三一听,浑身不禁一颤,慌忙摇头:"我、我不认识。"

"真是敬酒不吃吃罚酒。带回去。"马一鸣一听脸色顿时变了。

"走吧,三哥,一会儿到了拘留室让你好好玩玩,弥补一下你现在没有玩完的遗憾。"黑子一把揪住了谢三,笑着说道。

"警察同志,你们、你们问海思思的事情做什么?你们到底要问我什么啊?"谢三几乎要哭出来了。

"我就问你一句,你认识海思思吗?"马一鸣盯着谢三。

"认识,算认识吧。"谢三软了下来,点头说道。

"说说。"马一鸣说着对黑子摆了摆手,黑子松开了谢三。

"就是之前海思思找我帮忙,我也不知道是什么意思,事后她给了我一笔钱。其他的我也不清楚啊。我知道海思思被人杀死了,但是警察同志,那不是我干的啊,我就是有天大的胆子,也不敢去杀人啊!"谢三说着整个人都颤抖起来。

"谁说你杀人了?让你详细说说海思思找你帮忙的事情,看把你吓的。"马一鸣看到谢三的样子,不禁笑了起来。

"好,我说,我说。"谢三迟疑了几秒,然后说道。

第十二章　童话镇

杨牧，男，二十三岁，宁城太平镇杨家村人。杨牧毕业于豫南林业大学生物学系，毕业后就职于宁城物美生物科技有限公司，负责公司的项目研究工作。在同事和家人眼里，杨牧一直都是一个上进老实的孩子，可是自从2016年12月12日，他去参加了一个聚会后，性情开始大变，甚至还辞掉了工作。杨牧的变化让他的家人和朋友非常伤心，尤其是之前杨牧有一个未婚妻，两人是大学同学，本来都准备要在2017年5月1日结婚的，但是因为杨牧的变化，导致两人最终分手。因为这一点，杨牧的母亲也气得一病不起，后来撒手人寰。

这是之前警方查到的杨牧的资料，陈远在第一时间锁定了杨牧参加的那个聚会，可是负责的警察却并没有记录这一点，原因是什么？问了几个人，都不太清楚那次聚会到底是什么聚会，杨牧在聚会上又发生了什么事。

"这就是杨牧住的地方，平常也不让人进去。谁也不知道他做什么了，竟然去自首说自己杀人。他这孩子从小可是连杀鸡都不敢看的。"杨牧的父亲指了指前面一个屋子说道。

陈远戴上手套和鞋套，推开门走了进去。

杨牧的房间不大，十几平方米，一张单人床，一张书桌，上面摆满了书，还有几张他的照片。照片上的杨牧看起来阳光灿烂，和在审讯室里的完全是两个人。

陈远走到桌子面前翻看了一下，发现上面的书大部分是杨牧的专业书，偶尔会有一本小说夹杂在里面。陈远在其中看到了牧童生的小说，那应该是比较早的书了，名字叫《海妖的歌声》。

陈远听过海妖，据说是西方国家流传的一种妖怪。她们都是半人半鱼的生物，坐在礁石上唱优美的歌，吸引路过的水手与船员。一旦水手或者船员被吸引了，就直接被拖进水里。

陈远翻了翻书，发现里面有一张明信片，正面是一个风景照，下面还有三个字：童话镇。背面是寄写心情的地方，上面写了两句话。

"靡靡之音，幽灵附身。"下面地址栏，写的正是正面风景照下面的三个字：童话镇。

"这是什么？"孟雪从外面走了进来。

"在这本书里找到的，是从一个叫童话镇的地方寄过来的。宁城还有这样的地方吗？"陈远说道。

"我也不太清楚，童话镇，这名字听上去还挺好听的。"孟雪说道。

杨牧的未婚妻叫徐佳丽，自从杨牧从宁城物美生物科技有限公司辞职后，她也离开了那里，去了一家医药公司做药物研究工作。

根据杨牧父亲提供的地址，陈远他们找到了徐佳丽。

"对于杨牧，我不是特别想说什么。"徐佳丽个子高挑，皮肤白皙，尤其是两只眼睛又亮又大，算是非常漂亮了。

陈远真是搞不清楚，杨牧放着这么漂亮的未婚妻不顾，竟然辞职去做了那些乱七八糟的事情。真是想不通。

"我们对杨牧做了一下调查，可能他也是被人利用的。如果你还爱他，我觉得你此时应该想办法帮他。"孟雪说道。

"怎么帮？"徐佳丽问道。

"你知道童话镇这个地方吗？"陈远忽然问道。

"知道，那是一个鬼地方。"徐佳丽皱了皱眉。

"鬼地方？这是什么意思？"孟雪和陈远对视了一下，不明白徐佳丽的意思。

"我之前跟着杨牧去过那里一次，说起来，正是那一次杨牧才变了。"徐佳丽抿了抿嘴唇，讲起了她和杨牧去童话镇的事情。

杨牧提起去童话镇时说是旅游，和几个网友见面。当时徐佳丽也没什么事，便跟着一起去了。之前徐佳丽也没听说过童话镇这个地方，她一开始还以为是一个风情小镇。他们先是坐了三个多小时的汽车，然后又坐了一个小时的摩托三轮车，最后快天黑的时候才到了童话镇。

看着眼前黑漆漆的小镇，加上四周荒凉阴森的环境，徐佳丽不禁有点害怕。

"童话未必都是美丽的，童话也有黑色的啊。放心吧，我几个朋友已经到了，就在前面的城堡里面。你不觉得这样才有意思吗？"杨牧握着徐佳丽的手说道。

杨牧这么一说，徐佳丽也理解，毕竟现在旅游的地方大多数都一样。徐佳丽知道杨牧喜欢看黑色童话故事，所以这样的地方对他来说肯定比较有吸引力。

两人说着一起走进了阴沉沉的童话镇里。

就像杨牧说的一样，他的几个朋友已经在城堡里面等他们了。整个童话镇其实就是一个落魄的小镇，只有那个城堡看上去还比较好点。不知道是故意建造的风格，还是原本就这样，城堡的样子总让徐佳丽想起影视剧里那些住着巫婆魔鬼的城堡。

砰砰砰，杨牧敲了敲城堡的门。

吱吱吱，城堡发出了一个刺耳的声音，然后门缓缓地开了。

"杨先生吗？就差你了。"一个驼背老人拎着一个煤油灯从里面探出了头，他的头发又少又干，跟枯草一样贴在额头上，加上一口黄牙，看上去仿佛是从地狱里爬出的恶魔一样。

"我们真的要进去吗？"徐佳丽看到老人的样子，害怕地缩到了杨牧的后面。

"没事的，放心吧。守门人都是这样啊，不要被他们的样子吓住了，其实他们都是好人。"杨牧嘿嘿一笑，拉着徐佳丽走了进去。

徐佳丽不禁回头偷偷看了一眼，驼背老人在后面慢慢关门，身体一颤一颤的，因为颤抖，他手里的煤油灯也跟着晃来晃去，像一个鬼魅的眼球，散发着死亡的气息。

城堡很大，前面是一条走廊，走廊的尽头还有一个门，走进去后，徐佳丽看到了温暖的光。

城堡的里面非常华丽，和外面的阴森恐怖简直是两个世界。并且在城堡的中间，放着一个超大的餐桌，餐桌上面是各种各样的美食。旁边坐着七个人，三人一排，面对面坐着。另外一个应该是城堡的主人，坐在桌子的前头。

"欢迎杨先生，我们的人终于齐了。"坐在桌子前头的男人站了起来，他三十多岁，穿着一件华丽的礼服，长发绑在后面，面色苍白。

"这，不会是吸血鬼的城堡吧？"这个男人的样子让徐佳丽想到了德古拉城堡里的主人，于是她不禁偷偷问了一句。

"我的样子像吸血鬼吗？哈哈，徐小姐，你太风趣了。"没承想，徐佳丽的话被对方听到了。

"说什么呢？"杨牧瞪了她一眼，然后转头对那个男人说，"安先生，对不起，我未婚妻性格有点直，您别介意。"

"我们都是好朋友，怎么会介意呢？来，来，你们快入席，我们就等你们了。"安先生说着请他们坐到了餐桌面前。

徐佳丽坐下来才发现对面坐着的三个人中竟然有两个她认识，不过不知道为什么，他们好像故意假装不认识徐佳丽一样。

"那两个人你们也认识。"说到这里，徐佳丽停了下来，对陈远和孟雪说道。

"我们也认识？"陈远愣住了。

"他们是李二傻和卢天福。"徐佳丽缓缓地说出了那两个人的名字。

第十三章　鬼主人

谢三两只眼珠子转来转去的，狐狸般看着眼前的马一鸣。马一鸣的名字在整个宁城可不是盖的，在宁城做过坏事的，哪个不怕他。背后人们都喊他马王爷，可见马一鸣在这些小混混的眼里是什么样的人物。

马一鸣站了起来，从旁边的桌子上拿起了一瓶矿泉水，拧开后，喝了几口。然后他放下了水，转头走向后面的床上。

小凤坐在床上，用被子遮着瑟瑟发抖的身体。

"今天生意好不好？"马一鸣坐到床边问道。

"马队长，你这话问的，问的什么意思啊？"小凤摸不透马一鸣的意思。

"你看这谢三也不说话，我也没多少耐心。要是就这样把你们两个带出去，恐怕以后你是在这宁城不好干下去了。"马一鸣指着前面的谢三说道。

"马队长，你别啊，你这是干什么！"小凤一听有点害怕了，她对着前面的谢三喊道，"谢三，你有什么不能告诉马队长的，非得拉我下水啊？你这浑蛋，真是扫把星。"

"行，行了，马队长，你不就想知道鬼主人的事情吗？我告诉你不就得了。不过你也别想得太美，因为我知道的确实太少了。"谢三实在受不了了，不禁大声喊道。

"说，有多少说多少。"马一鸣走了过去。

"我说，我说还不行吗。我知道，这博丰文化死了三个人，这事肯定有人来问，只是没想到这么快，也没想到是你马队长来问。我想想，我其实也就跟着李二傻去过两次。"谢三说话了。

"等等，说得详细点。从第一次你们见面，怎么说到这个话题，原原本本仔仔细细给我讲出来。"马一鸣挥了挥手，打断了谢三的话。

"那应该是2017年2月15日的晚上，因为前一天是情人节，我记得比较清楚。李二傻突然来找我，说有事让我帮忙……"谢三讲起了那天晚上的事情。

谢三和李二傻认识时间不短，不过两人命运完全不一样。李二傻是博丰文化的老总，谢三只是一个游手好闲的混混。也许是当初谢三和李二傻关系不错，所以李二傻倒时不时给谢三一点生意，或者有时间了请他吃个饭。所以在谢三眼里李二傻这个人还不错。

2月15日那天晚上，李二傻又来找谢三了，说这次有个货需要谢三帮他一起送过去。谢三一听生意来了，二话没说，答应了对方。

收货人就叫鬼主人，地点是一个叫童话镇的地方。

这个名字真奇怪，不过送货这行，只管安全送到，其他的也不用管。

李二傻并不是让谢三一个人去的，还派了一个男人跟着谢三。

谢三开着车，按照李二傻说的地方，出发了。这一路那个男人几乎不说话，最多谢三开累了，他替谢三开会儿车。

他们是在半夜的时候到达目的地的。

那个地方阴森森的，跟一个鬼镇一样。那个叫鬼主人的人还真是跟名字一样，穿着一个黑色的披风，脸都看不清。他的手下跟他一样，他们接过货后，就打开车子的后备厢，从里面抬出两个东西。

谢三看到那两个东西的样子，不禁倒抽了口冷气。虽然他不知道那两个东西是什么，但是从外形和重量以及抬东西的人的反应看，那两个东西似乎是人。

李二傻让他开着车从宁城带了两个人过去，并且看那两个人一点声音都没有，这也太奇怪了。

鬼主人收完货后，将费用给了谢三。谢三也不敢多停留，开着车离开了。

"完了？"马一鸣看到谢三不说话了，于是问道。

"事情就是这些，其他的我真的一概不知。"谢三无奈地说道。

"你确定送过去的东西是人？"马一鸣问道。

"是的，当时不是还有个人跟我一起吗？你们可以找他来证明，不行，不行了。"谢三话说了一半，慌忙摆摆手，"不行，不用找了，怕是找不到了。"

"什么意思？"马一鸣不太明白。

"那个男人就是卢天福，他不是已经死了吗。所以肯定无法对证了。"谢三无奈地说道。

马一鸣微微点了点头，没有再说话。

从延安路出来，马一鸣没有回局里，直接去了豫南省博丰文化传播有限公司。

"马队长，是有什么进展了吗？"副总刘大海紧张地问道。

"说有也没有，说没有也有一点。刘大海，我找你问点事，你得给我老老实实回答，不然可能下一个被杀的人就是你。"马一鸣说道。

"马队长，你随便问，我一定全力配合。"刘大海打着包票说道。

"你们博丰文化传播公司和一个叫童话镇的地方有什么关系？"马一鸣问道。

听到童话镇这个名字，刘大海的脸色顿时变得不自然起来，仿佛触及了一个不愿意碰触的话题。

"刘大海，我既然来问你这事了，自然是知道了其中的事情。所以趁着现在，你给我讲一下。你老老实实回答，要是敢说谎或者隐瞒事实，恐怕谁也救不了你。"马一鸣盯着刘大海的眼睛一字一句地说道。

"好，我说。其实这跟我们公司也没什么关系，这事吧主要是李二傻。他是公司的老总，然后和童话镇那边谈的合作我也不清楚。李二傻的性格比较倔强，你越说什么他越不听。有一次我和卢天福在外面吃饭，他喝多了，我便问起了他这个事。卢天福醉得一塌糊涂，只说了一个人鱼什么的。"谢三说道。

人鱼？马一鸣皱了皱眉头，这个人鱼和之前发生的案发现场留下的那个人鱼雕像有什么关系吗？

"马队长，你们这案子什么时候能破啊，那凶手不会真的来找我吧？我可是好人啊。"刘大海一脸悲催地看着马一鸣。

"你放心，案子很快就会破的。"马一鸣安慰了一下他。

走出博丰文化传播公司的时候，马一鸣忽然回头看了一下刘大海说："你觉得凶手为什么杀死的人都是你们公司的？"

刘大海一愣，脱口说道："是不是我们公司和凶手有什么深仇大恨啊？"

"你觉得会是什么深仇大恨呢？"马一鸣继续问道。

"能有什么，自然是生意上的……"刘大海话说了一半突然停了下来。

"生意上的什么？"马一鸣继续问道。

刘大海笑了起来："这说来话长了，下次时间充足了，我好好跟马队长讲一下。"

"好啊。"马一鸣转身向前走去。

后面的刘大海额头上密密实实的全是冷汗，他看着马一鸣慢慢走远的背影，长长地舒了口气。

第十四章　海妖族

沈家明站在审讯室外面，盯着里面的杨牧已经有十分钟了。

"沈警官，要不要现在开始？"旁边的警察不知道沈家明葫芦里卖的什么药。

"再等一下。"沈家明轻轻敲了敲手指，随着他敲手指的节奏越来越快，里面的杨牧身上表现的情绪也越来越烦躁，身体不时来回晃动，脑袋也四处晃着，眼神充满了焦虑与不安。

等的就是这个时候，沈家明的手指敲击停了下来，他对旁边的警察说道："走，进去开始。"

门推开的那一瞬间，沈家明看到杨牧瞬间坐直了身体，先前的烦躁情绪一扫而空，仿佛没有发生一样。

沈家明走到杨牧面前，盯着他。

杨牧抬起了头，看着沈家明，和他对视着。两人都没有说话，目光对峙着。

"每七秒身体抖动一次，需要大口喘气呼吸，然后七秒后身体还要来回晃动，同样七秒后脑袋也会四处晃荡。"沈家明说道。

"然后呢？"杨牧问道。

"你是不是觉得自己是一条鱼，因为鱼的记忆只有七秒，所以你要做出各种需要配合的动作来迫使自己不会忘记自己在做什么？"沈家明继续问道。

"你胡说、胡说八道。"杨牧的情绪顿时紧张起来，眼里冒出了凶光。

"你穿的衣服一直都非常整齐，衬衫的袖口都扣着扣子，即使袖口已经很脏了，可是为什么却还不解开呢？"沈家明问道。

"个人习惯，这你也要管吗？"杨牧冷声说道。

"很好奇，想帮你解开看看。"沈家明说着伸手抓住了杨牧的左胳膊，然后将他袖口的扣子解开了。

"你要干什么？你住手。"杨牧顿时冷汗涔涔，大声叫骂着。

杨牧的袖口被解开了，手腕露出来了，只见他的手腕上密密麻麻的，竟然全部是鱼鳞一样的鳞片。

"我的天哪，这、这太恐怖了。"后面负责记录口供的警察顿时叫了起来。

"你什么意思？你要干什么？我要投诉你，我要投诉你。"杨牧像是触电般叫了起来，疯狂地咒骂着。

"嘘。"沈家明对着他嘘了一下，"你这不是真鳞片，你也不是鱼。你是人，活生生的人。"

"你懂什么？你们懂个屁。"杨牧歇斯底里地叫了起来。

沈家明没有再说话，任凭杨牧大吼大叫，慢慢地，他没了力气。沈家明继续说话了："很多人对一件事太过痴迷便会发生心理异变。你觉得自己是一条鱼，你的身体甚至都会发生变化，比如出现一些类似鱼鳞的东西。这让你以为你自己真的发生了变异。杨牧，不要再沉沦下去了，醒醒吧。"

杨牧的情绪慢慢缓下来了，他微笑着看着沈家明说："沈警官，你说这不是鱼鳞，你过来看看。"

沈家明走过去仔细看了一下，杨牧伸出了他的胳膊，只见上面那些鳞片竟然是真的，并且随着杨牧呼吸带动胳膊，那些鱼鳞竟然跟着也在颤抖。

"这怎么可能？"沈家明从来没见过这种情况。

"大千世界，无奇不有。有些事你不相信只因为你见得太少。"杨牧得意地笑了起来。

沈家明确实没想到，他一直以为杨牧身上出现的各种情况都是心理主观意识造成的。我们人类的身体是一个非常奇怪的东西，比如你觉得自己难受生病了，但是去检查却没有任何问题，可是你却一直觉得难受，最后你发现自己真的病了。

现在杨牧身上的鱼鳞自然不是假的。

如何能造成这样的局面呢？只有一种可能，杨牧吃了哪种可以导致身上长出鱼鳞的药物，使身体出现了异能突变。

沈家明从审讯室出来了。

这个看似简单的连环凶杀案背后隐藏的东西一点一点渗透出来后才发现如此恐怖。现在沈家明才感觉到，那个出现在李二傻他们尸体旁边的人鱼雕像，代表的可能是凶手的真正意图。

明明可以活下来，却淹死在了鱼缸里的李二傻；明明知道要被杀死，却在警察眼皮底下被人杀死的卢天福；没有任何缘由，海思思的尸体突然就出现在宁城剧场表演现场。

还有这个来自首的神秘的杨牧，他到底是什么背景呢？他的情况让沈家明想起一个例子。

在欧洲中世纪，欧洲开始对女巫进行了大范围的屠杀。他们认为女巫是恶魔，是魔鬼。很多年轻的女巫为了逃命，不惜隐瞒身份，四处躲藏。

从15世纪起，女巫遭遇了近三百年的破坏。有些女巫不得不借助一些阴暗组织来活命。比如吸血鬼家族、驱魔者家族。在这些诡异阴森的组织里，还有一个非常神秘的家族，名字叫海妖家族。据说这个海妖家族的祖上就是西方传说中的海妖，他们的歌声非常优美，可惜世上却很少人知道他们。这些海妖家族的人，身上都会长出和鱼一样的鱼鳞，所以他们一般很少出来和外面的人接触。

郑卫国正在宁城剧院调查海思思的死亡情况。陈远和孟雪则去调查杨牧的情况。沈家明给陈远打了个电话，将他遇到的情况说了一遍。

"行，我们这边快忙完了，等完了我们马上回去。正好杨牧的未婚妻徐佳丽在跟我们讲一些关于杨牧的事情。你说的这些东西，我正好可以问一下他的未婚妻，看看能不能找到其他线索吧。"陈远听完后说道。

沈家明挂掉电话，又查了一下那个海妖家族的事情，可惜在网上竟然什么都没查到。他记得之前他老师的一个朋友叫陆河的曾经专门研究过海妖。于是，他拿起电话找到陆河的电话拨了出去。

"不如我们见面聊吧，电话里也说不清楚。"沈家明在电话里说了一下关于海妖家族的情况，没想到陆河约他见面，他也没多想，立刻同意了。

第十五章　初见面

一脚踩住了刹车，前面是一条干土沟，要不是他刹车及时，这车肯定就栽进去了。

"谢三，你带的什么路？"气愤的黑子问道。

"我、我记得是直走啊。"谢三慌忙看了看车窗外面，一脸疑惑地说道。

"黑子，别急。"马一鸣转头看了看后面的谢三说道，"你再好好想想，别紧张。"

谢三看了看，忽然指着前面说："那不，从那儿可以过去，就是要走这边的。我记得很清楚呢。"

谢三指的是侧面，那里有一条小路，可以通向对面。

黑子掉转车头，然后从小路开了出去。

这次马一鸣就带了黑子出来，他们让谢三带路去那个童话镇。这三起案子的死者都是豫南省博丰文化传播有限公司的人，并且博丰文化的人和童话镇有合作。刘大海的话也是吞吞吐吐，很显然这个博丰文化和童话镇之间一定有什么不可告人的秘密。

车子拐出小路，前面的路变成了崎岖的山路，两边也没了商铺店面，取而代之的是树林，甚至还有一些荒草怪石。

"谢三，你确定我们没走错吗？怎么外面变得这么荒凉？"马一鸣看着外面的风景，也起了疑惑。

"没有走错，就是先下了柏油路，然后要走一段山路的。"谢三说道。

马一鸣没有再说话，黑子踩着油门，车子在颠簸崎岖的山路上向前飞奔。翻过一个平山头后，前面的路变得越来越差了，不过他们看到前面不远处有一个黑漆漆的村落山庄。

"那里就是童话镇了。"没承想，谢三看到那个黑漆漆的村落，立刻叫了起来。

"你没搞错吧？那看起来跟一个偏远山村一样啊！"黑子盯着前面说道。

"两位警官，这童话镇就是这个样子。之前我来的时候也是这么想的，我当时来的时候比现在还晚，黑灯瞎火的。后来听人说是因为本来这童话镇是想打造成一个旅游胜地的，可是投资方到中间资金出了问题，便停了下来，最后不了了之，成了现在这个样子。再加上地方偏僻，一切设备都断了线，电也供不上了。唯一有电的地方也是童话镇的城堡里面，那也是城堡的主人自己用发电机发的。"谢三解释了一下。

"城堡？那里还有人？"马一鸣听后不禁心里有点动容。

"那个城堡叫童话城堡，之前是投资方的重点项目，后来没钱外包给了别人。投资方撤了，可是人家外包的人不愿意撤，就住在里面。那个博丰文化他们的生意就是和童话城堡的主人合作的。具体是什么内容，我也不知道。所以这次你们非要我带你们来这里，那要是问事情，只能问童话城堡的主人了。因为在这偌大的童话镇里，也只有童话城堡里有人了。"谢三耸了耸肩说道。

"这宁城到童话镇的路程也不短，李二傻他们到底和童话镇的人有什么生意合作呢？"马一鸣看着越来越近的童话镇，疑惑越来越重了。

就像谢三说的一样，整个童话镇几乎就是一个死镇。他们车子开到镇门口后停了下来，然后三人下了车。

也不知道是天气的缘故，还是童话镇没有灯没有人的缘故，四周阴森森的，只有风声，偶尔有什么东西从旁边的草丛里一跃而过。

"那我们去那个童话城堡吧，谢三你带路。"马一鸣看了一下四周的环境，不禁也有点背后发毛。马一鸣当警察十几年，要论场面，也算见识不少，可那是找罪犯，面对生死的时候。现在这种静悄悄的恐怖，反而让他有点恐惧。

谢三走在前面，拿着手机当手电，马一鸣跟在他后面，黑子走在最后。三个人走得很慢，并且对四周的环境仔细地打量着。

终于，他们来到了童话城堡面前。

谢三走过去敲了敲门。

结果半天，也没有人开门。

"会不会里面现在根本就没人？"谢三哭丧着脸看着马一鸣。

马一鸣皱了皱眉，走过去刚准备自己再敲下门，结果门忽然开了。

"你们找谁？"一个驼背老人从里面探出了头。

"你不认识我了？我是宁城的谢三，之前给咱们这边送过货的。"谢三介绍了一下自己。

"什么事？"驼背老人狐疑地看着谢三问道。

"我们要找这个城堡的主人，我们是警察。"马一鸣不想再听他们之间的闲言了，直接拿出证件，亮出了自己的身份。

"好，我去说一下。"老人说着准备关门。

"我看我们还是一起进去的好。"马一鸣一下子按住老人的手，然后推开了城堡的门。

黑子和马一鸣对视了一眼，然后快速走了进去。

驼背老人想说什么，但是马一鸣他们已经快步走了进去。他们沿着院子里的走廊往前走去，走廊前面还有一个门，马一鸣直接推开走了进去。

马一鸣三人进去后顿时呆住了。

眼前是一个装修华丽、灯火通明的大厅，该有的家具一应俱全。和外面的环境比起来，简直就是两个世界。尤其是中间有一个超大的餐桌，上面还摆放了几个刚做好的热菜，冒着热气。一个男人在餐桌边，懒洋洋地坐着。

"既然来了，就过来坐吧。"突然，那个男人说话了。

马一鸣走了过去，没有跟对方客气，直接坐了下来。饭菜其实还不错，四菜一汤，荤素搭配，看上去非常可口。这奔跑了一路，马一鸣早就饿坏了，拿起筷子就开始吃。

黑子跟随马一鸣办案多年，知道他的性格，他也饿了，所以顾不上其他，跟马一鸣一样吃了起来。倒是谢三有点不好意思，时不时看看对面的男人，再看看旁边拼命吃饭的两个男人。

没过多久，饭菜被几个人吃完了。男人拿起一张纸擦了擦嘴，坐直了身体，静静地看着他们。

"你是这童话城堡的主人？"马一鸣打量着男人问道。

"不错，我是安慕容。如果我猜得不错的话，你们两个应该是警察吧？"

"对，我们是宁城公安局刑侦队的。我叫马一鸣，这是我的同事侯超。"马一鸣点了点头。

"这么远跑到童话镇来，想必是我和宁城合作的事情出了问题，咱们也别绕弯子了，你们想知道什么？"安慕容问道。

第十六章　诡夜光

徐佳丽说在童话镇的城堡里面竟然见到了卢天福和李二傻，这倒让陈远和孟雪吃了一惊。不过当时徐佳丽并不认识李二傻和卢天福，以为是其他人。但是杨牧却认识他们，还冲着他们打了一个招呼。徐佳丽继续说起了她在童话镇的事情。

"童话镇这个地方确实有点偏远，能把大家喊过来也不容易。尤其是第一次来这里的人，难免会被这里的气氛和样子吓到，其实这里是一个非常美丽的地方。"安先生吃饭前简单介绍了一下他们童话镇的情况。

童话镇之前是一个平底谷，因为四周环境的问题，不能种地，也不能造林，并且面积还不小。这让当地政府非常头疼。偶然一次机会，一个外来投资商路过这里，看到了商机。这样的地方最适合做一个度假小镇，于是他们带着人过来进行设计、勘察，最后制订出了一个童话镇的投资方案。

对于这样的事情，当地政府非常高兴，拿出了最大的力度来配合投资商，并且趁此向外招商。

安慕容就是其中一个被招过来的商家，他对这个项目也是非常看好，尤其是童话镇里的这个童话城堡。他毫不犹豫地选择了竞标，并且用最高的价格夺得了童话城堡的经营权。可是，让他没想到的是，先前的投资商忽然资金出了问题，已经初具规模的童话镇项目竟然停工了，再加上当时政府扶持这个项目的领导被查出行贿受贿，顿时整个项目都受到了牵连。于是，之前参与投资的投资商纷纷撤走，最后偌大的童话镇就只剩下安慕容一家在这里了。

"要不是各位帮我，我也很难做的。当初为了这个项目，我变卖了祖上的宅子，甚至我妻子都跟我离婚。"安先生说着眼里泛起了泪光。

"安先生，别这么说，人生不如意十之八九，至少还能在一起，就很不错了。"坐在杨牧对面的是一个男人，三十多岁，看着斯斯文文的，戴着一副眼镜。他拿着酒杯对着安先生点了点头。

"这个人你一定知道。"杨牧凑到徐佳丽的耳边轻声说道，"他是容器杯。"

听到容器杯这个名字，徐佳丽不禁心头一震。徐佳丽和杨牧都是搞生物研究的，在他们的圈子里，容器杯可是一个神一样的人物。据说他是天才少年班的成员，十八岁就已经研究生毕业，后来去了国外学习，曾经连续发表三篇关于生物基因方面的专业论文，当时还惊动了国际生物协会的人，可惜他太过低调，从未有人见过他。徐佳丽没想到竟然会在这里见到容器杯。

酒过三巡，大家慢慢熟悉起来。徐佳丽一开始对杨牧找的地方有点反感，不过看到容器杯在这儿，再加上大家的态度都还不错，徐佳丽也放开了。容器杯还带了一个女孩,也是第一次来,叫林巧儿,其间还给大家唱了一段戏。

因为赶了一天的路,徐佳丽有点累,她和杨牧早早回房间休息了。临睡前,徐佳丽问了一下杨牧,容器杯和安先生到底是做什么生意的。

"安先生的家族是做药物研究的,现在安先生落魄了,所以希望能做出一个项目来,不然他得一辈子在这里待着。以前安先生帮助过我,这时候我自然要挺身而出。"杨牧说道。

"本来我以为容器杯是个偶像,看来他带着那个林巧儿来这儿也没什么好想法。"徐佳丽说道。

"容器杯再厉害也是一个人啊,他带个女的怎么了?再说也是林巧儿自愿的,又没人逼她。哪像你跟我,我们可是要结婚的,你可是我未来的老婆。"杨牧说着抱住徐佳丽想亲她。

"我困了,你陪我睡,我害怕。"徐佳丽说着抱住了杨牧。

"你早点睡吧,我一会儿还要和安先生说点事情。对了,这个城堡的后院,你千万别过去。那是安先生的隐私之地,谁也不让过去。我们来这儿说到底是客人,你可别乱跑。我会早点回来的。"杨牧忽然想了起来,于是对徐佳丽说道。

杨牧离开后,徐佳丽很快就睡着了。不过也许是因为换了新地方,或者其他原因,她后来又醒了,并且迷迷糊糊地听见有人在哭喊。于是,她从床上起来,打开窗户往外面看了一眼,然后竟然看见杨牧和容器杯拖着林巧儿往后面走去。林巧儿很显然是不愿意过去,大声叫着,但是却被杨牧死死捂着嘴巴,连拖带拉地向前走去。

"你们干什么?"徐佳丽顾不上其他,披上衣服冲出了房间。等她赶过去的时候,林巧儿已经被杨牧和容器杯带走了,而那条路的方向正是先前杨牧跟徐佳丽说的城堡的后院。

徐佳丽犹豫了一下,不知道该不该进去。这时候,她又听见了林巧儿的哭喊声,真真切切是从后院传出来的。于是,她径直走了进去。

后院没有灯,只能凭着夜空微弱的光亮分辨方向。徐佳丽走进后院才发现,眼前就是一个空荡荡的后院,墙壁下面种了一些类似爬山虎的植物,有的都蔓延到了墙顶上。除此之外,再没有任何东西。

杨牧他们去了哪里?

徐佳丽顿时愣住了。她往前走了走,还是什么都没发现。

难道自己看错了?徐佳丽不禁有点疑惑。正当她准备回去的时候,她突然发现在那些蔓藤植物旁边,有一个往下面的入口,刚才因为光线的问题,她没有发现。徐佳丽走了过去,然后进到那个入口里面。

入口下面是一个楼梯,一共十二级,走下来是一个铁门,有光从铁门里透出来。徐佳丽走近那个铁门,悄悄拉了拉,铁门半开了,她闪身钻了进去,看到里面的情景,徐佳丽顿时惊呆了。

只见眼前密密麻麻有二三十口棺材,这些棺材全部是白色的,并且似乎都连着电,处在低温状态。

徐佳丽走到其中一口棺材面前，轻轻推开了棺材盖子，刚准备往里面看，背后突然伸出一只手捂住了她的嘴巴，将她拖了出去。

"被发现了？"听到这里，孟雪顿时叫了起来。

"是杨牧吗？"陈远问道。

"对，是杨牧。杨牧把我拖出了铁门外面，并且让我回去，他的样子好像非常害怕，我也怕他为难，所以回去了。"徐佳丽点点头。

"那后来你问过他吗？"孟雪问道。

"问了，但是他没说，并且说让我就当不知道这件事，否则会有性命之忧。然后第二天我们就回去了。回来后，杨牧便开始发生一些变化。不过我想肯定是和那次在童话城堡里有关系。"徐佳丽说道。

"非常感谢你徐小姐，你提供的这个信息非常关键。我们会尽快查清楚杨牧的情况，如果有什么其他需要我们会再联系你。"陈远见徐佳丽说完了，于是说道。

"好的，希望你们可以帮帮杨牧，因为他人其实不错的。"徐佳丽叹了口气。

第十七章　鲛人泪

"既然安先生这么痛快,那我就直说了。李二傻,想必安先生应该认识吧?"马一鸣问道。

"我不只认识李二傻,还认识卢天福。他们是不是都已经死了?"安先生听完后,轻声说道。

安先生的话让马一鸣心头一震,旁边的黑子也呆住了,不禁脱口说道:"他们的死是不是和你有关系?"

"哈哈,这位先生说的话有意思。怎么说呢?有关系,也没关系。"安先生端起面前的杯子笑了起来。

"这是什么意思?"马一鸣越发疑惑了。

"这话说来有些长,这样吧,我带你们去看点东西吧。"安先生说着站了起来,然后往前走去。

马一鸣站了起来,对旁边的谢三说道:"你跟我一起去吧。黑子,你在这里等一下。"

黑子想说什么,看到马一鸣的眼神,然后明白了他的意思。

这是他们出去调查的经验,为了防止出意外,总要丢个人在外面。

安先生带着他们来到了城堡的后院。后院面积不大,墙壁上长满了藤蔓植物,远远看去仿佛一条条绳索攀附在上面一样。安先生往左边一个侧口走下去,那里有一个通往地下的楼梯,走到楼梯下面是一道铁门。

"安先生,这地下室里是什么啊?"谢三问了一句。

安先生听到谢三的话,转过了头,目光肃穆地说道:"马警官,谢先生,里面的东西是你们从来没见过的,不管一会儿看到什么,你们一定要对外保密,因为这是我毕生的心血与家产。如果不是因为牵连到了李先生的死,我是肯定不会让你们看的。"

"放心吧,我保证我们不会说出去。谢三,你如果保证不了,就别跟着进去了。"马一鸣对着谢三说道。

"不不,我可以的。我这个人最大的优点就是保密。"谢三可不愿意放过这样的机会,他很早就想知道这个安先生到底在这童话镇是搞什么的了。

"那行,我们进去吧。"安先生说着,在旁边的铁门上输入了密码,铁门缓缓地开了。

马一鸣和谢三走了进去。

眼前是一个两百多平方米的地下室,密密麻麻摆放了二三十个一模一样的棺材，这些棺材全部连着电，外表发着白色的光。

"这是什么东西？不会，不会全是死人吧？"谢三看到眼前的阵势，顿时吓呆了。

"马警官，你们往这里来。"安先生走在前面，回头对着他们喊了一下。

马一鸣和谢三一边看着眼前的棺材，一边跟了过去。走到前面才发现，原来在这些棺材的前面，还有两口比后面棺材大的棺材，并且它们没有盖盖子。

"你们看看棺材里的东西就明白了。"安先生指了指前面那两口棺材说道。

马一鸣犹豫了一下，然后走了过去，慢慢将目光落到了棺材里面。棺材里面躺着一个人，穿着一身警服，安静地躺在那里，马一鸣仔细看了一下那个人的脸，顿时惊呆了。

棺材里躺的人竟然是他自己。

这时候，旁边的谢三惊叫了起来，一屁股坐到了地上，颤抖着喊道："这、这里躺着的人怎么会是我？"

"安先生，这到底是什么东西？"马一鸣看到谢三的样子，顿时明白了过来，谢三看到棺材里的人肯定也是他自己。

这太奇怪了。

"听说过鲛人泪吗？"安先生对他们的样子并不奇怪。

"鲛人？传说中的人鱼族？"马一鸣问道。

"不错，鲛人，在古代也叫泉客。传说他们居住在南方，擅长纺织。他们的眼泪可以变成珍珠，著名诗人李商隐的《锦瑟》里的那句'沧海月明珠有泪'，说的就是鲛人的眼泪。这个鲛人，除了眼泪宝贵以外，他们的油如果做灯油可以千年不熄，所以他们的命运太惨，经常会被猎杀，然后熬制成油，为帝王的墓陵做灯油。当然，这些都是传说，不尽实的。我们安家祖上一直是研究生化基因的，鲛人正好是我们家族的一个课题研究。比较幸运的是我们找到了鲛人更厉害的一点，那就是人鱼千年不死的秘密。"安先生说着走到前面一口棺材面前，轻轻推开了上面的棺材盖子。只见在那口棺材里躺着一个一米左右的小女孩，不，确切地说，那是一个鱼尾人身的女孩，她躺在里面安睡着，呼吸平稳。

"这太神奇了。"谢三睁大了眼睛，看着眼前的一幕，简直惊呆了。

"李二傻的博丰文化公司想和我合作，但是因为这个项目还有一些问题，所以我没有答应他们。为了帮助我，李二傻会经常给我送一些东西过来帮助我，他的目的自然也是希望将来能够跟我合作。"安先生说道。

"我不太明白，李二傻是一个文化公司，他想和你合作什么？"马一鸣问道。

"我们家族研究的并不是鲛人，而是他们身上的不死基因，然后通过鲛人身上的秘密，研制出可以延缓人类生命的药物。谁人不怕死？李二傻他们知道了我这个秘密，当然希望可以合作。我不愿意和他们合作的原因除了这个项目不成熟外，最主要的是害怕他们遭到鲛人的报复杀害。可惜他们不听，所以当你们找我的时候，我就知道他们肯定是遇害了。"安先生说完叹了口气。

"这世上真的有鲛人吗？真的假的？"谢三睁大了眼睛。

从地下室出来，安先生给了马一鸣一些资料，都是关于鲛人的。对于地下室里的东西，马一鸣简单地跟黑子说了一下，黑子听后非常后悔，早知道他应该也去看看。

夜里，马一鸣无法入睡。他的脑子里全是今天在童话城堡里遇到的事情。安先生说的这一切，以及他见到的一切，看似没问题，可是总觉得哪里不对。

忽然，马一鸣想起了一件事情。于是，下床走出了房间。

整个城堡里一片死寂，马一鸣蹑手蹑脚来到城堡的后院，然后下了地下室。今天进去的时候，他看到了安先生输入地下室的密码。

重新来到地下室，看着眼前的那些棺材，他走到了之前安先生让他看的那口棺材，往里面看了一眼，然后他伸手摸索了一番，脸上浮现出了一丝笑容。

"果然是这样。"马一鸣轻声说了一句，然后走到之前谢三看的那口棺材边，往里面看了一眼。这一次，他不但看到了自己，还看到了安先生。

不好，他刚想回头，腰里却传来一阵酥麻，然后一下子摔倒在了地上。

"好好给你讲的故事不听，非要进来。真是麻烦。既然如此，就别怪我了。"安先生收起手里的电棍，叹了口气说道。

第十八章　人鱼会

沈家明没想到陆河竟然也在宁城，他们约在了一家咖啡馆。沈家明赶到的时候，陆河早就到了。

上次见陆河，还是在沈家明导师的办公室，当时导师正在忙一个课题，疏忽了过来找他的沈家明和陆河，两人干脆在一旁聊天，结果一见如故，很多看法非常合拍。可惜后来沈家明参加了监狱里的矫正课程后，倒和陆河来往得少了，甚至电话都没怎么打过。

"家明，真没想到你竟然也在宁城。"陆河笑呵呵地说道。

"可不是，我也没想到，你说见面聊，闹半天你竟然也在宁城。你怎么知道我在宁城啊？"沈家明问道。

"这要从我现在来宁城做的事情说起了，我那手机上加了一个地区显示的功能。所以你电话打来，就显示在宁城。"陆河说道。

"你来宁城做什么事？怎么还搞这个？莫非是你的研究课题在这边？"沈家明想到他们查的案子，忽然有点明白了。

"对，我之前不是跟你讲过我一直在查找一个关于海妖族的事情吗。前些时候查到了，在宁城这边，有人见过人鱼会的东西。对了，我想起来了，你现在是去做警察了吧。你们来宁城调查的那个案子其实就和人鱼会有关系。"陆河说着放下了手里的咖啡杯。

"人鱼会？这是什么组织？陆老师，我找你就是想咨询下这个海妖族的事情。"沈家明说出了自己的目的。

"我猜你就是为这个来的，估计你们调查案子总会查到人鱼会。你别急，我跟你讲一下。"陆河说着端起面前的水，喝了一口后开始讲了起来。

传说人鱼会的缔造者是一名女巫，当时她被政府军追杀，逃到一个村子里面。那个村子里的人为了活命，将她出卖，然后活活烧死在村口。临死之前，这个女巫下了诅咒，让这个村子里的人生生世世离不开周边五公里，并且每个人从十八岁开始身长鱼鳞，如果离开村子，女人得不到心爱的爱情，男人找不到想要的婚姻，并且不得善终。

为了摆脱这个诅咒，那个村子的人要么选择生生世世留在村子里，要么选择出去寻找破除诅咒的方法。

经过漫长的时间，他们终于找到了一个破解诅咒的方法。那就是将诅咒转移到别人身上，于是这些人便鼓动别人加入人鱼会，对外声称这是一个可以永生的组织。所有进来的人，因为被转移了诅咒，只能想办法寻找下一个人进来。就这样，这个人鱼会的人越来越多，并且转移诅咒的这个事情非常恐怖。终于，政府军再次对他们进行镇压屠杀，然后人鱼会便消失了。不过，大家都知道，虽然大部分成员被杀或者被捕了，但还是有小部分人逃走了。

陆河之前本来是研究海妖这个生物的，后来因为海妖和人鱼的相近关系，了解到了人鱼会这个组织。然后便完全投入进去，他甚至还去找了几个加入过人鱼会的人。这世上哪来的诅咒，可是那几个人说的事情，甚至他们身上还有之前被诅咒的痕迹，让陆河觉得这个人鱼会的秘密一定有搞头。

"那宁城这边你发现什么了？"沈家明问道。

"其实也没什么，你们查的那个案子现场不是有一个人鱼雕像吗？"陆河说着拿出手机，找到了一张照片，那是一个人鱼雕像，和之前在案发现场的雕像一模一样。

"对，我来找你也是想问这个东西的作用。"沈家明点了点头。

"这个就是人鱼会的图腾，名字叫'哭泣的人鱼'。"陆河说道，"他们认为在破除诅咒后，再经过水、火、刀、淋这四个程序的死亡，才能得到永生。而这个哭泣的人鱼就是他们灵魂的储存封印地，等到所有程序完成后，灵魂就可以从里面出来，得到永生。你们遇到的案子，我看了一下，第一个死于水，第二个死于火，第三个死于刀，接下来就剩下一个淋了，这个淋的死亡方法是什么，我现在也在研究。根据之前了解的资料，有的记载是雨淋，有的记载是油淋，可是雨淋的话就和第一个死于水的程序冲突了。"陆河说道。

"陆老师，你这个信息太重要了。这可能预示着凶手下一个杀人的方式。"沈家明听到后，兴奋地说道。

"本来我是打算弄明白后跟你说下的，没想到你倒先找我了。"陆河说道。

"我这边抓了一个人，他可能就是人鱼会的，并且身上还有你说的这种诅咒。要是方便，陆老师您跟我回去看一下。"沈家明想起了杨牧身上的情况。

"是吗？那太好了，我必须得去看看。"陆河一听，欣喜地说道。

沈家明带着陆河直接去了宁城公安局，然后让他进审讯室见到了杨牧。

郑卫国和沈家明在外面盯着。

对于陆河，杨牧依然一副爱理不理的样子。不过陆河对于他却非常感兴趣，尤其是他胳膊上的那些鱼鳞，陆河问了很多问题，不过这些问题和案子并没有关系，大多是一些关于研究性方面的问题。

"沈家明，你这个朋友到底是来帮忙的，还是有其他目的啊？"郑卫国看着不禁有点生气。

"他毕竟是搞研究的，肯定不懂怎么问关于案件的问题啊。不过他今天跟我说的事情，可是点到了关键处啊。这三个案子的动机和源头我们算是清楚了，剩下的事情就是两点：第一是找到他们背后的始作俑者；第二是避免第四个人被杀了。"沈家明说道。

"陈远他们也查到了一些东西，等他们回来，我们开个会。"郑卫国点点头。

这时候，郑卫国的手机突然响了起来，他看了一眼，是马一鸣打来的电话。郑卫国不知道马一鸣找他有什么事，犹豫了几秒，接通了电话。

电话里没人说话，只有沙沙的电流声。

啪，电话又挂了。

郑卫国愣住了，这马一鸣是什么意思呢？

电话又响了起来。

郑卫国再次接通了电话。

"救，我。"电话里传来了两个断断续续的字，还没有等郑卫国说话，电话再次挂断了。

第十九章　惊魂夜

黑子被惊醒了，旁边的谢三睡得正香。

不知道为什么这个童话城堡让黑子觉得有点诡异，本来他想和马一鸣睡一个房间的，但是安先生却安排他和谢三睡在一个房间。

黑子拿出烟想抽一根，却发现烟盒里已经没烟了，于是他将烟盒捏成一团扔到了地上。陌生的夜、陌生的环境让他无法入睡。他干脆打开门走了出去。

整个城堡静悄悄的，仿佛没人一样。黑子看了一眼旁边不远处的房间，马一鸣在那个房间睡觉，房子竟然还开着灯。估计马一鸣还没睡，正好黑子没烟了，于是便过去想要根烟。

砰砰砰，黑子敲了敲门，里面没人回应。黑子刚想喊人，门却开了，黑子走进去刚想喊人，却发现里面没人。

黑子四处看了看，发现桌子上有一张纸条。他走过去拿起来看了一下，上面是一串数字，这是马一鸣和他们的暗号话，黑子看了一下知道了内容，马一鸣去了地下室。

今天在地下室看到安先生所说的项目，马一鸣和黑子觉得有点问题。不过他们也不好意思直接说安先生什么。看来马一鸣是对安先生的项目看不下去，所以才会半夜偷偷溜进去。黑子忽然有点担心，这里毕竟是安先生的家里，万一有什么事情也不好处理。想来想去，黑子决定去地下室看看。

有了之前的经历，黑子轻车熟路来到了童话城堡的后院，往前走了一下，找到了通往地下室的阶梯，走了下去。

下午的时候黑子没进去，听到马一鸣说的里面的情况他非常后悔。所以来到阶梯下面的入口后，看到那扇铁门，黑子推了推，发现铁门开了一条缝，于是闪身钻了进去。

地下室里果然和马一鸣说的一样，密密麻麻的有三十多口棺材。地下室顶上开着暗灯，虽然不亮，但是可以看得清里面的情况。一口接一口的棺材，看上去有点恐怖诡异。

黑子往前走了几步，那里有两口棺材和其他的棺材不一样，看上去有点大。

马一鸣跟黑子说了这两口棺材比较诡异，因为看到里面的人竟然是自己。谢三也说了，那口棺材太恐怖了，想想都害怕。

黑子四下看了看，确定没人后，他推开了旁边的棺材盖子，望了进去。果然，跟马一鸣他们说的一样，在棺材里面，黑子看到了自己的脸。

啊，黑子吓得差点跳起来。

里面的人穿的衣服比较奇怪，但脸却是黑子的脸。这是为什么呢？黑子想了想，再次走了过去，仔细地看了起来。很快，黑子发现了棺材的秘密。原来棺材里那个人的脑袋处放着一个镜子，猛地一看正好将看棺材的人的样子映在里面人的脑袋上。

　　"他妈的吓唬人。"黑子骂了一句，将下面的镜子挪开了。这一挪开不要紧，正好看到了镜子下面棺材里的人的脸，竟然是马一鸣。

　　"马队。"黑子一惊，立刻将棺材里的马一鸣扶了起来。

　　马一鸣被黑子叫醒了。

　　"你怎么躺在这里面？出什么事了？"黑子惊讶地问道。

　　"我被安慕容袭击了，他妈的。"马一鸣慢慢缓了过来。

　　"安先生？"黑子愣住了。

　　"他妈的就是一个医学败类，他在这里研究生化学。我怀疑李二傻他们都是被他害死的。"马一鸣试着站了起来，可能是之前被电棒电得有些严重，再加上连日奔波，马一鸣身体并不利索。

　　"我们先离开这里吧。"黑子对马一鸣说道。

　　黑子扶着马一鸣往前走去，可是还没走到门口，地下室的门却关住了。这时候，地下室角落的喇叭里传出了一个声音："两位警官，着什么急？"

　　"是安慕容的声音，我去。"马一鸣啜口骂了一句。

　　"快打开门，安慕容，你知道自己在做什么吗？"黑子喊道。

　　"所有知道这里秘密的人，都不会活着离开这里。你们不是来这里查案的吗？不用查了，我直接告诉你们真相，人都是我杀的，原因也很简单，他们知道了这里的秘密，必须死。"安慕容阴沉着声音说道。

　　马一鸣看着地下室的铁门，里面也是一个密码锁。之前进来的时候，马一鸣看到了安慕容输入的密码。不过，他不能让安慕容察觉，否则他和黑子怕是真的出不去了。

　　黑子很快明白了马一鸣的意思，于是故意和安慕容说着一些不着边际的话。

　　"你们别在我身上浪费时间了，我是不会放你们走的。"安慕容说道。

　　这时候，马一鸣偷偷输入了密码，然后黑子一下子拉开了铁门，两个人快速冲了出去。

　　马一鸣的身体还没有完全恢复，几乎是被黑子拖着出去的。两人从后院出来，直接向外面跑去。

　　安慕容带着人很快追了过来，两人跑到大门的时候，马一鸣将黑子顶到肩上，然后将他送到了城墙上。

　　"找闪电组的人帮忙。"马一鸣将自己的手机塞给了黑子，然后用力将他推了出去。很快，安慕容带着人冲了过来，将马一鸣一下子按在了地上。

　　"快去追，别让他跑了。"安慕容对旁边的人骂了一句，那个人立刻带着几个人跑了出去。

　　马一鸣冷笑了一声："你追不上他的。"

"你他妈的。"没想到安慕容反手就是一巴掌,重重地打在了马一鸣的脸上。

"安慕容,你他妈等着。老子绝对不会放过你的。"马一鸣吐了一口血,怒声骂道。

"你以为你还能活着吗?"安慕容的脸上浮现出了阴森的笑容。

与此同时,黑子正在黑夜里狂奔。他的身上背负着马一鸣的重托。他必须尽快离开这里,然后带人过来救人。他给郑卫国打了两个电话,不知道是信号的缘故还是其他原因,电话刚通,没说几句话手机就没电了。

眼前的路黑子不熟悉,跑着跑着竟然迷路了。不过很快,他看到前面有一户人家亮着灯,于是他快步走过去敲开了门,希望可以用他们的电话跟人联系下。开门的是一个男人,听完黑子的话,将他请进了屋子里。

黑子拿起对方的手机再次给郑卫国打了一个电话,这一次电话通了,但是站在他对面的男人却露出了一个诡异的笑容,慢慢走到黑子的后面,伸手向黑子打去……

第二十章 营救

宁城公安局IT部立刻追查了一下马一鸣的手机动态，发现位置在七十公里外的一个小镇上。根据在延安路红灯区调查的情况反馈，马一鸣和一个手下曾经去过那里找一个叫谢三的男人。当时那个谢三正在和一个叫小凤的卖淫女在一起。通过对小凤的调查，得知马一鸣找谢三问的情况是谢三曾经帮人带东西去过一个什么地方。然后谢三就被马一鸣带走了。

"童话镇？"陈远听完小凤的话，脱口说出了一个名字。

"对，对，就是说的童话镇。"小凤一听，连连点头。

听到这里，大家明白了，不用说，这马一鸣定然是带着谢三去童话镇了。和他们一起过去的还有黑子，三人肯定出事了，所以郑卫国才会接到求助电话。

"本来我们也要去这童话镇的，正好现在过去吧。"郑卫国说道。

"行，我现在去安排一下，咱们马上出发。"庄强跟着说道。

庄强带了两名警察，郑卫国和陈远一起过去。沈家明和孟雪留在了宁城公安局。这童话镇属于北城，所以在路上庄强特意和北城公安局的朋友打了个招呼，简单说了一下情况。那边表示，他们会派人先过去看看，并且等到庄强他们过来，随时安排人员跟过去。

"老实说我觉得马队长的性格有点急躁，这在刑侦里面是最要不得的。"坐在车上，郑卫国讲话了。

"其实可以理解他。马队长做刑侦很多年，一直都希望能够上去。可就是因为他的性格脾气，之前走的领导故意将他压了下去。说起来，马队长在我们这里也算是战功赫赫，可惜就是吃了性格和嘴巴上的亏了。"庄强叹了口气说道。

郑卫国没有说话，他想起了多年前的自己。为了能够得到领导的关注，他用各种办法查案调查，放假几乎都没回过家，更别说照顾孩子看护老婆。就因为这样，老婆离开了他。更让他没想到的是儿子郑晓明竟然和一些狐朋狗友走上了歪路。现在想想，这一切，真的得不偿失。

"郑队长，你怎么了？"庄强看郑卫国情绪有些低沉，不禁问道。

"没什么，只是想起了一些事情。对了，我们现在知道当初李二傻和卢天福都去过那个童话镇里的城堡。徐佳丽也说了，在那个地下室里，有很多棺材。只是她没看到棺材里的是什么东西。"郑卫国皱紧了眉头。

"杨牧说了，他们在童话城堡里不仅见到了李二傻他们，还见到了生物科学专家容器杯。这个安慕容特意在童话镇这样的地方，并且在地下室做了这样的设备，十有八九是想做什么生物学实验，并且这个东西一旦成功，就可以赚大把钱。"陈远跟着说道。

"我也这么想的,可能当初安慕容投资这个童话镇就是想利用童话镇的位置和环境来遮掩自己的违法犯罪。"郑卫国说道。

"那我们这次就过去看看,彻底将安慕容这个地下室给搞明白。他要是真做什么坏事,我是不会放过他的。"庄强握着拳头愤愤地说道。

一个小时后,他们来到了北城。庄强的朋友早就等待多时了。

"这是我警校的同学,现在也是北城刑警队的。他叫欧诺。"庄强介绍了一下他的朋友。

"咱们事不宜迟,立刻去那个童话镇。说实话,这次可能会解开我们北城一个困扰多年的案子。"欧诺坐到车上,说了起来。

原来半年前开始,北城发生了一些奇怪的失踪案。一些年轻的女孩,尤其是从外地过来打工的,总是莫名其妙地失踪。因为这些女孩不是本地住户,所以等到被人发现失踪的时候,大多数已经过去几天了,这给北城公安局调查带来了很大的难度。

欧诺仔细跟过几个失踪女孩的情况,发现女孩都是在网上和人聊天,出来见面,然后就失踪了。根据路边监控录像调查,那些女孩都是在晚上跟一个男孩出去,然后失踪的。北城公安局立刻全城搜索,可是却一无所获。

后来北城公安局这边又加派了一些人手调查,发现那些失踪的女孩和男孩最后出现的地方都在童话镇的方向。

"那你们为什么没去那里调查?"庄强听后问道。

"这个童话镇之前是北城的一个大项目,并且现在唯一在那里的人是安慕容。安慕容和政府里很多人关系比较好,别说让上面支持调查,之前我们老大想私自去查一下,结果被领导发现训斥了一顿。所以你们这次来,我们特别高兴,可以借着这个机会,调查一下这个童话镇里到底有什么问题。"欧诺说道。

没过多久,车子出了北城市,四周的风景开始变得荒凉起来。偶尔,还有一个模糊不清的路标出现在两边。在欧诺的指示下,大家一边欣赏着风景,一边指着路,很快,他们看到一个黑黝黝的镇子出现在前面。

"那里就是童话镇,要是当初建设起来的话,肯定非常漂亮。可惜了。"欧诺满眼遗憾地说道。

车子停了下来,几个人一起下了车,徒步往前走去。

可以看得出来,之前的童话镇规模设计是非常不错的,尤其是入口。可惜后来这个项目停下来了。

"我们直接去找安慕容吗?"庄强问道。

"是,因为我们对这里太不熟悉,如果他们调查,一方面时间上会慢很多,另一方面会出现一些问题。所以最合适的办法就是直接上门,相信安慕容也会大吃一惊,只有这样才能找到他的破绽。"陈远说道。

"陈远说得没错,这个童话镇的秘密到底是什么,恐怕只有这个安慕容知道了。"郑卫国抿着嘴唇,望着前面说道。

来到童话城堡的门前，庄强用力敲了敲门。

很快，门开了一条缝，一个驼背老人从里面走了出来，上下打量着他们："你们是什么人？做什么的？"

"我们是警察，有事情找安慕容。"庄强亮出了证件。

第二十一章　真与假

　　安慕容很镇静，他招呼大家坐下，然后让人上了茶水。
　　"最近你这童话城堡应该挺热闹的吧？"庄强打量着城堡的大厅说道。
　　"警察同志，这是什么意思呢？我这个小地方，老实说可真不热闹。你也看到了，整个童话镇的项目停下来后，这里就没人了。要说热闹，今天你们来的人算是最多了。"安慕容笑了笑说道。
　　"得了吧，安慕容，别装蒜了。我们打开天窗说亮话吧，我的两个同事来你这儿，你把他们怎么样了？宁城来的人，你别说你不知道。"庄强拍了一下桌子，不愿意再和他兜圈子了。
　　"哦，你说马队长他们啊。"安慕容脸皮颤抖了一下，站起来说，"马队长这个人吧，什么都好，就是好奇心太重。本来我是好心好意留他在这里住，他要调查的东西我都告诉了他。可是他不老实，非得去我不让他去的地方。所以出了点事……"
　　"马队长他们怎么了？"陈远问道。
　　"你们跟我来看看就明白了。"安慕容说着转身向后面走去。
　　陈远和郑卫国跟了过去，后面的庄强看了看欧诺，然后点了点头。欧诺拿出一张卡片，走到庄强带过来的两名警察面前说道："你们两个在这儿等着，要是我们一直不出来，打这个电话。"
　　"放心吧，这么多人，安慕容就算想干什么，他能干得了吗？"庄强拍了拍欧诺，然后两人跟着走了过去。
　　对于安慕容后院的情况，陈远他们早已经清楚。之前徐佳丽说得已经很清楚了，只不过现在他们来到了现实面前。安慕容走在前面，陈远和郑卫国走在后面。下了楼梯，他们看到了那道铁门，然后安慕容输入密码，铁门开了，一股阴冷的气息扑面而来。
　　陈远忽然有点莫名紧张。
　　如同徐佳丽说的一样，地下室里面有二三十口玻璃棺材，密密麻麻摆在那里，每口棺材都冒着冷气。
　　欧诺和庄强之前没听过这里的事情，所以看到眼前的情景，两人不禁吃了一惊。庄强忍不住打开了旁边一口棺材的盖子，然后看到了里面的情况。
　　"怎么是鱼？这是做什么的？"棺材里是一条一米多长的大鱼，像是存在冰箱里的鱼一样，冒着冷气，嘴巴微张着，只不过它的身上盖了一层白布，只露出了鱼头。

"警察同志，这里的东西都接着设备，可以不要乱动吗？否则出了什么事，我可不负责啊。"走在前面的安慕容听见后面的响声，不禁回头说道。

庄强看了看欧诺，两人将棺材盖子合住，然后快步跟了过去。

安慕容带着他们来到那些棺材的前面，那里有两口比较宽大的棺材，看起来和前面的那些棺材都不太一样。然后安慕容停了下来，说道："我既然带你们来这里了，那就是说要把我在这里做的项目告诉你们了。所以我希望各位能够对我这里的情况保密，因为这涉及我对外的合作。"

"这点你放心，只要不是涉及案情，我们肯定会保密的。"陈远说道。

安慕容拿起旁边一个遥控器，对着前面的墙壁空白处按了一下，一个投影仪幕布缓缓降了下来，然后前面的投影仪开始工作，在幕布上出现了一个项目方案图。

"这个项目是一个还不成熟的项目，所以没有办法公开在外面做。我们安家之前一直在国外研究生物科学项目，简单说就是人类基因的衰老期，为的就是希望能研制出可以延缓人类衰老的药物。我们研究的对象就是鱼，不过不是普通的鱼，而是之前传说中的人鱼。这个世上对人鱼的传说特别多，有的说是海象，有的说是鲛人，也有的说是海妖。不过在多年前，我的家族先人偶然得到了人鱼的秘密，于是开始了这块的研究。可惜，我们的研究成果被一些同行盯上，他们用尽各种办法想夺走。无奈之下，我们才回到了中国，然后选了童话镇这个地方进行研究。"安慕容介绍了一下他们的研究秘密。

"安先生，你给我们看这个怕是找错对象了吧？我们对这个没兴趣。"郑卫国打断了安慕容的话。

"你们不是要找两位同事吗？他们和这个有关系。大家可以先听我简单说一下，不然我怕有些事情我不好解释。"安慕容说道。

庄强看了看郑卫国，示意他听完安慕容的话。

"我们来到童话镇对这个项目进行深入研究，也培养出了一些东西。不过这些本体都带着危险性，所以必须在低温下进行。同时为了保护项目，我们在这些棺材里有进度的样本上都加了机关，轻者中毒，重者可能会要命。马队长和他的同伴正是因为不听我的劝告，半夜偷偷溜到这里来，并且打开了其中一个样本的开关盖子，结果中了机关，毒性入体。本来我们希望可以等到马队长他们身体好点后再和你们联系的，既然你们找来了，那么就一起看看他们的情况吧。"安慕容说完，走到旁边那两口棺材面前，推开了棺材的盖子。

陈远和其他人走了过去，他们看到在两口棺材里躺着的人正是马一鸣和黑子。他们闭着眼睛，脸色苍白，身体上盖着一层白布。一根导管从他们的鼻子上导出来，接到了旁边的棺材电线上。

"他们这是怎么了？"庄强问道。

"他们中了我们不稳定的样本的毒，所以身体的情况比较特殊。我一方面在联系这块的医生过来，另一方面也和北城的领导联系，希望能合理地解决这件事情。"安慕容说得头头是道，听上去非常合理。

陈远仔细看了一下躺在棺材里面的马一鸣，然后伸手撩开了他身上盖着的白布。只见马一鸣的两条腿被两根木板绑着,就像包扎骨折一样包着。

"为什么要这么做?"陈远问道。

"他们中的毒就是我们刚才说的人鱼毒,如果不及时避开风险,他们的两只腿就会慢慢失去意识,最后合在一起,变成鱼尾一样。"安慕容说道。

"人鱼的尾巴?这不可能吧?"欧诺听后不禁叫了起来。

"你们来看一下这个。"安慕容说着往前走去,在其中一口棺材面前停了下来,然后推开了上面的盖子。只见里面躺着一个人,不,确切地说那是一个人身鱼尾的人,他的鱼尾就是两只脚,不过还没完全融合,而是合并在了一起。

这下,顿时所有看到的人都惊呆了……

第二十二章 触发点

沈家明本来准备和孟雪再去博丰文化调查一下他们与童话镇之间的生意关系的，结果没想到刚出来就接到了邵建国的电话，说杨牧出事了。

杨牧被关的拘留所距离宁城公安局没多远，本来杨牧之前拘留的时间已经到了，今天都可以出去了。结果在办理手续的时候，杨牧突然走到拘留所大厅一个角落，那里上面堆满了废品，让所有人没想到的是杨牧竟然将上面的板子挪开，结果上面的废品全部砸到了杨牧的身上。等到大家将上面的东西清理干净后，杨牧已经奄奄一息，等大家准备将他送医院的时候，已经死了。

"这谁能想到啊，我们当时都在做交接手续了。我做了十几年看守人的活儿，那些被关起来的人哪个不希望早早出去，谁能想到这人会去那里动那个板子，结果把自己给砸死了。"负责帮杨牧办理工作的警察叫郭明飞，发生这样的事让他感觉特别郁闷。

孟雪仔细看了看杨牧的尸体，基本上没什么异常。因为他出事的时候很多人都在场，就是去动了一下上面那个板子，结果板子上面的废品全部压到了他身上，其中有几块废品上带着钉子，还有几块玻璃，这些东西正好刺中了他的致命部位。

"其实这些东西如果稍微避开一下，也不会要命。这还真奇怪。"孟雪对沈家明说道。

"还有一点，杨牧为什么要去动那个铁板？到底那个铁板有什么东西能吸引杨牧过去，甚至他都没有察觉上面的危险性？"沈家明说道。

这时候，沈家明的电话响了起来，是陆河打来的电话。

"我回来特意研究了一下，剩下一个人的死法是用外来之物淋死的。根据之前的资料显示，第四个被害的人通常会死于意外……"

"杨牧死了，被拘留所放在二楼的废品砸死的，这算淋死的吗？"沈家明问道。

"被废品砸死了？"陆河愣住了。

"行了，我这儿有点忙，晚点和你联系。"沈家明说完挂掉了电话。

沈家明说的不错，他需要马上调查一下当时的情况。尤其是杨牧出事前的所有情况，他觉得杨牧的死太奇怪了。

沈家明让拘留所的人调开了杨牧死前的监控录像，的确，如同郭明飞讲的一样，杨牧是自己走过去的，他先是盯着那个铁板看了一会儿，十几秒后，伸手去碰那个铁板，但是因为铁板有点高，他够不着，于是，他便往上蹦了几下，用脑袋顶着那个铁板，一顶一顶地，最后终于将铁板顶开了，上面的废品哗啦一下掉了下来，将杨牧埋在了下面。

"杨牧为什么要顶那个铁板啊？他看上去就像、就像一条鱼啊。"孟雪盯着画面，脱口说道。

孟雪说得没错，沈家明也觉得杨牧的样子有点奇怪，两只手和两条腿并在一起，整个人直直地向上一顶一顶的，这看起来真的跟一条鱼一样。

沈家明的脸阴下来了，杨牧的样子像极了被人催眠了。于是他问了一下杨牧在拘留所的情况。

"昨天审讯结束后，杨牧回来也没发现异常啊。"

"催眠？这不太可能吧？这里是拘留所啊，谁能越过看守，去给杨牧催眠啊？"孟雪觉得沈家明可能想错了。

"不，你们可能不太理解真正的催眠。电视或者书上那种催眠不叫催眠，也不可能通过那样的办法将一个人催眠。真正的催眠其实是可以提前在被催眠者的身体里面种下一个种子，然后被催眠者会正常过生活，等到遇到催眠师给他设置的触点后，被催眠者才会发作。比如有人给杨牧设置的触点就是那块铁板，那么杨牧肯定会过去，然后触碰那块铁板，造成杨牧被废品砸中的局面。"沈家明解释了一下。

"这么说来杨牧是提前被人催眠了？可是杨牧一直都被关在拘留所和公安局，见他的人都是警察，难道说是警察内部人？"孟雪一下子捂住了嘴巴。

沈家明摇了摇头，示意孟雪不要说话。现在的情况可能像孟雪说的一样，也可能还有其他情况。

"郭明飞，杨牧的事情比较奇怪，我看先把尸体安排一下吧。等到郑队长他们回来后，再做进一步调查。我和孟雪还要去调查其他事情，所以这里的事情就麻烦你来安排了。"沈家明对郭明飞说道。

"好，好吧。"郭明飞点了点头。

沈家明和孟雪一起来到了豫南省博丰文化传播有限公司，坐在门口的是一个男人，正在看电影，看到有人进来也没当回事。

"你是彭茂吧？刘大海呢？"现在的博丰文化就剩下刘大海和司机彭茂了，沈家明猜测这坐在门口的应该是那个司机彭茂。

"里面呢。你们是干什么的？怎么知道我的名字？"男人问了一句。

"警察，来调查事情的。"沈家明说道。

"哎哟，警察同志，你们可来了。"没承想，彭茂一听沈家明说他们是警察，立刻站了起来，"我听说杀害李总他们的人专门杀我们公司的人啊，现在就剩下我和刘总了，你们是不是要保护我们啊！"

沈家明看了看孟雪，然后说："这样，我同事有些事要问你，你把知道的都说出来，不然我们也不好做。"

"行行行，放心，我一定知无不言，言无不尽。"彭茂连连点头。

刘大海听见了外面的说话声，沈家明走进去的时候，他正好从办公室出来了。沈家明介绍了一下自己，然后和刘大海一起坐了下来。

"事情我们也查到一些，博丰文化和童话镇里的那个安慕容有一些生意往来，具体是什么生意，你知道吗？这些东西关系到你们的性命，我希望你能如实告诉我。"沈家明直接对刘大海讲了起来。

"确实，这边和安慕容有生意往来，但这生意都是李总接头的，我真不太清楚。"刘大海说道。

"可能你还不知道，就在刚刚，杨牧死了。并且宁城警方已经派人去了童话镇那边对安慕容进行抓捕。博丰文化和童话镇那边的合作很快就会浮出水面，到时候就算你想隐瞒也隐瞒不了。"沈家明冷笑一声说道。

"好，好吧。我知道的确实不多，我全告诉你。"听到沈家明的话，刘大海的额头上顿时冒出了一层冷汗。

第二十三章　破阴谋

"既然你们过来了，我建议找个医生过来把马警官他们带回去。现在我只能用这边的设备来帮助他们体内的毒素不扩散。"安慕容说道。

"我看就近与北城的医院先联系一下吧？"庄强看了看郑卫国。

"也行，这应该联系神经内科的医生吧？"欧诺问道。

"这位警官说得没错，他们现在的毒素在神经内线，所以需要神经内科的医生。不过也不能保证神经内科的医生一定知道怎么做。不过还是能接走就接走吧，我这里条件确实不好，再加上我这儿是做研究的地方，也不希望被太多人知道。毕竟项目是保密的。"安慕容说道。

"那好吧。"郑卫国见事情到了这个地步，只好点了点头。

"我们先上去吧，这里之前都是无菌状态，可惜我的经费不够，现在只能尽力维持了。"安慕容说道。

陈远没有说话，他一直在盯着棺材里面躺着的马一鸣，总觉得哪里不太对劲，但是又说不上来。

"这位警官，他们要在低温下保持毒素的均衡，所以要盖上盖子。"安慕容看到陈远在看棺材里的马一鸣，于是说道。

"先上去再说吧。"郑卫国拍了拍陈远的肩膀。

安慕容慢慢将棺材盖子合住了。

陈远又低头看了一眼，然后一把拉住了即将合上的棺材盖子。

"怎么了？"安慕容问道。

陈远没有说话，他伸手按住了棺材里马一鸣绑着木板的腿，然后摸索了一下，用力往上一提，结果竟然把马一鸣绑着木板的腿提了上来。

"陈远，你干什么？"看到陈远的举动，庄强不禁大声叫了起来。

"怎么会这样？"郑卫国看了棺材里面一眼，这才发现刚才被陈远提上去的那个绑着木板的腿竟然是假的，马一鸣躺在里面，棺材的下面有个凹形坑，马一鸣的两条腿陷了下去，所以假腿覆在上面，看起来跟真的一样。

安慕容见到阴谋被拆穿了，立刻转身向前跑去。

"站住。"看到安慕容要跑，欧诺立刻追了过去，郑卫国也跟着追了过去。

"来，帮我抬一下。"陈远让庄强帮着他一起将马一鸣从棺材里抬了出来，然后探了探马一鸣的鼻息，陈远摇了摇头，叹了口气。

"怎么会？"庄强愣了一下，不禁呆住了。

陈远又走到另外一口棺材旁边，那里躺着的是马一鸣的手下黑子，他和马一鸣一样，也是被绑着木板的假腿挡着，拿出假腿，陈远把黑子从棺材里扶了起来。

"马队、马队长怎样了？"黑子竟然醒了过来，虚弱地问道。

陈远不知道该说不该说，回头看了看庄强。

黑子看到庄强低沉地坐在一边，旁边是马一鸣躺在地上的样子，他顿时明白了过来，不禁放声哭了起来，可惜他身体太虚弱，一着急又晕了过去。

这时候，欧诺和郑卫国回来了。

"这里真是狡兔三窟，竟然让他跑了。马队长他们怎么样了？"郑卫国问道。

"马队长应该早就被杀害了，黑子没事，刚才醒了，不过知道马队长被害，又晕过去了。"陈远说道。

"这个安慕容真坏，差点就骗了我们。他搞的这些乱七八糟的都是什么？"欧诺说着走到那些棺材面前，一把推开然后愣住了。他迅速走到另一口棺材面前，推开棺材盖子；然后再换了一口棺材，再打开。

"怎么了？"郑卫国看到欧诺的样子，不禁走过去看了一下。只见那些棺材里都躺着人，他们身上都接着一些管子，连着玻璃棺材的接口。

"这些、这些都是我们北城之前失踪的人啊。"欧诺惊声说道。

"我看这么一大摊子，够你们北城公安局收拾了。"庄强看着眼前这些棺材说道。

北城公安局接到欧诺的电话后非常震惊，立刻派大批警力赶了过来。对于这个童话镇里面的情况，负责对接的部门人员立刻被带走了。

经过清查，一共三十一口棺材，其中十八人是北城失踪的人口，另外的人员还需要进行调查比对。然后北城警方开始对安慕容进行全力通缉。

事情交接完后，郑卫国和庄强他们带着马一鸣的尸体回去了。

"这事没完。"黑子气愤地说道，他的身体没什么大碍。通过黑子的叙说，大家也知道了马一鸣遇害的真相。

当时马一鸣发现了安慕容的阴谋，想带着黑子离开童话城堡，可惜却被安慕容发现，情急之下，马一鸣把手机给了黑子，让他和闪电侦缉组的人联系。黑子逃了出来，可惜却迷了路，后来找到一户人家求助，结果没想到那个人竟然和安慕容是一伙的。

"那个人已经抓住了，还有安慕容用的那个驼背老人，现在正在北城公安局进行审讯。"庄强说道。

"我们为什么不在这里一起审讯？这个关系到咱们查的案子。"黑子问道。

"第一，这个案子太大了，这么多失踪的人，我们要在这里，必须得经过领导同意。北城警方遇到这么一个案子，肯定不希望别人参与。第二，马队长的尸体不能在这里耽搁了。还有，我们接到电话，杨牧死了，案子还在继续。安慕容这里是一条线索，但是真正的凶手应该还在宁城。"陈远说了一下原因。

"陈警官，你是怎么发现马队长的腿有问题的？"庄强说话了，这是他一直想不通的地方。

"一开始我觉得马队长的身体上半部分和腿有点不协调，我以为是绑住木板的原因。可是后来安慕容准备合住盖子的时候，我才明白过来，可能马队长的腿有问题，于是我便试了一下，结果发现了安慕容的阴谋。"陈远解释了一下。

"还好你发现了，要不然黑子估计也没命了。"庄强叹了口气说道。

"只能说这安慕容太狡猾了，做了这么大一件事情，隐藏在这童话镇。"郑卫国说道。

"不过更加恐怖的是在安慕容背后还有一个什么样的人物在操纵整个事情？宁城的凶杀案恐怕跟这个也脱不了干系。"陈远跟着说道。

第二十四章 告别

告别有很多种。

郑卫国做警察多年，亲手送过很多同事。尤其是早期他和缉毒局合作的时候，面对那些亡命之徒，一些缉毒警为了保护国家财产和人民利益，不惜献出生命。每次当他看到那面五星红旗盖到离开的同事尸体上的时候，他的内心都会莫名地难过。

马一鸣其实和闪电侦缉组的人员接触得不多，甚至之前在开会的时候还有敌对的意思。不过大家都知道马一鸣就那性格，他在宁城警方眼里是一个非常负责并且做事认真的好警察。

郑卫国带着闪电侦缉组的人参加了马一鸣的追悼会。作为马一鸣的领导，宁城公安局副局长黄飞林对于马一鸣的事情非常痛心，他们已经联合北城警方，一定要将杀害马一鸣的凶手安慕容抓捕归案。

看得出来，马一鸣的死给宁城警方很大刺激。马一鸣的手下全部要求加班查案，甚至还提出希望能去北城那边查找杀害马一鸣的凶手。

"各位同事，马队长的事情大家很难过，我们都知道，我们又何尝不难过。但我们是警察，查案都要讲究过程，讲究办法，不能乱来。现在省厅的同志正在调查我们宁城遇到的难案，马队长也是因为这个案子才出事的。所以我们更应该化悲愤为力量，一起帮助省厅的同志，查到案子的真相。我想这也是马队长所希望看到的。"庄强为了将大家安抚下来，声情并茂地讲了一段话。

庄强的话起到了作用，大家刚才的激动情绪慢慢缓和了下来。

"庄队长说得没错，我们是警察，本身从事的职业就比较危险。马队长的牺牲更要让我们看清，对于犯罪分子我们一刻也不能松懈。大家都知道，杨牧死在了拘留所，这个隐藏在背后的凶手已经嚣张到极点了。如果我们这个时候再不稳住阵脚，还不知道凶手会做出其他什么事情来。所以我希望大家能忍住悲伤，抓住凶手，马队长在天之灵，也会安息的。"郑卫国跟着说道。

"我和同事孟雪看到了博丰文化和安慕容有过一个生意合作，这个合作的东西已经完成，并且促成他们合作的是一个神秘人。根据豫南省博丰文化传播有限公司副总刘大海交代，这个神秘人就在宁城，所以现在大家应该齐心协力，将这个神秘人揪出来。这个人直接关系着豫南省博丰文化传播有限公司三个人的死亡以及安慕容。"沈家明站起来说话了。

"好，什么也不说了，大家一起为马队长报仇。庄队长、郑队长，你们有什么需要尽管吩咐兄弟们，我们绝不推辞。"黑子第一个举手表态，其他人跟着纷纷叫了起来。

"好的，我们一起努力。"庄强虽然是队长，但是因为马一鸣对他的态度一直有问题，所以其他人对庄强也没什么好脸色，现在看到大家的态度，庄强不禁眼眶红了。

闪电侦缉组针对目前的案件状态开了一个会，庄强和几个警察一起参加了会议。沈家明和孟雪讲了一下他们去豫南省博丰文化传播有限公司查到的事情。

刘大海说了一下他们公司和安慕容他们的合作其实是李二傻和对方在合作，不过李二傻曾经特意和他讲过，安慕容是经过一个叫铁头的中间人介绍给他们的，铁头说安慕容研究的是人类基因药物，并且已经研究出了样品，可以让人延缓衰老，永葆青春。他们之前给宁城一些美容院提供过一些药物，虽然效果不错，但还是有一些问题。并且还曾经出过一次事，导致他们赔了一大笔钱，私了才算平复了下来。

关于杨牧的死，沈家明着重讲了一点。并且他和孟雪把在拘留所和公安局接触过杨牧的人都登记了下来，可是都找不到异常之处。

"真的没有怀疑对象吗？"陈远盯着那张名单问道。

"你想说什么？"沈家明看了看他。

"我觉得有个人比较可疑，你之所以觉得没问题，可能是你不愿意怀疑而已。"陈远抬起了头。

"你是说陆河？"沈家明说道。

"他是唯一不是警察却接触过杨牧的人。并且你也说了，当时陆河听到说可以去公安局看一下杨牧，他显得特别兴奋。并且陆河看完的第二天，杨牧就出事了。如果你之前讲的所谓的种子催眠，时间又不能太长，再加上很多环境无法构成。但是将这个条件套上去后，陆河就显得很有嫌疑了。"陈远分析道。

"不，陆河是我老师的朋友，他绝对不可能的。"沈家明一听，立刻说道。

"任何事情都要讲证据，尤其是判断一个人的好与坏。至于他到底做过没有，那就要根据证据说话。"郑卫国看了一眼沈家明。

"陆河的人品非常好，他常年做公益。我的老师非常信任他。再说，他也没有杀杨牧的理由。"沈家明有点后悔，早知道如此，不应该带陆河去公安局。

"如果陆河不是凶手的话，那么凶手就只能是一个人了。"这时候陈远说话了。

"那就是杨牧是自杀的，所谓的催眠样式不过是他表现出来嫁祸给陆河的。"陈远还有点不好意思。

"这是什么意思？"大家都听糊涂了。

"我说得很清楚了，如果陆河不是凶手，那么杨牧的死就是他自己做出来的。"陈远又说了一句。

"为什么？"沈家明问道。

陈远放下了手里的名单，问道："你们还记不记得杨牧为什么会被抓进来？"

"他自首来的，他说他是杀死李二傻和卢天福的凶手。对了，他还说他是牧童生。"沈家明说道。

"事实证明，他并不是凶手。不过他却知道案情的真相。再后来，我们通过杨牧的未婚妻了解到了他们去童话城堡的事情。与此同时，马队长也通过自己的办法知道了这一点，并且还自己过去了，结果导致悲剧。这个时候，杨牧却在办理交接手续的时候出事了。你们察觉到了什么没有？"陈远问道。

"如果真的是杨牧自己做的话，那他从最开始来自首就没打算活着离开。"庄强忽然明白了过来。

"对，这样的话就对上了。可是，杨牧为什么要这么做呢？难道有人在威胁他？"孟雪点了点头，也明白了过来。

"如果单纯威胁的话，杨牧最多来自首，不至于在离开的时候再选择自杀。让他这么做的原因恐怕只有一个，他是在保护某人。当初他进来的时候，为的就是希望我们将他定为罪犯。结果后来海思思被杀了，然后等到杨牧离开这里的时候，他却选择了自杀，那么他这么做应该是和之前来自首的目的一样，是为了保护某人不被杀害。这个人我想也不难猜出。"陈远说着扫视了一下其他人，缓缓地说道。

第二十五章　再生丹

徐佳丽从实验室走了出来，然后她的手机响了一下。她犹豫了一下，脱下防菌服，走进了更衣室。

十分钟后，徐佳丽开车从公司出来，她快速拐进了前面一条街道，将车子停到了一边。

徐佳丽拎着包，从车上下来。她戴上一副墨镜，警惕地四处看了看，发现没有人跟着以后，快步走进了前面的一个快捷酒店里。

快捷酒店的前台是一个老人，正在柜台上昏昏欲睡。徐佳丽放慢脚步，低着头蹑手蹑脚绕过了前台，按下电梯按钮，进入了电梯里面。

电梯在三楼开了，徐佳丽出来，然后看了一眼墙上的房牌号的指示，于是向东走去，最终在3021房门面前停了下来。

门开了，一个穿着白色浴服的男人站在门口，徐佳丽微微低了低头，走了进去。

房间里比较乱，桌子上的烟灰缸上全是烟头，床上也是乱七八糟地扔着东西。徐佳丽将包放下来，刚想说话，那个男人却一下子从后面抱住了她，开始亲吻她的脖子，两只手也开始不停地摸索起来。

徐佳丽有点烦躁，几次想推开男人，但是男人的情绪却越来越激动，干脆解开了徐佳丽的上衣，抱住她将她放到了床上。

"别，先不要。"徐佳丽又一次推开了男人。

"怎么了？"男人停住了动作，盯着她。

"刚接到警察的消息，杨牧死了。"徐佳丽说。

"你难过？"男人问道。

"我们好歹之前是情侣，他刚死，我就在这儿和你做这事。我、我有点别扭。"徐佳丽说出了原因。

"可是我喜欢。"男人说着从旁边床头柜上拿起了手机，然后翻了翻，找到了一张照片，放到了旁边，那是杨牧的照片。

"你要做什么？"徐佳丽不明所以地看着他。

"我要让他看着我们，看着我们在床上。"男人阴笑着，再次趴到了徐佳丽的身上，然后将她的皮带解开。

徐佳丽歪着头，想推开，但是却被男人死死地压着，最终只能任凭男人将她的衣服脱下来，然后压到她身上。

男人面对手机上杨牧的照片格外兴奋，他在徐佳丽身上疯狂地抖动着。也许是受到了内心的刺激，这一次他感觉特别好，时间也特别长。而徐佳丽的身体也随着男人的力量加大开始爆发起来，最初她还闭着眼，扭着头不敢看手机上杨牧的照片，可是随着情绪的诱惑，她开始抱住男人。

终于，两人停了下来，躺在床上，不再动弹。

"安慕容被发现了。"男人忽然说话了。

"什么？"徐佳丽一听，立刻坐了起来，她因为激动，衣服都没穿。

"迟早的事，我之前说过，他不听。"男人对徐佳丽的反应没什么意外，只是伸手在她光滑的后背上轻轻地摸索着。

"那，那些研究样品呢？"徐佳丽问道。

"那些本来就是残次品，要了也没用。就给警察们当宝贝去研究吧。"男人呵呵一笑。

"我们什么时候离开这里？上次警察来问我，我都快紧张死了。现在杨牧死了，肯定还会来问我的。"徐佳丽说。

"放心，你全推到杨牧身上就行了。杨牧那么爱你，警察就算查也查不到什么的。你也别觉得杨牧可怜，要不是他这么乱搞，我们现在早已经完成了研究。真是成事不足败事有余。"男人冷声说道。

"好了，他毕竟已经死了，你还这么说他。"徐佳丽看了看男人。

"怎么，心疼了？"男人看着徐佳丽。

"没有。"徐佳丽摇摇头。

"安慕容跑了，我想他肯定会去大本营那边。我这里有个主意，警察找你的时候，你把再生丹的线索透露给他们，让警察抓了安慕容。也许这对我们后面的事情会好很多。"男人说着坐了起来，从床头拿了根烟，用力吸了一口。

"这、这不是要出卖了安慕容吗？"徐佳丽惊声说道。

"安慕容杀了警察，这是咎由自取。我们如果不让他出去，我们都会被牵连出来的。这叫弃车保帅。"男人说道。

徐佳丽还想说什么，男人却凑过去吻住了她的嘴，将她再次搂进了怀里。

从酒店出来，徐佳丽直接回了公司。让她没想到的是，警察竟然在公司等她。虽然已经做好了跟警察沟通的准备，但是这么突然，徐佳丽还是有点紧张。

"杨牧的事情我们也很遗憾，希望你节哀顺变。"之前陈远和孟雪见过徐佳丽一次，所以这次来徐佳丽公司调查的人还是他们两个。

"谢谢你们。"徐佳丽面带悲伤地说道。

"这次找你来，是想和你确认一件事情。"陈远开门见山地说出了他们的来意。

对于陈远的推测，徐佳丽知道自己也不能再隐瞒下去了，正好她这个时候可以把三人行的线索推出去。于是，她抿了抿嘴唇，讲了起来："这几天我忽然想到一件事，那就是杨牧其实之前和博丰文化的老板李二傻以及那个童话镇里的安慕容，他们曾经约定共同研究一个项目，他们把这个合作叫再生丹。现在他们都出事了，会不会是这个再生丹项目的问题？"

"再生丹，这是什么意思？你知道详细情况吗？"听到徐佳丽的话，陈远不禁愣住了。

"具体的我不知道，我只是有一次听杨牧说过，他们和安慕容以及博丰文化在做一种可以令人重生的药，名叫再生丹。其他的我再问，杨牧也没跟我说了。"徐佳丽说道。

陈远愣住了，安慕容在童话镇里确实是在做药物研究。现在徐佳丽这么一说，很多事情就对上号了，比如为什么博丰文化的人要和童话镇的安慕容合作，又比如他们在研究的东西是和人类基因有关系的。

原来他们之间的关系是这样形成的，三方既制约彼此又能相互帮忙。如果少了他们中间任何一个人，制造、监督和输出的关系就无法形成。这样的合作看来是他们之前的最佳合作，可是为什么却出了事？

第二十六章　狡兔窟

挂掉电话，安慕容像一只泄气的皮球，瘫到了地上。

造成今天这样的局面，全部因为他的性格太冲动，自信力太强，总以为一切都可以掌握在自己手上。结果，现在弄到了这个地步。

"你太自信了，你忘了，这里是中国，不是美国。之前警察很多事情没有理会，但是你现在杀了警察，那么必然是要下地狱的。"老师对他的表现非常失望。

安慕容当然知道他现在的状态给老师造成了很大的困惑，毕竟项目还差一点才能完成。现在，他只能待在他们最早的研究室了，那里没有人知道。如果真有人发现了，那他只好像以前一样杀死对方灭口了。

现在北城警方和宁城警方正在全力缉拿安慕容，可是两地警方怎么也想不到，安慕容就在宁城。他们之前的研究室就在宁城医科大学里面。当然，为了躲避警方的追查，安慕容改名叫安浩明，并且外观还特意做了一些改变，一时之间，就算认识的人可能还需要仔细辨认。他就这样堂而皇之地在医科大学里面，甚至无聊之余还和医科大学的一些同学坐在一起聊天。

由于安慕容风趣和博学，很多同学都喜欢和他在一起。其中有一个叫丁丁的女孩，甚至偷偷喜欢上了他，没事便经常回研究室里去找他，可是安慕容却对她的到来显得很不高兴。

丁丁是一个北方女孩，虽然宿舍的人都说安慕容不过是一个学校普通的实验助手，但是她却对安慕容的身份一点都不在乎。

今天，丁丁又来找安慕容了，原因是有个陌生人给她发了条信息，说安慕容在实验室里和别的女人约会。本来这样的信息丁丁一般不会相信的，可是因为每次去找安慕容，他总是支支吾吾，显得神神秘秘的。所以丁丁才会对陌生人的信息将信将疑，她决定无论如何要去里面看个清楚，得到一个答案。

宁城医科大学的实验楼位于宿舍楼后面，和宁城医科大学的篮球场挨着。虽然已经晚上九点了，但是操场上还有人在打篮球，旁边还有几个围观的女生，时不时发出欣喜的叫声。

丁丁抱着一个饭盒穿过操场，走进了前面的实验楼。实验楼到了晚上七点就关门，不过还有个后门可以进出，以前有学生偷偷跑到里面去约会，不过学校抓过几次后，学生们晚上也不过去了。

走进一楼，一股风从前面吹过来，冷飕飕的，加上昏暗的走廊，这让丁丁不禁有点害怕。不过她知道安慕容就在五楼的实验室，于是快步走进了电梯里面。

电梯门开了，五楼的走廊阴森森的，旁边的实验教室都没有开灯。丁丁往前走去，拐过走廊，看到了前面安慕容工作的地方，那里亮着灯，她的心顿时平复下来，走了过去。

门半开着，灯光从里面透进来。丁丁敲了敲门，然后走了进去。看得出来，安慕容应该在里面，因为桌子上的电脑还开着，旁边的实验记录本写了一半，放在桌子上。

安慕容的这个实验室前面是办公室，后面是工作台，然后还有一个休息室，所以平常安慕容除非吃饭，否则基本上不会出去。其实这种科研疯子，在医科大学很多，大多数都是一些高才生。他们这么努力就是为了能研制出一个成果，从此就可以脱离实验室，享受成就带给他们的荣誉，但很多人最终也是默默无闻。

丁丁放下手中的饭盒，走进了后面的工作台，刚想进去，结果安慕容却从里面出来了。可能是刚做完实验，安慕容的无菌手套都没摘，上面还有血。

"你、你怎么来了？"看到丁丁，安慕容顿时紧张起来，慌忙在白大褂上擦着手套上的血。

"安老师，我来给你送饭了，看你忙得头尾不顾的。我亲手煮的饺子。"丁丁说着，跟着安慕容走到办公台上，将饭盒拧开，里面是热气腾腾的饺子。

"学校不是不让用电饭锅吗？"安慕容取下了手套问道。

"是啊，偷偷用的。"丁丁把饭盒放到了安慕容面前。

安慕容拿起筷子夹了一个，塞进了嘴里。

"好吃吗？"丁丁看着他问。

安慕容点点头说："要是有醋就最好了。"

"哎呀，我给忘了。"丁丁拍了一下脑袋说道。

"没事，这也可以吃了。好了，现在不早了，你赶快走吧。"安慕容说道。

"可是，你这？"丁丁还想说什么。

"快走吧，改天我们出去，这里是工作的地方。"安慕容说着几乎是连推带赶地将丁丁推了出去。

安慕容关上了门，重新坐了下来。

看着眼前的饺子，他不禁有点感动。以前上大学的时候，也有个女孩这么对他。那个时候，他们的爱情单纯得就像一张白纸。他当然知道丁丁的意思，可是他无法接受她的好意。

砰砰砰，突然工作台里面传来一个响声。安慕容一惊，立刻站起来冲了进去。

工作台上面放着一个长形玻璃罩，里面躺着一个半裸的女人，她用头将玻璃罩的盖子顶开了，整个人正要从里面爬出来，可是却因为腿不能动没有成功。

安慕容慌忙走了过去，将女人重新按进了玻璃罩里。但让他没想到的是女人似乎早已经做好了准备，等他伸手的时候，一下子咬住了他的胳膊。

剧烈的疼痛让安慕容一下子抽了过去，结果用力太大，将玻璃罩的盖子打到地上，女人一下子从里面滚了出来，摔到地上，她身上连接的线头全部断开了。

安慕容一愣，立刻走过去将地下的女人抱了起来，重新放进了玻璃罩里，重新接上那些线头。不知道是不是被摔了一下，还是因为线头断开，女人竟然开始抽搐起来，那些连接上线头的仪器数据也开始频频报警。

安慕容慌忙在旁边的仪器上来回按了几下，报警声慢慢没了，玻璃罩上的女人竟然不动了。

"妈的。"安慕容将手里的一个电子射频器一下子摔到了地上，愤怒地骂了一句。

片刻后，他走出去拿起手机，拨了一个号码。

"你好，天堂殡葬公司为你服务。"电话里传来了一个声音。

"我找无常。"安慕容说道。

"暗号。"对方问道。

"一日一夜走一程，一黑一白送天神。"安慕容说道。

"您稍等，我帮您转下。"对方听完安慕容的暗号后，将电话转线了。

"哈啰，安先生。"很快，电话通了，里面传出一个男人的声音。

"我需要一个新人，帮我找一个，然后我们老地方见。"安慕容说道。

"不好意思，安先生，现在价格要涨一下了。最近警察查得比较严，尤其是上一个给你的人，你要是不用了需要好好处理下。"男人说道。

"要多少钱？"安慕容问道。

"比上次要多百分之三十。"男人说道。

"怎么涨了这么多？"安慕容脱口说道。

"没办法啊，我们承担的风险太大了。安先生，你自己考虑下。"对方说完，挂掉了电话。

安慕容放下手机，他看着前面，最后目光落在了面前的那个饭盒上，他的嘴角微微抖了抖……

第二十七章　失踪女

欧诺进来的时候，庄强正在和陈远说话。陈远从徐佳丽那儿了解到了博丰文化、杨牧以及安慕容之间的利益链，但是现在他们警察并没有找到那个连接三方的再生丹，甚至一点信息都没有。

说话中间，庄强还说要不要找欧诺问问，看看那个童话城堡里有没有关于再生丹的信息，没想到欧诺竟然来找他们了。

欧诺过来是因为北城警方对他们在童话镇查的事情有了一个结果，在那些棺材里的人员也清查得差不多了，大部分都已经找到了家人，然后开始进行治疗。还有几个是没有找到家人的，所以欧诺过来和宁城这边对接下，第一是看能不能找到那几个没有找到家人的受伤者。第二是看看这个案子怎么合作，尽快抓到安慕容。

庄强和陈远他们拿着欧诺带过来的资料仔细看了一下，其中一个女孩引起了陈远的注意。那个女孩叫林巧儿，陈远记得之前徐佳丽讲起去童话城堡的事情时，这个林巧儿被容器杯和杨牧带着去了童话城堡的后面。

"对，就是叫林巧儿，具体样子恐怕还得让徐佳丽看一下。"孟雪也记得这件事。

"那太好了，能找到一个也算这次没有白跑过来。"欧诺听后欣喜地说道。

"我昨天看你们在童话城堡案子的通报，怎么没有你的名字？这案子说到底是你先发现的，就算不记头功，也不能没有吧？"庄强看着欧诺问道。

"这还不是那回事。我们那儿平常有事一个一个啥都不干，一看有好处，一个一个抢着上。我也懒得管他们。"欧诺尴尬地笑了笑。

"我就说你这性格太老实了，总是被那些人欺负。"庄强叹了口气说道。

"无所谓了。"欧诺摸了摸脑袋，笑了笑。

根据欧诺说的情况，北城警方虽然对安慕容进行了通缉，但是并没有什么进展。关于这个郑卫国讲了一下，北城公安局现在查到这样的案子，肯定是先顾着收拾战功，对于通缉这块，自然不会太注重。再加上，这个案子和宁城这边有关系，自然是有好事先捞着，追查通缉的事情能推就推了。

"不用说了，看到欧诺的情况就知道他们那边是个什么样子了。"虽然和欧诺接触不多，但是陈远能感觉到欧诺的处境。

"所以对于安慕容，追查抓获还得靠我们。"郑卫国点点头说道。

"安慕容害死了马一鸣，所以宁城刑侦队的人对他非常仇恨，我觉得可以结合这一点，利用刑侦队的人，扩大搜索范围，兴许会有不错的收获。"沈家明提出了一个办法。

"对，我同意这点。"孟雪点了点头，"今天黑子还问我说，如果需要他们一定告诉他们，他们现在最希望的事情就是能亲手抓住安慕容。"

"不过老实说，这个安慕容会逃到哪里呢？北城警方就算再不作为，至少还是发了通缉，那么肯定会有一定作用的。为什么这个安慕容跟失踪了一样呢？"郑卫国皱着眉头说道。

"安慕容要做的事情是研究复生之药，在童话城堡他丢弃了那么多实验样品还有实验室。如果他要找个新的地方，肯定也是相关的地方。他肯定不甘心眼看着自己的项目就要成功了，却要放弃。"陈远说道。

"哪里会有和童话镇那样的地方呢？要知道安慕容在童话镇可是好多年才有了之前的地方。他不可能再重新去开发一个吧？"孟雪疑惑地问道。

"那么大规模的肯定没有，但是他可能会找一个小一点的地方。比如医药研制公司，或者隐秘的地下室。只要是避开主流人群的地方，他都能做实验。不过前提是他肯定会花一笔钱进去重新开始。"沈家明轻轻敲了敲桌子分析道。

"那接下来我们怎么办？去医药研制公司查看吗？"孟雪看了看郑卫国。

"我倒觉得医药研制公司不太符合安慕容躲避的地方，那里毕竟是工作的地方。即使能进去，安慕容也没有办法进行自己的项目研究。他需要一个独立并且相对来说安全的地方进行项目研究。还有一点，他如果要继续做项目研究的话，还要找到实验品。如果没有实验品，恐怕他无法进行研究工作。所以我觉得可以先查一下最近有没有失踪人口，尤其是符合这个项目的人选。"陈远分析了一下。

"正好，可以跟我一起找一下，看看剩余的几个人，看还能不能找到家属。"欧诺说着扬了扬手里的文件。

调查林巧儿，那自然提到了容器杯。这个容器杯上一次陈远多问了徐佳丽一句，他真名叫荣信北，是一名非常优秀的生物基因专家。具体的信息，徐佳丽也不太清楚。现在要查林巧儿，那自然要去找一下这个荣信北了。可惜，让他们意外的是，关于这个荣信北的资料太少了，网上大多数关于他的新闻信息都是他获奖或者生化方面成就的东西，真正的活动他也不参加。

这时候，沈家明接到了一个电话。听完电话后，他跟大家讲了一下。电话是陆河打来的，他说晚上要去参加一个聚会，这个聚会的人都是之前陆河研究的那些人鱼会的人。可能杀人的凶手也会去。

"这样的地方，真是太适合我们过去了。"陈远一听，不禁兴奋地跳了起来。

"好，大家过去注意安全，时刻记住我们是以查案为主，不要多事。"郑卫国说道。

会议结束后，孟雪喊住了陈远。

"有件事一直想问你，想了很久。"

"什么事？怎么吞吞吐吐的。"陈远不太明白。

"就是上次去徐佳丽家里调查的时候，我总觉得她有点不对劲。一个女的，男朋友刚死，她的情绪却总是在其他地方，我都怀疑她到底爱不爱杨牧。杨牧是为了保护她死的，可是她看上去却一点也不领情。"孟雪说道。

"对，你这么一说我也觉得是这样。就算是一个朋友死了，一般人也会难过。更何况杨牧这么喜欢她，还为她做了这么多事情，甚至牺牲了自己的性命。如果这徐佳丽不是太冷血，那就一定有问题。"陈远若有所悟地点了点头。

第二十八章 逐臭者

路红芳和丁丁是一个宿舍的。

整个宿舍都知道丁丁喜欢新来的安老师，大家都为她出谋划策，甚至帮她牵线搭桥。可是没有人知道，路红芳也对安老师一见倾心。

好像丁丁就是自己的克星，无论是学习还是其他方面，大家都是照顾她，喜欢她。对于路红芳来讲，却没有人理会她，甚至还有人在背地挤对她。丁丁就像那个被人捧着的小妹妹一样，把她的东西一样一样都抢走了。

路红芳心底对丁丁恨死了。可是，她们毕竟是一个宿舍的，路红芳也不能表现得太过明显，所以她一直在找机会，想好好整一下丁丁。

今天，路红芳终于找到机会了。丁丁在晚上的时候给安老师做了饺子，然后给他送了过去。本来路红芳只是跟着丁丁，想拍几张她和安老师深夜约会的照片，可没想到的是，丁丁进去没多久就被安老师给推了出来。

路红芳躲在对面的房间里，看到丁丁失望地离开了。就在路红芳准备敲门进入安老师的实验室的时候，她听到里面传来了噼里啪啦的声音，于是她顺着门缝望了进去，结果看到安老师失魂落魄地从里面的工作台出来了。

之前听人说过，这些喜欢研究项目的老师大多数心情都是很压抑的。尤其是面对枯燥的课题，他们常常要忍受别人所不能忍受的寂寞与枯燥。现在的安老师看上去，应该是研究出了问题，满脸失望。

路红芳犹豫着要不要进去，可能现在她进去的话，趁着安老师失落的心情，能够得到安老师的好感。这样的话，丁丁知道了肯定会特别失望。

正在想着的时候，安老师站了起来，重新走进了工作台里面，然后拖着一个东西走了出来。看到那个东西，路红芳顿时大吃一惊，整个人差点栽倒在地上，那竟然是一个赤裸的女人，从女人的样子看，应该已经死了。

安老师从旁边拖了一个编织袋，将女人的尸体塞进去，然后用胶带裹好，一切收拾妥当后，从实验室出来了。

这一切都被路红芳看在眼里，并且她用手机将安老师装尸的过程全部拍了下来。那一刻，路红芳心里有了一个主意。

路红芳跟着安老师从实验楼下来，穿过学校操场，从学校后门出来，往后山路上走去。后山有一个废弃的垃圾场，非常大，虽然已经停用了，但四周还是有一些厂房，公司的垃圾被运到这里来。无奈之下，市政还是会让清洁工每周过来清理一次。

安老师走在前面，背着那个编织袋，他的目的地应该就是那个废弃的垃圾场，目的自然就是抛尸。

路红芳跟在后面，心脏几乎要跳到嗓子眼里。

从小到大，路红芳都是一个胆子很大的人。小时候，父母在外面打工，路红芳一个人和奶奶住在一起，有天晚上，奶奶忽然不动了。路红芳也不知道怎么回事，第二天等到大人来了才知道原来奶奶晚上已经死了，她竟然和奶奶的尸体睡了一晚上。从那以后，村子里很多人都不敢和她在一起，甚至在背后指指点点。也许是之前没有发现，也许是其他原因，自从路红芳和奶奶的尸体睡过那一晚上后，她身上总是隐隐有一股异味，不过路红芳不介意，她还在上学的时候写了一篇作文，名字就叫《奶奶去世的那个晚上》。

来到大学里的路红芳，曾经也追过一个喜欢的男生，两人本来开始还挺好的，可是不知道为什么那个男生有一天忽然开始疏远她，甚至不理她。后来她才知道，原来那个男生知道了她小时候的事情。

从那以后，路红芳再也没有向任何男的表露过心事，直到遇到安老师。

"你们接触医学，第一件事就要接受医学里的任何弊端与毛病，比如你做了医生，就要接受患者的任何伤创。不然，还怎么做一个合格的医生？不能因为患者有狐臭，你就厌恶对方；不能因为患者伤口太脏，你就拒绝帮他护理。"安老师的第一节课，路红芳感觉就是在跟她讲课一样，让她倾心不已。

前面的安老师忽然停了下来，然后回头看了看。

路红芳心里一紧，莫非安老师发现了自己？

"出来吧。"安老师说话了。

果然，路红芳顿时感觉浑身颤抖，不知道该不该出去。

"从学校出来我就闻到了你身上的味道，路红芳，出来吧，你不用害怕。"安老师又说话了。

路红芳没有再犹豫，慢慢走了过来。

"你为什么跟着我？"安老师看着她问。

"我，我。"路红芳低下了头，不知道该说什么，很快她想好了，"安老师，你放心，我不会说出去的，谁都不会告诉的。"

安老师笑了起来："这么说，你什么都看到了？"

路红芳点点头，然后又慌忙摇摇头。

"你不问我原因？"安老师走到路红芳面前，脸几乎要贴到她脸上。

路红芳低下了头，左手捏着衣角，涨红了脸。

"你是不是喜欢我？"安老师又问。

路红芳的心开始剧烈跳动，几乎要跳出来了。

安老师伸手捏住了路红芳的下巴，轻轻抬了起来，路红芳往后退了两步，一下子靠在了旁边的墙壁上。接着，安老师走到了她面前。

路红芳也许是太过紧张，她身上的味道越来越重了，她想推开安老师。

"你在害怕什么？你身上的味道吗？"没想到安老师竟然主动问了起来。

"是，是的。"她说。

"三国时期,曹植曾在《与杨祖德书》中写过,人各有好尚,兰茞蕙之芳,众人之好好,而海畔有逐臭之夫。"安老师看着她说道。

"这是什么意思?"路红芳不太明白。

"不是所有的人都喜欢蕙质兰心的香味美女,也有喜欢特殊味道的人。我就是其中一个,第一次在教室里看到你,我就闻到你身上的味道了。它深深吸引着我,我相信你会来找我的。"安老师在路红芳的脖子边深深嗅了一口。

可是,想起刚才安老师杀人的场面,路红芳忽然有种莫名的恐惧,她用尽力气推开了安老师,然后向前跑去……

第二十九章　奇迹学

晚上七点三十分，宁城江河大酒店多功能厅热闹非凡，人声鼎沸。这里就是陆河说的那个聚会。本来陈远和孟雪要与沈家明一起来的，但是因为欧诺那边有一些事情要办，所以孟雪便过去帮忙了。

陆河从里面出来了，他是这次主办方邀请的嘉宾，特意穿了一身正装，看上去意气风发。陈远和沈家明穿得比较随意，看上去倒有点尴尬了。

"今天来的都是对人鱼会感兴趣的人，兴许会有你们要找的人。我不太方便帮你们，所以只能靠你们自己了。"陆河说道。

"这已经很不错了，你不用管我们的。"沈家明说道。

陆河将他们带进去，然后去忙其他事情了。

不得不说，这是一次非常别致的聚会，整个多功能厅摆放的东西大多数都是和人鱼有关系的，甚至连放水果的盘子都是人鱼造型。

本来沈家明和陈远还不知道该怎么找人开始调查，结果很快便有人找他们搭讪。话题自然是关于人鱼方面的，来的时候，沈家明和陈远特意关注了一些这方面的知识，所以也算知道一点点。当然他们来这里是为了查案，自然就说到了生物学上说的可以用人鱼的基因研制出延缓衰老的药物。

"这也不是没有根据，要知道人鱼这种比较奇怪的东西可以活千年。她的泪能成珍珠，不腐不烂，她的体油可以做长明灯，千年不熄，那么她身上肯定有可以延缓衰老、长生百岁的地方。"一个戴着耐克帽子的男人听完沈家明说的提议后，跟着说道。

"这纯属瞎说，这世上能存活千年的东西只有一些微生物和特殊的生物体。人鱼这种生物现在科学都还没有定论，并且西方和东方说的人鱼都不是一种生物。怎么能谈到这些东西呢？"旁边一个四十多岁的男人听后，立刻开始反驳道。

"科学只需要一个论证，但是在这个论证之前，其实已经有很多成熟并且是事实的东西存在。这个世界有多少我们人类没有发现的东西，那简直数不胜数，我们人类太渺小了。无论是宇宙还是海洋，包括大自然，等待我们挖掘的地方还有很多。你能说人鱼只是传说中的东西吗？如果是传说中的东西，为什么东西方都会有记载？要知道一个虚构的东西，如何将东西两方统一到一起呢？我们东方是以龙为图腾的，历史中有很多大家没见过的东西，比如麒麟、玄鸟。所以我认为这两位小兄弟说得没有错。无论是西方说的海妖，还是东方说的美人鱼，都应该是一种相似的生物。我之前听说有人已经对这块进行了研制，就是不知道成果怎样。"戴帽子的男人说道。

"是吗？"他的话顿时让对面的男人愣住了。

"对，这个学说还有一个称呼，叫奇迹学。"戴帽子的男人点点头，"两位小兄弟，我看你们脸生，应该是第一次来这种场合吧？"

"是啊，确实。"沈家明笑了笑。

"我叫陶伟，是一名整容医生，不过我对奇迹学是非常感兴趣的。并且我有很多喜欢这方面的朋友。就拿你们说的这个人鱼做药的情况，我就有个朋友是搞这个的。有兴趣，我可以介绍你们认识。"陶伟拿出自己的名片，递给了沈家明和陈远。

"是吗？不知道你说的这个朋友今天来了吗？"陈远问道。

"没有，他在研究这个项目呢。"陶伟摇摇头说。

沈家明看了看陈远，两人没有再说话。

整个活动下来，其他人要么是对人鱼的艺术品感兴趣，要么是对人鱼的故事有感觉，好像也只有那个陶伟还和他们调查的事情有点对口。趁着中场休息的时候，沈家明找到陆河问了一下关于陶伟的事情。

"这个陶伟之前是医科大学的老师，后来去做了整容医生。老实讲，他喜欢研究的都不是特别正常的东西，你们要是没其他线索，不如跟着他，兴许会有什么发现。"陆河对沈家明说道。

陈远和沈家明正好也有此想法。于是，等到活动结束后，两人特意找到陶伟，跟着他一起离开了。

陶伟出来后没有坐车，而是走路。他似乎很兴奋，走路都颠簸着。陈远让郑卫国查了一下这个陶伟，发现他之前在医科大学做过贩卖尸体的事情，后来坐牢几年，出来后才去了别的地方。根据之前对陶伟的记录，他是有一点点恋尸癖的，所以从事的工作之前都是和尸体有关系的。

陈远和沈家明跟着陶伟走了一大圈，也没发现有什么异常。正当他们准备先回去的时候，陶伟的电话响了。从陶伟的表情看，似乎有什么好事，他特别兴奋，伸手拦了一辆出租车，然后钻了上去。

"快，跟上。"沈家明也慌忙拦了一辆出租车，陈远指着前面的出租车。

"这不好吧？"司机有点犹豫。

"我们是警察，快点。"沈家明露出了工作证。

"好的，我马上跟过去。"司机见到沈家明的工作证，二话不说，立刻跟了过去。

出租车从市区开了出来，最后绕到一个废弃的垃圾场附近，然后停了下来。只见陶伟在前面下了车，然后鬼头鬼脑地看了看四周，钻进了那个垃圾场里面。

陈远和沈家明蹑手蹑脚走了过去，然后进入了那个垃圾场里面。

虽然垃圾场废弃很久，但还是有很多乱七八糟的东西在里面，夹杂着各种气味。陈远不禁捏着鼻子，沈家明还好，不过当他们走进去里面看到陶伟的样子后，再也忍不住，差点要吐出来。

　　只见陶伟竟然抱着一具死尸，亲昵地将脸贴在尸体身上……

　　"你他妈的在干什么？"沈家明再也忍不住了，从旁边站了起来，大声质问道。

第三十章 替换者

丁丁实在不相信路红芳说的话。

不过旁边的同学都证实了路红芳没有说假话。

这真的是一个非常痛苦的结局。

整个宿舍的人都知道,丁丁从一开始就对安老师情有独钟。路红芳这个平常话都没有的闷葫芦,竟然在背后捷足先登。在所有人眼里,无论是长相,还是为人处世,丁丁都要比这个路红芳好很多,可是谁都没想到,安老师竟然会选择路红芳。

路红芳很得意,她也能看出来其他人对她的敌意。越是这样,她心里越高兴,这就是她想要的结果,等了很久的结果。

"一个臭干子,真是走了狗屎运。"旁边的小丽受不了,骂了一句。

其他人都笑了起来。

路红芳没有说话,也没有回骂,她只是慢慢收拾好东西,然后走到丁丁面前,凑到她耳边说:"你知道安老师为什么选择我,不喜欢你吗?你可能永远都想不到,他就是喜欢我身上这股臭味,讨厌你身上的香味。你不知道安老师抱着我的时候,恨不得吃了我。你能想象得到的。对了,你那个饭盒还在安老师那儿,找时间拿走吧。"

丁丁的脸顿时绿了,整个人气得颤抖起来。

路红芳走出宿舍,头也不回地离开了。

昨天晚上的一幕,还在她眼前回放,安老师将她抱进角落里做的一切,让她开心不已。她第一次感觉到了被人爱慕的幸福。一切结束后,她躺在安老师的怀里,前面不远处就是那具尸体,那个女人被绑在麻袋里,虽然是个死人,却是路红芳成为安老师女人的唯一观众。

"对不起。"安老师说。

"安老师,我可以为你去死。"她说。

"那怎么行,不过我确实需要你的帮助来完成我的研究课题。等到我成功后,我就带你离开这里,我们去国外定居,永远不分开。"安老师说道。

"只要能和你在一起,到哪里都可以。"她抱着安老师,幸福地说道。

安老师让她帮的忙是寻找下一个目标,可以让安老师做实验的目标。本来路红芳选中了其他人,但是就在刚才,她决定让丁丁来做这个实验目标。她要让丁丁亲眼看看自己爱慕的男人,用手术刀对她下手,那该有多痛苦。

路红芳来到实验室,安老师正坐在工作台前写东西。她慢慢走了过去,安老师转过身,一把将她拉进了怀里。

"大白天啊。"她笑着想站起来。

"这是我的课题研究室，没人来的。上课的学生都在下面。"安老师说。

"你在写什么啊？"路红芳看了一下工作台上的笔记。

"实验品间断记录，因为昨天晚上实验品出了问题，所以数据什么的没有办法记录。"安老师说着坐直了身体问道，"让你帮我的事情，你做得怎么样了？"

"已经找好了，晚上应该可以搞定。"路红芳像一只猫一样缠绕在安老师的脖子上。

"今天必须好，否则我就把你做成实验品。"安老师嘴角微微上扬，笑嘻嘻地说道。

"你要是舍得，我十分愿意。现在我们宿舍的女孩都知道我是你女朋友，要是我出了事，她们可不会放过你。"路红芳笑着刮了刮安老师的鼻子。

安老师一愣，有点不高兴："你怎么对外面的人说这个？"

"谁让她们天天在背后说我，我就是要让她们知道。"路红芳噘了噘嘴。

这时候，工作台上的手机响了起来，安老师推开路红芳，拿起手机看了一眼，走到窗户面前，接通了电话。

路红芳坐到了工作台上，拿起安老师的工作表看了起来，那上面是一个密密麻麻的表格，分别记录着一些数据，很快，路红芳明白了过来，那些数据竟然全部是生命体征的记录，并且可以看出来，那并不是一个人的生命体征记录。这说明安老师的研究实验品可不止昨天那个女的一个。

"你在看什么？"突然，安老师的声音从背后传了出来。

"看了看你的记录表。"路红芳笑着说道。

"谁让你看这个的？"安老师似乎有点生气了。

"怎么，害怕我知道啊？"路红芳问道。

"你又不懂这个，别瞎碰，对你没好处。"安老师的脸铁青着，将路红芳从凳子上拉了起来。

"谁说我不懂，这是生命体征记录表，你在研究的是可以让人延缓衰老、延续生命的东西吧？我认识其中几个符号，那是直接负责人类生命衰落的基因号。"路红芳说道。

"你怎么会懂这些？"安老师惊讶地看着她。

"我之前在外面打工，陪过一个得了癌症的姐姐，她没有亲人，所以在医院和医生沟通的人都是我。那些数据，医生跟我讲过。为了帮她省药钱，我看了很多这方面的书，所以了解一些。"路红芳说道。

"真是没想到，没想到啊。"安老师竖起了大拇指，"好，既然你想知道这些东西，你有什么不明白的，我很乐意告诉你。"

路红芳点了点头，走过去，指着工作本上的几个数据问了起来。

两个人在说话的时候，门外走来了一个人，她正是丁丁。本来她对路红芳的话有几分疑惑，还幻想着可能是路红芳在骗自己，可是看到路红芳和安老师贴在一起，甚至安老师的手还抱着她，丁丁顿时彻底绝望了。

不知道过了多久,她站了起来,走到走廊窗口,望着外面慢慢暗下来的天空,不禁有一种想跳下去的冲动。

"你在这里做什么?"身后忽然有人说话了。

丁丁转过身,看到了安老师。

"我……"丁丁话没说完,眼泪倾巢而出。

"怎么这么难过?"安老师看着她问。

"我、我就是难过。你、你难道不知道吗?"丁丁抽泣着说道。

"来,擦擦泪。"安老师拿出手帕,帮她擦起了眼泪。丁丁一下子抓住了他的手,然后泪眼婆娑地说道:"安老师,我喜欢你,我喜欢你,你为什么喜欢路红芳啊?"

"别哭,别哭。"安老师将她抱进了怀里,轻轻拍着她,"你们都是好女孩,都是老师的好学生。谁说我不喜欢你?"

"真的吗?"丁丁抬起了头。

"你真以为我喜欢那个浑身臭味的路红芳吗?我是没办法,我喜欢的是你。"安老师说着轻轻摩挲着丁丁的脸。

"安老师,你没骗我吗?"丁丁惊喜地问道。

"没有,我喜欢的是你。可是没办法,路红芳她知道了我的秘密,我不得不顺着她。"安老师点点头说道。

这时候,一个人影从前面悄无声息地走了过来,手里拿着一把闪着寒光的尖刀……

第三十一章　无常会

陶伟身体在瑟瑟发抖，他没想到在人鱼会上认识的这两个年轻人竟然是警察，并且还跟着自己，发现了自己的秘密。

"陶伟，老政策，坦白从宽，抗拒从严。你是主动交代，还是等我们把你对尸体做的样子发出去了再交代？"沈家明问道。

"别，别，我说，我全说。两位老弟，你们不能这么坑老哥啊？我说了能不能不要发出去啊，要不然我没法活了。"陶伟说着顿时号啕大哭起来。

"好了，哭什么哭？早知如此，何必做这事呢？"沈家明拍了一下桌子。

陶伟慢慢停住了哭泣，然后讲起了事情的原委。

陶伟今年四十八岁，因为一直喜欢他所说的奇迹学，所以自己的兴趣爱好也慢慢发生了变化。比如，最基本的生理需求，他和自己的妻子已经多年不能同床。早期他一直以为是自己身体出了问题，去医院检查也查不出什么，因为这种情况医生大多数说是心理作用。偶然一次机会，他在学校实验室帮忙的时候，留在了后面。在对学校留下来的尸体进行整理分配的时候，他看到了一具年轻的女尸，一时间，他沉寂多年的性欲顿时像火一样涌了出来。从此以后，他对尸体的迷恋越来越疯狂。可是这在现实中很难碰到，学校的尸体大多数是要进来做实验的，也只有刚运来第一天是完整的。

就在陶伟煎熬痛苦的时候，一个同事找到了他。那个同事是负责和外面给医科大学提供尸源的对接人。那个同事希望陶伟能够帮他工作一个月，他有事要请假。对于这样的事情，陶伟自然非常高兴。那个同事把外面对接人的联系方式给了陶伟，见到了对接人，陶伟才知道对方竟然是一个公司，这个公司专门给各种各样有需求的人提供尸体，比如结阴亲的，找实验品的，甚至还贩卖人体器官。这个公司有个奇怪的名字，叫无常会，表面是一个殡葬服务公司，其实是做各种奇怪的交易。

陶伟对尸体的渴望，自然在这里得到了路子。于是，每次有新的尸源，对方都会通知他，满足他以后，对方再弄走。

今天聚会结束的时候，陶伟喝了点酒，本来就有点冲动。正好，无常会的人给他打电话，说有一具女尸，问他有没有需要，要的话直接去，不要的话他们就拉走了。

这时候，孟雪推门走了进来，她走到陈远身边，凑到他耳边轻声说了几句，然后出去了。

"怎么了？"沈家明低声问道。

"孟雪说在那个女尸里化验出了一些化学成分，和之前在童话城堡里的那些尸体一样。郑队长他们怀疑这个抛尸的人应该和安慕容有关系。"陈远说道。

"陶伟，现在你仔细说一下这个无常会，将你知道的事情一五一十讲出来，不要有半点隐瞒。"沈家明对陶伟沉声说道。

"好，我交代。"陶伟点了点头。

根据陶伟交代，这个无常会每次都是用一个电话来联系，打通后，会先说一句暗语，通过以后才会讲后面的事情。否则，对方会以打错电话为理由直接挂掉。

庄强找到了宁城所有的殡葬服务公司，其中叫天堂殡葬服务公司的一共有三个，其中符合条件的是两个，一个在城东，一个在城北。

"我看这样，分成两队，分别对两个天堂殡葬服务公司同时进行检查，这样不会走漏风声。"庄强说道。

"对，我带一队人，庄队长带一队。如果查到无常会了，肯定会牵出他们后面的各种犯罪情况，尤其是陶伟今天侮辱的那具尸体，应该和安慕容有关系。"郑卫国点点头说道。

"这个无常会既然做这种事情，应该不会这么容易被找到吧。你们想，电话打过去，对方要确认了身份，说明可能天堂殡葬服务公司只是一个中转的地方。我建议先查一下天堂殡葬服务公司的线路，可能会发现问题。"陈远说话了。

"我也觉得，按照正常的思维，对方不可能就这么只做一个隐藏。我建议如果发现问题，立刻扣留所有人，免得被通风报信。"沈家明跟着说道。

"那这样，沈家明和黑子你们跟着庄队长，你们去城西的天堂殡葬服务公司，陈远和孟雪跟我，我们去城北的。如果发现调查的天堂殡葬服务公司不是我们要找的，立刻过去支援对方。这个无常会应该是一个有组织的公司，我怕到时候应付不了。"郑卫国分配了一下工作说道。

会议结束后，大家立刻出发了。

为了安全起见，郑卫国特意多带了两名警察一起跟车。郑卫国开着车，孟雪坐在副驾，陈远和那两名警察坐在后面。

车子迅速向城北的天堂殡葬服务公司开去，在路上，大家分析了一下陶伟说的话。如果说那个抛尸的人真的和安慕容有关系，那么这个无常会应该是给抛尸的人提供尸源的。陶伟说无常会给各个有需要的人提供尸源，他也是通过同事那里才知道无常会的情况。

"你们说会不会有一种可能，这个安慕容其实躲在医科大学里，我们之前排查疏忽了这一点。要知道医科大学其实也符合我们之前提出的条件。"陈远说道。

"刚才我都想说了，我太了解医科大学里面的情况了。如果安慕容是以助教或者研究员的身份进去确实可以逃过很多追查，对他来说第一能躲避警察的追踪，第二是可以继续研究他的那个项目。"孟雪跟着说道。

这个时候，郑卫国的电话响了起来，他听完电话后说话了："庄队长刚才来电话，欧诺在走访调查的时候发现，徐佳丽说的那个再生丹项目，竟然是在宁城医科大学里完成的，并且他发现在一张合影中，其中研究人员有安慕容。"

"那安慕容十有八九就躲在医科大学里面。我们要不要两手准备，如果安慕容真在里面，他可能怎么也没想到自己会暴露。"陈远说道。

第三十二章　被雁啄

　　安慕容睁开了眼，他发现自己双手双脚被绑着，嘴里还塞着一块毛巾，在他旁边是同样被绑着的丁丁。

　　他忽然明白了过来。

　　先前在走廊里，他抱着丁丁说话的时候，后面突然被人刺了一刀，然后被人打晕了。

　　"路红芳？"脑子里突然出现了一个名字，肯定是她。

　　果然，外面传来了一个脚步声，路红芳走了进来，她换上了一件白色的无菌服，戴着无菌手套和口罩。

　　安慕容用力挣扎了一下，可惜绑在身上的绳子太紧，根本就无济于事。此时，旁边的丁丁也醒了过来，看到自己被绑着，顿时叫了起来，发出了呜呜呜的喊声。

　　"别叫了，别叫了。"路红芳大声叫了一句。

　　丁丁的眼里充满了恐惧，泪水顺着脸颊流了下来。

　　"安老师，你真是个感情大骗子，花心大萝卜。"路红芳轻轻摸索着安慕容的脸，悲伤地说道。

　　安慕容摇了摇头，嘴里说着什么，可惜被毛巾堵着嘴，什么也说不出来。

　　"丁丁，你不是喜欢安老师吗？我成全你们，让你们永远在一起，好不好？"路红芳说着看着丁丁。

　　安慕容睁大了眼睛，不知道路红芳要做什么。

　　"安老师，你知道为什么你那些数据一直不对吗？原因很简单，你只研究女人的基因，却忽略了男人的基因，所以你的数据总是不稳定，因为有时候你的药物适合的其实是男人的基因，可是却输入到了女人的身体里，当然出现了排斥反应。因为这个问题，你估计害死了不少人吧？"路红芳对安慕容说道。

　　安慕容惊呆了，他看着路红芳，眼里充满了疑问，她怎么会知道这些？

　　路红芳取下安慕容嘴里的毛巾，然后说道："你是不是一定好奇我是怎么知道的？"

　　"红芳，放开我，你先放开我。"安慕容轻声说道。

　　"安老师，你昨天还抱着我跟我说情话，你不是喜欢我的身体吗？不是喜欢我身上的味道吗？你知道不知道？我的身体从来没给任何人看过，我把一切都给了你，这才一天，你就践踏了它，你转头就抱着丁丁，要是我再去得晚一会儿，你是不是就和丁丁搞在一起了？"路红芳凑到安慕容的面前，低声说道。

　　"没有，红芳，我是骗她的。你难道不知道吗？我跟你说过的，我喜欢你身上的味道,那不是每个女孩都有的味道。你怎么这么不自信?"安慕容说道。

"丁丁,你看,他又这么说。"路红芳转头看着丁丁。

丁丁的脸上已经挂满了泪水,分不清是恐惧还是伤心。

"那好,我要你现在当着她的面爱我。"路红芳说着脱掉了身上的白大褂,坐到了安慕容的身上。

安慕容点了点头。

丁丁扭过了头,这是多么令人恶心的一幕。她只希望能捂住耳朵,闭上眼睛,不看不听,可越是这样,旁边的声音却越是清晰地钻进她的耳朵里,像虫子一样钻着她的心,让她格外难过、痛苦。

"安老师,你不是喜欢我吗?说出来啊,就像昨天那样,快说出来。"路红芳取下了口罩,将头发散开了,她目光迷离地看着旁边的丁丁,心里有一种说不出的舒畅感。

"我喜欢你,我喜欢你,红芳,你解开我,我爱你。"安慕容用力吻着路红芳的脖子,呢喃着说道。

路红芳整个人开始颤抖起来,她伸手解开了安慕容手上的绳子,然后和他抱在了一起。随着两人的动作越来越大,路红芳的叫声也越来越响。

旁边的丁丁摇着头,大声叫了起来,可惜因为嘴里塞着毛巾,只能发出一个低沉的声音。

路红芳仰起了头,头发披散在身上,两只手展开,做出了一个大雁展翅的动作,嘴里发出了畅快的呻吟声。这时候,躺在下面的安慕容突然往上一坐,将路红芳一下子从上面摔了下来,然后从背后勒住了她的脖子。

路红芳憋红了脸,想坐起来,但是却被安慕容紧紧压着,不能动弹。

"贱人,臭垃圾,臭虫,恶心死我了。"安慕容骂了起来,一边骂一边解开了自己脚上的绳子。

旁边的丁丁看到这一幕,立刻看到了希望,对着安慕容用力点着头。

路红芳被安慕容勒得太紧,晕了过去。

安慕容站了起来,走过去帮丁丁解开了身上的绳子。

"安老师。"丁丁哭了起来,不禁抱住了安慕容。

"没事,丁丁,有安老师在,没事的。"安慕容拍着丁丁的肩膀。

"我们,我们报警吧,我们快点告诉学校老师。"丁丁突然想到了什么,不禁说道。

"不,不要报警。我还要用她做一件事。"安慕容转头看了一下躺在前面的路红芳说道。

这时候,丁丁突然捂住了脑袋,身体有点晃。

"你怎么了?"安慕容问道。

"不知道为什么,头有点晕。"丁丁说道。

安慕容这时候也觉得自己有点晕,想往前走,两条腿却忽然发软,跪到了地上。他不禁靠在了一边,大口大口地喘着气。

对面的路红芳醒了过来，慢慢坐了起来，看到前面瘫软在地上的丁丁和安慕容，她笑了起来："安老师，我既然敢放开你，就不怕你对我下杀手。"

"你做了什么？"安慕容的眼前晕晕乎乎的，感觉天旋地转。

"没什么，就是给你们注射了一些东西。这些东西都是测试版的，接下来通过你们的实验数据，相信应该会有更准确的结果。"路红芳说道。

"你怎么知道这些？你到底要做什么？"安慕容大声问道。

"那么想知道？不过不好意思，我是不会告诉你的。本来我给了你机会的，可惜你没有抓住。现在你们两个准备做我的实验品吧。"路红芳狞笑起来。

安慕容重新被路红芳拖到了工作台上，然后路红芳拿起了旁边的仪器管子，在他身上鼓捣起来。

之前都是安慕容在那些女人身上做这些，现在他却成了实验室里的小白鼠。麻药打进身体，很快他的身体僵硬起来，然后舌头开始发麻，整个人也跟着失去了感觉，没了意识……

第三十三章　天惩罚

陈远分析得没错,他们在两个天堂殡葬服务公司果然扑了个空。郑卫国当机立断,和陈远他们一起去了宁城医科大学。

根据之前的分析,安慕容如果逃到这里的话,必然要找一个隐蔽的地方进行研究。而在宁城医科大学正好有五个供给一些优秀项目组用的地方,再加上时间上的推算,学校锁定了警察要找的人应该就是三号研究室的安老师。

"安老师,看来十有八九了!"听到学校工作人员查到的答案,孟雪不禁说道。

"走吧,做好抓人的准备。"郑卫国对后面的两个警察说道,然后大家跟着工作人员小何向前面的实验楼走去。

"这个安老师看上去非常和善啊,他和我们这边的主任认识很久了。你们说他是逃犯,我还真有点不相信啊。"小何一边说着一边带着他们向实验楼走去。

"是他吗?"陈远从手机里找到了一张安慕容的照片,递给小何看了看。

"是啊,就是他。真是他啊?"小何叫了起来。

"走吧,这世上不是所有坏人都把自己的罪恶写在脸上的。"郑卫国说道。

众人跟着来到了实验楼,然后上了电梯。五楼到了,电梯门开了。

走廊里阴森森的,也没有灯。

"这里其实不对外开放的,但是因为我们学校每年都有项目考核,所以只能对外找人了。大部分都是找一些熟人过来进行研究,也是为了完成学校的项目考核。谁想到竟然找了一个逃犯啊。"小何一边解释一边往前走。

走到实验室门口,里面亮着灯。

郑卫国走到最前面,随行的两名警察跟在后面,陈远和孟雪在最后。

吱,郑卫国推开了门。

里面坐着一个人正在记录着什么东西,那个人穿着一件无菌服,背对着门口,从背后看并不是安慕容,而是一个女孩子。

"你们找谁?"女孩看到郑卫国他们进来,顿时站了起来。

"你别怕,我们找安老师,他在吗?"郑卫国收起了枪,轻声问道。

"他,他不在,他出去了。"女孩说道。

"你是哪个班的学生?怎么在这里?"小何走了进来,对女孩说道。

"我是医护(5)班的,我来帮安老师记录数据。"女孩说道。

"知道安老师去哪里了吗?"郑卫国又问。

"说是去见一个朋友,一会儿才回来。"女孩说道。

"那行，我们先走吧。"郑卫国笑了笑，回头说道。

其他人跟着一起出去了。

"这么不巧？"孟雪说了一句。

"看女孩样子，的确是个学生。估计应该是安慕容找的助手。"陈远说道。

"可是这也奇怪，这女孩现在不上课来这儿帮忙，不用说肯定是翘课跑来这边的。"小何说道。

"等等。"陈远突然站住了。

"怎么了？"郑卫国看了看他。

"安慕容要是在这里搞研究，他搞的研究是什么？他要用什么样的实验品来研究？如果这女孩是安慕容的助手，那她肯定要知道安慕容在做什么项目研究啊。可是为什么她频频点头，那是因为她觉得自己成功欺骗了我们。她在说谎。"陈远顿时恍然大悟，一下子想清楚了。

"对啊，安慕容在这里搞的研究可不会是学生学的东西。能跟着他的人，必然知道他的一些情况。"郑卫国一拍脑袋，顿时也清楚了过来。

女孩似乎没想到郑卫国他们会返回来，只好放下手中的笔，再次站了起来。

"你叫什么名字？"郑卫国问道。

"路红芳。"女孩不卑不亢地说道。

"你知道安老师在做什么项目吗？"郑卫国又问。

"知道，是一种可以延缓衰老的药物研究。"路红芳说道。

"那你知道安老师的药物用什么做实验吗？"陈远忍不住问了一句。

"警察同志，你们是不是想问，安老师是不是用活人在做实验？"没想到路红芳直接说出了真相。

这倒让陈远他们感到意外，一时间竟然不知道该问什么。

"这种项目就要这么做，否则怎么能看出它的成分变化呢？"路红芳继续说道，"科学的前沿，总是有人牺牲才得来的。我想安老师肯定也是这么想的。"

"路红芳，我看你是让安慕容洗脑了。这种取人性命的项目怎么能说是科学的项目呢？这是犯罪，是杀人犯罪。我再问你，安慕容到底在哪里？你是不是刚才没说实话？"陈远对着路红芳厉声喊道。

路红芳没有说话，转身看了看旁边的仪器，上面的数字正在快速地向前奔跑，她的嘴角也慢慢扬起了一丝微笑。

陈远看到那些仪器的线头都是伸到前面的工作室里面的，于是他走了过去。旁边的路红芳想去拦他，但是却被孟雪拉住了。

拉开工作室的帘子，只见里面躺着两个人，一男一女，那些管子就插在他们身上，密密麻麻的。

郑卫国后面的两个警察立刻警戒起来，四处查看着。

"不用找了，里面躺着的男人是安慕容。"陈远认出来躺在里面的两个人的身份，另外一个是一个女孩，看上去跟学生差不多。

"快，看看他们怎么样了。"郑卫国对孟雪说道。

孟雪立刻冲过去,将插在他们身上的管子全部拔了下来,然后仔细查看起来。

"路红芳,这是怎么回事?这不会是你干的吧?"小何在旁边问道。

路红芳没有说话,呆呆地坐在地上,望着前方,一语不发。

孟雪在安慕容身上抽了一点血,然后就着实验室里的设备进行了一下分析研究,很快她查到了原因:"这些药物和我们之前查到的药物一样,只是这个药物的量更大更猛。"

"路红芳,他们这样是你弄的吗?"郑卫国指了指被当成实验品的安慕容和另外一个女孩。

"不错,是我。我就要成功了,你们来得太不是时候了。"路红芳失望地坐到了一边。

"还有心跳和脉搏跳动,快打120电话,应该还能救活。"孟雪检测了一下两人的身体特征,立刻对旁边的警察说道。

第三十四章 主导者

安慕容的下场有点悲惨。

虽然郑卫国他们第一时间联系了医院,将安慕容送了过去,但是安慕容体内被注入了大量的化学药物,整个人的神经系统已经全部被摧毁,成了一个活死人。和安慕容一起被路红芳伤害的丁丁,因为注射的药物还没有开始侵入神经系统,所以得到了有效的治疗排解,身体没有大碍。

安慕容一心想创造出延缓生命的药物,甚至不惜用活人做实验。结果最终落到自己成了药物的牺牲品,这真是命运跟他开的一个最大的玩笑。

对于路红芳,经过审讯后,所有的事情都真相大白。因为被安慕容伤害,所以路红芳伤害了安慕容和丁丁,并且想把他们当作实验品,接手安慕容的项目研究。

闪电侦缉组觉得有点奇怪,路红芳不过是一个普通的医学院大学生,怎么能够接手安慕容的项目呢?对此,路红芳说她之前学过一些生命基因学的东西,看到安慕容的项目后,立刻就明白了过来。其中有些不懂的地方,她会问之前在宁城医科大学做过项目研究的一个老师。

警察根据路红芳提到的这条线索,找到了那个老师,经过调查,他正是介绍安慕容来到宁城医科大学的老师,并且参与了再生丹的研究项目。

这个案子的结局让所有人唏嘘不已,尤其是之前跟着马一鸣的队员们,他们认为安慕容害死了那么多人,最终却不能对他进行刑事追责,真是便宜了他。

对于那个给陶伟和安慕容提供尸体的无常组织,宁城警方重新成立了调查组,准备进行长期调查,一定要将他们挖出来,这也算是对这个案子做的最后一点努力吧。

准备离开的时候,沈家明带着陈远去找了一趟陆河。陆河现在正在和宁城宣传部这边进行一个关于人鱼的文化研究项目。这次案件的侦破,尤其是在陶伟这块,多亏了陆河的帮忙,再加上他们要离开宁城了,沈家明特意过去和他告别。

"之前和陶伟接触,知道他一点点癖好。其实做学术研究的,哪个都有一点小怪癖,不过他这个有点过激了。不管怎么说,这个事情结束了,也算是卸下了大家的一个负担。"陆河听完沈家明讲的事情后,叹了口气。

沈家明和陆河聊天的时候,陈远站起来在旁边的书架上看了起来。上面都是一些关于人鱼研究的书籍,其中还有陆河写的书。看来这个陆河还真是厉害,陈远拿起书翻看了一下,结果在书里发现了一张照片,上面是五个人的合影,除了陆河以外,竟然还有安慕容。这让陈远有点意外,于是拿着照片走过去问了一下。

"安慕容在人鱼文化这块也是一个专家,这是之前我们参加一个活动时的合影,很多年了,我都忘了这茬了。要不是你找到这个照片,我都想不起来了。"陆河拍了一下脑袋说道。

陈远看了看沈家明没有说话,然后转过身走向了书架。

从陆河家出来,两人一直没说话。走到车上,沈家明发动了车子,然后又熄了火,转头看着陈远。

"你有没有想说的?"沈家明问。

"什么?"陈远看了看他。

"关于陆河的事情。"沈家明说道。

陈远捏了捏下巴:"其实是有点疑问,但是鉴于你们之间的关系和陆河的身份,我想着是不是要找到证据了再提出来。"

"你说说看。"沈家明看着他。

"我分析了一下之前杨牧在看守所里自杀的情况,我们都认为他是为了保护徐佳丽而死,可是为什么非要选择在从拘留室出来的时候,并且是在大庭广众之下进行自杀,而自杀又是按照陆河给我们提出的那个淋刑来做?这点我一直百思不得其解,如果这点想符合逻辑的话,那么会不会是陆河给杨牧之前种下了催眠的种子,等到他从拘留室出来后,那颗种子发芽,驱使杨牧自杀?"陈远说道。

"可是,这是为什么呢?"沈家明问。

"自然是让我们相信杨牧是死于淋刑,这样一来,陆河讲给我们听的那四个死法就齐全了,以后就不会发生命案了。"沈家明说道,"在安慕容逃跑后,陆河又请我们参加了人鱼会。这个看似没什么作用的人鱼会,却让我们意外地认识了陶伟,然后通过陶伟我们知道了天堂殡葬服务公司和那具女尸,在对天堂殡葬服务公司调查的时候,宁城医科大学出现在我们面前,然后我们找到了安慕容。这一切就感觉我们被别人牵着鼻子走,一切都跟安排好了一样,对方给我们一点线索,然后我们查到一点东西。我仔细想了一下,好像这种感觉就是从陆河出现以后。"陈远说道。

"如果这一切是真的,陆河这么做的目的是什么呢?难道说他是整个案子的幕后黑手?或者说他只是为了让我们抓住安慕容?"沈家明皱着眉问道。

"我们回到调查的原点,假设陆河没有出现。我们当时案子的调查进度是在杨牧为了保护徐佳丽自首,整个案子按照牧童生的《死亡预告书》进行杀人,因为陆河出现提供的线索,我们偏移了调查方向,疏忽了对牧童生《死亡预告书》这个线索的调查。当时我们为什么会被陆河的线索吸引,那是因为他提出了女巫诅咒的例子,正好将之前被杀的李二傻、卢天福他们的死亡联系到了一起。如果现在我们回头续上之前的调查的话,那么杨牧并不是牧童生《死亡预告书》后面的受害者,那么下一个受害者会不会就是徐佳丽?"陈远推测道。

"如果徐佳丽是下一个遇害者,陆河是凶手,他完全可以之前就对徐佳丽下手,为什么要做这么多事情,绕这么大一个弯子呢?"沈家明打开了车窗,对于陆河的分析让他有点喘不过气。

"也许是因为安慕容,也许是他说的那个女巫诅咒。总之现在这个事情我觉得应该和郑队长说下,如果是真的话,徐佳丽随时都有生命危险。"陈远说道。

第三十五章　女巫祭

徐佳丽从包里拿出了一个袋子，那是她刚买的情趣内衣，是订制版的，穿上去后，就像一条性感的人鱼。她将衣服脱下来，试穿了一下。看着镜子里的自己，她感觉自己真的成了一条人鱼，一条属于老师的人鱼。她相信，老师看到她这个样子，一定会特别兴奋。

手机响了起来，是老师发来的短信。

徐佳丽将衣服脱了下来，然后披上外套，坐到了床上。

"老地方见。"老师发来的短信，和之前一样，没有多余的词语。

徐佳丽快速回复了一下信息，然后走进了浴室。

一个小时后，徐佳丽开着车出发了。这条路她已经来过很多次，那个酒店也进去过很多次，不过之前都是小心翼翼，生怕被人发现。现在，她终于可以放心大胆过去了。因为所有的事情都结束了，接下来就是属于她和老师的幸福时光。

前台的女人对于徐佳丽早已经熟悉，她扫了一眼徐佳丽便继续盯着电视看着。徐佳丽快步走进了房间里。

房间里亮着灯，床上放了一件衣服，是一个人鱼造型的连体内衣，看上去非常别致，并且上面还缀满了金色的小鳞片，在灯光下看着闪闪发光。旁边还有一张纸条，上面写着一行字，"为你独家设计的衣服"。

徐佳丽欣喜地拿起衣服，迫不及待地换了上去，然后走到浴室，看着镜子里的自己欣赏起来。

确实很漂亮，尤其是上面那些金色的小鳞片，在衣服的暗光下显得格外明亮。徐佳丽禁不住转了一下，衣服上的那些鳞片顿时发出了清脆的声响，悦耳动人。

徐佳丽想起了第一次见到老师的情景。那是在他们公司组织的一次基因分解会上，老师作为一名顾问过来客串。当时公司的两名高层因为基因进化的话题产生了很大的分歧，老师用专业的知识化解了他们的分歧，并且提出了万物永生的可能性。那一刻，徐佳丽被老师的知识和内涵彻底吸引了。

如果说和杨牧是男女恋人之间的情感，那么与老师之间就是一种敬佩与仰慕之情，那是一种普通人无法体会的情感。

在老师准备离开的时候，她鼓起勇气走了过去，向老师讲出了她对老师的敬佩与仰慕，希望可以和老师认识一下。

深度接触后，徐佳丽才知道老师为了自己的理想付出了常人所不能付出的东西。她变成了老师的裙下之臣，利用一切帮助老师。当然，这一切都是要保密的。

"生物进化规律遵循从水生到陆生，从简单到复杂，人类最早的进化可以追溯到一条鱼。可惜后来人类的进化失去了很多，最终形成了现在的发展状况。人鱼应该就是人类与鱼类进化分开的一个生物体，所以研究人鱼，就能够找到人类与鱼类进化的秘密，就能够找到在人鱼体内千年不死的秘密。当年，在欧洲的时候，女巫曾经差点找到了人鱼的秘密，可惜被政府军镇压，这唯一的线索也中断了。好在经过这么多年，我们还是找到了一些关于人鱼的秘密。"老师讲述着他的毕生追求。

"老师，我愿和你一样，付出一切。"徐佳丽深情款款地说道。

也就是在那个时候，她被老师带到了这个酒店。

门突然响了起来，徐佳丽从回忆里醒了过来，然后走出了卫生间。

老师走了进来。他和之前一样，戴着一顶鸭舌帽，看不清样子，整个人包得严严实实的。老师走进来后，取下了帽子，然后将外套脱了下来。

"好看吗？"徐佳丽穿着那件人鱼内衣，在老师面前转了几圈，上面的流苏小鳞片顿时窸窸窣窣地响了起来。

"好看。"老师一下将她抱进了怀里，然后坐到了床上。

"其实我也买了一件内衣呢，不过没你这个好看。"徐佳丽说道。

"这是安妮女巫的衣服，曾经她穿着这件衣服唤醒了这世上的沉睡诅咒。"老师说道。

"安妮女巫？什么意思啊？"徐佳丽问道。

"公元395年到1500年是欧洲最黑暗的中世纪时期，在西罗马灭亡后欧洲大陆就陷入了长年混战，此时的欧洲不仅生产力低下，而且宗教对人民的各种迫害更是灭绝人性。女巫猎杀就是在这个时候出现的。当时很多漂亮的女孩都被诬陷为女巫，与魔鬼发生关系，最后必须用各种惨不忍睹的方法杀死。

安妮女巫其实并不是女巫，但是却被冠上了这样一个罪名，她临死之前，许下了一个诅咒，所有参与猎杀女巫的人都将受到黑色死亡吞噬。果然，没过多久，欧洲发生黑死病病毒，死伤无数。据说当时安妮女巫将人鱼永生的秘密藏在了一件诅咒之衣里面。只要找到诅咒之衣的秘密，就能找到人鱼永生的秘密。"老师说着轻轻抚摸起徐佳丽身上的衣服，他的手触碰到那些鳞片，发出叮叮当当的清脆响声。

"人鱼永生的秘密就在这个衣服里吗？"徐佳丽问道。

"当然，所以今天你就要帮我完成这个心愿了。"老师点点头，将徐佳丽抱入怀里。

"太好了，能为老师做这些，我太高兴了。只是，这个秘密我们怎么才能找到？现在看来也没什么异常之处啊？"徐佳丽问道。

"穿上衣服是第一步，还需要完成一件事情。如果要找到人鱼永生的秘密，必须将衣服上面的鳞片变成红色。"老师说着，嘴角微微扬起了一个诡异的笑容。

"这是黄色的鳞片，怎么能变成红色呢？"徐佳丽不太明白。

"你马上就会知道了。"老师的眼里忽然闪出了凶光，双手一下子扼住了徐佳丽的脖子，将她按到了床上。

徐佳丽顿时明白了过来，可是已经晚了，她用力挣脱着，但是老师的两只手却像铁箍一样紧紧扼着她的生命，然后将她的呼吸一点一点耗尽。她的眼前开始模糊，老师的样子也开始变得狰狞恐怖起来，就像一头从地狱爬出来的恶魔一样……

第三十六章　迷途者

徐佳丽不在家。

电话打了几次也没人接，这让陈远有点担心。

这时候，对门的邻居回来了，看到陈远他们，不禁问了一句："你们还在调查小徐未婚夫的事情吗？"

"是啊，案子还没结束。"孟雪点了点头。

"我觉得这个小徐有点问题，我跟你们反映个情况。我听楼下的人说，有人看见这小徐经常出去和人约会，有次还被未婚夫发现了。小徐未婚夫出事后，小徐还经常不在家。对了，就在前面不远处隔壁街道一个快捷酒店。"邻居低声说道。

"是吗？"这个邻居的话让陈远他们大吃一惊。

"千真万确，要是别人还真不敢说这话。正好我侄女就在那个酒店做前台，认识她啊。"邻居点点头。

"那，那个酒店叫什么名字？方便把你侄女电话给我们一下吗？"陈远说道。

"可以，当然可以。"邻居说着拿出手机，找到了侄女的电话，留给了他们，然后说道，"我最讨厌这种三心二意的女人了，放着好好的男人不珍惜，还出去乱搞，真是水性杨花。"

听到这里，大家不知道该感谢还是无奈。如果这邻居提供的信息是真的，那自然要好好感谢她，但是这邻居这么一说，大家顿时觉得她的出发点好像有点问题。

孟雪和对方通了一个电话，然后激动地说道："确定是徐佳丽，并且徐佳丽现在就在酒店里面。"

"走，快去。"陈远一听，立刻往外走去，然后给郑卫国打了一个电话。

十五分钟后，陈远他们来到了自立街明月快捷酒店门口，然后两人悄无声息地走进了酒店里面。

接到电话的前台孟佳佳早已经准备好了，她显得很紧张。之前她经常见到徐佳丽来这里和人约会，不过怎么也没想到是和罪犯在一起。现在知道真相后，并且要求她守着前台，这让她有一种莫名的恐惧感。

"警察哥哥姐姐，你们可来了。"孟佳佳声音都颤抖起来。

"和徐佳丽约会的人是什么样子？"陈远低声问道。

"是一个四十多岁的男人，每次来都打扮得严严实实的，很难看清样子。对了，登记的信息有，叫安慕容。"孟佳佳说道。

"安慕容？"孟雪顿时愣住了。

"不用说，肯定用的安慕容的身份证。既然来这里收拾得严严实实的，说明肯定是不希望被人发现自己的身份。"陈远说道。

"那我们现在怎么办？直接进去抓人吗？"孟雪说道。

"不行，我们还不知道对方是什么人。如果贸然进去，怕出问题，你和我都没单独出过外勤，我们得等郑组长他们来了再进去。"陈远说道。

"可是现在徐佳丽不是有危险吗？这人命关天啊！"孟雪一脸着急地说道。

"那这样，我进去，你在外面守着。如果郑组长他们来了，赶紧过来接应我。"陈远挠了挠头说道。

"这样行吗？你一个人不行吧？"孟雪看着陈远。

"没关系，我想想办法拖住他们。"陈远看了一下前台桌子上放的一套水电工人的服装，顿时有了一个主意。

陈远穿上了水电工人的衣服，然后来到徐佳丽所在的房间，敲了敲门。

很快，门里传来一个低沉的男声："干什么？"

"楼上下水道坏了，需要修理一下，麻烦开门配合下。"陈远说道。

"等一下。"男人显得很愤怒，不情愿地打开了门。

看到男人的样子，陈远顿时愣住了。男人竟然是陆河，还好陈远戴着口罩，要不然这一眼就穿帮了。

"愣着干什么？还不赶紧进来修！"陆河对陈远大声吼了一句。

陈远点了点头，走了进去。

酒店的房间规格都一样，陈远走进卫生间门口，放下工具箱，偷偷打量了一下房间里面的情景。只见床上躺着一个人，盖着被子，显然那应该是徐佳丽，她的脚还露在外面，不知道是睡着了，还是已经遭到了伤害，一动不动地躺在那里。

"看什么看？快点修理一下，我还有事。"陆河看到陈远在偷看，不禁大声喊了起来。

"好的，好的。"陈远连连点头，推开卫生间的门，假装拿起一个扳手在前面的管子上拧了起来。

果然，跟他们推测的一样，陆河就是幕后黑手。之前陆河通过沈家明引导他们，目的就是为了让自己摆脱嫌疑，想通过其他东西吸引走调查的目光，这样他就可以独善其身。甚至，他把一切都推给安慕容。

算算时间，郑组长他们应该也快到了，只是不知道现在床上的徐佳丽情况怎么样。

"找到原因了吗？"这时候，陆河忽然走进了卫生间。

"还没。"陈远摇摇头。

"是没找到，还是根本就不是水电工人啊？"陆河的语气突然一转。

陈远一愣，看着对方说道："你说什么？"

"水电工人我太了解了，进来不看线路，不看下水，拿着一个扳手在这儿乱碰。你到底是什么人？摘下口罩。"陆河的手里多了一根铁棍，指着陈远喊道。

"陆先生，我是水电工人啊。"这句话一说出来，陈远顿时知道自己彻底暴露了。

"你怎么知道我姓陆?"陆河更加迷惑了。

"陆河,你投降吧。"陈远也不再隐瞒自己的身份,取下了口罩。

"是你,陈远?"陆河认出了陈远。

"不错,不只是我,我的同事正向这里赶来,就算你现在收拾马上离开,恐怕也来不及了。"陈远点点头说道。

这时候,外面传来了警车鸣叫的声音。

"怎么会这样?这不可能。"陆河喃喃地说道。

"陆河,一切都已经真相大白了,你认罪吧。"陈远向前走了两步,试图说服陆河。

"不,不可能的,没有人能阻止我。谁都不可以。"陆河突然情绪大变,整个人颤抖着,然后他的眼里闪出了一个诡异的凶光,冲着陈远扑了过去……

第三十七章　忏悔录

郑卫国一脚踩住刹车，然后打开车门跳了出来。

守在门口的孟雪立刻走了过来，焦急地说道："陈远进去了，他假装水电工人进去了，不知道情况怎么样了。"

"别着急，我们现在进去。"庄强也走了过来，听到孟雪这么说后，立刻分配了一下任务，"黑子，你带人将这里围着。郑队长，我们现在进去。"

"好。"郑卫国点点头。

"我也去。"沈家明跟着走了过来。

三个人并排走着，郑卫国和庄强从腰里拿出了配枪，然后进入了酒店里面，黑子和其他人则将酒店前后出口守住。

孟佳佳和酒店其他人早已经出来了，看到郑卫国他们后，立刻躲到了一边。

三个人压着脚步来到了徐佳丽住的房间，刚准备敲门，门却突然自己开了。

郑卫国和庄强立刻举起枪，对准了前面。

门里走出来一个人，他正是穿着水电工人衣服的陈远，显然，那个人躲在陈远的背后，陈远双手被绑着，嘴里塞着一块毛巾，脸上全是汗水。

"你已经被包围了，别一错再错。"郑卫国对着里面喊道。

陈远摇着头，想说什么却说不出来。

"徐佳丽，你已经被包围了，你们拿一个水电工人要挟我们是没用的。你们最好想清楚后果。"郑卫国又说道。

这时候，一个人从陈远的背后走了出来，他手里拿着一个人鱼模型的雕像，抬起头，脸上带着阴沉的表情。

"陆老师。"沈家明看到后面的人，顿时呆住了。

"果然是你这个王八蛋。"庄强看到陆河，马上明白了过来。之前在审讯室，陆河与杨牧聊天后，第二天杨牧在离开拘留室的时候自杀了，当时庄强就怀疑是陆河，不过因为沈家明对陆河的担保，才没有继续怀疑他。现在看到这个幕后真凶就是陆河，庄强顿时火冒三丈。

"各位警官，你们来得太快了。不过我们迟早要见面的，只是没想到是这种场合下。"陆河笑了笑说道。

"陆河，你放了陈远。你有什么冲我来。你到底要做什么啊？你对得起我的老师吗？你对得起他们吗？"虽然之前大家已经分析出陆河可能有问题，但真的发现始作俑者是陆河，沈家明还是有点不敢相信。

"沈家明，你懂什么？你的老师又懂什么？我做的事情才是真正的大科学。心理学发展才多少年？基因学才是人类的根本，才是这个世界的根本。你们现在可能不知道我做的东西是什么，但是未来人类会知道这些东西的价值所在。所有为这个项目牺牲的人，都是历史的先驱者。你们也是奇迹的见证者，让我们一起等待未来的出现吧。"陆河的身体因为激动不禁颤抖起来。

趁着这个机会，陈远身体一转，用力撞向了旁边的陆河，将他一下子撞翻到了地上。与此同时，旁边的郑卫国和庄强立刻冲了上去，一个按住了陆河，一个将陈远身上的绳子解开，取掉了他嘴里的毛巾。

"快去里面救人，徐佳丽还在里面。"陈远喊道。

徐佳丽被送往了医院，她身上已经被那件衣服上的鳞片全部浸入体内，并且因为一些外力功能，根本没有办法轻易取出来，需要进行一个特殊的手术。那就是将那些浸入体内的金属片一块一块取出来，再进行消炎处理。不过因为身上鳞片太多，那对于徐佳丽来说相当于是一个重度烧伤的手术。

陆河则被抓住了，在宁城公安局审讯室进行了审讯。

陆河对于自己做的事情并没有隐瞒，并且他承认，他就是那个神秘的童话作家牧童生。杨牧知道的东西都是他告诉他的，他正是利用杨牧喜欢徐佳丽这点来让杨牧做所有事情。

对于他的计划，他也全盘讲了出来。安慕容是他的一个棋子，表面上看安慕容是整个事情的计划者，其实他不过是陆河的一个代替者，所有的事情都是陆河在后面操纵。陆河做这一切，全部是为了安妮女巫的诅咒。

谈到安妮女巫，陆河显得非常激动，并且出现了发自肺腑，对安妮女巫尽忠的样子。陆河之前告诉沈家明的事情并不假，所谓的安妮女巫就是让陆河做这一切的基础。陆河认为只要让他选择的人通过了水火刀淋，灵魂就能从封闭的里面出来。

李二傻、卢天福、海思思，这些都是经过了水火刀的杀害。唯独到最后这个淋的时候一直出问题。最开始陆河选择的人是徐佳丽，但是杨牧知道后甚至选择牺牲自己，来拯救徐佳丽。可惜杨牧的计划失败了。陆河知道杨牧的心思后，便利用沈家明进入审讯室后对他进行催眠诱导，然后让他在离开审讯室的时候自杀，造成水火刀淋的最后一个淋刑的局面。这样的目的是让警察以为案子已经结束。

接下来，陆河再通过沈家明他们，将安慕容的藏身之地爆出来，为的就是洗脱自己的嫌疑，将安慕容当作这次事情的黑锅。只是陆河没想到，陈远在案子即将结束的时候，找出了徐佳丽和陆河的漏洞，在他杀害徐佳丽的最后一刻，带人抓住了他。

对于陆河被抓，沈家明的老师也非常震惊。陆河这次是以专家的身份过来，在宁城开会的。这让很多参与这次陆河组织的项目的心理专家都诧异不已。他们怎么也没想到，这个闹得沸沸扬扬的人鱼案子竟然是陆河在背后操纵一切。

闪电侦缉组完成了这次案件的调查，他们离开的时候，庄强他们也抓住了那个隐藏在背后专门提供地下尸源的无常组织。

"局长说这次真是大获全胜，希望你们参加我们的庆功宴。"庄强对闪电侦缉组的成员一再挽留。

"非常感谢,不过我们还是要早点回去了。有机会再来宁城的话,一定好好喝一次。"郑卫国婉言拒绝了庄强的邀请。

"那好吧,既然如此,祝你们一切顺利。"庄强也不再勉强。

车子发动起来,向前开去。

"郑队长,我们在这儿破这个案子可费了不少劲,陈远差点受伤害,吃他们一顿酒菜也不过分吧?"沈家明说道。

"就是,怎么这么着急回去呢?"孟雪跟着问道。

"有新案子,叶局长让我们连夜回去。"郑卫国说道。

"现在听到有新案子,心里就莫名地难过,因为一定又是一场悲剧。"陈远叹了口气,打开了车窗,窗外夜色正浓,远处有星光,明明灭灭……

人间蒸发

楔子一　追

1992年7月12日，豫南省杭城火车站。

鲁大海将手提包交给了妻子秦思梅，然后说道："你们在这里等着，我去买票，这里人太多了，看好咱们的行李。"

七岁的儿子鲁小河在一边拉着鲁大海叫着："爹，俺想吃糖，给俺一个糖。"

秦思梅的挎包里有刚买好的糖，还没拆封。她拉着儿子往后退了退说："小河，等你爹过来了再吃，别叫了。"

"没事，给娃一个糖。买了不就是让孩子吃的。"鲁大海摸了摸儿子的脑袋，然后转身向前面的人潮走去。

"小河，看好行李，我给你拿糖。"秦思梅说着坐到旁边，拿起了挎包。

这是鲁小河第一次跟父母出来，他们来自豫南省一个小县城，父亲鲁大海之前在豫南省工作，所以特意将鲁小河和母亲带出来游玩。

鲁小河看着眼前的三个行李包，那里面除了他们的衣服外，还有父亲给爷爷奶奶他们买的礼物。尤其是中间的大包，里面还有给妹妹买的公主裙。

"小河。"突然，鲁小河听见母亲喊他的名字，等他抬起头的时候，他看到母亲被两个人拉着向前离去。

七岁的鲁小河不知道那是什么意思，等他明白过来母亲不见了的时候，恐惧顿时充满了他的全身，他大声哭了起来。听到鲁小河的哭声，旁边的人都围了过来。

父亲很快也赶了过来，然后抱住了他，询问母亲的去向。

"有人带走了俺娘。"鲁小河说道。

"是不是有事走开了？"

"上厕所了吧？"人们纷纷猜测着。

鲁大海四处看着，然后叫喊着，可是却根本找不到妻子的影子。于是，他们在旁边人的帮忙下，来到了火车站警务室。

"小朋友，你娘是自己走的还是被人带走的？能说清楚吗？"对于唯一的目击者，鲁小河成了警察关键的询问对象。

"被人带走的，走的时候俺娘还喊了一声。"鲁小河说道。

"小朋友，到底是被人拖着走的，还是和人一起走的？"警察反复询问，让鲁小河都说不清楚。

最后天黑了，鲁小河肚子饿了，也困了，忘了后来警察和父亲是怎么说的。等到他醒过来的时候，他和父亲已经回家了。

母亲就这样从他的世界失踪了。

父亲从那天以后，在外面找了母亲五年，然后出了车祸。十二岁的鲁小河记得在医院见到父亲最后一面，长年在外奔波，让正当壮年的父亲变成了一个年近半百的老人，本该乌黑精壮的头发变得花白，眼神浑浊不堪。他拉着鲁小河的手说了一句遗言：不要找你娘了。

　　坐在父亲的坟头，十二岁的鲁小河脑子里想到了很多事情，这些事情从他七岁那年母亲失踪的时候开始，再到父亲这么些年在外面寻找，再到父亲出了车祸离开，像是无数条虫子在他的脑子里钻来钻去，最终形成了一个信念。他跪在父亲坟头，坚定地说道："我要继续寻找母亲。"

　　2017年7月12日。

　　鲁小河母亲秦思梅失踪的第二十五年。

　　鲁小河来到了豫南省杭城公安局报案，他背了整整两大包资料，里面是他从1992年开始搜集的所有关于母亲失踪的信息，他要求公安局立案追查。他甚至已经锁定了当年拐走母亲的罪犯。只要公安局派人过去，就能顺着他锁定的罪犯，抓到当年拐走母亲的人。

　　杭城公安局民警曾伟接待了鲁小河，并且将他的资料接收，然后非常热情地写下了案情记录，让鲁小河等待消息。

　　三天过去了。

　　一周过去了。

　　十天过去了。

　　鲁小河在煎熬中等待着，问了一次又一次，每次都是客气地回复，安心等待，安心等待。鲁小河实在等不下去了，在接待处大声和曾伟争吵起来，然后他被保安连人带东西赶了出来。

　　背着两包资料，鲁小河在公安局门口没有走，后来有人给他出了一个主意，说可以去拦一下领导的车，兴许能管用。这个法子好，这让鲁小河想起了以前人们告御状。既然报案处说这些案子要领导看了才能定，那么他直接去找领导，不是更简单？于是，他瞅准时机，在公安局门口拦住了一辆领导的汽车。

　　"这是干什么？"坐在车后面的领导，被突如其来的拦车吓了一跳。

　　"俺要报案，请领导给俺做主啊！"鲁小河一边磕头一边说着。

　　"这像什么话，快把他弄起来。"领导对旁边的警卫喊道。

　　"不行，你不给俺做主，俺今天就不走了，就跪在这里。"鲁小河一看，顿时慌了神。

　　"报案有报案的流程，哪有这样的。我这儿还有急事要处理，你们把他扶起来，让他去报案中心。"领导对外面的警卫喊道。

　　就这样，鲁小河被警卫拖到了一边，看着领导离开的车影，他不禁哀声哭了起来。

　　门卫大爷看他可怜，对他说了一句话："领导都很忙，报案要有流程。公安局也不是为你一个人开的，那么多人都有冤情，总得一个一个来吧。这就像行军打仗，一点小事情，大领导也要管吗？要是那样的话，大领导不得累死啊！"

"可是，对于俺来说，俺娘丢了二十五年，俺爹为这死了，这是俺家的大事啊。"鲁小河说道。

"丢人的多了去了，别说你丢的是娘，你知道丢孩子的有多少吗？这公安局的人天天在外面找，能找到几个？也就是今天遇到的领导不和你计较，要是碰到心眼子坏的领导，抓你进去住几天，你哑巴吃黄连，跟谁说去！回去吧。"门卫大爷拍了拍他说道。

"那行，谢谢你了大爷。你要是遇到这里的大领导了，跟他说一声，他不是忙吗？等他有空了，想起俺来了，让他跟俺联系。俺的电话就在那些资料里。"鲁小河说道。

"你看你这孩子，没发烧吧？别说我跟大领导能不能说这些话，就是说了，人家会找你吗？"门卫大爷笑了起来。

"你放心，他会想找俺的。你跟他说，俺的名字叫鲁小河。"鲁小河笑了笑，拍了拍身上的灰尘，然后往前走去。

"真是啊。"门卫大爷摇了摇头，看着鲁小河的背影，叹了口气。

楔子二　悟

　　罗明的脑袋又开始疼了，作为豫南省杭城公安局局长，年近六十的他体力已经大不如以前。如果不是因为之前的候选人出了问题，他现在早就退居二线，准备退休工作了。最近两周，整个杭城公安局忙得不可开交，短短十天时间不到，他们接到了两起失踪案，并且失踪者在失踪之前110报案中心都曾经接到过一个神秘男人的预警电话。一开始的时候，110报案中心以为男人在开玩笑，还训斥过他一次。可是接连两次的巧合事件，让他们不得不把这个情况反映给了刑侦队。此时的刑侦队，已经在媒体和民众的关注下，将案子提到一级案件，负责牵头的人正是杭城公安局局长罗明。

　　砰砰砰，门响了起来。

　　"进来。"罗明揉了揉脖子，坐直了身体。

　　"罗局，所有人都到了。"进来的人是负责会议工作的小陈，他也是罗明的秘书。

　　"好，我现在过去。"罗明站了起来，感觉头有点晕乎乎的，他立刻扶住旁边的桌子，端起桌子上的茶杯，将里面的水一饮而尽。

　　"要不让彭副局长过去吧，您的身体要紧啊！"看到罗明的样子，小陈立刻走过去扶住了他。

　　"那怎么行？这个案子之前已经谈好我来牵头了，彭副局长那里还有一个经济案在跟，他忙不过来。我没事，老毛病了，就算不做事，也一样。"罗明摆了摆手，往前走去。

　　走进会议室，里面的人正在说话，议论纷纷。尤其是刑侦队队长高旭东，他这两天除了忙着调查案子以外，还一直在和家属进行沟通工作。调查案子说起来还比较简单，毕竟是他们的专业，可是和家属沟通起来，那真是一个让人费劲的工作。尤其是他们根本不管你所谓的流程，在他们眼里，要是出了问题，警察就得帮忙解决。

　　看到罗明进来了，大家都不再说话，顿时会议室里一片安静。

　　"高队长，现在情况怎样，讲一下。"罗明坐下来，直接对高旭东说道。

　　"现在情况其实说复杂也不复杂，说简单也不简单。我们上次开会讲到那个打电话预告要绑架人的神秘人可以确定，他就是嫌疑人。他用的电话卡是网络上没有登记备案的无名卡，声音还进行了伪装，所以根本查不到关于他的任何信息。我们通过分析感觉嫌疑人可能是和我们有误会，特意针对我们才作案的。"高旭东说道。

"这是什么意思？"罗明看了一眼高旭东。

"嫌疑人的预警内容里，说的话都一样，并且只有两句话：今晚有人要失踪，这件小事对你们来说重要吗？这句反问的话意思应该是说我们警察把失踪人的事情曾经当作过小事。所以我们怀疑嫌疑人可能有亲人遭到过绑架，然后因为我们警察的关系，导致他失去了亲人，所以才做出了这件仇视社会的事情。"高旭东分析了一下。

"这案子网络媒体炒作得太厉害，已经惊动了省厅。刚才省厅叶局长打电话问了一下，希望我们早点查清楚，如果不行，省厅会派人过来。真到了那个时候，我们杭城刑侦队的脸可就得塞到地缝里了。"罗明捏着茶杯，阴沉着脸说道。

"罗局，请放心，我们一定会尽快破案。"对于罗明的话，高旭东当然知道是什么意思。最近省厅成立了一个特别闪电侦缉组，专门处理各地的疑难杂案，虽然表面看是帮助各地需求，但是也变相地说明当地刑侦队需要省厅帮忙。

"破案不是说出来的，是要做出来的。大家最近的假期全部停了，集中力量，对准这案子，我还不信了，整个杭城上上下下十几万警力，还抓不住一个绑架犯？"罗明愤声说道。

"不是绑架，对方不是绑架犯。"这时候，坐在后面一排的一个人忽然说话了，他的声音正好接在罗明的后面，所以整个会议室的人都听见了，目光纷纷聚到了那个人的身上。

"这是谁啊？怎么在这里开会？"

"就是，没见过他啊！"人群中，顿时议论纷纷。

"罗局，这是我外甥徐正，刚从中国刑警学院毕业，这不在学校不能待，他的同学有的去实习了，有的在学校考研，他没事，这几天就跟着我一起在外面跑。"高旭东看到大家都在看那个男孩，介绍了一下。

"这不符合程序，那个想实习可以，现在在查案，这像什么话？"罗明本来就够烦了，结果高旭东还搞了这个事，他不禁有点生气。

"罗局长，你不要生气，也不要埋怨高队长。我来这里是可以帮助大家的，就像我刚才说的，嫌疑人不是为了绑架做这些的。"徐正看到舅舅挨骂，立刻站起来说话了。他的话也很清楚，他虽然过来跟着调查，但并不是纯属瞎闹，他已经找出了一点真相。

"哦，你说说看。"罗明看了看眼前的徐正，不禁问道。

"通常绑架案都是有明显特征的，我们这两个被绑的女人家庭条件都不好，两个人除了都有一个七岁孩子以外，再没有其他特点。绑架案在发生后，绑匪一般会在三到五个小时内跟家属联系，索要赎金，可是嫌疑人并没有这么做。女人失踪排除了绑架案，还有可能是拐卖案，可是这两起失踪案又不是拐卖案，因为拐卖案的特点是罪犯会第一时间将拐卖对象带离城市，以免被发现。可是根据警察调查，这两个失踪的女人曾经在失踪的五个小时后给家人打过一个电话，一个说了一个数字：二十五，一个说了一个名字：何奎。再加上嫌疑人在对这两个女人绑架的时候，曾经都给110报案中心打过电话，并且指名道姓地让民警曾伟接电话。这些线索加到一起，应该就是嫌疑人的目的。数字，二十五，何奎，以及民警曾伟。我们在学校的时候，老师说过现在查案可以用交叉大数据来进行匹配，简单地说，就是将这些可疑线索放到一起，通过警用系统数据库查到的信息组合到一起，来寻找线索。我昨天晚上查了一下，何奎在杭城一共有四个，和数字二十五以及曾伟，并没有任何关系。但是嫌疑人给我们的提示就在这三个里面，所以一定是我还没有发现。不过可以确定的是，这不是绑架案也不是拐卖案，可能是对方给警察的一个考验，这类罪犯通常在得不到答案后，就会犯罪升级，杀死人质。"徐正一口气将自己的看法全说了出来。

"何奎，这名字我怎么听着有点熟悉。好像我们局门卫是不是就叫何奎，不过大家都喊他老何，忘了他本名。"这时候，一个警察突然说了一句。

"去把他喊来。"罗明说道。

很快，门卫老何来到了会议室。

高旭东询问了一下，确定了一下老何的名字，然后又问了问他知道不知道数字二十五和曾伟有什么异常之处。可惜老何摇了摇头，一无所知。

"这就奇怪了，两个名字，都是公安局身边的人，这事肯定跟我们公安局有关系，这个二十五是什么意思呢？二十五年？二十五号？二十五天？"高旭东抓着头发说道。

"二十五年，对了，我，我想起一件事，不知道该说不该说？"老何的眼前突然出现了一个人的样子，他头发蓬松，胡子拉碴，但是眼神却异常坚定，他说：你要是遇到这里的大领导了，跟他说一声，他不是忙吗？等他有空了，想起俺来了，让他跟俺联系。俺的电话就在那些资料里。

"什么事，说。"罗明看着老何说道。

第一章 会

陈远上楼的时候遇到了周子峰。

"能聊一下吗？"周子峰拦住了他。

陈远点了点头，然后跟着周子峰走到了旁边的走廊。

"来一根？"周子峰从口袋拿出烟，递了一根给陈远。

"不，不了。我不抽烟。"陈远摆摆手拒绝了。

周子峰也不勉强他，自己点着吸了一口，然后说话了："这两次你们做得不错，叶局长在很多会议上都夸过你们。大家谁都没想到，你们这个组会这么优秀，因为除了郑卫国，你们可以说都是没做过警察外勤工作的。"

"周组长，这话可以在开会时跟大家说下，毕竟这也不是我一个人的工作。"陈远不好意思地摸了摸脑袋。

"陆志国之前跟我说过你，说实话，很少有让他欣赏的人，你是第二个。"周子峰转过头，望着走廊的窗户外面，轻声说道。

陈远知道周子峰和陆志国是警校的同学，并且他们都是叶枫的学生。周子峰和陆志国曾经帮助中国香港警方破获一个特大国际贩毒案，因而一举成名。不过回来后，他们包括老师叶枫对此事却绝口不提。

"第一个是？"陈远听周子峰这么说，不禁问道。

"他叫谢伟明，是我们的同学，也是最好的朋友。因为一次查案意外，离开了我们。"周子峰说道。

"是吗？"这个是陈远没想到的。

"组建这个团队，除了是为省厅消除一些疑难杂案，我们更希望有一天能够查到谢伟明的死因，这也是我、叶局长和陆志国共同的心愿。"周子峰说着拍了拍他的肩膀。

这时候，前面传来了郑卫国的喊声。

"我们过去开会吧。"周子峰说着向前走去。

会议是由叶枫组织的，主要是针对闪电侦缉组在宁城调查案子的事情。宁城警方对于闪电侦缉组的表现非常满意。经过这两次的案件调查，闪电侦缉组成员之间也有了一定的磨合。不过因为之前闪电侦缉组里的大部分成员都没做过外勤工作，所以还需要一定的培训，不然遇到紧急情况，无法避免危险。

"领导，我这体格，说实话真的不能折腾啊。"听到这里，沈家明第一个举手，反映了一下情况。

"是，是啊，我也好多年没训练了。"陈远跟着说道。

"看看你们，还没说完呢。"叶枫摇了摇头，说道，"我当然知道你们的情况，所以体能培训这块可以暂时停下。"

"不好意思，不好意思。"沈家明吐了吐舌头。

"叶局，之前着急让我们回来不是说有新案子吗？"郑卫国问道。

"对，杭城有新案子。案子说大不大，说小不小，就是比较奇怪，所以我们将案宗拿过来看了一下，你们正好听听，发表一下意见。"叶枫说着对旁边的周子峰示意了一下。

"案子其实很简单，我跟大家讲一下就好。两周前，杭城110报案中心接到一个神秘男人的电话，要找报案中心一个叫曾伟的民警接电话，对方告诉曾伟有个叫李红的女人要失踪，警察最好注意一下。当时曾伟以为是恶作剧，没有当回事。可是大约十个小时后，110报案中心接到报案，一个叫李红的女人真的失踪了，并且在失踪的五个小时后给家里打过一个电话，只说了一个数字：二十五。正当杭城警方准备对这个案子进行调查的时候，那个男人再次打来了电话，依然是找一个叫曾伟的民警，这次110报案中心做了准备，不过还是没有截住男人的具体位置，因为对方用的是没有登记信息的网络黑卡。十个小时后，又有一个女人失踪了，和之前那个情况一模一样。在失踪后没多久，女人给家里打了一个电话，这次说了一个名字：何奎。"周子峰介绍了一下案子的情况。

"两周，两个失踪女人，没有勒索电话，显然不是绑架案。"郑卫国说道。

"不错，也不像拐卖案。尤其是两个女人都给家里打了个电话，传达的那个信息应该是罪犯让她们传达的信息。看来这个罪犯的目的并不是这两个失踪的女人，而是杭城警方。"陈远点了点头说道。

"陈远说到点子上了，这个案子其实也不是杭城警方反馈给我们的。杭城公安局的局长叫罗明，他是唐副局长的老上级。唐副局长前几天去杭城办事，正好听说了这个案子，便给我们反馈了过来。罗明年纪也不小了，唐副局长想着能帮一下老领导最好。于是我便给罗明打了个电话，询问了一下，本来只是关心一下，没想到罗明却固执地挑起了担子，非要限时破案。这让老唐和我都很尴尬，所以才着急把你们喊过来，看能不能过去尽快帮他们破了这个案子。"叶枫说了一下事情的原委。

"其实罗局长我也认识，当年我和老唐毕业的时候，都跟着罗局长实习过，后来我调走了，老唐便一直跟着他。罗局长的性格确实有点固执，不过是一个非常好的警察。"郑卫国说话了。

大家都知道，郑卫国和唐建设是同学，不过没想到的是当年郑卫国也跟过罗明。

"这太好了，卫国，你认识罗局长，这事就好办了。开始我犯愁，要是你们过去了，罗局长兴许还不高兴。他们现在正在集中杭城警察的力量，进行全城查找。这种办法实在有点不合适。"叶枫一听，顿时欣喜地说道。

"我觉得这案子似乎有点问题。"这时候，沈家明说话了。

"怎么说？"周子峰看了他一眼。

"罪犯给了警察几条线索,数字二十五,民警曾伟的名字,一个叫何奎的名字。还有一点大家可能疏忽了,那就是罪犯两周绑走了两个女人,并且这两个女人具体情况还不了解,不过按照时间频率,罪犯可能是以周为绑人时间来算。如果他释放出来的线索,杭城警方一直破获不了,那么可能罪犯的犯罪心理会升级,用来刺激警方这边。比如,杀死人质,又或者说其他进一步犯罪。所以这个案子看似简单,其实非常危险。我建议立刻和杭城警方配合一下,尽早破解罪犯传达信息的意思,而非用警力来寻找罪犯和失踪者。"沈家明说道。

第二章　破

鲁小河，男，1985年3月12日出生，豫南省杭城市五两镇鲁家村人。七岁那年，鲁小河和父母来杭城，结果在杭城火车站，母亲秦思梅被人拐走，从此失踪。鲁小河的父亲鲁大海花了五年时间寻找妻子，最后郁郁而终。鲁大海死后，鲁小河接替了父亲，开始寻找母亲。

两周前，鲁小河来到杭城公安局110报案中心报案，随身携带了两大包资料，全部是关于他的母亲秦思梅失踪的调查情况。可惜，当时接待他的民警曾伟并没有将这件事情报告上去，而是将案子放到了一边。

110报案中心每天接待的报案很多，小到丢狗离婚吵架，大到打架斗殴吸毒，几乎说是五花八门。所以接待报案的警察很多时候都忙得焦头烂额。除非是人命关天的事情，对于有些普通的案子催得越紧，反而会故意晾在一边。

鲁小河的情况正好是这样，他来报的案子是二十五年前发生的案子，这可不像现在街上发生了一起打架斗殴事件，警察过去很快就可以处理完。鲁小河的事情关系到二十五年前的一些调查情况，当年大部分警察都已经退休了。再加上这样的案子需要向上面申请，所以曾伟当天接受了案子后，就递交了一下申请，也没有多再去追问。

正是这样的情况，导致鲁小河来到110报案中心大闹一次，最后被赶出了报案中心。无奈之下的鲁小河只好选择找领导的车拦路告状，可惜还是没有成功。

"我现在都记得他的眼神，那里充满了失望与恐惧。"何奎想起鲁小河当时的情况，还有最后说的那句话：谢谢你了大爷。你要是遇到这里的大领导了，跟他说一声，他不是忙吗？等他有空了，想起俺来了，让他跟俺联系。俺的电话就在那些资料里。

"这就对了。二十五指的是他的母亲秦思梅失踪了二十五年，曾伟是他当时在报案中心对接的警察，何奎则是他之前交代过的人。绑走这两个女人的人就是鲁小河。他的目的也很明确，就是让警方调查他的母亲失踪的案子。"高旭东一拍桌子，欣喜地说道。

案子到这里顿时豁然开朗。

"可是就算我们现在想调查秦思梅的失踪，也需要鲁小河出现吧？难不成我们要在媒体上说，因为鲁小河绑架了女人，所以我们才去调查他母亲的事情？这绝对不可以，如果所有人都这样，遇到问题就用这种极端的办法来要挟我们，社会不乱套了？"罗明听完后说道。

"可是如果不让鲁小河知道，我怕他会再次作案。如果再作案，可能就不是再绑架人什么的，他的心理承受能力一旦收不住，做事就不会考虑后果。下一次也许就会进一步犯罪了。"徐正说道。

"那怎么办？大家有什么主意？"罗明问道。

"既然锁定了嫌疑人就是鲁小河，那干脆我们直接先抓了他。我想他可能就在杭城，不会跑远。"高旭东一咬牙说了一个意见。

"要是能抓住还好，可要是抓不住呢？这不是让鲁小河更加对我们不信任，甚至有可能杀了人质。"徐正说道。

"或许有个办法可以解决下，就是不知道罗局你同意不同意？"坐在旁边一直没有说话的杭城公安局副局长杨天文说话了。

"老杨，都什么时候了，还磨磨叽叽的。有话快说。"罗明瞪了他一眼。

"之前唐副局长来杭城的时候提过让省厅刚成立的闪电侦缉组过来，当时罗局你直接给拒绝了。后来省厅的叶局长打电话过来，罗局你又立下军令状要破案，其实唐副局长后来跟我说了，他们不是那个意思。他们也是觉得你快到退休年龄了，有些工作其实可以交给其他人做。我的意思是，我们不如就让省厅的人过来，我们配合他们就好。我听宁城的朋友说，省厅成立的这个闪电侦缉组还挺厉害的，刚刚在他们那边破了一个大案。"杨天文说道。

"这么一个失踪案，就让省厅过来，这是不是显得我们也太无能了？"高旭东有点不愿意。

"高队长，你错了，这可不是一个普通的失踪案。"杨天文抿了抿嘴唇，然后说道，"鲁小河为什么会绑人？原因是在二十五年前他的母亲被人拐走了，这么些年，他一直在调查他母亲的失踪案，为什么会到现在才来报案？"

"报案中心的人说他拿着两包资料，说已经锁定了嫌疑人，让警察去抓人。"高旭东说道。

"对，如果说已经锁定了嫌疑人，鲁小河为什么不到其他公安局报案？他的母亲当年是在火车站失踪的，第一时间报案的就是火车站派出所，并且在寻找他母亲的过程中，火车站派出所也出了不少警力。按照熟悉程度来讲，鲁小河和火车站派出所的人比我们要熟悉得多。大家可以想一下，这样的原因恐怕只有一个，那就是鲁小河知道只有我们杭城公安局才能抓那些拐走他母亲的人。这么一看，恐怕那些拐走他母亲的人应该是一个有背景的组织者。"杨天文分析了一下。

"难道说在鲁小河背后还会有一个大案子？"罗明惊声说道。

"所以说这个案子省厅的人过来调查最合适，如果是大案子，省厅的人直接负责调查，我们到时候配合就行。如果案子破了，那么我们也可以跟着沾点光。可如果这个案子是被我们找出来的，省厅的人过来可就是帮忙了，案子破了还好，如果破不了，这所有的问题可就得我们自己承担了。"杨天文说得又具体了一点。

"老杨，没想到平常你默不作声的，关键时刻，还真是一眼看透事中心啊。"

罗明欣喜地说道。

"这个也是我无意中想到的。"杨天文不好意思地笑了笑。

"那行，我就听你们的，我现在给省厅叶局长打电话，让他派人过来帮助我们调查。"罗明说道。

第三章 泪

鲁小河站在窗台，望着对面夜幕下的暗河，一语不发。他保持这样的姿势已经有十几分钟了，似乎在思索什么事情，又似乎在看什么东西。

时间又要过去一周了。

太阳下山了，月亮出来了。

等待的孩子累得睡着了。

身后的床上再次传来了一个挣扎的声音，鲁小河知道，那是女人在挣脱身上绑着的绳子的声音。尽管她用尽了力气，可是丝毫没有作用，最后只能无能为力地看着眼前的一切。

鲁小河转过身，默默地走到了床边。

床上的女人被绑在上面，目光怒视着他，仿佛要喷出一团火来。

"吃点东西吧。"鲁小河从桌子上拿起一个面包，走到女人面前。

女人没有动，也没有说话，只是直直地盯着鲁小河，然后，眼里的怒火慢慢变成了眼泪，顺着脸颊流下来。

鲁小河取掉了女人嘴里的毛巾。

"你放我走吧，我儿子还在家等我呢。"女人说。

"一星期了，估计他已经适应妈妈不回去的生活了。"鲁小河将手里的面包放到女人面前，轻声说道，"如果再过十天，你还没有回去，你的儿子就会接受妈妈离开的事实，然后他会知道这世上并不是所有的事情都是美好的。从此以后，他会慢慢学着自己长大，然后自己做饭，甚至自己去上学。"

"你别说了，你到底想要做什么？你要什么啊？"女人被鲁小河的话说得难过，于是痛苦地哭了起来。

"其实我也想让你们回家啊，我知道那种等待的滋味。无数次看着门口，以为母亲回来了，可是等到的却是一场又一场的失望。"鲁小河叹了口气说道。

"你们？你还绑了其他人？"女人一下子抬起了头，停住了哭泣。

鲁小河转过了头，盯着女人的眼睛。女人的眼睛特别好看，就像两汪水池一样，像极了母亲的眼睛。可惜，自从七岁那年开始，鲁小河就再也没有见到过那双眼睛。

"我看你年龄也不大，你绑我到底做什么？是要钱吗？"女人看着鲁小河问道。

鲁小河摇摇头说："我在等。"

"你在等什么？"女人问。

"我在等警察来抓我。"鲁小河说道。

"你是不是疯了？你想警察抓你，直接去派出所不就行了，为什么非要绑我们？"女人开始咆哮起来。

"你吃点东西吧。"鲁小河拿起面包，撕下来一块塞进了女人的嘴里。

"我不吃，我不吃。"女人一下子吐了出来，然后咬住了鲁小河的手。

牙齿的刺痛从手指立刻钻到了心里，不过鲁小河并没有感觉难受，反而有一种说不出的舒服，尤其是他感受到女人嘴里的温度通过手指传到了他身体里面。他低头看了一眼，女人的眼神带着仇恨，头发披散在一边，因为用力，身体向前躬着，胸口露出了白皙的乳沟，女人的身上有一股若隐若现的香味蹿进鲁小河的鼻子里，他感觉一股冲动从心底升起，然后扩散到身体各个部位，他一把将女人拉进了自己的怀里。

"你要干什么？"女人一下子惊叫起来，触电般身体抖动了一下。

"我，我。"鲁小河的声音低沉了下来，他伸手往女人的胸前摸去，当他的手碰触到女人柔软的胸部时，整个人顿时激动起来，他想起了十年前的那个晚上。他经过银城火车站，路过一个小巷子的时候，一个女人站在一个灯光暗淡的店面门口对他挥手。他当然知道那是什么意思。自从十二岁那年出来，他一直一个人流浪在外地。没有钱的时候就去打工赚钱，他的身边从来没有任何一个女人，可是隐隐约约他从工友们嘴里知道男女之事是什么。那天晚上，那个女人让他激起了内心的冲动，于是走了进去。

狭小昏暗的床板上，女人解开胸罩，褪下内裤，躺到了床上。月光从外面透进来，他小心翼翼地趴了上去。很快，在女人的教导下，他完成了从男孩到男人的过渡。

"第一次？"女人边穿衣服边问。

他点点头。

"没想到啊，呵呵。"女人笑了起来，月光下，她的眼睛像星星。

鲁小河从回忆里走了出来，他低头看着怀里挣扎的女人，身体内的火再次燃烧起来，他将女人按到了床上，将她身上的绳子解开，然后撕开了衣服。

"你疯了吗？别这样。"女人叫唤着。

"你不是想让我放你走吗？不然，我不会让你走的，我会杀了你。你的孩子永远见不到你。"鲁小河颤抖着声音说道。

女人停住了挣扎，抬起头看着前方，眼泪无声地流了出来。

鲁小河感觉到了女人身体的温度，他抱着女人，将头贴在女人的胸口，他感觉自己又回到了小时候，母亲就这样抱着他，耳边轻轻哼着歌曲，他跟着歌曲的节奏慢慢睡着了。就像妈妈再次回到了他身边，让他忘记了一切。

女人慢慢将自己的胳膊从鲁小河的身体下面抽了出来，然后她蹑手蹑脚从床上走下来，走出了房间。

从房子里面走出来，女人才发现原来他们竟然住在杭城暗河的下游，旁边还有一个房子，女人想起之前鲁小河说绑架的不止她一个女人，于是她走进了旁边的房子里面。房子里面的情况和隔壁的一样,在床上躺着一个女人,想来那应该就是鲁小河绑架的另一个女人。听到有动静,床上的女人抬起了头,眼里闪过一丝恐惧与不安。

"你别怕,我和你一样是被那人绑来的,现在那个人睡着了,我们快离开这里吧。"女人说着走过去帮忙解开床上女人身上的绳子。

这时候,床上的女人忽然一把拉住了她,看着门口瑟瑟发抖。

女人转过了头,只见先前在她怀里睡着的鲁小河此刻竟然出现在她们面前,目光阴沉地看着她们……

第四章　惊

在线约会网站OKCupid的通缉数据表明,"亚洲女性"是唯一在所有人种（黄种人、白人、黑人、拉丁裔人）的男性眼里吸引力都高于平均水准的人种,在所有人种、性别的组合之中,"亚洲女性"一直以顺从和含蓄的性欲著称。所以在国外一些地下交易场所,亚洲女性的市场越炒越高,甚至一度赶上美元的价格。

同样根据WFF推出的2014年全球奴隶指数,全球有3580万人过着某些形式下的"现代奴隶"生活。全球每年的跨国人口贩卖达到了百分之八十,其中受害者中百分之八十是女性,百分之五十五是儿童。也就是说,这世界平均每三十秒便有一个人失踪或者沦为奴隶。

2005年,有个非常著名的恐怖片叫《人皮客栈》,里面有一个地下虐杀俱乐部,该俱乐部绑架受害人,然后让有钱有权的人进行杀害取乐。导演之所以拍这样的片子,源于他曾在网上看到泰国一个杀人网站,杀人者支付死者一笔钱就可以用任意方法杀死死者。该网站称,这种交易在泰国是被允许的。因为那些受害者都是一些穷困潦倒的人,家里的生计已经无以维持,为了让家人解脱饥饿之苦,他们只好牺牲自己。

最让人憎恶的是这个网站的负责人,竟然把这种惨绝人寰的杀戮行为说成慈善之举。这里就是暗网,又称深层网络。据说在暗网上,流传着一种叫作"红色房间"的存在,只要付钱就可以观看某种残忍的直播,并且可以选择某种折磨对方的方式。

"沈家明,你不会认为我们这次过去杭城查的案子是这个暗网找人做的吧?"对于沈家明讲的这些东西,孟雪不禁笑了起来。

"当然不会,人家好歹是国际知名犯罪组织,怎么会看到杭城这个地方呢?"沈家明跟着笑了起来。

"不过在我们国家,拐卖儿童妇女的恐怕比这个暗网组织有过之而无不及啊。"陈远叹了口气说道。

"我认为这个贩卖儿童的罪最可恶,要是孩子丢了,基本上一个家就完了。国家应该对贩卖孩子的人贩子直接定个死刑,看看以后那些人贩子还敢不敢再犯案。"孟雪说道。

"国家的法律自然是有依据的,这有什么可讨论的。马上就到杭城了,大家准备一下。"这时候,郑卫国说话了。

"郑队长,你之前不是跟过杭城这个公安局局长吗,怎么看着你反而有点不高兴啊?"沈家明看着郑卫国的样子,不禁问道。

"罗局长有点固执，这个说起来一言难尽。"郑卫国摇了摇头。

当初郑卫国和唐建设跟着罗明在杭城下面一个派出所实习，当时因为一个贫困户偷了人家的东西，所以大家发生了冲突，大家都觉得贫困户事出有因，希望能法外开恩，最后罗明过来了，对着郑卫国和唐建设一顿臭骂。然后依法办事，将那个贫困户抓走了。罗明的冷酷无情让郑卫国难以接受，于是他愤然离开了那个派出所，去了另外一个老师那里工作。后来，郑卫国听唐建设说起来才知道罗明在背后偷偷照顾那个贫困户的家庭，他说法律是不能徇私的，但照顾罪犯的家人却是人情所在。这么多年过去了，郑卫国对罗明的芥蒂早已经消除，他也一直希望有机会可以向罗明道歉。

车子绕过一条街，到了杭城公安局门口。门口的人看到他们的车子，立刻走了过来。

为首的正是杭城公安局副局长杨天文以及杭城公安局刑侦队队长高旭东，他们热情地迎了过来。

"怎么没见到罗局长？"郑卫国看了一圈，问道。

"本来大家都在等你们呢，结果市委那边有个紧急会议要开，让罗局过去了。他说了，一忙完就过来。"杨天文解释了一下。

"没关系的，既然罗局长比较忙，我们也不能耽搁他的工作。反正都是调查案子嘛。"郑卫国笑了笑说道。

在杨天文的带领下，闪电侦缉组的人员一起走进了杭城公安局。

在会议室，大家相互介绍了一下。杨天文按照闪电侦缉组提的要求，给他们安排了宿舍以及需要开会的地方。最后，郑卫国提出可以将失踪案的详细情况给他们一份文本的资料。

"都准备好了。"杨天文对着后面喊了一下，一个男孩抱着一沓资料走了进来，依次发给了大家。

陈远低头仔细看了一下杭城失踪的这两个女人的情况。

2017年7月25日下午两点半，杭城火车站派出所接到报案，一名叫李红的女人失踪了。根据家属口述，李红是在去给孩子买饭的时候不见的，就在火车站附近的大桥下面丢失的。根据火车站派出所对火车站附近大桥的监控，发现李红拎着一个打包好的饭盒从大桥下面经过，然后就没有再出现。

火车站派出所对大桥下面进行了调查，发现在那中间有一个可以通过一人大小的人工裂缝，并且人工裂缝的出口通往前面西北方向的马路上，而那条马路因为地势，并没有安装监控摄像头。可以确定，嫌疑人就是从桥下面绑走了李红，然后通过人口裂缝的口逃离现场。

李红今年二十九岁，有一个七岁的儿子，因为孩子上学，所以并没有上班，平常都是接送孩子上学放学。根据走访调查，李红性格温顺，对人友好，平常除了在家，就是带孩子，几乎没什么朋友。

李红失踪的五个小时后，也就是2017年7月25日下午6点，李红的丈夫接到了李红打来的电话，她在那头只说了一个数字——二十五，然后挂掉了电话。

因为时间太短，虽然当时李红丈夫的电话已经被公安局监控，但是并没有追踪到对方电话的来源信息。

从那以后，李红再没有任何信息。

2017年8月2日下午3点，杭城下水区派出所接到报案，一个名叫程珊珊的女孩出门后便失踪了。她的情况和李红的情况一样，一开始家里并没有报案，以为程珊珊有事没和家里联系。等到8月2日晚上八点多的时候，程珊珊给家人打来了一个电话，然后说出了何奎的名字，跟着便挂了电话，再也没有任何消息。

听到这个离奇的电话，程珊珊的家人想起了最近李红失踪的案子情况，于是立刻去报了警。

杭城下水区派出所立刻将案子报给了市局，然后对程珊珊的失踪前后与李红的失踪前后进行了对比，他们发现，这个程珊珊的失踪和之前的李红失踪正是同一个嫌疑人所为。于是，杭城市公安局不敢怠慢，立刻组织了专案组，进行追踪调查。

"我听说罪犯在绑架前曾经给报案中心打过一个电话？"陈远看完卷宗问了一下。

"是的，罪犯在绑架李红的前天晚上给报案中心打电话找到曾伟，对他说有一个叫李红的女人会被绑架，你想救她吗？曾伟当时以为是恶作剧，没有理他便挂了电话。等到第二起案件发生之前，曾伟的手机再次收到那个神秘男人的电话，对方说，一个叫程珊珊的女人要被绑架，你想救她吗？那个时候，曾伟已经知道了李红的案子，所以留了心眼，多和对方讲了几句话，可惜对方没有理他直接挂了电话。"高旭东讲了一下罪犯打来预告的情况。

"我们来之前分析了一下，感觉罪犯并不是为了绑架李红和程珊珊，罪犯的目标可能是杭城警方。这个案子既不是绑架勒索案，因为对方没有提出这方面的条件；也不是拐卖案，因为被拐卖的对象通常是没有结婚的女孩，这样的条件好点，能卖个高价。抛开这两点的话，我们初步认为这个罪犯应该是针对杭城警方。并且，曾伟、何奎，这两个人是关键线索。"郑卫国说道。

第五章 变

窗外星光闪烁。

母亲就是那一抹星光，虽然就在眼前，可就是抓不住。

鲁小河转过身，他的面前是那两个被他绑来的女人，一个叫李红，一个叫程珊珊。在绑她们之前，鲁小河做过精细的调查准备工作。李红和程珊珊都有一个儿子，并且都是七岁，和鲁小河母亲当年一样。

"你不是说要放了我的吗？你怎么说话不算数？"程珊珊扭动着身体问道。

"我是说过，可是你为什么要打我？为什么要偷跑呢？我最讨厌不守信用的人。"鲁小河盯着程珊珊问道。

"对不起，我、我不是故意的。"程珊珊害怕地看着他。

"如果说对不起可以的话，这个世上很多事情也就不会发生了。"鲁小河叹了口气，走到程珊珊的身边，将她一下子拉了起来。

"你要干什么？我不要过去，我不要。"程珊珊惊恐地甩着身体，因为害怕，整个人都跟着在颤抖。

鲁小河拖着程珊珊向外面走去，他内心的愤怒已经掩盖了理智，程珊珊的欺骗让他想起这么多年在外面被人欺负被人欺骗受辱的所有经历。他感觉自己从一头温顺的黄牛变成了一头恐怖的狮子，他要撕碎这个世界，撕碎所有欺骗他的人。

"啊，啊。"看着程珊珊被拖走，后面的李红只发出了一个叫声，便痛哭了起来。

鲁小河拖着程珊珊回到了先前的房间里，房间里开着电视，正在播放本地一条新闻，背景还有一张照片，那正是鲁小河的照片。

"根据市公安局调查，绑架两名女性的罪犯已经锁定，他是之前到报案中心报案的鲁某某，因为报案中心没有积极受理他的案件，所以才会采取这种错误办法。我们再次呼吁群众，如果有见到该嫌疑人，一定要立刻跟警方联系。"

鲁小河站在了那里，片刻没有动。

"你自首吧，你跑不了的。"旁边的程珊珊看了新闻后说道。

鲁小河摇着头，他的脸变得阴沉起来，他对着电视歇斯底里地喊了起来："不是那样的，我不是罪犯，是你们逼我的。是你们逼我的。"

程珊珊被鲁小河的样子吓得往后退了两步。

鲁小河呆滞了几秒后，突然想起了什么，从前面的桌子里拿出了一个破旧的手机，打开其中的摄像功能，然后放到了程珊珊的面前。

"既然你们知道了我的身份，那么想必应该知道了我的事情。我给你们三天时间抓住当年拐卖我妈的坏人,他们的地址我会发给你们。如果三天时间你们没有抓到他们,我就会杀了她。"鲁小河手里的刀子一下子抵到了程珊珊的脖子上。

"啊,不要杀我,不要杀我。"冰凉的刀子贴在脖子上,程珊珊顿时惊恐地哭喊起来。

录制好视频,鲁小河将手机收了起来。

从河边走出来,是一条大路。鲁小河拦了一辆出租车,然后钻了进去。出租车司机听着广播,里面正在说着最近两个失踪女人的事情。

"这女的失踪十有八九被人拐走了。"司机说道。

"哦,为什么?"鲁小河问道。

"这还用问?年轻女人被拐走,要么是被卖到深山里给人当媳妇,要么就是被一些不法分子卖出去当赚钱的工具。别说女的,现在男的也不安全。前些时候听朋友说,有些煤老板不好找人,便偷偷找人拐走一些男人给他打工。这社会真恐怖啊!"司机臭骂了一句。

"可以报警的,警察会抓住这些人的。"鲁小河说道。

"是啊,可是坏人太多了,警察就那么几个,能顾得着吗?唉,真要碰上这事了,也算够倒霉了。我听说绑架这两个女孩的人就是自己老婆被人劫走了,结果警察一直查不到,他才这么做的。要真是这样,也是一个苦命人啊。"司机叹了口气说道。

鲁小河没有再说话,他望着窗外一闪而过的风景,心里顿时有一种说不出的难过。

十分钟后,鲁小河下了车。

看到鲁小河走远,司机立刻从旁边拿出手机,然后拨打了110电话:"喂,刚才,刚才我载的乘客好像是你们通缉的罪犯,我的位置在……"

司机的话没说完,因为他感觉外面有人看着他,回头一看,只见不知道什么时候鲁小河站在车窗外,目光死死地盯着他。

啊,司机的手机掉在了地上……

鲁小河开着车,司机被他绑在后座。

车子在夜风中行驶,鲁小河还听着广播,节目已经从新闻变成了交通安全。活泼俏皮的主持人正和听众聊天。

鲁小河停住了车,然后拿出手机,按照节目的号码拨了出去,可惜几次对方都是占线,打不进去。

终于,在鲁小河准备放弃的时候,电话打了进去。

"这位朋友,你好,请问有什么想和我们分享的?"电话里传来了主持人温柔的声音。

"我想讲一下关于杭城这两天那两个失踪女人的事情。"他吸了口气,缓缓地说道。

"哦,不知道这位朋友你想说什么?"听到鲁小河说的是城市里的热点新闻,主持人不禁来了兴趣。

"我知道那两个失踪的女人在哪里。"鲁小河说道。

"什么?"主持人愣住了。

"不知道电台里面有没有警察在听,虽然警察费了很多工夫,可能一时半会儿还真找不到她们。因为她们被藏在杭城暗河一个分支下面的民租房里。"鲁小河说完,挂掉了电话。

电台里传来了主持人的再三询问声,确定他挂了电话,然后电台里面变成了一个音乐声。电台那边应该是在和警察联系了。

鲁小河下了车,走到车后面,打开了车门。

被绑着的司机看到他,眼神充满了恐惧,不知道他要做什么。

鲁小河从口袋里拿出了一部手机,还有一把钥匙,放到了后座位上,然后对司机说:"把这个东西交给警察。"

司机不明就里地看着鲁小河。

鲁小河帮他解开了绳子,然后转身向前走去。

几分钟后,司机惊慌失措地拿起手机,再次拨通了报警电话……

第六章　隐

进来的时候，郑卫国特意问了下陈远，要不要进来。这个案子其实已经很明朗了，在电台里告诉警察鲁小河绑架的两个女人的地址的人应该就是鲁小河本人，他这么做其实已经相当于自首了。也就是说，这次闪电侦缉组来这里没什么大的作用了。但他们是省厅派来的人，再加上叶局长和罗明之前的那些事情，这让闪电侦缉组的成员有点尴尬。

所以，当高旭东他们提出闪电侦缉组可以不用跟着去现场的时候，郑卫国有点生气了，他认为这个案子并没有想象的那么简单。当初叶枫让他们过来的时候就说过，鲁小河绑架的案子事小，主要是鲁小河母亲被绑架的事情。这么多年，鲁小河一直在寻找母亲被绑架的真相，他来报案，说是发现了犯罪嫌疑人，这样一来，就可以根据他查到的资料，拉出隐藏在后面的这个拐卖人口的组织。

"郑队长，你的意思我明白。可是现在鲁小河这个案子正在风口浪尖上，我们需要马上结案。如果这个案子时间太长，不只对我们杭城，对你们省厅恐怕也不好吧？我建议这个案子你们就别管了，如果说想查鲁小河母亲被拐的案子，可以等到这个案子结束了，你们再过来。"高旭东说道。

"高队长，我真不明白，这是罗局长的意思，还是你的意思啊？"郑卫国盯着高旭东问道。

"郑队长，这怎么扯上罗局长了？如果你们要查，我们也没有权力阻止你们查啊，毕竟你们是省厅的人。那行吧，你们随意。希望能像你们推测的那样，真的查出什么来，不然咱们可就浪费时间了。"高旭东笑了笑说道。

这是一个三十平方米左右的民租房，虽然小，但是五脏俱全。走进去后可以看到里面有床、桌子、电视、衣柜、凳子，密密麻麻堆满了房间。

同样，在隔壁一个大小差不多的房间里，李红被绑在那里。

孟雪和沈家明分别对李红和程珊珊进行了笔录询问，也许是因为时间关系，也许是害怕的关系，她们很少说话，甚至有时候还会拒绝回答问题。

"鲁小河和她们在这里待了十几天，这里可真是叫天天不应、叫地地不灵的地方啊。"高旭东看着眼前这环境说道。

听到高旭东的话，本来低着头的程珊珊一下子抬起头，眼里闪出了痛苦愤恨的目光。这一幕正好被沈家明看到。

陈远盯着现场，他们进来的时候，程珊珊被绑在凳子上，整个人显得特别憔悴。她为什么会被绑在椅子上呢？李红则被绑在床上，两个人的情况不一样，看起来程珊珊似乎在帮鲁小河做什么事情。而李红被绑的样子则是正确的囚禁状态。

程珊珊被绑在椅子上，是在做什么呢？并且鲁小河并没有解开她。陈远站到那把椅子面前，然后测量了一下高度，他拿起手机，放到了眼前。手机的角度正好可以拍摄进整个椅子的情况。

陈远豁然开朗，程珊珊之所以被绑在椅子上，是因为鲁小河在拿着手机拍摄她。鲁小河要做什么？陈远第一时间想到了恐怖分子拍摄视频的手段，难道说鲁小河是拍摄了程珊珊被虐打的视频，准备发给别人？

陈远离开现场，来到了外面。他走到程珊珊面前问道："鲁小河临走前是不是拍了你的视频，是什么视频？"

程珊珊愣了愣，说："是给警察的视频，说如果你们不帮他抓人，他就杀了我。"

"为什么我们没收到呢？"陈远愣住了。本来鲁小河应该会发视频给警察，可是为什么在离开后却给电台打了一个相当于自首的电话呢？鲁小河究竟在做什么？他在出去的路上又遇到了什么？是什么让他发生了改变呢？

"我感觉程珊珊可能被鲁小河性侵过。"沈家明对陈远低声说道。

"是吗？"这让陈远顿时一惊，"那李红呢？"

"这个不清楚，不过现在这个情况，她们肯定不会说出来的。"沈家明说道。

这时候，孟雪也做完了李红的笔录。根据李红的笔录，鲁小河并没有对她做什么不好的事情，也没有对她太差，只是囚禁着她。李红的笔录应该不会有问题，毕竟现在她已经得救了，也没必要为一个囚禁自己的罪犯说好话。

陈远想再问程珊珊一些问题，可是程珊珊显得非常不配合，所以只好作罢。

回到杭城公安局的时候，杨天文告诉闪电侦缉组说，有一个出租车司机目击了鲁小河打电话给电台的整个过程，并且鲁小河还给了出租车司机一个手机和一把钥匙。

经过调查比对，那把钥匙是鲁小河租住的民租房里的一个柜子的钥匙，里面除了一些日用品外，还有两包资料，那个手机里面有一个新拍的视频，正是鲁小河用刀子抵着程珊珊威胁警方的视频。

"本来他绑了我的，我以为肯定完蛋了。可是不知道为什么，他忽然打电话给电台，说了被绑架的两个女人的地方，然后又给我松了绑，还给了我这两个东西。这真是老天保佑啊！"出租车司机惊魂未定地说道。

"你把罪犯上车后你们之间的对话原原本本仔仔细细给我讲一遍。"沈家明对出租车司机说道。

"好，好，我再说一遍。"出租车司机点了点头，然后仔细地从鲁小河上车开始讲了起来。

"明白了。"沈家明听完出租车司机的话后说话了，"你能活命还真是因为你说的那句话，以后自求多福吧。"

"什么意思？警察同志，你这话是什么意思啊？我不明白啊！"出租车司机愣住了。

沈家明没有理他，走到前面，和陈远他们讲了起来："这鲁小河本来是打算拿着录制的视频来威胁警察,让他们帮忙抓人的。可是到了出租车上,正好广播里放着关于李红和程珊珊失踪的事情。这个出租车司机又是一个话痨,说了很多废话,不过其中有一些将鲁小河失去的理智拉了回来。那个出租车说现在警察事情太多,人太少。应该是这个点刺激到了鲁小河,他才忽然决定让出租车司机代替自己将资料送过来。"

"那他为什么不自己来呢?他亲自来恐怕要比这些资料更管用吧?"孟雪问道。

"他留下那个手机视频转交给警方的意思很明确,如果警察不帮他的话,他会做出比绑架人更厉害的事情。"陈远说道。

"看来这次我们来到杭城的工作才刚刚开始啊。"孟雪叹了口气说道。

第七章 谜

这是闪电侦缉组以及杭城公安局查的最奇怪的一个案子，报案人不在现场，只给了两包资料，并且是二十五年前的案子。

二十五年，时间跨度非常大的一个时期。当时的杭城公安局局长早已经离世，之前知晓鲁小河母亲失踪案子的杭城火车站派出所人员也没几个，可以说调查难度非常大。

杭城公安局这边只提供了一份当年的调查笔录，那是鲁小河的父亲鲁大海的笔录，上面详细地记载了当天发生的事情。

时间：1992年7月12日下午三点十七分。

记录者：豫南省杭城市火车站派出所民警肖飞鹏。

笔录口述者：鲁大海。

笔录过程：鲁大海和妻子秦思梅、儿子鲁小河于1992年7月12日下午两点左右来到豫南省杭城火车站，准备坐车离开。三人到达火车站后，鲁大海让秦思梅和儿子鲁小河在一边等待，自己过去排队买票。等到鲁大海买票过来的时候，发现妻子秦思梅竟然不见了，只有儿子鲁小河被一群人围着在哭泣。鲁大海仔细询问了一下才知道妻子秦思梅竟然被人带走了。于是，在身边人的提醒下，他立刻报警。

豫南省杭城市火车站派出所民警王磊和肖飞鹏最先赶到了现场，然后分别对鲁大海和鲁小河以及周边的群众进行了走访，可惜因为当时人太多，再加上没有多少目击者，并没有得到有效线索。

陈远看到在这份笔录后面，还补充了一张纸，那是对鲁小河的询问笔录，不过上面写了，因为鲁小河年龄太小，对于当时的事情并没有准确的判断，所以只是辅助笔录。在内容上也非常简单，鲁小河的笔录大致内容是有两个男人，分别穿着黑色衣服和白色衣服，将他母亲拉走了，临走的时候，鲁小河还听到母亲喊了他一声。

"这资料太少了，看来只有看下鲁小河查的那两包资料了。"陈远放下手里的笔录说道。

"不错，不过刚才我去取，杭城公安局那边说要等等，也不知道什么事情。"沈家明看了看郑卫国。

"现在我们不是已经正式接手这个案子了吗？为什么感觉杭城公安局这边总是推推搡搡的，真不行我们回去得了。"孟雪不禁有点生气。

"这样，你们别急。我去找一下罗明，问一下到底是怎么回事。如果说这个案子真的用不着我们，我们就回去。"一直没说话的郑卫国说话了。

大家点了点头，同意了郑卫国的意见。

郑卫国其实也想不明白杭城公安局这边到底是什么意思。高旭东他们的做法说白了如果没有上级指示，他们怎么会和省厅过来的人有意见分割？自从闪电侦缉组来到杭城，罗明就没有出现过，一直都是杨天文和高旭东来接待他们。其实也没什么，一般来说，这种事情的确是副局长来接待主事，但是作为杭城公安局局长，再加上之前和郑卫国也算认识，至少应该露个面。

郑卫国来到罗明办公室门口，犹豫了一下，还是敲响了门。

"进来。"里面传来了一个低沉的声音。

郑卫国推门走了进去。

办公桌后面，罗明正在低头看着什么东西，他头都没抬，只是摆了摆手说："先坐旁边，等我一下。"

郑卫国走了过去，坐了下来。

大约过了十分钟，罗明总算看完了手里的东西，他抬起头，拿起桌子上的茶杯，这才发现沙发上坐的人是郑卫国。

"罗局。"郑卫国站了起来。

"是你啊，卫国，快坐，快坐下来。"罗明愣了一下，立刻走了过来。

"罗局，很久没见了。"郑卫国笑了笑说道。

"可不是，想当初你和小唐都是年轻小伙子，现在一个一个都厉害了。"罗明笑着接了一杯水，然后放到了沙发旁边的桌子上。

"罗局，以前的事情是我太年轻，不懂事。这么多年了，其实一直想找您说一下。这次来到杭城，也是想着可以和您见一下。"郑卫国吸了口气，站起来诚恳地说道。

"卫国，你看你说的。我从来都没当回事。你和小唐不一样，所以你们两个人情况也不同。你性格太直，做事原则性太强。这点其实用在做刑侦工作特别好，但是也会有问题。不过看到你们现在都发展得挺好的，我也非常高兴。对了，你是不是一直奇怪你们来了杭城这么久，我都没出来见你们？"罗明问道。

"有这方面的疑问，不知道罗局您是怎么安排的？如果我们在这边不合适的话，我就带着组员回去了。其实也没什么，来的时候叶局长还特意交代了我们一下。"郑卫国说道。

"哈哈哈，这个叶枫，太有意思了。"罗明听到郑卫国的话，顿时笑了起来。

郑卫国一脸茫然，不知道罗明到底是什么意思。

"你们来的时候我就知道了叶枫可不是让你们简单来查这个鲁小河的事情。鲁小河之所以绑架两个女人，是因为他母亲的事情，所以这才是关键。但是鲁小河的母亲失踪了二十多年，这中间时间跨度太大，并且很多相关人员都可能已经退休或者不在了。我这两天一直在忙活这件事情，我通过我的关系找到了一些当年和鲁小河母亲失踪类似的案件，然后做了一些工作。正好，你来了，你过来看一下。"罗明说着拉着郑卫国走到了办公桌面前。

郑卫国好奇地走了过去。

罗明打开了眼前的一张地图，上面是豫南省的几个城市，有的被标着红圈，有的写着蝇头小字。

郑卫国知道，这是罗明之前查案的习惯，喜欢在地图上研究罪犯的犯罪轨迹，红色的表示发生了案件的地方。

"案子发生在1992年，随后的五年，甚至十年，包括到现在，我查到，其实一直还是有人在失踪，被拐卖。并且这些人的特点和当年鲁小河的母亲非常相似。综合这些案例和特点，我和另外几个城市的公安局局长合计了一下，我们感觉这个背后可能是一个有组织有规模的拐卖人口集团在做这些事情。卫国啊，你想，要是这么大一个案子，我们这个小小的杭城能直接做主吗？所以我肯定要给省厅那边汇报，这两天我一直在等省厅给我意见，当然我是举荐你们这个闪电侦缉组来调查这个案子，毕竟如果这个案子的背后真的有一个大规模的组织集团，那必然要省厅出面了。"罗明说出了这两天没有出现的原委。

"原来是这样啊。"郑卫国心里的疙瘩顿时解开了。

第八章 查

鲁小河的资料一共分为三类,其中一类是他的父亲鲁大海从1992年7月12日以后查的资料,也就是鲁小河的母亲秦思梅失踪后开始,一直到1997年8月8日,也就是鲁大海出车祸的一个月前。资料的另外两类是鲁小河接着父亲查的资料,其中一类是在杭城以外查的资料,一类是在杭城以内查的资料。

为了快速了解资料的可用性,郑卫国安排陈远、沈家明和孟雪对这三类资料进行分开查看。

陈远看了一下鲁大海调查的资料,因为他是个人调查,加上记录也不工整,很多都是临时记录的,并且字体也不好,有的还被水浸湿了,所以读起来还是有些费劲。从鲁大海的调查资料看,他是从妻子失踪后的第三天,也就是1992年7月15日开始调查的,他的办法很简单,就是问人。那个时候,打印还不方便,所以只能拿着妻子的照片,一个一个询问火车站周边的商铺老板、清洁工人。可以看出来,鲁大海密密麻麻地记载着问了一百多个人,有的给出了错误的方向,导致他走了很多冤枉路。不过经过他一年多的寻找,最终找到了一个最大可能的地方,那就是在杭城火车站旁边有一家废品收购处,老板姓周,是东北人,经常和外地人做一些地下生意,最多的便是贩卖妇女和孩子。

为了调查那家废品收购处老板的罪证,鲁大海特意在那里打工半年多,然后寻找机会,找到了周老板在本子上记录的贩卖妇女交易明细,上面记载了在1992年7月12日那天,周老板一共给一个叫林嫂的女人提供了三个女人、一个孩子。于是鲁大海便根据上面林嫂留的地址,来到了林嫂所在的江北省明安区马头镇林家庄,找到了林嫂。在威胁与哀求并用下,他从林嫂那里知道了当初三个女人被拐卖的地方,便依次去这三个地方寻找。

1997年5月,鲁大海利用差不多三年时间,经过千辛万苦,终于找到了林嫂说的三个女人,但她们都不是自己的妻子秦思梅。五年的追寻调查,让鲁大海几乎要崩溃。他不甘心,再次找到了林嫂,面对这个锲而不舍寻找妻子的男人,林嫂也被感动了。她告诉鲁大海,当初在杭城拐卖妇女孩子的除了她,还有一个组织,这个组织当时也绑走了几个女人,不过这个组织结构复杂,并且每个都是心狠手辣之徒,就连警察都对他们无能为力。林嫂劝鲁大海放弃寻找。

鲁大海的资料里没有写后来他去查过没有,因为一个月后鲁大海就发生了车祸,离开了人世。

从鲁大海调查的资料里看,他用了一个笨人的办法,也是最基本的人海战术。这种办法繁复,但是却细致;耗费时间,却比较扎实。在他的资料里,至少调查出了当天在杭城火车站发生的多起被拐卖案件，鲁大海在查到这些案件后，曾经写信给杭城火车站派出所提供线索，因为林嫂的帮助，他隐瞒了林嫂的情况。在资料的最后，林嫂说的那个神秘组织，鲁大海没有写有没有继续查下去，变成了最大的一个谜题。

  沈家明看的资料是鲁小河接手父亲调查记录后的资料，时间是从1997年10月1日到2003年8月15日，差不多六年的时间，一共涉及三个城市，这也记录着鲁小河从十二岁到十八岁之间的所有事情。沈家明在看资料的时候，几度落泪，他看到的不仅是鲁小河寻找母亲的过程，更是一个不满十八岁的孩子在这个人性复杂的社会遇到的各种苦难经历。

  鲁小河在本子里写的东西都是寥寥几笔，但那些词句背后却都是他用汗水与泪水甚至血水组成的结果。

  鲁小河调查的是父亲鲁大海没有写的那个组织，那个组织，鲁小河称它为恶魔组织。也许在鲁小河的眼里，这个组织就是一个恶魔，它毁掉了鲁小河的童年，毁掉了他的家，甚至毁掉了他的一生。

  根据林嫂提供的信息，恶魔组织和杭城对接的是一个叫福伯的老人，林嫂将福伯的地址给了鲁小河，并且给了他三百块钱，在那个年头，三百块钱是一笔巨款。于是，鲁小河找到了福伯。

  福伯可没林嫂那么好心眼，他先是骗了鲁小河一百块钱，然后又给了他一个虚无的地址。等到鲁小河明白过来后，福伯已经消失不见了。无奈之下，鲁小河只好问了福伯所有的邻居，从邻居嘴里知道福伯之前每隔一个月都会去林城的贺家镇。鲁小河想了一下，感觉这个贺家镇应该就是福伯和恶魔组织见面的地方，于是他便去了林城。

  林城，是鲁小河外出的第一个城市。一个十二岁的孩子，为了寻找母亲，凭着自己的推断去了一个陌生的地方。社会的险恶和人性的复杂给了他重重的一击，他从林城汽车站出来，还没有踏入贺家镇，就被一个男人骗到了车上，然后拉到了一个荒山矿地，在那里，他被送进矿洞里，成了一个黑矿工。

  那是一段悲惨的日子，在矿洞里，他和很多与他一样被拐来骗来的人在一起工作。他们没有姓名，说得最多的便是地方，湘北的，江城的，豫南的。这些来自天南海北的人聚在一起，全部为矿洞的老板免费服务，稍有不慎就会挨打。在那个矿洞，很多人都坚持不了，有的病死了，有的受不了自杀了，只有鲁小河坚持了下来，因为他要寻找母亲，他要去贺家镇。他无时无刻不在想着逃走，终于在一个风雨交加的夜里，他瞅准机会，从矿洞里逃了出来。等到来到贺家镇的时候，已经是一年以后。

  贺家镇不大，对于这个陌生的人，人们充满了怀疑。特别是知道他是来寻找福伯的，每个人都显得特别谨慎，没有人跟他多说一句话。鲁小河不甘心，四处询问，结果换来了一阵毒打，然后被人赶出了镇子。一个好心的大娘告诉他：贺家镇很多人都是从事转卖妇女的事情，你来问这个，不是找死吗？

  鲁小河明白了过来，他没有再多问一句，而是住在了贺家镇外面，每天守在对面，看着贺家镇进进出出的每一个人。他发现每隔一个月，便会有外地人过来这里，等到这些外地人离开后，贺家镇最有钱的两家贺虎、贺豹便会开着车出去。鲁小河明白了过来，外地人是拐卖人到这里，然后贺虎、贺豹是带着拐来的人出去转卖。

于是，鲁小河在贺虎、贺豹必经的路上设置了一个陷阱，等到他们的车经过的时候，一下子翻了。他把贺虎贺豹绑了，然后用刀威逼他们讲出了1992年福伯来这里送的人被他们卖到了哪里。

在鲁小河的威逼下，贺虎、贺豹告诉他，1992年福伯送了两个女人来贺家镇，被他们卖到了苏城的铁钩村。虽然鲁小河对贺虎、贺豹下了套，但他们还是劝鲁小河不要去铁钩村，因为那里根本就是一个原始村落，警察都管不了，要想从那里救人，基本上不可能。

鲁小河没有贸然去铁钩村，而是通过半年时间确定了两个和他一样寻找家人的朋友，他们的家人也被人拐进了铁钩村，于是他们三人联合起来，趁着铁钩村在外寻找装修工人的情况下，一起去了铁钩村。

铁钩村就像贺虎、贺豹说的一样，那里距离苏城比较远，加上中间全部是土路，铁钩村的人几乎从不下山。他们的村落实行的是族落制，解决事情靠的是村里的老人，然后在祠堂设死刑。所以很多被卖到这里的女人，基本上就是下了地狱。

鲁小河和另外两个人在那里待了一年半，终于打听到了一点消息，可惜消息都是那两个人的家人，鲁小河的母亲并没有来过铁钩村。

当警察来到铁钩村拯救了那两个人的家人时，鲁小河的心里非常难过。他在本子上只写了一句话：看着他们的家人被警察从猪圈一样的地方救出来，不知道为什么，我很高兴，那不是我的母亲。

那个时候，鲁小河已经十七岁，花一样的年龄，却做着很多成年人都做不了的事情。

铁钩村的线索断了后，鲁小河回了一趟家。因为他的奶奶去世了，他在家里办完丧礼，本来准备再去趟贺家镇，但是妹妹没人照顾，于是鲁小河便决定先照顾妹妹。

鲁小河的妹妹鲁小溪考上了鹤城高中，鲁小河便陪着妹妹去了鹤城。妹妹上学的这段时间，鲁小河在他们学校图书馆找了一份工作，没事的时候就看书。他在资料里简单记录了几句话，其中一句是，他在这期间看了九百多本书，其中有很多都是侦探悬疑的小说，并且他能准确地背出三百本书的内容。这简单的一句话，背后的功夫让人咋舌。

这时候，有人给他提供了一个信息，有人看见福伯出现在了杭城。于是，鲁小河和妹妹商量了下，回到了杭城。

这就是鲁小河调查记录在外面三个城市的所有资料，剩余的回到杭城的那部分则是由孟雪在看。

陈远和沈家明忽然特别好奇，鲁小河再次知道了福伯的消息后，他是用什么办法找到恶魔组织的秘密的呢？

第九章　媾

镜子里的人有些模糊不清。

水冲在身上,像是无数条虫子在身上攀爬,有的在皮肤上面划过,有的钻入心底,说不出的难受。

鲁小河拿起水龙头对着镜子冲洗了一下,镜子里的自己清晰起来,一张憔悴不堪的脸出现在镜子里。

这时候,一个女人从外面推门走了进来。女人穿着一件浴服,轻轻走到他背后,从后面抱住了他。

鲁小河想推开她,但是她却抱得更紧了。

"会弄湿衣服的。"鲁小河说道。

"不怕,要是你走了,我才怕。"女人说道。

鲁小河转过头,看到了女人的样子。昏暗的灯光下,女人的头发湿漉漉的,刚洗过澡的身体散发着淡淡的沐浴露味道,白皙的皮肤,清秀的眉眼,让鲁小河咽了口唾沫,身体下面不禁有种冲动,他伸手往下遮掩了一下,准备转过身。

"别动。"女人拉住了他,蹲到他面前,轻轻移开了他的双手。

他身体微微一颤,顿时感觉到了女人嘴里的温热。

2014年9月10日,鲁小河离开了鹤城,他收到了朋友的信息,福伯再次出现在了杭城。

鲁小河早已经不是当年的莽撞少年,经过这么多年的漂泊流浪,他学到的不仅是社会经验,甚至曾经在铁钩村跟着同去的一个朋友学了半年的格斗,再加上他看了九百本书,他已经知道该怎样对付狡猾阴险的福伯。

福伯从来没想到当年那个被他耍得团团转的小孩子会再回来找他,并且带着更大的仇恨。虽然他身边有几个身强体壮的男人,但却根本不是鲁小河的对手。

看到鲁小河,福伯知道自己栽了,他拿出钱给鲁小河,可惜鲁小河的目的不在于此。在生死威逼下,福伯告诉鲁小河当年他除了向贺家镇提供过两个女人外,还给影子提供了一个女人。

影子是一个贩卖人口的集团。他们在全国各地都有分支,也只有福伯这样在杭城贩卖人口的老手才能够搭上影子的生意,因为影子对于一般的女人或者孩子没有兴趣,他们要找的都是有特别需求的,所以价格也高。福伯本来也没想到手里那个女人能被影子的人看到,所以当影子来找他的时候,他当然毫不犹豫地就交了出去。

如何去找影子,福伯没有其他办法,除非能找到影子想要的人。福伯能给的线索是他一个叫大牙成的朋友，带了一个女人，被影子看上了，过两天准备交易。

鲁小河去找了大牙成，本来他想让大牙成先放了那个被绑的女人，可是让他意外的是，那个女人竟然跪下来求鲁小河，让他放了大牙成，是她主动要求被影子的人带走的。

"一年前，影子的人绑走了我的孩子，我经过千辛万苦才找到大牙成，给了他一笔钱才让他帮我联系到了影子的人。"女人说。

鲁小河回到了现实中，他低下头，当年眼前的女人也是跪在自己面前，不过眼里全是哀求，而此刻，她的眼里全是柔情。

身体的快感越来越强，他忍不住弓起了身体，想要推开女人，女人站了起来，解开了身上的浴服，抱住了他。

欲望撩拨着他的身体，他将女人一下子按到了旁边，然后从后面抱住了她。

"当年，当年我主动给你，你都不要。现在，为什么忽然想了？"女人娇笑着，回头看着他。

他凑过去轻声说道："云姐，别说话。"然后吻住了女人的嘴唇，女人的身体开始剧烈地颤抖起来。

整个浴室里顿时春光弥漫。

鲁小河闭上了眼，耳边是云姐的娇喘呻吟声，就像当年他在宾馆外面听见云姐和影子的人在一起时一样，不过那个时候的云姐完全是为了能够得到影子的人的信任。而此刻，云姐对自己却全部是爱意柔情。

知道了云姐的情况后，他们计划了一下，大牙成将云姐交给了影子的人，鲁小河则悄无声息地跟上了他们。影子的人带着云姐去了杭城一家宾馆，当天晚上影子的人开始对云姐起了邪念，为了得到线索，云姐只好配合对方，可是，藏在外面的鲁小河没忍住，冲进去将影子的人打倒在地上，救出了云姐。

为了找线索，在宾馆里面，鲁小河对影子的人进行了威胁审讯，得知了云姐的儿子之前在被影子的人带走的路上出了意外，早已经死了。对于鲁小河母亲的事情，因为时间太长，对方一无所知。

"小河。"云姐伸手握住了他的手。

浴室里的热气渐渐退去，有点凉了。他拧开花洒，热水瞬间流了出来，冲洗在他和云姐的身上。

"你还在找你母亲吗？"云姐问道。

"是的。"鲁小河说道。

"这么多年了，没想过放弃吗？"云姐问。

"想过，但是不能放弃。"鲁小河说道。

"为什么？"

"因为我的父亲，又或者因为其他。我的一生都在寻找母亲，如果放弃了，我能做什么？"鲁小河张开嘴，热水冲进了嘴里。

"你有没有想过成家，忘记过去，我们重新开始生活。"云姐看着他的眼睛，眼里闪着温和的情意。

他关掉了水龙头。

残余的水在身上滴滴答答地流着。

"对不起,我、我不能。"鲁小河低下了头。

"可是你曾经已经做过选择了,你不是说已经不再追寻影子的事情了吗?为什么现在又要这么做?"云姐抱住了他的肩膀。

"因为,因为影子的人动了我妹妹。"鲁小河抬起头,他的眼里泛出了泪光,"我唯一的亲人,我的妹妹,他们动了她,然后将她带进了超市。你知道那里的情况,所以我发誓要将影子的人全部毁掉。"

"你做了什么?"云姐的声音颤抖起来。

"我把这几年查到的资料,全部交给了警察。如果警察真的查他们,他们无路可逃。他们要为自己做的事情负责。"鲁小河说道。

"那你呢?你怎么办?"云姐的眼泪落了下来。

"每个人都要为自己做的事情负责,不是吗?任何事情,老天都看着,谁也逃不了。我们的事情,我担着,所以你要好好的。我这次来找你,就是希望还能见见你。"鲁小河说着抱住了云姐。

第十章 并

孟雪拿到的资料，大部分是鲁小河在杭城调查的关于那个恶魔组织——影子集团贩卖人口的一些走访调查。其实这些调查在公安系统里面很容易查到，不过对于一个普通人来讲就比较难了。

闪电侦缉组看完资料后，罗明组织了一个会议，会议内容自然是为了鲁小河母亲当年失踪的事情牵连出来的这个名叫影子集团的贩卖人口案。

自从闪电侦缉组来到杭城，罗明一直没出现。对此他也做了解释，因为鲁小河的案子涉及影子集团，所以这几天他一直在和附近几个城市公安局领导进行案情沟通，包括和省厅的领导进行协调汇报工作。经过这几天的沟通，大家决定将杭城设为这个案子的中心城市，以林城、苏城、鹤城为辐射城市进行调查，争取能够将影子集团一网打尽。为此，林城、苏城和鹤城公安局会全力配合他们的工作。

"鲁小河的母亲被拐走是在7月12日，那么这个案子，我们就叫7·12案件。案子的具体侦破工作自然是由省厅过来的闪电侦缉组负责，我们刑侦队全力配合。"罗明说道。

"我们查看了鲁小河留给警察的资料，里面详细地记录了他的父亲鲁大海和他调查的情况，时间跨度二十五年，中间可以说是曲折离奇，经历丰富。不过很多需要考证的地方以及人恐怕无法一一验证了。在这些资料里，关于影子集团最有力的证据，就是2013年开始，鲁小河进入影子集团里面调查的资料。因为时间相近，里面很多案例都能在我们杭城周边城市找到对应的案子，可以说这点给了我们很大的帮助。"郑卫国总结了一下鲁大海的调查资料。

"这里有苏城、林城和鹤城公安局传过来的资料，都是关于影子集团贩卖人口的资料，不过也许里面有的是错误的信息，这点可能需要我们判断一下。卫国，对于这个案子的侦查方向，你是怎么想的？"罗明拿出来一份资料，交给了郑卫国。

"罗局、各位同事，其实刚才就想说了。既然这个案子涉及的城市比较多，那么可见这个影子集团的势力范围不容小觑。我认为鲁小河的母亲这个案子只是整个案子的一个引子，如果我们将这个引子当作源头去查，那么费时间、费精力，并且很多事情因为时间问题将很难调查。所以我认为，我们查影子集团，可以结合鲁小河和鲁大海调查的这些资料，然后从影子集团最近做的案子开始入手，抽丝剥茧，找到这个盘根多年的贩卖人口集团的老巢，将他们一网打尽。"郑卫国说道。

"郑队长说得非常对，杨副局长之前参与过几次打拐案件，拥有一定的经验。

我们杭城这方面，就让杨副局长和高队长配合你们，咱们争取这次打个漂亮仗。自私点讲，这可能也是我退休前最后一个大案了，要是能够侦破，那我的警察生涯也算是圆满落幕了。哈哈。"罗明笑了起来。

"罗局放心，我们肯定会完成任务的。在这里，我、我提个申请，就是我那个外甥徐正，他特别想参与案子的调查。我知道这不符合程序，可是你不知道这孩子特别拧巴，昨天晚上一晚上缠着我，逼着非让我帮他。"高旭东为难地说道。

"徐正这孩子能力还不错，我很喜欢他。不过查案子是大事，先不说这个程序符合不符合，最主要是安全问题。郑队长，你怎么看？"罗明看了看郑卫国。

"其实也没什么，反正我们这帮子组员也都是半路出家。既然高队长能给他作保，我也觉得没什么。不过就像罗局说的一样，我们让他做内勤就可以，外勤的工作就不要参与了，毕竟有危险。"郑卫国明白罗明的意思，他是把这个问题推到了自己身上。

"这样最好了，我想徐正应该不会再说什么了。"罗明笑着说道。

会议结束后，7·12案件侦破组聚在一起开了第一个会议，因为杨天文和高旭东都是配合闪电侦缉组的工作，所以主持工作的是郑卫国。徐正也参加了会议。会议成员一共七个，也是这次案件的主要调查人员。

"按照之前调查案子的方式，我们通常是分头调查。现在我们要做的事情分为三个：第一个是查清楚苏城、林城和鹤城送过来的资料里影子集团贩卖人口的案子真假问题；第二个是查清楚杭城这边最近半年发生的影子集团做的案子；第三个是根据鲁小河提供的资料，锁定影子集团在杭城的接头人，并且有嫌疑的人直接抓来审讯。这三点，我们分头进行。我简单分配一下，杨副局长之前参与过打拐的案子，所以对于分辨是不是影子集团他们做的案子应该会有经验，所以杨副局长、徐正和孟雪，你们三个人负责区分林城、苏城和鹤城送过来的资料，筛选出影子集团做的案子，必要的时候可以去林城、苏城和鹤城让当地警方配合；高队长和沈家明负责调查最近半年发生在杭城的失踪人口案，找一下和影子集团有关系的案子；我和陈远根据鲁小河的资料去调查影子集团在杭城的接头人，当然为了安全起见，我需要杭城公安局这边再给我们配两个外勤警员。对于这样的安排，大家有什么意见吗？"郑卫国将工作分配了一下。

"非常合理，每个人擅长的地方正好做擅长的事情。我觉得没问题。"杨天文点点头说道。

的确，郑卫国就是这样安排的。调查林城、苏城和鹤城，这需要和外地的警方打交道，如果是其他人做，恐怕在程序上不好沟通，杨天文是杭城公安局副局长，那么就容易得多了。徐正是学生，外勤工作不适合，但是却拥有精准的判断力，区别这些案子正好可以用得上；孟雪是一个女孩，这些规整类的工作更是不可缺少。

杭城这边的情况高旭东自然熟悉，那么他和沈家明搭档来负责调查是效率最快的。尤其是沈家明的专业是心理学，可以快速帮助高旭东。

至于调查影子集团在杭城的接头人，陈远的能力是现场，那么这是必不可少的，在调查途中可能会遇到危险，郑卫国是刑警出身，再加上从杭城警方要过来的两个外勤警员，足够保护陈远的安全，当然包括抓人。

大家对于这样的安排都没有意见，于是开始着手准备分头调查。

"我们还是按照之前的惯例，两天后大家回到公安局开一次碰头会，将各自调查的情况汇报一下，然后我们综合一下调查情况，再决定下一次调查方向和工作的分配。"郑卫国最后说道。

第十一章 诱

杭城，魅惑酒吧。

舞台上面，一个女孩穿着短裙正在热舞，她头发披散着，皮肤白皙，眼睛特别大，带着勾人的眼神。在舞台下面旁边坐着一群男人，眼珠子都要掉下来了。女孩时不时对下面的男人伸出手指，做出一个诱惑的姿势，马上引起一片骚乱和尖叫。

"来朵花。"坐在舞台左边不远处角落的一个男人，对着服务生招了招手，然后将一百块钱递了过去，"给丽莎。"

"好的。"服务员接过钱，笑嘻嘻地往前走去。这已经是这个男人来的第三天，每天他都会送丽莎一朵花，一朵花卖七十，三十是服务生的小费，所以大家对这个男人非常喜欢。

舞台上面的丽莎已经结束了跳舞，服务生正好将花送了过去。丽莎接过花深深闻了闻，然后说道："谢谢格子先生的礼物。"

格子先生就是那个送花的男人，因为他穿着一件格子短袖衬衫，整个人看上去温和谦逊，和酒吧里其他男人比起来，就像是这盛夏里的一朵清新莲花。

按照惯例，丽莎跳完舞，拿着一杯酒走了过来，坐到了格子先生的对面。

今天丽莎心情特别好，也许是因为老板说她来了酒吧后生意不错，给她涨了薪水，也许是接连几天有男士送花。

"我很好奇，你为什么不像其他男人一样去舞台旁边呢？"喝完酒，丽莎问道。

"丽莎小姐，你觉得这些人喜欢你什么地方？"格子先生笑了笑，问道。

"这，还用说吗？"丽莎挺了挺她高耸的胸部，那些男人当然是看中她的身体和外貌。

"所以说每个人欣赏眼光不一样，有人只看表面，有人看到的却是内在。我这个人不喜欢那些肤浅的表面东西。再说，酒吧跳舞的女孩很多，哪个身材也不差，人们在这里只不过是来放空虚无的热情。等到午夜打烊，酒冷舞停，又有谁会愿意留下来多看一眼呢？"格子先生说完，摇了摇头。

丽莎沉默了，她看着格子先生，灯光照在他脸上，英俊帅气的脸上显出淡淡的忧伤。真是一个优雅有格调的男人，丽莎感觉心突然莫名地跳快了，她慌忙离开了。

回到家已经凌晨一点了，丽莎放满浴缸热水，加了一点香薰，然后脱掉衣服，躺进了浴缸里面。

热气腾腾的水顿时将一天的疲惫都蒸发掉了，丽莎靠在浴缸的枕套上，想起了格子先生的脸。

在酒吧工作，丽莎见过最多的就是男人，可以说什么样的男人她都见过，为她一掷千金的有，为她打架拼命的也有，甚至还有为她抛家弃子的。可是独独像格子先生这样的男人没有，他太特别了。他喜欢人，就像一道山泉一样潺潺流过，又像一道春风轻轻吹过。他看，就在远处，静静地看你，无论你是魅惑别人，或是欢喜自己。他给东西，不是多贵的，就是表达心意，一朵花，没有那些烈酒的冲劲，没有金钱的铜臭；他说话，永远是那么温和温暖，眼里全是柔情蜜意，每个字句都让人沉沦心碎。

丽莎从浴缸里站了起来，水珠滑过她的身体，落在地上。她走到镜子面前，看着里面自己的身体，白皙的皮肤，高挺的乳房，紧绷的小腹，匀称的双腿，最主要的是她的眼睛，又圆又大，特别漂亮。上天给了她天生让男人喜欢的东西，但是她却还从来没有为哪个男人动心。

手机响了起来，丽莎走过去拿起来看了一下，是一个陌生号码发来的短信：
"看窗外。"

丽莎愣了一下，放下手机，披上浴袍走出卫生间，拉开了客厅的窗帘。

只见楼下停着一辆车，格子先生站在那里，手里捧着一束花，看到丽莎拉开窗帘，他顿时冲着她挥了挥手。

丽莎慌忙拉住了窗帘，原来那个手机号码是格子先生的。

"不好意思，通过服务生找到你的电话和地址。今天是我生日，本来约了朋友，结果被爽约了。要是方便，希望可以和你聊聊天。"格子先生的信息又来了。

"好。"丽莎同意了。

五分钟后，丽莎下楼了，然后坐上了格子先生的车。

格子先生带着丽莎来到了一个二十四小时酒吧，两个人交谈很愉快。格子先生的睿智与风趣，让丽莎格外着迷，她甚至都做好了晚上跟着格子先生回家的准备。

"时间不早了，我送你回去吧。真是太感谢你，让你陪我这么晚。"格子先生看看表，然后站了起来。

"好的。"丽莎有些失望，她不太明白这格子先生是装傻还是真傻，都到这份上了，还不表示。

格子先生带着丽莎上了车，然后送她回家了。

"要不，来楼上坐会儿？"下车后，丽莎决定主动邀请格子先生。

"可以吗？"格子先生有点惊讶，不过马上明白了丽莎的意思，他笑了笑说，"稍等，我拿个东西。"

格子先生从后备厢里拿出了一个银色的手提箱，然后跟着丽莎上了楼。

"这是什么东西？"丽莎问道。

"明天要交一个东西给客户，害怕丢了。"格子先生说道。

格子先生来到丽莎的家里，丽莎关门就抱住了他，然后疯狂地和他亲吻着，一起来到卧室，躺到了床上。

格子先生的吻特别甜，就像棉花糖一样，让丽莎忍不住用力吸吮着，不愿意放弃。他们就这样在床上亲吻着,在格子先生的攻势下,丽莎竟然有一种飘浮在云端的感觉,恍惚中,她感觉自己来到了一片海洋中,四周全是海水,等她睁开眼的时候,她发现自己真的在水里,全身赤裸地躺在浴缸里,她想动,身体却不能动弹。但是她却能看见格子先生坐在浴缸旁边,正在摆弄他提上来的那个银色铁皮箱。

丽莎用尽力气发出了一个声音,但是却显得非常无力。

"嘘,不要动,很快就结束了。"格子先生还是那样说话低沉,不过他已经打开了那个拎上来的手提箱子,里面的东西也展现在了丽莎的面前,那是密密麻麻的各种针管试管。

丽莎顿时明白了过来,她想起了最近看过的几个新闻,不禁声色俱变……

第十二章　辨

　　孟雪不喜欢和领导打交道，原因是之前的上司不好相处。不过杨天文性格还不错，虽然没有说陪他们一起查资料，看案子，但是他派了两个下属过来帮忙，自己在一边做指导。这样反而让他们沉闷的查询案件变得热闹起来。

　　徐正是一个非常阳光又富有想法的男孩，虽然年龄不大，但是对案子的判断非常准确。他让孟雪想起了林南——那个阳光、为了热爱的刑侦可以付出一切的大男孩。

　　"人贩子其实不可怕，最可怕的就是有组织的人贩子，因为他们不会像那些零散的人贩子一样随机作案，他们会有目的性地作案。在我们传统的贩卖人口案中，主要对象是女人和小孩，原因很简单，女人是为了卖给一些缺少媳妇的山村当媳妇，小孩同理。这种情况在我们国家非常常见，尤其是小孩。这些罪犯也是五花八门，有的是孩子父母的朋友、邻居甚至还有亲戚。这些人多数是为了钱，一时之间起了贪念，有少数人是为了报复。所以零散的人贩子从他们贩卖的对象就能看出来。

　　"有组织的人贩子则不一样，他们都受过培训，他们的对象也不是简单的女人和孩子。这些人通常都是团伙作案，他们会设局，做圈套，让人防不胜防。他们的对象通常是提前选好的，比如对象是孩子，他们会提前接近目标，进行拍照，然后再由组织传出去，让买方看，选中目标后，他们再进行绑架行动。对于女人，他们的要求更高，绑架的方式也更多，有迷惑目标，有欺骗目标，甚至有的直接就用强制手段带走。团伙作案的人贩子也会选择成年男性，作案方法和对成年女性一样。"杨天文讲了一下人贩子团伙作案和单独作案的区别，为的是方便让他们辨别手里的案子是不是影子集团做的。

　　"他们绑架男人做什么？"孟雪不禁问了一句。

　　"有特定的人选，比如这个男人身上的某个器官可以高价卖出，又或者说他们绑架的男人可以做苦力。总之，团伙作案的人贩子一般都有了成熟的体系，比如有专门接单子的，有专门出去找猎物的，有专门负责把风的，有专门直接动手的，甚至还有专门在后面进行掩护的。"杨天文说道，"这些东西都是我之前参加打拐行动的时候听人家说的，不过还挺有用的。"

　　"确实，之前没想到这里会有这么多东西。"孟雪点点头说道。

　　"所以你们可以通过这个区别点，对苏城、林城和鹤城提供的信息进行甄别，这样可以省去很多时间。尤其是最近几年，很多城市都发生过活人丢失器官的案例。之前杭城就发生过，一个男的去见网友，结果被人下了药，等醒过来的时候，发现自己的左脚竟然被人割走了。这一事情听上去觉得很不可思议，但是要做起来就非常费事，需要很多人配合，三两个人是很难完成的。"杨天文举了一个例子。

有了杨天文的指导，几个人看起案子来快了很多。孟雪负责林城的案子，林城一共提供了五起案例，其中有两起很明显不是团伙作案，孟雪又从剩余的三起里面挑选了一下，确定了其中一起。

徐正看的是苏城的案子情况，他做事特别快，用最快的时间排除了不是团伙作案，留下了两起案件，并且从这两起案件中找出了不同点，确定了这是两个团伙做的案子，他将其中一起比较像影子集团作案风格的案子提了出来。

剩余两个人在帮忙，看的是鹤城的案子，比较慢。所以徐正和孟雪两人互相交换了一下手里查到的案子，看有没有其他发现。

孟雪仔细看了一下徐正提出来的案子。

2016年12月31日，苏城广场，很多人在迎接新年的到来。住在苏城红旗区胜利街2号楼1单元3号的孙博带着妻子王丽敏和儿子一起在林城广场玩，他们约定一起在广场迎接新年。

随着时间来到十二点，有人突然拉着孙博的妻子王丽敏往前挤去，因为人太多，再加上孙博身边还有儿子，所以等孙博追过去的时候，妻子王丽敏已经被两个人连拖带拉地拽进了路口一辆私家车，然后火速离开了。

孙博第一时间向广场的巡警报了警，巡警联系监控中心，然后锁定那辆私家车，等到追上去的时候才发现并不是之前带走王丽敏的那辆私家车。经过仔细查看，警察发现那辆绑走王丽敏的私家车在友谊路口的时候，借着车流拐进了一条小巷子里，人流中正好有一辆和那辆车外观型号一样的车，所以被认为是犯事车辆。

孙博的妻子王丽敏就这样失踪了，在2016年的最后一天。一直到现在，孙博还在寻找妻子的下落，苏城警方也立案侦查，可是却一直没有找到任何有用的线索。

看完这个案子，孟雪也觉得这个肯定是团伙作案，并且符合影子集团绑架人的风格，就像当年鲁小河的母亲被绑走一样，也是在人流密集的场所，并且被绑人的老公和孩子都在现场。

从这一点看，徐正筛选的案子非常准确，还和鲁小河母亲失踪的案子能够联系到一起。

对于孟雪选的案子，徐正也讲了一下自己的看法。

孟雪选的案子是2017年4月19日发生在林城致青春美容会所的案子。根据失踪者刘婷的男朋友杨帆报案所说，刘婷于2017年4月19日下午五点进入林城致青春美容会所进行面部护理和身体保养，全程大约需要三个小时。可是杨帆一直等到晚上八点也没有见到刘婷出来，于是便让美容会所的工作人员进去查看，结果发现本来应该在美容室休息的刘婷竟然不见了。

林城致青春美容会所立刻报了警。

林城110报案中心接到报警后，立刻派警察过来。等到发现案子有点不可思议后，他们又联系了林城公安局刑侦中队。林城公安局刑侦中队队长徐天飞来到了现场。他们通过林城致青春美容会所的监控录像，最终发现了刘婷被人带出去的真相。从监控录像可以看到，两个穿着致青春美容会员的人员利用监控盲区，将刘婷从美容室里推出来，然后拐进电梯里面，再帮刘婷换了衣服，最后大摇大摆从林城致青春美容会所的大厅走了出去。最让人哭笑不得的是，那两个人带着刘婷就是从杨帆的身边经过的，只不过当时杨帆正在看手机，根本没注意到。

徐天飞对整个林城致青春美容会所的人进行了调查，最后发现那两个绑走刘婷的人，根本就不是他们会所的人，只不过因为大家都穿着一样的衣服，戴着口罩，再加上平常很多人之间也不说话，甚至有的连叫什么都不知道。

刘婷就这样被人大摇大摆绑走了，对方显然是一个非常默契的团伙，有专门负责运输的，有负责将刘婷送出去的。

所以，孟雪觉得这个案子应该是影子集团做的。并且比起其他案子来讲，这个案子的多人配合度会更难一点，如果稍有差池，就会有问题。所以孟雪觉得一般的团伙很难达到这样的默契配合度。

第十三章　路

高旭东在杭城做警察九年。他从派出所一名小警察一步一步坐到今天的位置，靠的可不仅是拼命，更多的是路子。

沈家明本来以为要和高旭东待在公安局一起翻看那些资料，但是高旭东却有他的办法。他将手里资料的案子做了一下归类，便带着沈家明出来了。

"高队长，我们这是要做什么？我们时间不多啊，要不还是回去吧？"沈家明不知道高旭东葫芦里卖的什么药。

"家明，做事有很多办法的。没听过一句话吗？磨刀不误砍柴工。"高旭东说着发动了车子，"老实跟你说，你知道杭城失踪的案子有多少吗？让我们从文字上调查，不如先去社会上走一遍，锁定几个嫌疑人，从他们身上直接找答案。"

"这样可以吗？"沈家明半信半疑地看着他。

"放心吧，我有分寸。"高旭东露出了一个神秘的笑容。

沈家明跟着高旭东来到了一个篮球场，正是下午时分，有十几个男人正在打篮球。高旭东坐在车里，点了根烟，然后静静地看着篮球场上两个队伍的比赛。

半个多小时后，两个球队比赛结束了，人们开始散场。高旭东拉开车门走了下去，带着沈家明来到赢了比赛的那个球队面前。因为赢了比赛，所以大家都非常高兴，其中一个球员看到前面不远处的高旭东后，立刻脸色刷白，身体紧张，甚至还没有等到球队合影，他就从后台跑了出去。可是刚跑出来，就碰到了一个人，那个他最不想见到的人。

"高队长，你到底要我做什么？我真不知道。"被高旭东拉到车里的男人外号叫老狗，是之前高旭东一直特别照顾的一个小混混，后来便做了高旭东的线人。此刻，老狗还是装作一脸无辜相。对于高旭东的突然造访，显得特别意外。

"老狗，别给我装。我找你没什么大事，我这儿有一个案子，是失踪案，你给我查查是个人做的还是团伙做的。"高旭东说道。

"高队长，你这是为难我啊。失踪案，我怎么会知道啊？你又不是不知道，失踪案这事在杭城，我们都不敢问的。"老狗一脸无奈地说道。

"老狗，你放心，以前你们不敢问是怕什么，我们都知道。但是以后你们不用怕了，你知道什么跟我说下，能帮到我最好，帮不到我也不怪你。你明白我的意思吗？"高旭东拍了拍老狗的肩膀。

"那行吧，我只知道杭城有一些案子是一个叫五猴子的人做的，这个五猴子以前在外地做了好多年拐卖人口的案子，回杭城后组织了一批人，表面上看是一个洗车修车行，其实背地经常做一些拐卖人口的事情。五猴子为人阴险毒辣，之前因为伤人还坐过牢,所以在杭城没人敢惹他。我之前在一个酒吧听人说过,前些时候,黑市需要肾,这五猴子还倒腾过几个给黑市的人。但是具体什么情况,我就不太清楚了。"老狗讲了一下他知道的情况。

"我手头有一个案子,是一个女孩被拐走的案子。时间是今年3月,就在新城区,这个女孩是一个车模,你知道这事不?"高旭东又问道。

"你说的是丁菲菲吧,这个怎么会不知道,当时整个杭城电视台都播放寻人启事了。那女孩特别漂亮,尤其是两条大长腿,每次车展里最显眼的就是她。老实说,这么漂亮的女孩被绑走十有八九是被卖到国外了,肯定被人当性奴了。"老狗惋惜地说道。

"说什么呢?"高旭东瞪了他一眼。

"不好意思,不好意思。一时嘴误。"老狗尴尬地笑了笑。

"我问你在下面听过关于丁菲菲被人绑走的线索没?"高旭东问道。

"这个有人说是一个富豪当时看上了丁菲菲,但是却被丁菲菲拒绝了,于是富豪便找人绑了她。但这消息是真是假就不清楚了,总之丁菲菲当时失踪得非常奇怪。正好我有个朋友当时和丁菲菲在一个车展上,他说当时看到丁菲菲下了地下车库去开车,结果直接就失踪了。绑架丁菲菲的人,肯定是早有预谋。"老狗说道。

高旭东看老狗也说不出什么,没有再问下去,就离开了。

"高队长,你就问了问这个人一些情况,看起来也没什么作用啊!我们还是回去仔细查看一下案情记录,然后一起分析一下吧。"沈家明说道。

"小沈,你这就不懂了。这么说吧,如果就我们两个在看案子,一起分析情况,那么我们站的角度就是刑侦侦破的方向,其实这失踪案和刑侦的案子还不一样。失踪案主要看的是失踪者被人绑走的动机和方法。我们拿到的这些资料里,大部分都是被五猴子的人绑走的,五猴子也算是一个团伙,所以我们必须将他和影子集团绑人的案子区别开,不然我们查案子会受到很多阻力。"高旭东说道。

"影子集团不是一般的犯罪团伙,之前的情况比较下来,这个影子集团的人做事非常谨慎,并且配合默契,并不是一般的犯罪团伙能比的。杭城最近半年发生的一些失踪案里,只有两起有些奇怪,一个就是你问那个老狗的丁菲菲的事情。刚才听老狗这么一说,我觉得这个丁菲菲的案子比较符合影子集团的风格。"沈家明说道。

"查案嘛,除了靠脑子,最主要的要多听听别人的意见,尤其是一些接触过现场的人的意见,会让我们查案子少走很多弯路。"高旭东说道。

"那我们就先主要调查一下这个丁菲菲失踪的案子吧。我看这个案子影响也比较大,虽然过去一阵子了,现在在网上的关注度还是很高。或者,我们可以直接抓了五猴子,这样一来,和他没关系的案子他自然会甩出来。"沈家明说道。

"五猴子能在杭城聚集这么多年,自然有他的能力。这点我们还是要等到汇报会上讲一下再说。"高旭东说道。

"那现在我们只能调查丁菲菲的事情了。"沈家明摊了摊手说道。

第十四章　误

鲁小河提供的资料里锁定的嫌疑人一共有两个，其中一个叫周世三。周世三家族在杭城火车站附近经营一家废品收购站。周世三是东北人，来到杭城很多年，当初鲁大海最早就去周世三的废品收购站找过妻子，但是发现周世三和秦思梅的失踪没有关系。不过鲁小河后来查到，这个周世三家族其实和影子集团也有关系，只不过是表面上不来往而已。鲁小河查到了周世三家族利用他的废品收购站从1997年开始，一共参与了十几件贩卖人口的案子，并且每一个案子都有名有姓，包括具体到人，在哪里交易，被贩卖的人去了哪个地方，都记得非常清楚。

"现在我觉得这个鲁小河有点问题，他能记录下来这么多被贩卖的人口，为什么不当时报警，让人去抓了这个周世三呢？非要眼睁睁看着这么多人被周世三拐走。"陈远不太理解鲁小河的做法。

"很简单，那是因为鲁小河发现周世三也参与了影子集团的贩卖人口案，他自然不会报警，如果报警了，这条线索就断了。再说，鲁小河当时发现周世三有问题的时候不过是个十几岁的孩子，他一心要找母亲，社会上的一些经历让他变得没有办法和普通人的心思一样。"对此，郑卫国解释了一下。

"那为什么到了现在，他又让我们来抓周世三呢？"陈远问道。

"他需要我们来审讯周世三，如果周世三参与的影子集团的贩卖人口案里涉及他母亲的消息，那么他这么多年做的事情就没有白费；如果没有母亲的线索，那他至少也给我们提供了一个人口贩子家族。"郑卫国说道。

在鲁小河提供的嫌疑人里，另一个叫董丽丽，是杭城丽人整形医院的院长。鲁小河的资料里，董丽丽利用自己整形医院院长的身份，私底下和好多人贩子进行合作，一方面转卖人口，另一方面转卖器官。鲁小河提供了三个证据，和周世三的拐卖交易一样，清晰地记录了交易时间和交易地点，以及双方交易人的情况。

"这个董丽丽是我们杭城的名人呢。"旁边的外勤警察小何说话了。

"可不是，好多明星都来她的医院进行整容。"另外一名外勤警察大头跟着说道。

"越是名人，有时候越容易参与到一些重大案子里。如果鲁小河调查的这些情况属实，那么这个董丽丽的杭城丽人整形医院背后恐怕就不知道有多少见不得光的事情了。"陈远说道。

"我们现在先去哪家？是去周世三的废品收购站，还是董丽丽的整形医院？"陈远问道。

"先去周世三那里，这两个人情况不一样，一个是当地地头蛇，在火车站附近盘踞多年，相信平常没什么人敢惹。另一个则是公众人物，做的事情都符合法律法规。相比较之下，肯定是周世三这里简单一点。"郑卫国分析了一下情况。

周世三这里说简单也不简单，他们在杭城盘踞多年，火车站附近所有的混混痞子都和他们熟悉。尤其是周世三，今年有五十多岁了，现在就靠着废品站生活，他的两个儿子也在废品站帮忙，加上媳妇孩子，一家大小全在一起。

来到废品站的时候，郑卫国和陈远先进去了，他让小何和大头在外面。因为穿着便衣，所以对于郑卫国和陈远，周世三的家人没有当回事，还以为是来废品站谈事的人。

这是郑卫国做事的习惯，他到地方会先摸摸底，看看有几个出口，有多少人，然后判断一下抓捕风险。

周世三的废品收购站比较大，也比较乱，在一个大院子，一共有三个可以跑向外面的通道。这次主要抓捕的人就是周世三，其他人暂时不动。不过凭着经验，在抓捕周世三的时候，他的儿子以及工作人员肯定会阻拦。这点郑卫国早就料到了，到时候他会让小何和大头过来配合工作，一般来说，看到穿着制服的警察，对于这些人会有一定震慑作用。这也是郑卫国会专门要两个外勤人员配合他们工作的原因。

郑卫国在车上，简单说了一下他的抓捕计划。废品收购站里，进入大门是一个接待区，那里一般有两个人守着，对于来人只要做一下简单的登记就能进入里面。进入废品收购站里面，左边是周世三家人住的地方，右边是他们废品收购站收货的地方。

四个人一起进入收购站里面，小何进去后立刻控制住门口接待区两个人，然后其余三人冲进里面。陈远和大头控制住旁边收购废品的地方，那里的人也最多，郑卫国则去左边的住处抓周世三。

"人够不够，不行我们再找点增援？"小何听后说道。

"人不能太多，否则容易打草惊蛇。你们想，这周世三在这杭城多久了，要是这里警察稍微多点，周世三他们就会有所警觉。"郑卫国说道。

"那行，那咱们一定要小心。这些流氓地痞下手可不轻，尤其是他们看你们是便衣，就算知道是警察，也会下死手。"小何说道。

按照事先约定的计划，四个人一起走进了周世三的废品收购站。进入接待区，两个人看到穿着警察制服的小何和大头，他们立刻拿起对讲机想说话，小何眼疾手快，冲过去一把按住了对讲机，然后将他们拉到了一边。

陈远和大头则快速冲进里面，向右边的废品收购区走去。

郑卫国去了左边周世三家人住的地方，之前他们来的时候他特意看了一下，周世三现在已经不管废品站收购的事情了，大多数都是坐在前面的院子里。

一切跟郑卫国想的一样，周世三坐在院子里，郑卫国走过去将他一把捞了起来，然后锁住了他的胳膊，对他说道："周世三，我是警察，有些事需要你配合下。"

周世三在社会上混了二十多年，虽然现在年纪有点大了，但还是很配合郑卫国的工作。他顺从地跟着郑卫国出来了。只是让人没想到的是，在即将走出去的时候，后面忽然冲出来一个女人，拿着一根擀面杖，对着郑卫国的后背用力打了一下，这一下让郑卫国没有防备，整个人往前一倾，差点栽倒在地上。

"来人啊，有人闹事了。"女人大声叫了一下。

这一下，屋子里的人全跑了出来，周世三的两个儿子和其他家人都出来了。本来顺从听话的周世三也露出了凶相，拿起旁边的擀面杖，对着郑卫国猛烈打了过去。

郑卫国双手捂住脑袋，但是很快就遭到了周世三的两个儿子的殴打，慌乱中，他拔出手枪，然后大声叫了起来："我是警察，谁再过来，我开枪了。"

周世三这时候突然从侧面一下子搂住了郑卫国，另外一边的周世三的一个儿子一把夺走了郑卫国的手枪，对着郑卫国咒骂道："你是警察，老子还是公安呢！也不看看这是谁的地盘，敢来这儿闹事，看今天不弄死你。"

第十五章 奇

鹤城警方提供的案子里,杨天文的两个下属筛选出了两个案子,经过杨天文的比对,最后确定了其中一个案子,案子的情况和徐正、孟雪筛选的案子非常像,甚至可以说三个案子看上去就是同一伙人做的。

孟雪和徐正也看了那个案子的情况,案子的失踪者叫袁晓丽,二十八岁,是一名钢琴老师。2017年2月14日,情人节那天,袁晓丽在鹤城一个艺术表演中心有一个节目,她的老公于雷和儿子也来到现场观看。当时在舞台上表演的时候,袁晓丽的情况看起来就不太好,她坚持着表演完后回了后台。于雷看到妻子情况有异,于是便立刻去后台寻找妻子,但是却发现妻子不见了。因为后台都是准备表演节目的人,比较杂乱,也没有组织者。等到于雷找到艺术中心负责人过来后,确定了妻子袁晓丽失踪的事实。

警察对艺术表演中心附近的监控进行查看,发现在袁晓丽表演结束的五分钟后,两个戴着鸭舌帽的女人扶着袁晓丽上了门口一辆商务车,然后离开了。经过查询,那辆商务车的牌照是套牌的,根本查不到车主的任何信息。

杨天文把他们从林城、苏城和鹤城筛选的三个案子情况放到了一起,这三起案子失踪者都是女性,共同特点是都在和老公与儿子在一起的情况下失踪的,有的甚至是当着他们的面失踪的。这和鲁小河的母亲之前失踪非常像,如果说是影子集团作案的方式,那么几乎可以确定,这四起,包括鲁小河母亲的失踪案就是同一个犯罪组织所做。

"你们看下除了以上的特点外,还有什么特点?"杨天文说道。

孟雪分别把三个失踪女人的资料、照片放到了桌子上。

苏城失踪者,王丽敏,女,26岁,身高168厘米,长发,面容秀丽,皮肤白皙,她的工作是一名验光师,2016年12月31日。

林城失踪者,刘婷,女,23岁,身高165厘米,长发,美丽漂亮,皮肤白皙,她的工作是一名牙医,失踪时间是2017年4月19日。

鹤城失踪者,袁晓丽,女,28岁,身高167厘米,长发,清新秀丽,优雅端庄,皮肤白皙,她的工作是一名钢琴师,失踪时间是2017年2月14日。

"这么一看,三个人还真像,都是大美女啊。"看着桌子上三个失踪者的照片,旁边的警察不禁说道。

"不知道高队长他们对杭城这边失踪者的调查怎么样了?有没有和我们查到的这些信息相似的。"孟雪忽然说道。

"不用问他,有一个我想到了。"杨天文看着面前的三个照片说道。

"你是说丁菲菲?"徐正脱口说道。

"不错,那个车模,半年前她的失踪在杭城闹得沸沸扬扬。"杨天文点点头。

"那我们再加上丁菲菲,杭城的失踪者,女,25岁,身高175厘米,长发,身材高挺,皮肤白皙,她的工作是一名车模,失踪时间是2017年3月1日。"徐正说出了丁菲菲的资料。

"你还挺了解这个的。"孟雪看了徐正一眼。

"当时丁菲菲失踪的时候,我们很多同学都私底下追查过,有的还根据她的生活进行过凶手推论。不过毕竟知道的资料比较少,也没去过现场,大家也都是道听途说。"徐正不好意思地笑了笑。

"四个女人,年轻漂亮,从事的职业也挺相似的,都是模特之类的。如果她们都是被影子集团绑走的,那么影子集团绑她们的动机是什么呢?很显然她们肯定不是被卖到山里给人做媳妇的,更不是提供给娱乐场所的。如果是娱乐场所,对方考虑的应该是比这些人更年轻的女人。"徐正分析道。

"那必然是特殊作用,比如血液、器官,或者说其他地方符合犯罪集团的要求。"杨天文说道,"之前破获过一个拐卖妇女的案子,因为被拐卖的妇女长得像需求者的妻子,所以被高价拐卖。"

"好像她们的职业不同,身高虽然相似,但是也有差异。血液这块没有化验,但应该不会是这个原因吧?"孟雪说道。

"还有一点,她们的失踪时间,如果按照时间顺序排下来的话,最早的是苏城的王丽敏,然后是鹤城的袁晓丽、杭城的丁菲菲,最后是林城的刘婷。每个人的时间相差不超过两个月,这确实有点频繁。"徐正提出了时间的问题。

"这也说明了,绑架这些女人的罪犯的犯罪范围,就是在林城、苏城、鹤城和杭城中间。根据鲁小河调查的影子集团很多都是从杭城这边折射出去的,所以如果她们真的都是影子集团绑架的,那么这个老巢可能就在杭城。"杨天文说道。

"但是鲁小河的资料里提到杭城还有影子集团的接头人,如果他们的老巢就在杭城,为什么还会有个接头人呢?"孟雪不太明白。

"人贩子集团最会做的事情就是狡兔三窟,他们会做出很多迷惑警方的事情。鲁小河的调查也许没问题,可能影子集团的确在这里设置了一个接头人,为的就是迷惑警方调查。但是这也不影响他们将老巢设在杭城。"杨天文说道。

这时候,有人敲门走了进来。

"什么事?"杨天文问道。

"刚接到报案中心的电话,有一个女孩失踪了,罗局长之前特意交代,所有失踪案件都要和刑侦队报备一下。现在高队长不在,报案中心问可不可以转接到我们专案组。"

"可以,将失踪女孩的情况转过来。"杨天文听后点了点头。

报案中心转过来的案子是昨天晚上发生的,失踪的女孩叫杨丽莎,是杭城娱乐街魅惑酒吧的舞蹈演员。平常杨丽莎下午都会来到酒吧,准备晚上的工作,可是今天一直没过来。不放心的老板让人去了杨丽莎的家里,结果发现杨丽莎不在家。给她打电话也没人接。因为杨丽莎是外地人,在本地也没什么朋友,基本上都是在酒吧或者家里。老板觉得不太对劲,便报了警,然后托熟悉的警察朋友查了一下杨丽莎家里的监控,结果他们发现凌晨一点多,一个男人带着杨丽莎上了一辆车。

经过辨认,那个男人是杨丽莎的一个追求者,最近三天一直来捧杨丽莎的场,并且每次都会给她一枝玫瑰花。男人总穿一件格子衬衫,所以大家喊男人为格子先生。

格子先生的车是套用车牌,也没留下姓名,几乎没有任何信息。然后半夜来找杨丽莎,这太奇怪了。

魅惑酒吧老板怕出事,所以又让警察朋友帮忙去杨丽莎家里进行了检查,结果他们在浴室里面发现有一些特殊的化学成分。

对于杨丽莎这样的情况,报案中心觉得有点拿捏不准,所以才派人过来给刑侦队报备。

"杨丽莎,女,23岁,身高166厘米,长发,性感娇小,她的工作是酒吧舞女,失踪时间是2017年7月28日。"徐正念了一下杨丽莎的情况。

孟雪看着眼前这五个女人的情况,不知道为什么,她总觉得似乎有什么地方她们没想到。五个职业不同,城市不一的女孩,失踪的特点却非常相似。这个绑架她们的人到底是为了什么呢?

很显然,被绑走的女人的家属都没有接到勒索电话,说明对方不是为了钱,那案子就很难找到原因了。

"验光师、牙医、钢琴师、模特、酒吧舞女,这些能有什么特点呢?看起来都一样漂亮而已,难不成是因为她们漂亮才被选上了?"徐正皱着眉头轻声说道,然后他拿起一支笔在旁边的纸上画了一下。

杨天文将杨丽莎的案子资料放到了其他人的资料里面,结果无意间把杨丽莎的照片从袋子里滑了出来。

"这是杨丽莎的照片吗?"徐正看到后问道。

"对,是她的照片。"杨天文说道,"也是一个大美女。"

"她的头发看起来怎么有些不一样?"徐正说道。

"是啊,这倒没注意。她的头发是有点奇怪,不会是假发吧?"杨天文看了一下也发现了,杨丽莎的头发和她的脸看起来有点不搭配。

"那不是不搭配,那是她的头发好。所以做头发的时候会特别注意修剪,整个人的头发放下来,就看着不一样。"孟雪看了一眼说道。

"是这样吗?我、我好像明白她们被绑架的原因了。"徐正一下子站了起来。

第十六章　狱

"你知道什么是炼狱吗？"格子先生轻轻抚摸着丽莎的头发，柔声说道。

丽莎摇着头，眼里全是泪。

"要进来，把希望放在门外。"格子先生说完，站了起来，然后慢慢走到前面推开了眼前的门。

丽莎被人推着走进了门里面，迎接她的是地狱。

阴森的房间里，弥漫着一股浓重的消毒水味道。几个穿着白大褂、戴着口罩的人正在忙碌着，他们的面前都躺着一个女孩，身上盖着一张白床单。

丽莎被推到了里面，那里有一张白色的床，然后她被人抱起来，放到了床上，身上盖了一张白床单。

"这是要做什么？你们要做什么？"丽莎叫了起来。

"嘘。"格子先生走了过来，轻声嘘了一下，然后凑到她的耳边柔声说道，"不要吵，否则他们会杀了你的。你乖乖地听话，我保证你没事。"

丽莎呆住了，因为恐惧胸口剧烈地起伏着，她引以为傲的胸部此刻变得恐惧惊慌，她看着格子先生，眼里充满了哀伤。

"我们需要做一个实验，很快，你这个最简单了，只需要几根头发就可以。但是如果你不听话，我可保不了你。"格子先生说道。

丽莎渐渐安静了下来，不再说话。

过程确实很快，只是有人过来在丽莎的脑袋上做了几个仪器测试，最后拔了她几根头发，就结束了。

丽莎被蒙着眼睛带走了，等她醒过来的时候，已经在一个陌生的地方了。类似一个监狱，整个房子只有顶端有一个巴掌大小的窗口。

房子里潮湿异常，并且还有一股隐隐的臭味。丽莎靠在墙上低声抽泣起来，这一切都怨她自己，如果那天晚上她没有下来跟格子先生吃饭，就不会出现现在这种情况。仔细想来，那个格子先生为自己下了一个圈套。他先是去酒吧几次，每次给丽莎一个惊喜，最后再利用丽莎的单纯和信任，让丽莎上当，把她绑到了这里。

丽莎往前面走了走，忽然发现前面竟然有个人，她不禁吓了一大跳。本来她还以为房间就她一个人，没想到还有个女人。不过女人不知道是生病了，还是没有力气，躺在那里一动不动。

"你、你没事吧？"丽莎走过去，拍了拍那个女人。

那个女人应了声，慢慢睁开了眼，丽莎这才发现这个女人的眼睛竟然只有一只，另外一只眼上戴着一个黑色的眼罩。

"你也是被他们抓进来的吗？"女人看着丽莎，轻声问道。

"是的，我被男人骗了。"丽莎点点头说道。

"呵呵，还有人骗你，我是直接被人拖到车里的。"女人苦笑了一下。

"姐姐，这里是什么地方？这些人是做什么的啊？"丽莎扶着女人坐了起来，轻声问道。

"进来的时候他们没说吗？这里是地狱，准确地说，这里比地狱还要残忍。地狱还可以轮回，这里却只能等待死亡。他们都是恶魔，他们把我们控在这里，为的就是卖钱。"女人颤抖着声音说道。

"卖钱，他们是人贩子啊。我的天哪，我怎么会落入这里！"丽莎虽然早就有所感觉，但是确定了消息后，还是有些意外。

"人贩子只卖人，他们可不一样。你看到我的眼了吗？那是因为有人在黑市高价出钱，他们拿走卖了。在这里，一旦你的资料基因符合他们的要求，他们就会用各种办法将你身上的东西高价卖出去。我们就像待宰羔羊一样，躺在案板上，等待着被人分配。"女人叹了口气，难过地说道。

"他们今天验了我的头发，这是准备卖我的头发吗？"丽莎忽然明白了过来。

"你的头发很好吧？"女人问。

"是的，我最喜欢的就是我的头发了，养了这么多年，比对我自己还好。"丽莎说着摸索了一下自己的头发。

"那是了，他们在测试你头发的发质，可能第一个要取走的就是你的头发了。"女人分析了一下。

"不行，不行的。"丽莎哭了起来，要是头发被拿走了，她还怎么跳舞。要知道她在酒吧里跳舞，最大的诱惑就是头发与身体的配合。不过很快她便想到，现在她的情况能不能出去还不知道，还想着去跳舞？

迷迷糊糊地，丽莎睡着了。她做了一个美丽的梦，在梦里，她又回到了魅惑酒吧，她在舞台上跳舞，那些喜欢她的男人在下面尖叫。

格子先生也在下面，他已经摘了面具，和其他男人一样，他的目光聚在舞台上面丽莎的身上，随着音乐节奏，他们跟着丽莎的身体扭动着。

突然，音乐停了下来，所有人都愕然地看着台上的丽莎。丽莎感觉哪里不对，她摸索了一下才发现自己的头发竟然不见了，她顿时大声尖叫了起来。

"你没事吧。"旁边有人推了她一下，丽莎醒了过来，发现自己并没有在舞台上，她还是在昨天被送过来的房间里，推她的人正是和她一个房间的那个独眼女人。

"做噩梦了？"独眼女人问道。

"是，梦到自己头发没了。"丽莎点点头。

"头发没了算什么，你看我眼都被挖了一只。"女人指了指自己的眼睛。

"姐姐，这里到底是什么地方？我们，不能离开吗？"丽莎惊恐地看着女人问道。

独眼女人低下了头，没有说话。

"姐姐，我叫丽莎，你叫什么名字啊！"丽莎又问。

"我叫王丽敏。丽莎，你名字真好听。"王丽敏笑笑说道。

"不管能不能出去，我们既然在一个房间，以后要相互照顾。我相信总能想到办法的。"丽莎对王丽敏伸出了一个大拇指。

"是的，我也相信一定能出去的，因为我还有老公和一个儿子，我知道他们一定也在等我，每天都在等我。"王丽敏坚定地说道。

第十七章　错

　　陈远还是第一次面对这种事情，废品收购处有七八个男人，每个都凶神恶煞的。要不是大头穿着制服，恐怕他们早冲上来了。
　　"别看了，该干什么干什么。"大头对着那些男人喊道。
　　他们没有动，也没有说话，只是愣愣地站在那里。
　　这时候，外面传来了一阵骚乱声。
　　"不好。"大头脸色一变，立刻往外面跑去。陈远立刻跟着他跑了出去。
　　郑卫国和周世三他们的打斗也惊动了前面的小何，他们走过来，举起了手里的枪，对前面正在对郑卫国殴打的周氏父子警告道："住手，你们在袭警，再不住手，我要开枪了。"
　　"妈的，他们是假警察，兄弟们，给我弄死他们。"前面人群中有人喊了一句。
　　后面跟过来的人一听，顿时叫了起来。
　　"都给我住手！谁再往前走一步，我开枪了。这是第二次警告。"大头转过身，拿出枪对准后面的人喊道。
　　那些本来准备冲过来的人顿时停了下来。
　　小何拿出手机开始联系人，结果却被旁边的人一下子夺走了手机，继而将他手里的枪也夺走了。
　　这个变故顿时让整个场面再次火爆起来。
　　夺走郑卫国手枪的周世三，对着大头开了枪，正好打中了大头的右手，他手里的枪一下子掉在了地上，后面的人冲了过来。
　　陈远看到这个状况，立刻蹲下身将枪捡了起来，然后对着前面的周世三开了一枪。
　　陈远只在刚进入闪电侦缉组的时候进行过简单的培训，从来没在外勤的时候开过枪，所以这一枪可以说是他的第一枪，根本没个准头，所以一下子打中了旁边的一块石头，石头飞起来正好砸到了周世三。这时候，一直捂着脑袋躲避追打的郑卫国往前滚了一下，夺走了周世三手里的枪。
　　两把枪起了关键作用，周世三的人顿时停了下来。
　　大头拿起陈远手里的枪，拉着小何和郑卫国走到了一起。四个人两两背对，对着身边这些人。
　　"给局里联系，派增援过来。"大头对小何说道。
　　小何拿起大头的手机给局里打起了电话。

那个夺走小何枪的人站在那里也愣着，不知道该向前还是向后。

"你们这些王八蛋，打警察，夺枪，等着局里人到了抓走你们，十年牢坐定了。妈的，王八蛋。"大头对着那些人喊道。

"警察同志，我们、我们不知道，不知道啊。"看到这个状况，前面的男人们有点慌神了。

"周世三，你他妈的也不看看今天来找你是什么人，你们打的人是省厅的人，是省厅派过来的专案组组长，就连我们局长都让三分的人物。你们夺了他的枪，还把他打成这样，你们全家等着坐牢吧。别说我没提醒过你，趁着现在你们自首还能给你个机会，要不然等着法庭见吧。"大头回头对着周世三那群人喊道。

大头的话起了作用，尤其是周世三，他是一个聪明人。本地警察他认识很多，之所以敢对郑卫国出手就是以为他是一个新手或者外地警察，但他没想到的是这个外地警察竟然是省厅来的人，还是一个领导。要真是这样的话，他可真的栽了，因为杭城就算给省厅一个交代，也不会放过自己。

"对不起，对不起，我们真的不知道。警察先生，这位领导没穿制服，我们以为是对头来找事的。真是对不起。"周世三马上变了脸，立刻服软了。

看到周世三服软，他的儿子和其他人也不敢再说什么。

陈远心里松了口气，这局面算是控制住了。

"郑队，你没事吧？"陈远看到郑卫国额头上有血，不禁拿出手帕帮他擦了擦。

"没事，不要紧。大头，做得不错。"郑卫国抿了抿嘴唇说道。

小何已经过去拿到了配枪，然后过来帮大头包扎胳膊上的枪伤。

几分钟后，外面传来了尖锐的警笛声，两辆警车开了过来，过来增援的警察跑了进来。

"把他们全部给我带走。"大头指着前面周世三的家人以及他的员工。

"我没动手啊，我冤枉啊！"

"警察同志，有话好好说，我能打个电话吗？"

"郑队长，这真是不好意思，对不起啊，真对不起啊。"周世三完全没了刚才打人的凶相，反而看上去跟一个慈祥的老人一样。如果不是刚才经历了这一切，郑卫国他们可是真的难以想象这个周世三的家人还有如此恶相。周世三更是一个老狐狸，现在看上去跟一个非常可怜的老人一样。

所有人被带上了警车，郑卫国他们一起开着车回去了。

郑卫国伤得并不重，抓到周世三，那么接下来就是对他的审讯工作。郑卫国和陈远对周世三进行了审讯。一开始，周世三一直说自己就是开了一个废品收购站，并没有做什么其他违法犯罪的事情。

"周世三，我看你是不见棺材不掉泪。"郑卫国一拍桌子大声喊道。

陈远拿起了鲁小河提供的资料，然后找到记录的关于周世三拐卖妇女的事情，具体时间，具体地点，几号，对方是谁。

面对这些资料，周世三顿时哑口无言。

"周世三,我们为什么去找你?为什么敢抓你?没有这些证据,能兴师动众过去吗?我建议你好好交代一下,今天的事情也说得很清楚了。如果你执意不配合工作,那我们也不会勉强你。"郑卫国指着那些资料说道。

"你们、你们想知道什么?"周世三嚅动了一下嘴唇,颤抖着问道。

"影子集团的事情。"郑卫国说道。

"啊,你们要知道影子集团的事情。这,我不知道,我不知道的。"周世三脸色顿时变得刷白,说话声音都开始颤抖起来。

第十八章 疑

面前坐的男人是丁菲菲之前的男朋友姜浩。

沈家明已经观察了他十分钟，这期间高旭东一直在和姜浩讨论关于丁菲菲的事情，但是看得出来姜浩非常反感，尤其是后来他一直看着手机，以及手上脚上的小动作说明他对丁菲菲已经没了情意。

来找姜浩的时候，沈家明和高旭东去过丁菲菲的家里，特意了解了一下。丁菲菲和姜浩的感情不错，当时有很多人追求丁菲菲，姜浩是因为在丁菲菲没有火之前就和她在一起了，丁菲菲跟他在一起也是因为多年的感情。但是丁菲菲出事后，姜浩就变得有点让人不舒服了。不过丁菲菲的父母也理解，毕竟丁菲菲活不见人、死不见尸，姜浩还认为丁菲菲是不是跑去国外和人结婚了，想甩了他。

"姜先生是不是还有其他事情？"沈家明问了一句。

"对，还约了一个客户，所以你们问什么希望尽快结束。我们做保险这行的你们也知道，客户是上帝，得罪不起的。"姜浩笑着说道。

"最后一个问题，我问一下。"沈家明看了看高旭东，然后对姜浩问道，"丁菲菲有没有在你这儿买保险？"

"什么保险？我倒是想，不过她总说为了避嫌什么的，没有买过。"姜浩眼神有点闪躲。

"那行，你先去见客户吧。有什么问的我们到时候再找你。"沈家明明白了过来，然后说道。

高旭东不明白沈家明为什么让姜浩走了。

"你没看出来吗？这姜浩摆明了不想再和丁菲菲的事情有掺和。还有，我看他刚才一直在看手机，和他约见的人肯定不是客户，因为他发信息的时候脸上带着笑容，那摆明了是和女朋友聊天的样子。另外，丁菲菲肯定在他这儿买保险了，我们去查下看看丁菲菲买的是什么保险。姜浩这人一看就不是什么好人，他说丁菲菲没在这儿买保险，十有八九是想吞了保险金。"沈家明说道。

"那他和丁菲菲的失踪有关系吗？我都还没问他。"高旭东说道。

"这个你也问不出来吧，就算有关系，他会说吗？"沈家明耸了耸肩。

接下来，沈家明和高旭东来到了姜浩所在的阳光保险公司进行查询，让他们意外的是丁菲菲确实没有在这里投保。

"会不会是搞错了？"高旭东疑惑地说道。

"不可能，刚才我看他的表情，丁菲菲绝对在这里投保了。这样，你查一下受益人是姜浩的所有保险。"沈家明想了一下，对工作人员说道。

工作人员查询了一下，很快出来了答案，竟然有三份保险，其中有一份高达五十万元，投保金是一个叫丁菲菲的投的。

"这是什么意思？腿险？"看到那份保险，高旭东不禁愣住了。

"这个是特殊险，就是客户对自己提出的一种保险。这个客户投的是腿险，就是对自己的双腿比较看重，怕出了问题。"工作人员解释了一下，"比如有些明星对自己的某个部位比较看重，也会投单独的特殊险。"

"这个我知道，好像说林志玲专门给自己的胸部投了保险，反正是赚钱，保险公司都可以满足你。这个投腿险的人肯定是丁菲菲了，她是车模，自然对自己的双腿比较看重。"沈家明说道。

"那奇怪了，为什么我们刚才没查到呢？"高旭东问道。

"找到原因了，刚才你们查的是丁菲菲这个名字。这个投保人的名字叫丁菲非，一个字不对，所以没有查出来。"工作人员说道。

"原来是这样，十有八九，这丁菲非的身份证上是丁菲非这名字，丁菲菲是她对外叫的名字。"沈家明恍然大悟。

"那用丁菲非投的保险有几个？"高旭东问道。

"一共三个，受益人一个是姜浩，并且已经赔偿了保险金。"工作人员说道。

"这姜浩是保险办理人，自己又领钱，这不符合程序吧？"沈家明问道。

"这个投保人要是在上面规定了受益人，那么领钱是没什么问题的。"工作人员说道。

"那丁菲非在这里投的另外两个保险受益人是谁？"高旭东问道。

"是一个叫温婉儿的人，并且保险金也领过了。"工作人员说道。

丁菲非在姜浩公司投保的五十万元本金腿险已经兑现，在这个特殊的保险里规定，有警方确定超过半年的失踪，或者投保人去世、双腿残疾、双腿烧伤面积达到百分之八十，都可以兑换保险金。

可是丁菲非现在失踪还没超过半年，人又不能算去世，至于双腿残疾、烧伤这些更无依据。姜浩是怎么兑换保险金的呢？

那答案只有两种，要么是姜浩参与了丁菲菲绑架的案子，要么是姜浩伪造了丁菲菲双腿有问题或者去世的消息。

"这个温婉儿是什么人？我看十有八九就是姜浩的新女朋友。"沈家明说道。

"不能吧，这保险投保的时候，丁菲菲可还没失踪。难道说当时这姜浩就背着丁菲菲出轨了？"高旭东愣住了。

"很有可能，我觉得兴许丁菲菲被绑架的事情和姜浩有很大关系。你可以想一下，姜浩背着丁菲菲出轨了，那么那个温婉儿和他肯定想多拿点钱，姜浩做保险的，自然得从这上面下功夫。我看我们还得找姜浩聊聊，正好他可能去见温婉儿了，一下子找他们两个问清楚。"沈家明说道。

高旭东再次拨通了姜浩的电话。

"警察同志，我在谈客户，真不好意思。"姜浩很明显拒绝了。

"这个我们知道，不过刚才我们去你们公司了解了一下，正好查到了丁菲非在你们公司投保的事情，我觉得我们还是有必要聊一下，要不然我们把这个东西公布出来，恐怕你不好做吧？"高旭东说道。

"你们到底想干什么？"姜浩的语气有点生气了。

"没什么，就是想问一些问题。你现在方便吗？"高旭东问道。

"那行吧，你们来新歌大厦一楼的太平洋咖啡厅，我在这边。"姜浩叹了口气同意了见面。

第十九章 透

杨天文刚想问徐正他明白什么了，门突然被推开了，一个警察急匆匆地走了进来说道："不好了，郑队长他们去抓人，结果被人打了，枪都让人夺了。"

"什么？"杨天文一听，顿时站了起来。

审讯室里只待了周世三一个人，其余人全部被送到了拘留所。郑卫国和陈远以及大头、小何在一边收拾，四个人里，只有陈远没受伤。

杨天文出来，正好看到大头被人扶着往医院送去。

"怎么还中枪了？干什么吃的？"杨天文拦住生气地问道。

听到杨天文的声音，郑卫国从审讯室跑了出来，然后说道："杨局，这事经过我来说，让他先去医院。"郑卫国说道。

杨天文点了点头，摆了摆手，大头被人扶着离开了。

孟雪走过来看了看陈远问道："你没事吧？"

"我没什么事，就是郑队长被他们打了。当时情况太混乱了，我、我也是第一次见这种情况。"陈远说道。

"好了，陈远，你和孟雪进去替我审讯下周世三，我和杨局说下情况。"郑卫国看到身边围了不少人，于是对陈远说道。

"都散了，该干什么干什么去。郑队长，这次又夺枪又打警察的，绝对不能轻饶了这帮人。"杨天文看着郑卫国脸上的伤，气愤地说道。

"没事，没事，我们进去说吧。"郑卫国说着，拉着杨天文往里面走去。陈远和孟雪则去了审讯室。

周世三今年五十三岁，身材高大，浑身是肉，理了个光头，看上去就知道他年轻时是混社会的。他自然知道今天犯的事情不小，所以陈远和孟雪一进去后，他立刻开始向陈远求饶，说好话。

"关于你的人袭警这事，自然会有说法。现在我们要说的是另外一件事。"陈远说道。

"警察同志，刚才郑队长问我关于影子集团的事情，这个我真的不知道啊，你要是问我这个事，我真不知道该怎么和你们说。"周世三圆滑地说道。

"这儿有证据，要不要给你念一念，还是自己看？最近半年来，从你那儿转卖的妇女就有两个，都是你东北老乡，一个叫范晓华，一个叫赵丽，我说错了没？"陈远将手里的资料摔到了桌子上。

"警察同志，你说她们啊，那你可误会我了。晓华和赵丽那怎么能叫拐卖呢？她们是出来找对象，我给她们介绍对象的。她们都是嫁人了，你情我愿的事情，怎么能叫绑架啊？不信，我这儿有她们的电话，你可以打电话问一下。"周世三辩解道。

"不错，你是介绍她们嫁人了，也有电话。具体中间是什么情况，你自己不清楚吗？你给她们设计了一个圈套，让她们钻进来，然后不得不听你的话，被迫嫁出去。你这算起来比贩卖人口还恶劣。"孟雪气愤地说道。

"周世三，你也是老江湖了。我们也别绕弯子了，简单地说，你把影子集团和你接头的人供出来，今天你袭警夺枪的事情，我们可以帮你说话。要不然，光这个事，你全家都别想在杭城待了。我不是吓唬你，你们还用枪打伤了一个警察，好像开枪的是你的儿子吧？估计这会儿在拘留所，你要是再浪费时间，等到这个案子档案转到检察院了，就算我们想帮你也无能为力了。"陈远说道。

周世三咬着嘴唇，迟疑了几秒，然后说道："这、这我也不知道多少啊。"

"知道多少说多少，多说对你没坏处。"孟雪说道。

"那行吧，那我说下我知道的吧。"周世三叹了口气，终于松口了。

周世三与影子集团的接触其实并不多，因为他知道这个贩卖人口的组织不是什么善茬，自己要想在杭城站住脚，必须尺度把握好。所以很多时候，周世三只是帮影子集团散发业务，并不去实际操作他们的事情。这样一来，他知道的关于影子集团的秘密越少，他自己就越安全。

正是凭借这种生存之道，周世三才能在杭城站稳脚跟。影子集团其实并不是一个专门贩卖人口的集团，这是一个帮人解决困难的集团。周世三所接触的影子集团的人说过，影子集团分布在全国，甚至世界各地都有，他们专门为人处理问题，拿钱办事。之所以杭城这边的影子集团涉及的都是贩卖人口的事情，那是因为杭城这边的影子集团是和一个公司在合作，这个公司在研究的一个项目需要用到一些人，所以影子集团做事才会被看成是贩卖人口的。

周世三只是帮影子集团做一些简单的事情，比如调查他们需要的人的情况，具体其他事情，他们一概不负责。至于陈远他们说的那两个老乡的事情，那是周世三的老婆做的事情，也是收了别人的钱，帮人做事，不过跟影子集团确实没有关系。

关于影子集团让周世三调查的人，他提供了两个人名，一个是丁菲菲，还有一个叫杨丽莎。

审讯完周世三，陈远来到杨天文的办公室。郑卫国也和杨天文说了一下他们在周世三的废品收购处发生的事情。

"这么说来，这个周世三其实和影子集团没太大关系。"听完陈远他们的审讯结果，杨天文说道。

"现在看来是这样，也许周世三还有所隐瞒，不过至少他说了一部分。并且这两个人正是杭城失踪的两个人，其中杨丽莎还是昨天才失踪的。"孟雪说道。

"对了，刚才出来得急，徐正说他好像发现了这些失踪女孩被绑的原因。把他叫进来，听听他怎么说。"杨天文忽然想起了一件事情。

"对啊，差点忘了。"孟雪也想了起来，于是走出去将徐正喊了进来。

徐正走进来，看到大家都在，他直接讲了起来："目前我们筛选的五个人，王丽敏是一名验光师，刘婷是一名牙医，袁晓丽是一名钢琴师，还有丁菲菲是一名车模。她们身上最美的地方分别对应的是眼睛、牙齿、双手和双腿。这也是她们对照的专业地方。也就是说，把她们的优点聚合到一起就是一个人的部分位置，并且是最主要的位置。我们画素描的时候，一般用眼睛来体现人的精气神，用牙齿体现人的表情，双手和双腿来框架人的身高比例。最后一点，那个刚刚失踪的杨丽莎，我刚才特意去看了一下，她拥有一头非常好的头发，再把这个杨丽莎的头发拿过来，正好组成了一个全新的美女。"

"你是说对方在用这些失踪女人最好的地方组成一个完美女人？这也太恐怖了吧。"听到这里，孟雪不禁悚然一惊。

第二十章 悔

新歌大厦，是杭城一家集购物、娱乐、吃饭于一体的商场。太平洋咖啡厅就在一楼，这个时候，里面的人不多，大多数都在谈事情，声音也很低。

沈家明和高旭东走进去后，一眼看到了前面不远处一个角落坐着的姜浩，于是他们走了过去。

"你们、你们喝点什么？"可能是感觉沈家明他们知道了自己的秘密，姜浩的情绪和态度变了很多，显得非常客气。

"柠檬水就好。"沈家明说道。

"两杯柠檬水。"姜浩冲着服务生喊了一下。

"你的客户走了？"高旭东看了一下四周问道。

"对，我们聊事，客户在肯定不方便。"姜浩点点头。

"我们查到了你在公司的事情，老实说我们对那些没兴趣。我们现在在查丁菲菲的事情，有个情况要问你，你是用什么办法让公司相信丁菲菲的腿出了问题，然后她投保的腿险赔偿了保险金的？"高旭东问道。

"我、我伪造了丁菲菲出车祸、双腿被废的证明书。"姜浩抿了抿嘴唇说。

"公司这么容易相信？"沈家明看着他。

"当然不会那么容易，我在中间找人帮忙了。再加上丁菲菲失踪了，她好歹也是半个公众人物，我跟公司说她双腿出问题了，所以才不出现。之前我让丁菲菲投这笔保险的时候就有这些条款，所以拿到了保险金。不过，我把之前丁菲菲投的五十万元给了她的父母，我就拿了个赔偿金。"姜浩说道。

"丁菲菲的失踪和你有没有关系？"高旭东继续问道。

"没有，能有什么关系？丁菲菲失踪前，我们已经半个月没见面了。自从她火了以后，几乎很少和我联系。不怕告诉你们，我也找了个女朋友，丁菲菲她天天应酬，和一些富二代有钱的老板在一起，我也不能就这么被她晾在一边吧？"姜浩耸了耸肩。

"你找的女人是温婉儿？"沈家明冷哼一声说道。

"你们怎么会知道？"姜浩顿时愣住了。

"很简单，你让丁菲菲投保，受益人除了你，还有一个叫温婉儿的，这个女人自然就是你的新女朋友。"沈家明说道。

姜浩没有说话，默认了。

"我问你，对于丁菲菲失踪的事情你到底知道多少？"高旭东盯着姜浩说道。

"我，我。"姜浩欲言又止。

"到这个份上了,你还有什么可隐瞒的?"高旭东厉声说道。

"好吧,我说。在丁菲菲失踪前的一周,我去找过她。但是她说正在谈一个生意。其实什么狗屁生意,是在和一个富二代约会。我那天走得晚,亲眼看到了,那个男人开着一辆跑车来接她,她高高兴兴地上了车,我听见他们说去了香格里拉酒店,那还用说,肯定是开房去了。妈的,这个贱女人。"姜浩说着骂了一句。

"你有什么资格骂人家,你不也背着人出轨?"沈家明觉得好笑,不禁说了一句。

"要不是她天天和那些老板混在一起,我会找其他人吗?"姜浩大声说了一句,然后声音立刻又低了下来。

"这种感情的事情我们没兴趣听。你还记得丁菲菲和那个富二代去香格里拉酒店是哪天吗?或者有没有详细的信息?"

"那天是2月21日,情人节后的第七天,我记得比较清楚。对了,那个男人穿了一件格子大衣,跟个傻×一样。"姜浩说道。

沈家明看了看高旭东,不禁笑了起来,这个姜浩还真有意思。

接下来,高旭东又问了一些关于丁菲菲的其他事情。姜浩说了一下,大多是一些没用的线索。

"那行吧,我们走吧。"沈家明看问得差不多了,于是站了起来。

"那关于那些保险的事情……"姜浩看着他们。

"我们现在在调查丁菲菲的失踪案,那些保险的事情暂时没兴趣。不过要是后面那些保险的事情被别人挖出来了,我们也没办法。所以我觉得,你最好自己赶快处理好。"高旭东拍了拍姜浩的肩膀,和沈家明离开了。

走出新歌大厦,沈家明和高旭东直接去了香格里拉酒店。对于姜浩说的事情,在酒店人员的配合下,他们的确查到了那天丁菲菲和一个男人来酒店的记录。

"男人登记的姓名叫路格,身份证显示他住在杭城的中华别墅区,具体信息就没有了。倒是丁菲菲的记录比较清楚,因为她算是个名人。"工作人员说道。

"路格?"高旭东看了一眼对方留的身份证复印件,然后和局里打了一个电话,查了一下这个叫路格的人的信息。

"怎么样?"沈家明看高旭东挂了电话,不禁问道。

"没这个人的信息,假的。"高旭东说道。

"那估计跟我们判断的差不多,这个丁菲菲显然是被这个叫路格的男人骗了。这个路格很有可能就是绑架她的人。"沈家明说道。

"我也是这么想的。对了,杨局让我们回去开会。咱们先回去吧。"高旭东说道。

"要不再问一下情况,看看监控能不能找到路格的更多信息。"沈家明觉得好不容易来了,不如调查详细一点。

"既然对方是假身份,肯定会特别注意这点的。杨局说郑队长他们去抓人的时候出了点事情,让我们先回去。"高旭东说道。

"是吗?那我们先回去吧。"沈家明一听,立刻明白了高旭东的意思。

"这样，我们可以把那天路格和丁菲菲在这边的录像带回去，仔细查一下。"高旭东想了想说道。

"好，听你的。"沈家明点了点头。

高旭东让酒店工作人员帮忙复制资料，沈家明则给郑卫国打了一个电话，确定他们没事后，沈家明松了口气。

第二十一章 逃

半夜的时候，丽莎被叫醒了。

"姐姐。"她看到王丽敏站在她身边。

"嘘，别说话。"王丽敏对她做了一个不要说话的动作，然后凑到她耳边轻声问道，"你想不想离开这里？"

"想，当然想。"丽莎不假思索地说道。

"那听我的，我们可能可以离开这里。"王丽敏点点头说道。

"姐姐，你说。"丽莎一听，顿时心里一片欣喜。

"我们的房间每两天换一个人看守，我留意了几次，今天晚上十点，来看守我们的是一个比较好色的男人，我们可以利用美人计将他制伏。然后只要逃出前面的大门，可以直接跑进对面的天桥林里，那里是一大片树林，通道四通八达，一旦我们跑进那里面，他们就算追也追不到我们的。"王丽敏说了一下自己的计划。

"可是，我们能制伏那个看守吗？还有那路线确定可以吗？别到最后再被抓回来，那可就惨了。"丽莎担忧地说道。

"那个看守我观察了两天，他对你还是比较感兴趣的，你只要稍微对他诱惑点，给他点便宜。想办法让他进来房间，后面的事情就交给我。"王丽敏说道。

"那行，这没问题。对付男人的那点心思，我有把握。"在酒吧里跳舞，丽莎对男人的心太了解了。

"我已经想好了，晚上十点多，这里很多人都不在外面。将看守制伏后，便立刻离开。然后趁着夜色直接去天桥林里。就算这里的人发现了，等到他们追到天桥林也不知道该选择哪条路。咱们只要到了天桥林就能逃出去。"王丽敏说道。

"行，我一切听姐姐的。"丽莎想了想，同意了。

晚上十点，王丽敏盯着门外的动静。看到看守换班了，她回头对丽莎招了招手。

丽莎走到门边，然后打开了门。

"什么事？"看守走了过来。

"有点不舒服，感觉心脏有点难受。"丽莎嗲着声音，眼神魅惑地看着那个看守。

"好好的，怎么会不舒服啊？"果然，那个看守被丽莎的样子弄得有点不好意思了，脸都有些涨红了。

"我也不知道，可能太闷了。哥哥，你帮我看看好不好？"丽莎说着抓住了看守的手，轻轻揉搓着。

"我、我不会啊。"看守痴痴地看着丽莎，不禁抿了抿嘴唇。

"我可以教你啊，你看看你的样子，真是笨啊。"丽莎说着慢慢将看守的手从门外面移到了里面。

昏暗的房间里，丽莎拖着看守来到了中间，然后两只手钩在了他的脖子上，整个身体开始轻轻晃动起来。

"你真美。"看守看着丽莎的样子，不禁脱口说道。

"那你喜欢我吗？"丽莎将脸贴到了看守的脸边，呵气如兰的气息吹在看守的脸上，让他忍不住整个人都要颤抖起来。

"喜欢，喜欢死了。"看守再也忍不住了，一把将丽莎抱在了怀里，然后疯狂地吻住了她的脖子。

丽莎扭动着身体，慢慢往后退着，坐到了旁边的凳子上，两只脚翘了起来，让看守俯在她身上。

这时候，在旁边准备好的王丽敏从角落里走了出来，她的手里拿着一根木棍，慢慢走到看守身后，对着他的后脑勺用力打了过去。

看守的身体一颤，他想回头看，但是身体却软到了一边。

"快，一切按照计划开始。"王丽敏立刻放下手里的东西，将她早准备好的东西拿起来，对丽莎说道，"快，拿着东西我们马上离开，不然等会儿被人发现就完了。"

两个人将看守拖到床上，然后蹑手蹑脚一起走出了房间。

如同王丽敏讲的一样，两人跑出来后一起向前面的树林跑去。可是让她们没想到的是，在即将进入天桥林的时候，后面突然有人追了过来。原来是有人发现了看守的问题，追了过来。

"走吧，进里面去，不管遇到什么，总比再被抓回去强。"王丽敏说道。

就这样，两人一起走进了天桥林里面。

丽莎从来不知道在杭城附近竟然还有一片这样的树林，四周全是讲不出名字的树林荒草，虽然王丽敏早有准备，她们一人拿了一个强光手电，但是看到前面郁郁葱葱的树林，总感觉有未知的危险潜伏在身边，仿佛野兽般躲在暗处盯着她们。所以，两人走得特别快，想早点走出这片树林。

没过多久，她们发现前面竟然有灯光，然后看到一个隐蔽的房间在前面，如果不是四周太黑，再加上观看角度，很难发现那个房间。

王丽敏关掉了手里的灯光，和丽莎蹑手蹑脚走了过去。

房间里虽然开着灯，但是没有人。

两个人彼此看了一下，轻轻推门走了进去。

房间不大，里面东西也不多，看上去仿佛就是这树林里一个被遗弃的孩子。王丽敏在房子里转了个圈，也没发现什么异常情况。

"我们是不是早点离开这个树林好点？"丽莎担心后面的人追来，不禁说道。

"不要担心，他们不敢追来的。"王丽敏说道。

"这个房间看着平常但是总感觉不对劲。姐姐，要不我们赶紧离开这个天桥林吧。"丽莎还是不放心。

王丽敏想了想，同意了。

等到准备离开的时候，王丽敏突然找到了房间的地下室入口。于是，好奇心带着她们往下面走去。

王丽敏走在前面，丽莎跟在后面。

地下室的楼梯尽头是一个黑色的炭烧木门。王丽敏犹豫了一下，拉开木门走了进去。

门里是一个宽大的房子，看上去跟什么研究所一样，旁边有一些说不出名字的机器设备，有的看上去特别阴森恐怖。

"姐姐，我们走吧，这地方看着有点恐怖啊。"丽莎有点害怕了。

这时候，房子里的灯突然闪了几下，然后灭了，陷入了一片漆黑。丽莎刚想说话，背后忽然有一双手扼住了她的脖子，将她往后面拖去，丽莎用力挣扎着，想呼救，但是对方的双手却跟铁箍一样紧紧扼着她的脖子，让她根本发不出任何声音……

第二十二章 道

　　这是7·12专案组成立后的第一次汇报会，之前大家分配好工作后就各自去调查，现在基本上都查得差不多了。本来是明天才进行的汇报会，因为郑卫国他们遭遇到了周世三他们的袭击，所以提前进行工作汇报。

　　杨天文带领着徐正和孟雪，对林城、苏城和鹤城提供的案例进行筛选后，又查了一下杭城的案子进行比对。徐正根据四个城市发生的案子共同点，推算出了影子集团绑架女人的动机。

　　"徐正，你来详细讲一下这个情况，然后我们大家一起再分析一下。"杨天文对徐正说道。

　　徐正看了看其他人，点了点头，讲了起来。

　　"开始之前，我先说一下我们之前在上犯罪心理学课的时候，老师曾经提到过一个完美犯罪理论。那就是说有一种罪犯，他们喜欢追求极致，比如作案的时候他们会反复研究犯罪的手段、侵害的目标、作案的风格。从开始到结束，每一个环节都不能出现瑕疵，否则就会觉得没有做好，然后继续下一次犯罪。这种案例最早的研究是美国FBI发现，然后由美国一些犯罪心理学家提出来，后来得到印证。

　　"我们传统刑侦都是从受害者的社会关系，与人冲突的动机进行调查。所以一开始，我们对于这个案子的失踪者大多数是从失踪者的年龄、兴趣或者监控来进行查案。这样一来，其实就进入了先入为主的错误理念，导致我们永远被凶手牵着鼻子走，无法参破凶手的秘密。

　　"于是在看了传统刑侦调查后，我想起了我们老师之前提出的办法，那就是将所有有疑问的数据摆在一起，然后寻找相同数据，最后进行比对检查，寻找相似点。

　　"这个办法我之前听过，好像叫什么罗列侦探法则，说是在连环犯罪案件里，相同的案子，通过罗列法则可以找到相似的特点，然后再通过同类比较分析，可以找到案子的共性，确定侦破方向。"徐正说道。

　　"徐正，你说的这个太绕了，能直接点吗？我都听糊涂了。"高旭东皱着眉头说道。

　　"那就简单点。"徐正摊了摊手，"拿我们现在查的这个案子来说吧。林城、苏城、鹤城和杭城失踪的女性，她们的共同点很难确定，长相不一，工作不一，爱好不同，可以说没有任何交叉相似的地方。如果她们是被影子集团绑走的，那么总要有个动机。因为影子集团不会无缘无故去绑架人，他们做事非常讲究，并且方法非常谨慎。所以这几个被绑架的女人，一定有对方需要的地方。我最开始注意的是她们的工作,但是发现没有什么实质性的相通点。后来我忽然想到了她们工作背后的东西,就是她们擅长的地方。

"比如王丽敏是一个验光师,她的眼睛非常独到,并且我们也看了王丽敏的照片,她的眼睛非常漂亮;刘婷是一名牙医,她特别注重自己的牙齿,所以有一口非常漂亮的牙齿;袁晓丽是一名钢琴师,拥有一双细腻纤细的双手;丁菲菲是车模,她的双腿白皙修长,性感妩媚;杨丽莎是一名夜店舞蹈演员,她最有特点的地方是头发。这五个女人的特点取出来以后分别是眼睛、牙齿、双手、双腿和头发。除去鼻子,基本上就能算是一个简单的人物勾勒图了。所以我想到了在学校老师跟我们讲过的完美犯罪理论,我觉得影子集团绑架这些女人,可能为的是做出一个完美女人。"

徐正一口气将自己的想法说了出来。

"如果这么说,那还少一个女人,就是一个鼻子比较好看的女人。这样的话,这种推论才算完整。"听完徐正的话,沈家明说道。

"对,所以如果我这个推论正确的话,那么应该有两种情况:第一种是我们还没有找到那个被绑走鼻子比较完美的案子;另一种就是对方可能认为自己的鼻子比较完美,不需要替换。"徐正解释了一下。

"如果徐正说的这个是真的话,那么这个影子集团在背后所从事的犯罪事情可不能小看。"杨天文听后补充道。

"我觉得徐正的推测并不是没有道理。根据鲁小河提供的资料,影子集团在二十多年前就开始绑架各种女人,这应该是一个成立时间非常长的贩卖人口组织。可是这么多年,他们却一直相安无事,没有被抓。想必原因只有一个,他们特别谨慎,从事的犯罪活动根本让人找不到证据。这么多年,他们对于自己做的事情也必然在发展,所以他们很有可能在制造完美女人来满足客户的需求。这样一来,警察很难查起,服务对象必然是高端人士。"陈远说道。

"如果影子集团的人真的这么做,那可真太缺德了。利用不同女人的优点取下来,再制作出优秀的女人给客户,当然是他们的最终目的。可是那些被他们取下来优点的女人不就遭殃了。"孟雪脱口说道。

"所以我们现在需要根据目前的情况改变一下侦查方向。"郑卫国说话了,"徐正提出的这个推论非常重要,如果是真的话,那么影子集团可能在从事一个惊天的阴谋。"

"不错,并且根据鲁小河母亲的事情看,可能他们做的这个事情也有几十年了。这些被他们绑走的女人,因为情况特殊,短时间内应该不会有生命危险。"杨天文说道。

"我们这边调查到丁菲菲的失踪可能和她男朋友有关系,但是具体情况,还要看后面调查的结果。所以我和沈家明的工作,也不要做什么调整了,我们继续去查一下丁菲菲的事情,兴许可以通过这个找到一点线索。"高旭东说道。

"我们继续查一下,看看周边城市,包括林城它们三个城市提供的案子里有没有漏掉的。最主要的是看能不能找到可以确定徐正说的推论的证据。"孟雪说道。

第二十三章　造

杭城，夜。

时间一点一滴地流淌，格子坐在那张椅子面前已经有半个小时，从他的位置正好可以看到杭城大桥，不过他此刻并不是来欣赏风景的，长时间的静止状态让他的双腿有点麻木，但是他一直没有动，这种状态每个月他都要经历一次，几乎可以说已经习惯。只是今天他的眼睛有点不舒服，不知道是因为昨天睡得太晚，还是最近上火的缘故。额头上浸出的汗渗进眼睛里，让他感觉特别难受。

终于，对面的门开了。

格子立刻坐直了身体，整个人因为紧张甚至微微颤抖。

门外走进来一个人，他戴着一个黑色的面具，看不清样子，慢慢坐到了格子的对面。

"老师。"格子恭敬地叫了一句。

"对于自己的身份还习惯吧？"老师"嗯"了一声，然后问道。

"习惯，这个很习惯。"为什么将自己的名字定为格子，因为他喜欢穿格子衣服，夏天格子短袖衬衫，冬天格子外套。

"委屈你了，毕竟做这个事情不是我们曾经所想的。"老师叹了口气。

"没有，老师，能够和您一起做这个事情，我非常开心。只是不知道这次的样本如何？"格子问道。

"已经比之前好很多了。这次对方也说了，如果还不行，将会彻底取消和我们的合作。所以这次非常关键，我也知道这次正好警察盯得比较紧。"老师说道。

"不错，这次听说是从省厅过来一个调查组，杭城公安局联系了周边几个城市，一起来彻查这件事情。"格子点点头。

"现在还差人吗？"老师问道。

"还差一个，已经有目标了。"格子说道。

"好，还是那句话，安全第一。"老师点了点头。

墙上的钟响了起来，老师站了起来，准备离开。走到门口的时候，老师转过头问道："格子，你有没有后悔跟了我做现在的事情？"

"没有，如果没有老师，恐怕我现在早死了。"格子说道。

老师听后点了点头，然后走进了门里面。

格子舒了口气，整个人瘫坐到了位子上，然后松开了领带。

格子说得没错，如果不是老师，他早已经死了。当时，老师为了救他，几乎毁掉了所有的家当，当时格子便对自己说，这辈子都交给老师了。

从老师家里出来，格子看了看表，然后拿出手机，找到一个号码拨了出去。

"喂，什么事？"电话里传来一个冰冷的女声。

"也没事，就是买了件礼物想送给你。要不，改天吧。"格子说道。

"不行，我一会儿就要，你来接我。"电话里的女声一下子变得温柔起来，还撒着娇。

"好，我去接你。"格子说道。

这是第几次和陌生女孩约会，格子记不清楚了。他开着车，在车流中慢慢前行。今天要去接的女孩已经认识了半个月，对他一直半推半就，有时候非常热情，有时候却非常冷漠。不过，格子不怕这个，原因是他有两套方案。如果第一套方案做不好，就马上开始第二套方案。当然，他知道自己的第一套方案一般不会出问题。

时间是晚高峰，有点堵车。

格子拧开了广播，里面正在播放一个轻松娱乐的话题，说的是现在男孩的择偶标准以及性格问题。

"我希望自己能找到一个完美漂亮的女朋友，我相信这世上总有这样的女孩在等我。"有听众打进热线讨论话题。

完美女友，是的，每个男人内心都有的一个遗憾。正因为这样，老师才会不遗余力地来改良制作他的研究项目。

老师说过，如果他成功了，这个世上很多男人期盼的东西将会出现，那时候才是真正的成功。

成功都是无数人用血和汗水堆积起来的，尤其是特别巨大的成功。

交通恢复正常了，前面的车子迅速开了出去。格子发动车子，向前开去。

十五分钟后，格子开着车来到了一家整形美容中心医院门口，然后给女孩发了一个短信。

很快，一个打扮时尚的女孩从里面走了出来，走到车子面前，敲了敲窗。

"小颖？"格子问道。

"是我。你是格子叔叔吗？"小颖说完又说话了，"看你样子顶多是一个格子哥哥，怎么自己说自己老呢？"

"上车吧。"格子打开了副驾的门。

小颖上了车。

格子仔细看了看她，果然，小颖的鼻子特别好看，并且一眼能看出来那是自然的长相，并不是靠整容做出来的。

"不是说有礼物给我吗？"小颖问道。

"给。"格子从旁边拎出一个袋子，递给了她。

小颖急忙打开看了一眼，眼里顿时放出了蓝光，那是她心仪已久的一个提包，可惜因为太贵一直没舍得买。

格子看了看旁边小颖的表情，他知道自己已经成功了。对于小颖这样爱慕虚荣的女人，格子其实是非常讨厌的，如果不是为了正事，他是永远不可能接触到这些人的。

半个小时后,格子和小颖走进了一个酒店。进入酒店房间,还没有等格子做什么,小颖已经抱住了他,然后疯狂地和他亲热起来。没有防备的格子最开始有些抗拒,不过随着小颖强烈的攻势,格子的欲火竟然被撩拨起来。于是,格子将小颖抱到了床上,将她的衣服一件一件脱掉,然后两人纠缠在一起。

激情退后,格子打开灯,拿出一根烟点燃深深吸了一口。

"怎么了?"看到格子的样子,小颖问道。

"没事。"格子笑了笑,现在他终于知道老师为什么说千万不要和目标上床,因为最容易产生感情,影响整个任务。本来,现在他应该趁着小颖警惕度最低的时候直接动手,完成老师交给他的项目里最后一个环节准备工作。

"本来我是不喜欢你的,我觉得你年纪有点大噢。"小颖趴在他的肚子上说话,"不过感觉你对我还不错,给我买了我喜欢的包。不过我马上要还信用卡,可是我的钱还不太够,你能不能借我一点啊?"

格子停住了吸烟的动作,小颖的要求让他内心一点点的感动顿时一扫而空。他将烟熄灭,眼里闪出了一丝凶光……

第二十四章　散

徐正提出的完美犯罪理论，得到了专案组的一致认可。如果是这样的话，接下来的侦查工作就显得非常重要了，一拨人要马上去林城、苏城和鹤城对对应失踪的女人进行细节调查，另外一拨人则要通过目前掌握的信息，寻找影子集团在杭城的相关人员。

专案组根据每个人的情况以及案子的状态分成了两组：一组由杨天文带队，去调查林城、苏城和鹤城失踪女人的具体细节，组员除了之前的孟雪和徐正，陈远也加入进来。另外一组则由郑卫国带领，沈家明和高旭东作为组员三人一组，根据周世三以及鲁小河的资料里提供的信息，寻找抓捕影子集团在杭城的相关人员。

"你们几个可都没出过外勤，我这一下子显得担子重了很多啊！哈哈。"杨天文看着手下这三个兵，不禁有点哑然失笑。

"杨局，你放心，别看我们没出过外勤，我们靠的是这个。新时代的警察办案，可不能全靠打斗啊。"徐正噘了噘嘴说道。

"就是，你别小看我们。尤其是我和陈远，我们可是接受过省厅考核的，没有真本事，是进不了省厅闪电侦缉组的。"孟雪跟着说道。

"我当然放心了，我就是看好你们才让你们跟着我的。不过，不管怎样，我们出去办案的第一个原则，就是安全第一。上次陈远，你们做的事情可真的有点冒险了。"杨天文对陈远说道。

"确实，上次我们也没想到。毕竟当时有两个穿着制服的警察，那个周世三也太嚣张了。"陈远点点头。

"其实外勤工作是比较危险的。很多罪犯就算知道你是警察，穷途末路了，他会跟你玩命，到最后说自己以为对方是冒充警察。以前公安系统发生过很多这样的事情，即使到后面抓了罪犯，可是我们的同志却已经出事了。所以我们外勤工作的第一点就是要保证同志们的安全。"杨天文讲了一下具体原因。

因为涉及三个城市，所以杨天文将组员分成了两组，他和徐正一组去林城，孟雪和陈远一组去苏城。等到调查完毕后，再一起去鹤城。为了方便大家调查，杨天文已经和苏城公安局那边打好招呼了，陈远和孟雪到了以后，可以直接过去，到那边会有人带他们去走访调查，保证他们的安全。

简单交接了工作后，陈远和孟雪出发了。也许还对在周世三的废品收购处发生的事情有阴影，陈远的情绪有一点低沉。

"听说当时的情况很糟糕，你害怕了吧？"孟雪看到陈远紧绷的情绪，不禁问了一下。

"有，有点。本来也没什么，就是大头被对方打中胳膊了。当时那些人都疯了一样叫着，然后准备冲向我们的时候，我确实害怕了。现在想想，应该也不能说是怕了，可能是没见过那样的情况，不知道该怎么办，所以才有些紧张。不过郑队长他们还是比较冷静的，尤其是大头和小何，在那种情况下能快速稳定住现场。要不然，恐怕我们四个真的会被打惨的。"陈远说了一下自己的情况。

"你后悔来做这个吗？"孟雪沉默了几秒忽然问道。

陈远没有说话，他望着前面。

"我听郑队长说过你来这里时的一些事情，是说本来帮朋友翻案，结果却被朋友欺骗了，是吗？"孟雪又问。

"其实也没什么的。"陈远咽了口唾沫，"如果我说是因为林南，你信吗？"

陈远的话让孟雪有点意外，她慢慢转过了头，望着倒车镜，后面有一辆车跟着他们的车，不远不近。

"林南出事前来殡仪馆找过我，他说他发现了那个案子的问题。并且希望有一天可以和我好好聊聊，我答应了他。可是没想到却再也没机会见到他。"陈远叹了口气，"那个时候，我才发现其实我一直在逃避，逃避自己不敢面对的东西。我之所以不敢做刑侦这块工作，就是因为害怕，我害怕有时候会面对你自己无法面对的东西。比如我的同学，我信心满满地帮他翻案，最后真相却让我无法接受。这个世上最大的痛苦不是面对真相，而是无法相信真相。"

"你说的这个我知道，我也明白。"孟雪点了点头，"我们是同一类人。"

"什么？"陈远愣住了。

"我之所以学法医，是为了寻找真相。可是有时候面对真相没什么，但是却无法接受真相。尤其是你看到你最亲近的人躺在你面前。"孟雪说着眼泪流了出来。

陈远有点慌张，他最见不得女人流泪，更不知道该说什么，只好紧绷着身体，看着前方开车。

这时候，电话响了起来，是沈家明打来的。

"喂。"陈远接通了电话，打开了外音。

"陈远，你和孟雪去苏城了？"沈家明问道。

"是啊。"陈远说道。

"怎么不早说，应该安排我去啊！"沈家明笑了起来。

"哎哟，我给忘了，你就是从苏城来的。"陈远忽然明白了过来。

"对啊，早知道让你一起来了。"孟雪也想了起来，沈家明就是从苏城来的。

"没关系了，你们去也一样。我要是去了，兴许也没用。我是从苏城第一监狱推荐来的，你们去的是公安局。如果要是去第一监狱了，我可是那里的老熟人。不过那地方，我希望你们还是别去了。"沈家明哈哈笑了起来。

"你呢，现在做什么呢？"陈远问道。

"我马上要跟着郑队长和高队长去抓人了，你们不用担心我，有两个队长帮我保驾护航，我肯定不会有事的。"沈家明说完，挂掉了电话。

"本来还以为沈家明能给我们介绍个熟人，没想到用不上。看来，还是要找杨局长找的人了。"陈远无奈地说道。

"杨局长的面子沈家明可比不上吧。你真是糊涂。"孟雪摇了摇头，瞪了陈远一眼。

"我们到了，前面就是苏城公安局了。"陈远看了一下前面的路标说道。

第二十五章　谎

报案人是杭城西区天桥林里的一个护林员，名字叫双喜。双喜每周二会来天桥林里面进行巡逻检查工作，然后在护林站里面登记巡视信息。

今天上午，双喜像平常一样巡视完工作后来到了护林站进行登记工作。结果发现护林站里通往地下室的门开了，因为平常护林站没有人，所以一些基本用具都放在护林站的地下室里面。

双喜担心东西被人偷走了，于是往下面看了一下，结果发现一具女尸躺在里面。双喜吓得连滚带爬地跑上来，然后颤颤巍巍地打了报警电话。

杭城西区公安局分局立刻派警察赶到了现场，并且对现场进行了封锁与调查，然后发现死者竟然是杭城公安局在寻找的失踪女孩杨丽莎。于是，他们立刻和杭城公安局刑侦队联系。

接到电话，高旭东和郑卫国以及沈家明第一时间赶到了现场。看到杨丽莎的尸体，他们第一个确定的信息是徐正的推论是正确的。因为杨丽莎的一头乌黑头发被剪走了多大半。

法医已经做完了基本检查，杨丽莎是窒息而死，并且从表面上还可以看到凶手在杨丽莎脖子上的勒痕印迹。至于其他情况，还需要到法医部门做进一步检查才知道。

沈家明仔细查看了一下杨丽莎的尸体，然后又仔细询问了一下双喜发现尸体的具体情况。

"有什么发现吗？"看到沈家明又问又看的样子，郑卫国不禁问道。

"我刚才仔细看了一下，还是发现一些问题。但是具体的细节，我还没想好。"沈家明咬了咬指头说道。

"这杨丽莎是最后一个失踪的，怎么倒先被杀了呢？按照之前我们的分析，如果凶手只是觉得杨丽莎的头发比较好，那应该只是拿走她的头发，为什么会杀了她呢？"郑卫国皱紧了眉头。

"会不会是犯罪升级了？或者说凶手完成了自己想要的东西，所以就杀人了。"高旭东推测道。

"我们可能犯了个错误。"这时候，沈家明说话了，"现在的案子发展有点不对，从基本心理逻辑上是有问题的。我们一直认为绑架这些女人的人是影子集团，原因是来自鲁小河提供的资料，如果这个资料是错误的，或者说是故意混淆我们视线的呢？"

"因为有了鲁小河提供的资料，所以我们判断事情总会先入为主，将所有事情都套牢在鲁小河给的资料里。其实这在心理学上是一个很大的忌讳，就是判断一件事情，千万不要先入为主。我们假设现在鲁小河没有给我们提供资料，然后我们发现林城、苏城和鹤城以及杭城有相同条件的女人被绑架，然后徐正的完美犯罪推测也成立，那么假如凶手是一个人或者两个人，并不是组织。

"那么这个案子，我们是不是可以这样理解下去？凶手拥有了所有符合他完美犯罪的条件，然后开始制作属于他的完美作品。那么这些帮他提供原料的女人，自然就多余了。于是，他要抛弃这些东西，最好的办法便是按照优先级别杀死她们。于是，在这些符合凶手优先级里，头发显然是最简单的，那么自然杨丽莎便是最没用的，所以她被杀死了。"

"其实陈远之前也跟我说过，我们可能过分地依赖鲁小河提供的信息资料。因为从我们调查的这些记录里，并没有一个直接证明这个所谓的影子集团存在的证据。周世三也只是听过这个，但是根本没见过影子集团的任何一个人。包括对于其他人的调查，对这个所谓的影子集团都抱有恐惧的心态，但是问到他们本人，却并没有几个真正接触过。鉴于这点，陈远临走前跟我说过，希望有机会可以换个思路想一下案子。"郑卫国点了点头，跟着说道。

"可是，如果是一个人或者两个人作案的话，那凶手需要有非常隐蔽的地方，能够容得下这么多人。还有，既然凶手的目的是制造出一个完美的女人，那么自然也需要有实验的地方。这么多条件放到一起的话，凶手是一个人或者两个人的话，那真的会有点吃力。"高旭东说道。

"对，这也是我刚才一直想不明白的地方。除非凶手像之前的安慕容一样，可以找个既能够做实验又不被人发现的地方。"沈家明叹了口气说道。

这时候，高旭东的电话响了起来。

"什么？好的，我们马上过去。"挂完电话，高旭东对郑卫国和沈家明说道，"又有一个女人失踪了，罗局要我们赶快回去。"

这次失踪的女人叫周佳颖，是杭城一家整容中心的员工。周佳颖的同事看到她和一个男人出去了，然后一直没回来。给她电话也没人接，去她的住处找也不在。想起最近杭城发生的这些案子，大家觉得不太对劲，便来报警了。

"周佳颖的照片有吗？她的鼻子是不是非常好看？"郑卫国想起了徐正担心的事情，于是问道。

"对对，周佳颖的鼻子特别好看，几乎可以说是我们整容部门的一个活例子。"周佳颖的同事连连点头。

"看来这才是罪犯要的最后一个完美部位，鼻子。"高旭东看了看郑卫国，低声说道。

"头发，眼睛，鼻子，双手，双腿。"沈家明轻轻念了念这几个部位。

"这也构不成一个人物的样子啊，怎么少了嘴唇？"高旭东说道。

"对，对啊，怎么少了嘴唇呢？可能周佳颖也不是最后一个，最后一个对方也许会找一个嘴唇最漂亮的人。"沈家明脱口说道。

"会不会是另一种可能？比如说头发不需要了，所以才会杀死了丽莎。"高旭东猜测道。

"这个案子感觉我们一直是被牵着鼻子走，根本都看不透。之前我们对案子的侦破非常简单，就是看凶手的杀人动机，然后找到凶手的杀人证据，最后结案。可是，这个案子我们到现在还不知道凶手的动机是什么。徐正虽然给出了一个完美犯罪的理论推测，但那也只是推测，并不一定就是凶手的想法。"郑卫国说道。

"我们疏忽了一个非常重要的人物，那就是鲁小河。我曾经问过，为什么没有对鲁小河进行通缉，毕竟他曾经绑架了两个女人。可是杭城这边也没给我一个确切的答复。"沈家明说着看了看高旭东。

"对于鲁小河，我们之前也说过抓捕的事情。但罗局他们的意思是鲁小河现在躲了起来，如果要找应该很不容易，毕竟他自己从十几岁就开始在外面流浪，拥有丰富的逃避经验。既然鲁小河希望警察帮他找到当年绑走他母亲的人，再加上当年绑走他母亲的人和现在大家查的是一伙人，所以只要找到真相，相信鲁小河肯定会自己出现。"高旭东解释了一下情况。

第二十六章 叹

苏城公安局接待陈远和孟雪的是一名科长，名叫骆飞扬。

"我们局长和副局长都去开会了，最近苏城发生了几起黑社会斗殴事件，刑侦队长他们全都出去了，都几天没回来了。说实话，要不是杨局长打招呼，苏城这边还真抽不出人来。"骆飞扬抱怨地说道。

"骆科长，我们来调查的工作也不复杂，如果你也忙，我们就自己来吧。"陈远听着骆飞扬说的话有点不高兴。

"别别别，我现在的工作就是协助你们，咱们还是快点开始快点结束吧。"骆飞扬摆了摆手说道。

陈远和孟雪对视了一下，他们这真是第一次出来受到这种冷落待遇。不过仔细想一下也可以理解，毕竟这个案子是去年发生的，现在忽然翻出来调查，很多事情都要重新来，并且现在苏城公安局又正在忙着新案子，自然对他们的到来有点冷落。

"你们来之前我帮你们找了一下当时的报案记录，还有就是如果你们要找王丽敏的丈夫了解情况，那就要去第一监狱里走一趟。"骆飞扬拿出了一个落满灰尘的档案袋。

"为什么？"孟雪问道。

"实话跟你们说，这个王丽敏的丈夫孙博在他老婆被人拐走后，就一直来公安局闹。后来有一次和公安局报案中心的警察起了冲突，结果将警察打了个重伤，然后被抓了起来。本来吧，还挺严重的，不过那个被他打伤的警察知道他的情况，所以并没有对他进行过多的追责，于是被判了一年半，现在在苏城第一监狱服刑。所以你们要找他了解王丽敏的具体情况，自然要去那里了。"骆飞扬说了一下情况。

陈远和孟雪看了一下骆飞扬提供的那个档案袋资料，发现里面其实都是一些基本的报案记录，并没有什么可用的线索，并且有些询问的记录还不太清晰。

"这样吧，骆科长，我们自己去第一监狱吧。你这边要是忙，就不用管我们了。"陈远说道。

"那怎么行，这第一监狱还不在市区，再说你们从外地过来，直接过去还不一定有人能接待你们。"骆飞扬一听急忙说道。

"没关系，你要说这苏城公安局，我们还真没熟人。不过这苏城第一监狱，我们还真有熟人。这点你就放心吧。我们先过去见见孙博，具体再有什么事情，到时候和你联系就好了。"孟雪跟着说道。

"那既然这样，就听你们的吧。"骆飞扬见陈远他们做了决定，也没有再多说什么。

就这样,陈远和孟雪从苏城公安局出来了。两人感觉真是太悲催了,这苏城公安局连口水都没让他们喝,实在有点不高兴。

"正好我们去苏城第一监狱,那是之前沈家明的地盘,肯定会比在这儿好。"孟雪说道。

"也只能这样了。"陈远摊了摊手,无奈地说道。

孟雪给沈家明打了一个电话,简单说了一下,让沈家明和苏城第一监狱那块联系下,他们过去了方便调查情况。

"你们放心,到了苏城第一监狱,那绝对是到家了,肯定不会出现你们在苏城公安局这种情况。"沈家明信誓旦旦地说道。

"什么到家了,是你家吧?我们才不要把监狱当作家。"孟雪轻声骂了一句。

"好好好,是我家,是我家。欢迎两位去我家。"沈家明笑了起来。

从苏城公安局到苏城第一监狱大约半个小时车程,陈远他们看到苏城第一监狱的牌子的时候,旁边立刻迎过来几个人。

"是省厅的同志吧?"为首的是一个四十岁左右的男人,穿着狱警制服,脸上带着笑容。

"是,我们是。"陈远点点头。

"沈家明给我打电话了,让我好好接待你们。你们总算过来了,我们还担心你们觉得太晚,在市里过夜呢。"那个男人一听,欣喜地说道。

"你是左斌左干事吧?"孟雪之前听沈家明说过,他就是被苏城第一监狱的左斌推荐到省厅的。

"对,我就是左斌。快,我们进去说吧。"左斌点点头,他后面的几个人过来接过了陈远和孟雪的行李。

苏城第一监狱的接待比起苏城公安局简直是天上地下,左斌带着他们来到了食堂,给他们叫来了热气腾腾的饭菜。

"这一天真是又惊又喜。"陈远端着饭哭笑不得地说道。

"可不是,之前在苏城公安局,简直是太受冷落了。"孟雪点了点头。

"其实你们不了解情况,主要原因是你们来调查王丽敏的事情了。"左斌听后说话了。

"其中有什么问题吗?"陈远看了看左斌问。

"你们有所不知,去年王丽敏被人拐走后,她的老公孙博天天来公安局闹事。"左斌说道。

"这个我们听说了,说是打伤了一个警察,所以被抓了。"陈远说道。

"对,但是事情没那么简单。孙博打伤警察后,本来是重伤,但是法官考虑到他的出发点不是故意的,所以对他轻判了。可是这个孙博的妹妹竟然在网上制造舆论,联合网上网友对苏城公安局和法院这边造成了很大的困扰。因为这件事,苏城公安局局长都受到了牵连。所以对于孙博的事情,苏城公安局的人都非常抗拒。"左斌说了一下事情的原委。

"怪不得，可就算是如此，苏城公安局的人也不能这样啊。"陈远顿时明白了过来。

"没办法，你们也是查案的，要知道每天国内会发生多少起案子，别说省厅了，就拿苏城公安局来说吧，警察就那几个，案子又多，王丽敏这个案子不过是个失踪案，也不是命案什么的。所以要相互理解。"左斌说道。

"还好有你，不然我们这趟估计来得够郁闷。"陈远说着笑了起来。

"沈家明在我们这边可是神一样的人物啊，很多服刑的犯人都非常喜欢他的。你们是沈家明的朋友，那就是我们的朋友。放心吧，你们需要什么尽管开口，我会全力帮助你们的。"左斌拍着胸脯大声说道。

第二十七章 局

门开了,他整理了一下衣服,然后走了进去。

房间里弥漫着一股淡淡的香味,那是他熟悉的熏香味道。站在里面的人看到他,立刻站了起来。

"先出去吧。"他摆了摆手,走到了床边。

床上躺着的人身体无法动弹,但是眼睛却直直地看着他。

"怎么样,身体好点了吗?"他看着床上的女人,不过马上又说话了,"忘了,你是没办法感觉的。"

"你到底要做什么?"床上的女人看着他,眼里充满了悲伤。

"我要帮你啊,帮你完成你的愿望。"他一脸真诚地说道。

"你、你胡说。"女人的情绪激动起来,不过她身体不能动弹,一切表达只能在脸上和眼睛里。

"我已经帮你找到最好的头发,最漂亮的眼睛,最修长白皙的双手,最性感的双腿,哦,对了,还有你最期望的鼻子。你想想,这么多美丽的东西马上就要聚集到你的身上,你肯定很开心,对吧?"他有点兴奋地帮女人描述着。

"我不需要,我不需要这些。"女人摇着头,喃喃地说道。

"你需要的。"他冷笑了一下,轻轻抚摸着女人有些花白的头发,"这不是你的梦想吗?有人为了梦想可以付出一切,有人却不一样,一生努力都得不到自己想要的东西。你看,我帮你,还不行吗?"

"造孽,造孽啊,早知道这一切是这样,当初我就不该心软。"女人哭了起来。

他没有再说话,站起来走了出去。

外面阳光灿烂,天空蔚蓝,是个非常好的天气。

站在阳光下,他微微闭上了眼睛。

十年前,也是这样一个天气,阳光灿烂,天空蔚蓝,他第一次来到这里。

那时候,他还年轻,带着疑问好奇,甚至有点害怕。

不过他最终留在了这里。

十年的时间,他从一个外人成了这里的主人。这中间的痛苦,只有他知道。

这个房间,从他十年前第一次进去开始,就如同走入了地狱。床上躺的那个女人,就是地狱的恶魔。

他无法忘记每次进入房间里,被女人欺辱的每一个黑夜。

他无数次对自己说,总有一天,他要把这一切痛苦都还给女人。

现在，他感觉自己内心的痛苦，正在一点一点释放。

"你知道为什么那么多人中，我选择了你吗？"女人曾经问过他很多次这个问题。

"因为你长得像他，不过我知道你不是他，你只是长得像而已，你是一个替代品。你的幸运，是来自你的外表。"

从那一刻起，他就发誓，要用这世上最痛苦的方式来惩罚这个女人。

手机响了起来，他睁开眼，拿出来看了一眼，然后往前走去。

会客厅里坐着一个男人，正在喝茶，看到他，那个男人立刻站了起来。

"我不是说过，没事你不要来这里吗？"他皱了皱眉，对男人说道。

"我知道，我知道，这不是没办法了嘛。我这日子太拮据了，又不能出去露面，除了你这里，我真想不出其他地方啊！"男人不好意思地说道。

"你藏的地方安全吗？"他坐了下来问道。

"这你放心，警察是不可能找到我的。只不过你也知道，我这人受不了苦，所以钱花得快一些。不过，我这可不是一个人花的，云姐的一些费用也是我出的。本来我是不用给她的，可是自从上次……"

"好了，你要多少，直接说。"他抬起头，打断了男人的话。

"不多，不多，三十万元就够了。我保证以后不会再来。"男人嘿嘿一笑。

"好。"他站了起来，走到前面，很快拿了一个提包走了出来，放到了桌子上，"这是你要的钱，你记住一点，云姐的事情给我烂到肚子里，即使是我和云姐，也不要再提。"

"这个我明白，明白，放心吧，我就当不知道。"男人拿起提包，看了看里面的钱，眉开眼笑地说道。

男人很快离开了。

他拿出手机，拨了一个电话。

"老师。"电话里传出来一个低沉的男声。

"怎么死了一个？"他问道。

"杨丽莎想逃跑，被人举报了。为了杀鸡儆猴，不得不杀了她。不过请老师放心，她的头发已经取下来了，不影响整个计划的。"

"好吧，既然已经死了一个，也不怕再死一个。"他迟疑了几秒说道，"安排一下，把牌子做掉，做得干净点。"

"好。"

这个局布了这么久，终于要开始了。

他忽然有点莫名的激动，他觉得应该回趟家，算起来已经有几天没回去了。

下了楼，他走到对面的公交站牌，上了一辆公交车。

二十分钟后，他下了公交车，走进对面一个小区。

"回来了。"门卫看到他，热情地打招呼。

他点点头，和对方寒暄了几句，然后上了楼。

钥匙插入锁孔，却发现门从里面反锁。他有点意外，于是用力拧开，推门走了进去。

"谁？谁啊？"卧室里传来了女人的叫声。

他眉头一紧，走了过去，正好看到女人和一个男人在慌乱穿衣服的样子。

他站在一边，愣了半天，不知道该说什么。

那个男人低着头跑了出去。

女人又怕又羞地走到他面前。

"这大白天就在家这样？"他终于说出了一句话。

"我、对、对不起。"女人说道。

"去买点菜，中午在家吃饭。"他说完，走进了隔壁的卧室。

女人愣在那里，呆滞了半天，然后走进了厨房。

他站在窗前，点了一根烟。

人生有很多面，这是他普通的一面。一个头戴绿帽的男人，刚才他的反应也许应该激动一些，要不然显得太不正常，又或者说应该和那个男人打得头破血流，不然显得太不正常。又或者应该拉着女人按到床上，对她进行凌辱。

这时候，女人走了进来。

"怎么了？"他转过头。

"我们离婚吧。"女人搓着手。

"为什么？"他问。

"这是过日子吗？你都没正眼看过我，哪怕我和别的男人在床上，你都无动于衷。这样的日子在一起，算什么？你爱过我吗？你他妈的不爱我找我干什么？"女人说着歇斯底里地叫了起来。

"你爱过我吗？"他的眼里多了一丝阴沉……

第二十八章 追

两份调查报告,一份是杨丽莎失踪前的监控调查记录,一份是丁菲菲失踪前的调查记录。无独有偶,她们都是和一个神秘的男人在一起。一个是接连一周去酒吧给杨丽莎捧场的穿着格子衣服的男人,和丁菲菲的则是一个穿着格子西服的男人。

高旭东看了看手机,沈家明还没发来信息。

"高队长,怎么不说了?"罗明问道。

"哦哦,还有一件事情需要证实,我在等沈警官的消息。"高旭东说道。

"那先说一下杨丽莎被害的情况有没有什么发现。"罗明说道。

"法医对杨丽莎的尸体进行了进一步鉴定,在杨丽莎失踪的这段时间,她的身体并没有受到伤害,就是头发曾经受到过两次割损。之前我们推测过了,对方绑走杨丽莎就是因为她的头发。我们怀疑这次杨丽莎可能是在逃跑的时候被人发现,然后被杀害的。所以我和林业局联系了一下,让他们帮忙把案发现场周围的具体情况核实一下,我们看看能不能找出杨丽莎被囚禁的大致方位。我们怀疑,其他失踪的女孩可能也被囚禁在那里。"高旭东讲了一下。

"三个城市,连续失踪了这么多女孩,现在还死了一个,这个案子的性质变了,可能正朝着我们不想看到的方向发展。如果对方真的像徐正说的那样,将这些女孩用来当作实验品,那么用完后肯定会对她们下毒手。我们必须保证剩余女孩的安全。"罗明说道。

"杨副局长和郑队长他们正在调查苏城、鹤城和林城失踪女孩的详细情况。目前我和沈警官这边已经有所发现,相信很快就会有一个详细明确的侦查方向出来。"高旭东说道。

"时间有限,如果这些女孩在我们明知道要被对方杀死的情况下杀死了,那我们真的是愧对她们。"罗明最后叹了口气说道。

高旭东点了点头,他当然明白罗明的意思。

看着分析板上的人物关系图,高旭东想起了沈家明帮他分析的情况。如果说,这些女孩的失踪都和同一个人有关系,那么就可以三线合一,直接调查那个人。这样一来,杭城失踪的女孩就能够作为整个失踪案的线头拉出来,继而将其他城市的失踪案一起罗列出来。

现在可以确定的是杨丽莎和丁菲菲的失踪都与一个穿着格子衣服的男人有关系。沈家明去调查后来失踪的周佳颖的具体情况,如果周佳颖失踪的时候也和格子男人有关系,那么就可以确定这个喜欢穿格子衣服的男人,就是诱骗失踪女孩的关键人物。

就在高旭东等待的同时，沈家明正被两个女孩缠得脑袋发木。这两个女孩是周佳颖的好朋友，对于沈家明这样的帅哥警察，那是一见钟情。这可让沈家明有点麻烦了，他问了一些问题，结果女孩都是回答得一知半解的。

"帅哥，你要是答应跟我们约会，我们保证告诉你所有事情。"

"就是，再说，小颖她可不一定是失踪了，她经常和男人出去的。我跟你说，她有时候为了一双鞋、一个包，都会跟男人上床。"

"你们是好朋友吗？我去。"沈家明被两个女孩的话惊住了。

"没办法啊，谁让这个世上的男人都是坏人。不过要是帅哥你的话，不用给我们包包，我们也愿意和你约会啊。"女孩笑嘻嘻地说着。

"这样吧，我给你们介绍几个帅哥吧，我是真不行。"沈家明感觉这样下去不是办法，只好换路子了。

"好啊，好啊，最好多找几个像你这么帅的警察哥哥。"女孩拍起了手。

沈家明拿出手机，给高旭东打了一个电话。

十分钟后，高旭东开着车过来了。

"这就是你介绍的帅哥？"女孩看到高旭东，顿时一脸嫌弃。

"就这两个？"高旭东看了看两个女孩，问道。

"对，她们是周佳颖的好朋友，并且还是同事。"沈家明点点头。

"你们两个，赶紧的，问你们的问题老老实实讲一下，要不然我带你们去派出所兜兜风。"高旭东是个粗汉子，不像沈家明一样客气，直接对两个女孩喊道。

"干什么，这么粗鲁。"女孩被高旭东的样子吓住了，低声说道。

"干什么？问你们问题，是不是想跟我去公安局里待两天啊？"高旭东瞪了那女孩一眼。

果然，这招特别管用，两个女孩乖乖地跟着沈家明，把事情讲了一下。

周佳颖失踪前在网上认识了一个男朋友，网名叫格子哥哥。在失踪之前，周佳颖见过这个格子哥哥一次，周佳颖没有相中对方，于是简单聊了两句便分开了。可是，那个格子哥哥却看上了周佳颖，甚至还来工作的地方找过她几次。

"其实我们也想不通为什么周佳颖后来会和那个格子哥哥约会，也许是因为她上月信用卡快刷爆了，也许是其他原因。周佳颖失踪那天晚上，有人看见有个穿格子衣服的男人接走了她。"

听到这里，高旭东和沈家明大概明白了过来。

"行了，这足够调查了。"高旭东说着，拿出手机给网监大队打了个电话，之前他们查过周佳颖失踪那天晚上的监控记录，当时因为中间有一些监控区域盲区的问题，所以查到一半线索断了。

"这三起失踪案都是通过诱骗女孩的方法得逞的，那么这个格子男每次出现肯定不会一个人，必然会有人接应。"坐到车上，高旭东讲了起来。

"这种方法其实很简单，也很卑劣。要想找出这个人，其实也没那么难。因为他有一个很明确的特点,就是喜欢穿格子的衣服。这点对于查看监控的工作人员会是一个很大的帮助。"沈家明说道。

"不错。我看今天我们去网监大队应该就能找到这个格子男的线索了。"高旭东点点头说道。

第二十九章 断

杭城丽人纤纤会所。

陶伟峰摸了摸刚刚要到手的三十万元，脸上露出了一个欣喜的笑容。这笔钱不多也不少，但是够他花一阵子了。虽然对方说是最后一次了但是陶伟峰才不管，没钱了他就会想办法来要钱。

推门走进去，吧台的服务员站了起来，看到陶伟峰，对方脸色顿时一变，有点不高兴。

陶伟峰当然知道怎么回事，那是因为他在这里已经欠了几次消费的钱没给，如果不是因为他是老客户，恐怕早就被追债了。

"小妹，怎么板个脸？见到我这么不高兴吗？"陶伟峰走到吧台边问道。

"没有啊，我说哥哥，你每次来都欠钱，老板可有点不高兴了啊！"服务员白了他一眼。

"看，这是什么？"他冷笑一声，从口袋里拿出一沓人民币，放到了桌子上。

"哎呀，我的哥，你这是、你这是发财了啊！"果然，一见到那一沓钱，服务员眼里放出了光。

"别说了，现在哥哥能进去了吗？"陶伟峰问道。

"可以，可以，贵宾房102，哥，快请，快请。"女孩立刻换了一副样子，笑嘻嘻地带着陶伟峰往里面走去。

很快，热情的服务生和客房经理来了，她们热情地给陶伟峰推荐项目。

"初恋项目吧。"这家会所里的项目起的名字都很撩人，比如初恋项目、爱恋项目、激情时间、神仙也留恋。这些名字就像是一个一个穿着性感内衣的美女，在冲着陶伟峰挥手召唤，最后，他选择了初恋项目。

房间里的灯暗了下来，变成了粉红色。陶伟峰换上了一身宽松的睡衣，躺在了床上。很快，一个女孩走了进来，她将旁边的香薰打开，开始播放音乐。

温柔的音乐在耳边轻轻响起，陶伟峰闭上了眼睛，女孩走到床边，然后两只手帮他按摩，柔软无骨的双手轻轻掠过他的头皮，女孩身上淡淡的香味蹿进他的鼻息。

"为什么叫初恋项目？"陶伟峰问道。

"因为初恋总是朦胧、美好的。"女孩说。

"也是，想一想，很久以前的事情了。"陶伟峰说道。

"老板是做什么工作的？"女孩的嘴唇凑到了他的耳边，呵气如兰的气息让他身体莫名地颤抖了一下。

"我、我是骗人的。"陶伟峰一紧张,说出了真话。

"怎么?世上还有骗人的工作啊?"女孩吃吃地笑了起来,顺势含住了他的耳垂。

女孩的挑逗一下子刺激起了陶伟峰的欲望,他翻身坐起,将女孩拉进了怀里,结果却被女孩推开。

"初恋是美好的,你怎么能这么胡来呢?"女孩笑着说道。

"哈哈。"陶伟峰不禁摸了摸脑袋笑了起来。

"老板,躺好,等我一下。"女孩说着走出了房间。

陶伟峰重新躺到了床上,他对女孩说自己是骗子,并不是假的。很小的时候,他就跟着师父在外面流浪,他们做的事情就是耍把戏,骗人一笑,然后每天晚上回来,他都会和师父坐在一起数钱。那些零零碎碎的钱,是他们生活的保障。

师父说过,骗人可以,娱乐生活,可是骗人不能害人,那样的话,就罪不可赦了。

师父死后,他开始做了很多事情。有时候,为了生活偶尔会骗人,不过他一直记得师父的话,骗人可以,但是不要害人。

其实,这世界,哪有那么多道理。骗人就是骗人,又怎么会不害人?

他不知道那个神秘的男人是看上了他哪一点,然后对方给了他一大笔钱,让他做一件事情,假扮一个叫鲁小河的人,去公安局报案。

陶伟峰不是特别愿意和公安局的人打交道,因为在他流浪的这么多年,经常受到警察的欺负,所以他对那些警察并没有好感。不过,那个人说了,他们做的这件事情是骗警察。于是,在那笔钱的诱惑下,他答应了对方的要求。

很快,他还知道了对方的一个秘密。这个秘密让他欣喜若狂,因为他可以用这个秘密跟对方要钱。

丁零,门响了一下,女孩重新进来了。

陶伟峰闭上了眼,然后问道:"接下来是什么流程?"

进来的女孩没有说话,只是慢慢走到了他的身边。

"你们这初恋项目还不如改成初夜项目,是不是多花点钱就能升级啊?"陶伟峰笑着问道。

"你想要什么样的初夜啊?"女孩说了一句话,然后拿出一条丝巾在他的胸前慢慢摸索滑动起来。

陶伟峰顿时感觉身体一颤,有一种说不出的舒适感,他笑着说:"你们的花样还挺多的。"

"这个世界上的花样还有很多,可惜,你见不到了。"女孩说着,手里的丝巾一下子绕到了陶伟峰的脖子上,然后用力一系。

陶伟峰整个人一下子跳了起来,两只手用力向前挣扎着,张大嘴,女孩却趴到了他的胸前,然后嘴唇轻轻覆在了他的嘴上。

粉红的灯光下,柔美的音乐声中,陶伟峰的身体慢慢不再动弹。

女孩站了起来,手里的丝巾落在了陶伟峰的脸上,他睁着两只眼睛,半截舌头吐出来，整个脸因为窒息变成了暗紫色。

女孩拿出手机，对着尸体拍了一张照片，然后发了出去。

十分钟后，有人敲门了。

然后，一个女人进来了，看到床上陶伟峰的样子，顿时吓得大声叫了起来。

很快，女人的叫声引来了其他人。看到床上死去的陶伟峰，老板战战兢兢地拿起了手机，想报警。

"不能报警，警察来了，我们这里的事情不就全曝光了，还怎么做生意？"旁边有人拦住了老板。

"那怎么办？这是杀人了啊？"老板说。

"我知道这个人，他好像不是本地人，也没什么亲人，不如我们找个地方扔了……"旁边的人凑到老板耳边轻声说道。

第三十章　隐

陈远和孟雪见到了王丽敏的老公孙博，他因为打伤警察被判了两年。对于这样的事情真的是有点悲哀，老婆生死未卜，自己却深陷囚笼。

孙博神情有些低沉，面色憔悴。他安静地坐在陈远和孟雪的对面，对于他们提出的问题，孙博一语不发，仿佛一根木头一样。

"孙博，你如果什么话都不说，那么对你老婆的查找将非常困难。"陈远又说了一句。

"这么久了，还能找到吗？"孙博慢慢抬起了头，眼神里多了一丝忧虑。

"我们现在在查的案子里涉及你老婆的信息，可能苏城警方之前的调查力度或者侦查方向不是特别到位。"孟雪说道。

"那你们想知道什么？之前的事情我已经和苏城公安局的人说得很清楚了。"孙博问道。

"我们想知道的是你老婆在失踪前一个月你们之间有没有什么问题？"陈远问道。

"有什么问题？你胡说什么？你们到底要问什么？"孙博的情绪突然激动起来，他朝着陈远用力地叫了起来，将手铐用力地摔了起来。

旁边的警察立刻按住了孙博，在外面守着的左斌听见了孙博的喊声，也走了进来。

"你们胡说八道，胡说八道，别以为你们是警察就能胡说八道。"孙博歇斯底里地喊着，眼里闪着悲愤的泪光。

左斌让人把孙博带了下去，然后说了一下："孙博来到第一监狱后，因为妻子的事情，压力太大，患上了严重的狂躁症和抑郁症。"

陈远和孟雪对视了一下，无奈地摇了摇头。

"其实，你们要想了解孙博，可以尝试找一下孙博的狱友，和他同室的犯人张世超。之前张世超说过，孙博经常和他说一些自己的事情，有很多他都不知道是真还是假。"左斌提出了另一个办法。

陈远能感觉出来，孙博的内心一定有一些东西。王丽敏在失踪前和孙博肯定发生了什么事情。这件事情对于孙博来讲应该是比较重要的，所以才会在听到陈远的询问后情绪大变。

在来到苏城后，陈远了解到孙博因为妻子王丽敏的事情在公安局几次做出极端的事情，这其实有点奇怪。一般来说，普通人在妻子出事后最着急、情绪最难控制的时间应该是刚出事那段时间，可是这孙博却是在半年后开始去派出所闹事，甚至还打伤警察。之前苏城警方给的资料里显示孙博并不是那种大吵大闹的人，并且陈远还了解到，在孙博来公安局闹事之前，还妥善地安置好了自己的儿子，他的目的似乎就是为了坐牢。

是什么事情让孙博忽然想到坐牢呢？

他在逃避什么？

在左斌的安排下，陈远和孟雪见到了张世超。

"我早和狱警说过了，你们现在才来人？"张世超是个光头，打架伤人进来的，看起来并不像什么坏人，其实已经是个三进宫。

"他进来的第一天我就看出来了，每个坐牢的人第一次进来都是害怕、紧张，各种不适应的。想当初我们第一次坐牢的时候，那真的是浑身都哆嗦的。可是这个孙博呢，却好像是出狱一样，浑身轻松，甚至还有点兴奋。当时我就觉得这小子肯定是在外面惹什么人了，待不住了，所以躲来牢里。"张世超说道。

"那你和他有过交流吗？知道在他身上发生了什么事情吗？"陈远问道。

"有，当然会说话。不过他可不愿意多说，有时候说多了还生气。我可以确定的是，他老婆不是什么好东西。"张世超嘿嘿笑了起来。

"为什么这么说？"这点让陈远和孟雪有点吃惊。

"因为在说话的时候，尤其是说到他老婆的事情，孙博都会显得非常生气，那样子能看得出来，他非常痛恨自己的老婆。有一次，我特意试了一下，猜测着问他老婆有没有和别的男人搞过，他竟然跟我打了起来。你们也知道，孙博那小身板，根本不是我的对手，不过他也不知道哪里来的勇气，竟然想跟我打架。结果，当然是他吃亏了。"张世超说着扬了扬他粗壮的胳膊。

通过和张世超的对话，陈远认为孙博很有可能知道妻子王丽敏被绑架的内幕，他决定再次和孙博谈一次话。

"我们查到了你妻子之前背着你做的一些事情。"陈远大胆地假设了一下。

果然，孙博一下子抬起了头，眼神里充满了恐惧，嘴唇颤抖着问："你们、你们查到什么了？"

"孙博，你最好老老实实讲一下。你这样的自我赎罪不算赎罪，你想解开内心的魔障，只有面对魔障。"陈远说道。

"我、我不知道说什么。"孙博摇着头。

"那就说说你是怎么发现王丽敏出轨的？"陈远说道。

"还用发现，身边的人都知道了，都他妈的瞒着我，我是最后一个知道的。我那天跟着他们去了一个酒店，然后就开了个房，住在他们隔壁，听着他们在里面干事。那个晚上我心里想着各种办法杀了他们，不过后来我没有那么做。我想到了我儿子，毕竟那个贱人是我儿子的母亲。"孙博的眼泪流了出来。

"后来呢？"孟雪问道。

"后来有人跟我说，对于这样的女人，最好的惩罚就是让人把她拐走，让她知道自己曾经错过了什么，让她后悔终生。"孙博看着前面，"然后我就听了那个人的话，选择在广场，让她眼睁睁看着自己和家人分开。她一定非常后悔，不过这是她要付出的代价。"

"你错了,你只想着让她难过,可是你没想过你儿子也会难过。他失去了母亲,你在惩罚妻子的时候,同样伤害了你的孩子。"孟雪说话了。

"对,所以我来这里赎罪,难道还不够吗?"孙博看着孟雪说道。

"你太自私了,为了惩罚妻子,伤害了孩子。你来这里赎罪,其实不是为了你的孩子,而是为了你自己,你无法原谅自己,所以想到了打伤警察,以坐牢来惩罚自己。其实这样,你是再次伤害了你的孩子。"孟雪摇着头,对于孙博,她真的觉得太可怜了。

"孙博,究竟是什么人给你出的主意?是什么人绑走了你的老婆,你知道吗?或许,找到她,你可以赎清自己的罪过,同样,也能弥补你孩子的伤痛。"陈远问道。

孙博眯起了眼,他的面前出现了那个男人的样子……

第三十一章 现

发现尸体的是一个流浪汉，他是杭城天桥下的常年住户，每天依靠的就是到城市里捡垃圾。这天一大早，他到河边的时候发现了一个隐藏的麻袋，本以为发现了好东西，兴致勃勃地打开一看，结果吓得屁滚尿流地向前面跑去，找到路边人赶紧报了警。

高旭东接到电话的时候，正好和郑卫国在研究案情，然后两人立刻赶了过来。法医已经将尸体从麻袋里放了出来，最先赶过来的警察正在对周边群众进行调查。

"高队长。"负责现场的是天桥区刑侦支队的队长，叫程亮，之前跟着高旭东，后来调到了刑侦支队。

"什么情况？"高旭东问道。

"一个流浪汉发现的尸体，初步鉴定是被人勒死的。法医说这里不是第一现场。死者身上也没证明自己身份的信息，已经安排人做调查走访了，然后回去准备做寻尸启事。"

"附近有监控吗？"郑卫国看了看四周。

"最近的监控探头在一公里外，所以比较麻烦。"

这时候，一个警察走了过来，他看着高旭东他们似乎欲言又止。

"怎么了？"程亮看了他一眼问道。

"我、我好像知道死者是谁。"那个警察说道。

"是谁？"这话让高旭东和郑卫国不禁一惊。

"之前他去过报案中心，他叫鲁小河，说他母亲失踪了十几年。我当时正好在那里办事情，觉得挺奇怪的，便记住了他。"那个警察说道。

"鲁小河？"高旭东叫了起来，他立刻拿出手机给报案中心打了一个电话。

之前在报案中心，接待鲁小河的是民警曾伟。所以高旭东让曾伟来到了现场，看到河边的尸体，曾伟确定，他就是之前去报案中心报案的鲁小河。

"程队长，发现了一个东西，这个手牌。"正当高旭东和郑卫国商量着要把鲁小河的案子提到公安局的时候，法医走了过来。他们准备抬走鲁小河尸体的时候，发现了手牌。

程亮将那个手牌递给了高旭东，然后仔细看了一下手牌，上面是一个数字，V102。

"这看起来似乎是娱乐会所的手牌。"郑卫国说道。

"查一下，看看这是哪个地方的会所手牌。"高旭东将手牌递给了程亮。

回到局里，杨天文和徐正他们已经从林城和鹤城调查情况回来了。基本上和他们之前判断的一样，林城和鹤城的失踪案，并不是偶然的失踪，都是有人事先设计好的。只不过对方做事严谨，没有留下可追踪的线索，导致林城和鹤城的警方只能把案子当成失踪案。

"陈远和孟雪还没回来吗？"郑卫国问道。

"说是在路上，他们也简单说了一下情况。王丽敏的失踪也是事先设计好的，不过意外的是她的丈夫孙博参与了设计，被一个男人利用了。原因是王丽敏之前出轨了。"沈家明说道。

"今天刚刚发生了一个新情况，鲁小河死了。"高旭东说道。

"会是绑架这些女人的人做的吗？"杨天文问道。

"现在正在调查。之前罗局说的情况正在慢慢发生，那就是这些相关人员开始出事了。第一个是杨丽莎，现在是鲁小河，不知道后面还会有谁。"郑卫国说道。

"现在我们重新对案子进行一下规划，最早是鲁小河报案，因为没有受到重视，鲁小河绑架了两个女人，后来将女人放了。我们后来通过他的资料，加上杭城最近发生的三起失踪案，解开了这个所谓的影子集团，后来林城、鹤城和苏城也发现了同样的事情。在这几起巧合度非常高的失踪案里，徐正提出了完美犯罪理论，认为对方可能是要用这几个女人最完美的地方做一个研究。然后发现杨丽莎被杀，现在报案人鲁小河被杀。"杨天文将案子的情况叙述了一遍。

"现在的调查结果是，杭城的几个失踪女人都和一个喜欢穿格子衣服的男人有关。我们怀疑，这个格子男人就是这个案子的主犯，也可能他是利用鲁小河来迷惑我们，让我们以为这些女人是被影子集团绑架的。我们之前通过各种方法查了一下，这个影子集团好像有点问题。所以我和高队长推测，可能是有人利用影子集团这个事情来迷惑我们侦查的方向。"郑卫国跟着说了下。

"如果不是集团的话，肯定不会是一个人。目前看失踪的女人数目比较多，并且涉及了多个城市。如果一个人作案，恐怕不太容易实现。"徐正还是坚持之前自己的看法。

正在大家讨论的时候，有人敲门走了进来。

"杨局，这是天桥区分局送过来的案件情况。"一个警察拿了一份档案走了进来。

杨天文打开看了一下，顿时愣住了，表情有点意外。

"怎么了？"高旭东问道。

"这是今天早上鲁小河被杀的案子的调查情况，分局的同志查到了鲁小河遇害的第一现场，是在天桥区附近的一个按摩会所里面。并且他们查出来，这个鲁小河还有一个名字叫陶伟峰，并且是这个会所里的常客。"杨天文看着报告说道。

"陶伟峰？这是鲁小河的化名吗？鲁小河不是这么多年一直在查母亲失踪的案子吗？他怎么会是按摩会所里的常客？"沈家明脱口说道。

"难道说这个鲁小河的身份有问题？"郑卫国皱紧了眉头。

"这就对了。"突然，对面的徐正站了起来，兴奋地拍了一下桌子。

"什么？你想到了什么？"徐正的样子吓了其他人一跳，高旭东不禁问了他一下。

"这个鲁小河可能是假的,他的真实身份应该就是陶伟峰。他的出现为的就是误导我们查错方向,让我们以为这个所谓的影子集团就是绑架这些女人的罪魁祸首。这也是鲁小河被杀的原因。之前杨局长讲了整个案子的发展,大家有没有发现,事情是从鲁小河报案开始,然后正好到现在,鲁小河被杀,而我们对于这个案子的调查却没有任何进展,完全是被对方牵着鼻子走。"徐正说道。

"现在看来的确,这个案子从鲁小河出现,到现在这个鲁小河被杀,好像跟一个圆一样,里面出现的被绑架的女人,还有那个所谓的格子男人,这一切看似是线索,可是却并没有什么作用。"郑卫国明白了徐正的意思。

"其实也不是什么作用都没有,对方处心积虑地设计这个事情,但是他却疏忽了一点,那就是他用来避开线索的东西,正好暴露了线索。"徐正扶着桌子说道。

"你是说鲁小河提供的那些资料?"沈家明眼前一亮,脱口说道。

"不错,就是那些资料,要知道那些资料不可能是虚构的,否则警察根本不会绕进去。既然有这样一个真实的资料在这里,那么必然会有一个经历那些事情的人,也就是真正的鲁小河,只要找到真正的鲁小河,就能拉出背后策划这一切的人。"徐正点点头说。

"可是万一这个真的鲁小河也被杀了呢?又或者说对方只是利用这个东西,和对方并没什么关系呢?"高旭东问道。

"不,一定是有关系的。随随便便拿一个东西过来,然后想配合绑架那些女人,会漏洞百出的。并且我认为鲁小河母亲的失踪和这些女人的失踪一定有什么关系,因为她们的过程是非常相似的。所以这个可以作为我们下一步的突破口。"徐正说道。

第三十二章　险

　　车子撞过来的时候，陈远快速打了一下方向盘，然后车身一扭，错开了车中心受撞位置。不过，巨大的冲力还是让车子连续转了几个圈，然后侧滑到了地上。

　　耳鸣头晕，浑身酸疼，侧翻的重力让他的身体正好压在了孟雪的身上。陈远害怕自己压伤孟雪，所以躬着身体，两只手硬撑着，给孟雪留出了一点安全空间，但是他并没有坚持太久，因为后背的重压，加上刚才被撞，让他眼前一黑，晕了过去。

　　眼前是一个漆黑的甬道，耳边有滴答滴答的水滴声，陈远感觉自己越来越冷，身体内的热气正在一点一点消耗。他快速向前走着，前面有一个光点，他用尽全力想靠近那个光点，但是那个光点仿佛跟他在玩捉迷藏一样，他跑快，光点也跑快；他走慢，光点也慢下来。

　　终于，陈远停了下来，不想再走了，他感觉身上没有一丝力气了。他直接瘫坐在地上，大口大口地喘着气。

　　地上潮湿一片，陈远触摸了一下，感觉摸到了一个人。他低头仔细看了一下，隐约能看到那是一个女孩，他慌忙在身上找了一下，找到了一个打火机，然后点着仔细看了一下，身边躺着的人竟然是孟雪，她全身是血地躺在那里，闭着眼睛，一动不动。

　　陈远突然想起来，他们遭遇了车祸。那个开着面包车的男人撞翻了他们的车。他顿时紧张起来，抱着浑身是血的孟雪大声叫了起来……

　　"陈远，陈远，我在这儿，我在这儿。"有人握住了陈远的手，然后陈远睁开了眼，他看到了孟雪坐在他面前，面色紧张地看着他。

　　陈远转头看了一下，他们的车子侧翻，就在前面，闪着报警灯，孟雪和他坐在旁边的低树林后面，他感觉后背火辣辣地疼，不禁叫了起来。

　　"没事，后背是撞击擦伤。不过你左腿被压伤了。"孟雪扶着他说道。

　　"还好，其他地方没事就好。你，怎样？没事吧？"陈远看了看孟雪。

　　"你护着我，我没事。谢谢你。"孟雪说道。

　　"没事就好，跟、跟郑队联系了吗？"陈远问道。

　　"没有，车子撞击后，手机被甩出去了。"孟雪摇摇头。

　　"我的手机、我的手机在兜里。"陈远说道。

　　"刚才我也看了，被压坏了。"孟雪叹了口气说道。

　　"这怎么办？我们得想个办法，不如你去找救援吧。我一个人在这里可以的。"陈远感觉自己左腿有点疼，怕是刚才也压到左腿了。

"不行，这大晚上的，万一有个什么事你连应付都没办法。这样吧，我扶着你，我们看看四周有没有可以打电话求救的地方。"孟雪不同意陈远的主意。

这时候，前面传来了几个嘈杂的脚步声，孟雪和陈远对视了一眼，然后两人都屏住了呼吸，侧耳细听过来的状况。

"老大，人不会死了吧？"

"车里没人。应该是从车里逃了出来。"被人喊老大的说道。

"那怎么办？"

"应该跑不远，我们分头追，追上了立刻联系。"老大说道。

很快，这些人走远了。

孟雪和陈远舒了口气。

"这是有预谋的车祸，我想起来了，应该是我们吃饭的时候遇到的那几个人。"陈远说道。

他们从苏城离开的时候，在一个饭店吃饭。隔壁桌坐了三个男人，当时他们的眼神就不对劲，一直打量着孟雪和陈远。当时陈远就觉得有点问题，不过后来他们吃完饭离开后，那几个人也没跟过来。现在想来，他们应该就是那个时候盯上了陈远和孟雪。

"他们会是什么人呢？"孟雪问道。

"不清楚，不过我们需要马上离开这里了。他们如果找不到我们，可能还会回来。"陈远说道。

孟雪扶着陈远站了起来，然后两人一起向前走去。

这是苏城通往杭城的城际快道，只要他们走到快道中间，随便拦一辆车，就能解决他们现在面临的困境。

从出事地点到城际快道中间，两人走了差不多十分钟。然后孟雪把陈远放到一边，自己走到快道旁边开始拦车。

城际快道的车很多，不过不知道为什么却没有人停车。

正在两人纳闷的时候，前面开过来一辆巡逻车，停在了他们面前。

"怎么在快车道上？"警察问道。

孟雪将事情经过说了一下，不过她隐瞒了他们是警察的身份。

"这样，你们先上车，我先带你们去处理下伤口，然后和杭城公安局那边联系下。"那名警察说道。

孟雪看了看陈远，然后点了点头。

坐到巡逻车上，那名警察介绍了一下自己，他叫刘立峰，其实是一个辅警，本来他们是两个人一辆车的，不过今天另外一名同事有事，提前走了。

"你们放心，我表弟家就在前面，我们直接去他家处理下伤口。然后我们先和苏城公安局这边人联系下，让他们看看是什么人在追你们。"刘立峰说道。

"那太好了。"孟雪说道。

刘立峰开着车，没过多久，在前面一个路口拐了下去。陈远看到，前面不远处就有几座房子。

巡逻车停在了其中一座房子面前,刘立峰扶着陈远带着孟雪一起走了进去。

"这是怎么了?"里面一个五十多岁的女人迎了上来。

"被车撞了一下。"刘立峰说道。

陈远和孟雪被安置到了隔壁一个房间里,那个女人帮他们打了一盆热水,还拿了一些外敷的药,然后出去了。

"孟雪,安全起见,先联系郑队他们。"陈远说道。

"好,我马上过去。"孟雪点了点头。

与此同时,几个人从外面走了进来,咋咋呼呼地走进了旁边的房间,孟雪走到窗边往外看了一眼,顿时脸色大变……

第三十三章　正

如果陶伟峰是假冒的鲁小河，那么调查陶伟峰的真实身份就显得非常重要了。针对这一点，郑卫国和高旭东安排专案组的人进行地毯式摸查，一方面从调查陶伟峰被害的杭城丽人纤纤会所开始，另一方面则从陶伟峰的户籍开始查起。

在对杭城丽人纤纤会所的调查中，老板和为陶伟峰服务过的技师很快交代了一切。陶伟峰是半年前开始来杭城丽人纤纤会所的，在会所里面，很多人都认识他。尤其是有一段时间，陶伟峰没有钱，在会所里欠了不少钱。不过这次，陶伟峰不知道从哪里拿了一笔钱，不但还了所有的欠账，还特意显摆了一下。

而杀死陶伟峰的那个服务技师并不是杭城丽人纤纤会所的人，她戴着口罩，把准备给陶伟峰服务的技师打晕在了厕所，自己冒充技师进去给陶伟峰服务，然后借机杀了他。虽然杭城丽人纤纤会所的门口摄像头拍到了那个凶手画面，不过因为对方戴着口罩，低着头，又特意绕着摄像头，所以也没拍清楚。

通过杭城丽人纤纤会所门外对面的监控摄像头，可以看到凶手在杀人后并没有直接离开，而是走到了后面一个巷子，似乎打了一个电话，然后才转身走向前去。

高旭东让通信部查了一下，昨天案发后半个小时内在杭城丽人纤纤会所旁边所有发出去和接收到的电话，然后他们在这十几张又长又多的电话号码里一个一个比对，寻找凶手在那里用的电话号码。

"是一个没有登记的号码，运营商是北明省的，不过给他打电话的是从杭城清雅整容医院注册的电话。"终于，排查电话号码的工作人员找到了。

杭城清雅整容医院在杭州是一个非常出名的整容医院，并且也算是一个大医院。

"这似乎有点意思了。那几个失踪的女孩，徐正推测可能是用来做实验的，这个关键性人物的死又和一个整容医院有关系。"沈家明撩了撩自己的刘海说道。

"看来得去清雅整容医院走一趟了。"高旭东点了点头说道。

杭城清雅整容医院位于杭城市中心，这座依靠整容业务赚钱的私家医院，最近几年引进了韩国技术，加上广告效应，业务确实不错。高旭东和沈家明并没有说是来调查案子的，他们找了另外一个偷盗案为幌子，来到了杭城清雅整容医院进行调查。

"警察同志，那案子跟我们没关系，小偷也抓住了，已经结案了。"杭城清雅整容医院保安科的邓科长说道。

"是，小偷是抓住了，不过赃物并不齐全，我们怀疑可能小偷将一个比较重要的赃物藏在了医院某个地方。"高旭东说道。

"什么赃物？"邓科长愣住了。

"这能和你说吗？你配合工作就是了。"高旭东瞪了邓科长一眼。

在邓科长的带领下，高旭东和沈家明开始对整个杭城清雅整容医院进行了参观，凡是不明白的地方，高旭东都会问邓科长。经过后面理疗部的时候，沈家明看到前面有一个比较隐蔽的通道通往后面，让人奇怪的是，通道的前面不远处有一个小门。

"邓科长，那个小门里面是什么地方？"沈家明问了一下。

"那个是莫院长的私人地方，平常都不让我们进去的。"邓科长说道。

"私人地方，在这里设置了私人地方？"高旭东迟疑了一下，向前走去。

"高队长，高队长，你要过去，我得跟莫院长打个招呼，不能直接这么进去的。"邓科长一看高旭东要过去，吓得赶紧拦住了他。

"这个地方在医院里面，很有可能小偷把东西藏到里面，然后你们都不敢过去。我们要进去看看。"高旭东说道。

"高队长，你可以进去，等我给莫院长打个电话，不然我很难办的。"邓科长一边说着一边拦着高旭东。

这时候，那个小门忽然打开了，里面走出来一个男人。

"干什么的，这么吵？"那个男人问道。

"警察过来查案子，然后想进去这里，我、我不是想着给莫院长说一下，怕他……"

"没关系，既然警察想进来，那就进来吧，免得以为这里有问题。你去忙吧，我带他们进去。"那个男人打断了邓科长的话。

"行，行，那麻烦周医生了。"邓科长顿时舒了口气，连连说道。

与此同时，按照侦查计划，杨天文和徐正一起去调查陶伟峰的事情。经过走访相关单位和对认识陶伟峰的人进行调查，他们发现这个陶伟峰很早就父母双亡，从十几岁开始就在街头流浪，甚至为了生存，什么事都干过。正是因为这点，他才被幕后的人选出来假冒鲁小河。因为陶伟峰的流浪经历和鲁小河资料上写的，以及公安局了解的非常像。

杭城天桥区是很多流浪人聚集的地方，他们按照天桥的东西南北四个方向以及不同地方大小区域进行地方分配。

杨天文和徐正是在刘立峰的带领下去的，刘立峰调到天桥区派出所后，和那里的流浪汉经常打交道，所以比较熟悉。

"这地方鱼目混珠，什么人都有。说白了，就是一个连环杀人犯也能藏在里面，只要他从此以后安分守己，真的就像一条鱼放进了大海里，找不到的。"刘立峰比喻了一下。

"别说是鱼，他就是一只虾米，也得找到。"杨天文说道。

"是是是，我尽力。"刘立峰耸了耸肩膀说道。

刘立峰用的办法是最简单也是最常用的，他把熟悉的几个天桥区的小头目叫到一起，然后再让他们通过自己的势力进行询问打听。陶伟峰的情况很快被找到了。

"大概是半年前,一个穿着格子外套的男人找到了他,把他带走了。走的时候,陶伟峰的东西都扔在我们这里了。"认识陶伟峰的一个男人说道。

"你们之前见过那个穿格子外套的男人吗?"杨天文问道。

"不认识,从来没见过。"

这又是一条死线索,不过也是意料之中的事情,对方既然要来带走陶伟峰假冒鲁小河,为了避免被警察查到,肯定不会留下太多线索。

正当两人准备离开的时候,一个流浪汉找了过来:"我后来见过陶伟峰和那个男人,他们去了清雅整容院,至少去了三次,我在那门口见到过他们。有一次我拉着陶伟峰,他还给了我五十块钱,并且不让我说出去。"

第三十四章　斗

"起来，起来，我们得马上离开这里。"孟雪慌忙将陈远扶了起来。

"怎么了？出什么事了？"陈远问道。

"刚才撞我们的人来了，看起来似乎和这里的人很熟。我们不能在这里了。"孟雪急急地说道。

"不行，我腿不方便怕是走不了了。你快走，记住出去了快速联系郑队他们。"陈远看了看自己的腿说道。

"那怎么行？"孟雪愣住了。

"我这样的情况，咱们两个都走不了。没时间了，孟雪，你一个人出去要当心。"陈远说着推了孟雪一下。

"好，好吧。"孟雪咬着牙，眼里闪出了泪花。陈远说得没错，如果这个时候两人一起走，肯定跑不远，唯一的办法就是自己先离开，联系郑队或者苏城公安局。

没有再说什么，孟雪打开门，猫着身子钻了出去，然后快速离开了。

陈远看了一下屋子里的东西，发现前面有一把菜刀，于是走过去拿到了手里，然后站到了门后。

果然，没多久，外面的人走了进来。

"怎么没人？"进来的男人，说话声音正是先前那个被喊老大的男人。

"不应该啊，刚才还在的。"那个接待他们的女人走了进来，陈远从门后一下子走过来，将女人拉到自己身边，把刀架在了她的脖子上。

外面的人都走了进来。

"别动，都别动，我是警察。"陈远对站在自己面前的几个男人喊道。之前来的时候，那个巡警说这里是他表弟的家，这个女人应该是他表弟的母亲，那么很有可能这个女人就是那个被称作老大的母亲。所以陈远选择了这个女人作为人质，希望可以换来自己暂时的安全。

"哈哈哈，你们看，哈哈哈。"对面的老大笑了起来，后面的人也跟着笑了起来。

"警察同志，这不应该是我们这些罪犯抓个人质来威胁你们吗？怎么倒过来了？怎么警察要抓人质来威胁罪犯了？哈哈哈，太他妈搞笑了。"那个老大笑着说道。

"你在做什么？"这时候，那个巡警走了过来，看到屋内的情况，不禁问道。

"你们这些人，袭击警察，还有，假冒巡警。等被抓了，没一个能逃掉的。"

陈远说道。

"是吗？那警察同志，你拿刀架在一个女人的脖子上，这算什么罪？"老大问道。

"我的罪自然有法院给我定性，你们的罪也一样。"陈远颤然说道。

"这到底怎么回事？"那个巡警看起来一脸茫然，想走过来，却被那个老大拦住了。

"庞飞，事情很简单，我们本来看上了和他一起的女人，没想到让他们跑了。结果更没想到的是你把他们带回家了。"那个巡警叫庞飞，那个老大简单和他说了一下情况。

"女人？你们把那个女人弄哪儿了？"庞飞一听，脸色顿时变了。

"这不刚进来，还没找到那个女人。那个女人呢？"老大一听这话，顿时明白了过来，于是对后面的人喊道，"操，肯定跑了。快，快去追。"

庞飞看到陈远拿刀架着女人，不禁往前走了两步说道："兄弟，你先放开她，我们有话好好说。"

"说什么说，和你们有什么说的，等到将来你们留给法官说吧。"陈远怒声喊道。

"小子，我看你怕是等不到那天了。"老大的声音突然一变，然后冲了过来。

陈远没想到对方竟然可以不管女人的命，顿时愣住了，等到他反应过来的时候，那个老大已经来到了他面前，一把抓住了他拿刀的手，将他直接扑倒在了后面的地上。

这一幕发生得太快，老大一下子压住了陈远的一只手，另外一只手照着他的脸用力打去。

陈远顿时感觉一阵剧痛，鼻子里涌出一股液体，流到了嘴边。

"他妈的。"那个老大的拳头还在继续殴打，陈远伸手想挡，但是被对方一只手死死地压着，只能任凭对方的拳头落在身上和脸上。

"好了，别打了。"旁边的庞飞将老大拉了起来。

陈远被打得满脸肿胀，胸口发闷，干脆躺在那里不再动弹，大口呼吸，喘着气。

"你怎么回事？万一他真是警察呢？"庞飞说道。

"不可能，这五乡八里的，我都认识。再说，是他拿刀架人我才打他的。现在要想想那个女的跑了，该怎么办，万一报警了，得兜着点。"老大对庞飞说道。

"我当初就不该给你开那个口，妈的，现在搞得我天天成什么了！"庞飞懊恼地骂道。

"行了，当初钱也没少给你。有事我们担着，不会连累你的。"老大说着拍了拍庞飞的肩膀。

老大带着人出去了。

庞飞拿着一块湿毛巾走到陈远旁边，帮他擦着脸上的血水。

"你没事吧？"庞飞问道。

陈远没有说话，一方面是脸上的肿痛让他说不出什么，另一方面他对这个庞飞无话可说。

"我是真不知道先前你们遇到过，我是一片好心将你们带到这里的。早知道，还不如让你们在城际快路上搭其他车。"庞飞叹了口气说道。

"你们这么搞过几个人？"陈远停顿了几秒说话了。

"一个，我就帮他们带过一个人。现在想想真是后悔，要不是有孩子有老婆，我早自首了。"庞飞低着头说道。

陈远没有说话，微微闭着眼。

"你真是警察吗？"庞飞又问。

陈远看了看他，不知道该怎么回答。

"你要真是警察就好了，把他们抓走吧。他们这些人，之前绑人尝到了甜头，控制不住了。恐怕以后会做更多坏事。"庞飞挠了挠头发说道。

"你为什么要拿他们的钱？"陈远问道。

"我女儿得病了，需要手术，一大笔钱。我们四处筹钱，都不够。然后他们找到我，给了我一笔钱，救了我女儿。但是却要我帮他们一次，就那一次。我的工作很简单，就是巡警，本来我一直以为巡警的工作没什么作用的。可是那次我知道，其实很关键的，他们绑走的那个女人，只要我不说那句话，可能就被救回来了。"庞飞痛苦地揪住了头发。

"你可以有其他选择的。如果我告诉你，那个女人还能救回来，你愿意赎罪吗？"陈远问道。

"怎么赎罪？"庞飞抬起了头。

"找到幕后黑手，绑走那个女人的人是谁，查清楚这一切。戴罪立功，我相信你做的这个事情会被原谅的。"陈远说道。

"是吗？会吗？"庞飞喃喃地说道。

"会的，可是如果你要继续帮他们的话，那么一切将不能回头。你面对的结局一定是和自己的老婆女儿分离，并且她们永远不会原谅你。作为警察，她们为你自豪；可是作为罪犯，她们会为你感到耻辱。"陈远激动地说道。

第三十五章 对

那个门里面是一个普通的房子，看起来并没有什么异常之处。

"这个地方本来是之前的隔离部，因为有时候会遇到一些非常时期，比如非典的时候，为了保证医院里面没问题，所以当时装修隔了这么一个地方。平常这里位置也不太好，加上里面有一些专业的设备，所以就单独隔开来，平常也不对外开放。"周医生解释了一下小门后面房子的情况。

"原来是这样啊。"高旭东四处看了看，然后转过了身。

从门里走出来，沈家明忽然问了一下："周医生也是做整容的吗？"

"警官，可能你们误解了，不是说整形美容医院都是做整容的，还有很多业务的。"周医生笑了起来。

"不好意思，还真是不了解，所以问了你一下。"沈家明不好意思地笑了笑。

走出杭城清雅整容医院，沈家明凑到高旭东耳边轻声说道："注意到这个周医生了吗？"

"什么？"高旭东问道。

沈家明拿出手机，找到一张照片，里面正是周医生，他似乎没看到有人在拍他，所以表情冷静，眼神犀利。

"有什么问题吗？"高旭东不明白沈家明让他看这个做什么。

"仔细看一下。"沈家明说道。

高旭东定睛看了起来，很快他发现了情况。他惊奇地抬起头看着沈家明问："你、你是怎么发现的？"

"从他出现开始就怀疑了，所以上下看了很多次，发现他里面其实穿的是格子衬衫，并且领带也是格子式的。"沈家明说道。

"你太厉害了，我马上让局里查一下这个周医生。"高旭东由衷地竖起了大拇指。

回到局里，高旭东和沈家明将他们查到的情况汇报了一下，郑卫国他们查到了陶伟峰之前是被一个穿着格子衣服的男人带走了，这个穿格子衣服的男人，应该和之前绑走那些女人的是同一个人。

"现在看来，这个杭城清雅整容医院嫌疑非常大了。"郑卫国说道。

"之前我讲过，对方如果想从女的身上最好的地方来进行实验，肯定需要一个完善保密性高的地方。毫无疑问，这个医院，还是整形医院，就成了最安全的一个地方。"徐正欣喜地说道。

"那我们马上安排人对这个清雅整容医院进行二十四小时监控，尤其是那个周医生，发现有可疑情况，立刻进行抓捕。"高旭东看了看杨天文说道。

"二十四小时监控可以，抓捕先不要。我们要保证先找到被绑架的人。如果那些被绑走的女人就是藏在这清雅整容医院，那么只有在保证人质安全的情况下才能进行抓捕工作，否则打草惊蛇，到时候可能对方会狗急跳墙，伤害人质。"杨天文分析道。

"杨局说得对，这种事情最怕的就是这样。我看我们还是要进一步商量，不行先去清雅整容医院摸摸底，看看什么情况，如果能找到那些人质最好了。"郑卫国同意杨天文的话。

"这样，我们安排一下，进入清雅整容医院进行调查。可惜我多年从事警察行业，人一看就觉得不像普通人。"高旭东说道，"我们几个人，沈家明和我是不能去了，杨局也不合适。恐怕只有郑队长和徐正你们两个了。"

"好，我没问题。不过我拿什么理由过去啊，总不能说我去整容吧。"徐正看了看郑卫国，摸了摸脑袋说道。

"哈哈，还真是，这个是整容医院，还真和一般的医院不一样。"其他人一听，都笑了起来。

"谁说男的就不能整容了，这样，我看徐正你是单眼皮，到时候你就说想割个双眼皮。"杨天文看着徐正，给他出了一个主意。

"目前只能这样了，总不能为了一个案子，把自己脸整了啊。"徐正无奈地说道。

"那可不行，你这小脸蛋长得也不错啊。"沈家明笑着说道。

"对了，陈远他们还没到吗？"郑卫国忽然想起来，按照时间算的话他们应该早到了。

"我之前联系了，但是他们的电话一直打不通。苏城公安局说昨天晚上他们已经走了。"沈家明说道。

"昨天晚上就走了，现在还没到，中间会不会出什么事了？"郑卫国不禁皱了皱眉。

"我会继续联络的，可能路上又有什么事耽搁了吧。"沈家明说道。

郑卫国努了努嘴没有说话，他跟着徐正一起出去了。他们要讨论一下去清雅整容医院的事情。

等到郑卫国和徐正出去后，杨天文看了看沈家明说："到底怎么回事？"

"其实是这样的，陈远和孟雪他们去苏城公安局那边查王丽敏失踪的事情，正好王丽敏的老公孙博被关在苏城第二监狱，所以他们就去了那里。我问了苏城第二监狱那边的人，说他们是昨天晚上离开的。"沈家明说道。

"没有打电话吗？现在已经查清楚，这些案子的集中地方就是这个清雅整容医院，所以其他调查也可以停下来。"杨天文说道。

"好的，我会再和他们联系的，让他们尽快回来。"沈家明点点头说道。

会议结束了，沈家明走了出去，他拿出手机再次联系了左斌。

"我估摸着应该出问题了，这边现在比较忙，所以也不好说。你要是方便，派几个人帮忙查一查。"

"好，我马上安排。要不要联系苏城公安局这边？"左斌问道。

"暂时不要吧，毕竟现在还不知道怎么回事。"沈家明说道。

挂掉电话，沈家明看到高旭东站在他后面。

"陈远他们出事了吗？"高旭东问道。

"不知道，但是一直没联系上。也可能是他们发现什么了，暂时联系不上。"沈家明担忧地说道。

"我看刚才你没和郑队说，是觉得他要去清雅整容医院卧底的事情吧。"高旭东问道。

"是的，毕竟目前几个人里，他和徐正是最合适的。尤其是郑队长，他可以保护徐正。陈远他们的事情现在还不知道是怎么回事，所以我没说。"沈家明点点头。

"放心吧，陈远和孟雪两个人，肯定没事的。"高旭东拍了拍沈家明的肩膀说道。

第三十六章 巧

　　这是孟雪第一次这么狼狈，她终于知道为什么之前进入调查组后，外勤部门曾经一直希望他们能通过外勤考核，以免遇到危险。

　　眼前是一片黑色，路面崎岖不平，不知道通往哪里。孟雪就这么埋头向前跑着，她希望可以快点找到一个人家，或者跑到某个地方，只要有电话，她和陈远就能得救。

　　孟雪在逃出来后没有往前面跑，而是往后面跑，因为她记得苏城公安局就在后面。在跑出来的时候她已经想好了，如果自己还往前面跑的话，可能碰上的还会是那些歹徒的熟人，又或者说到前面的城际快路上，和那个巡警认识的人应该比较多。所以，唯一安全的地方应该是后面，因为苏城公安局就在那个方向，并且只要自己能够跑到市区人多的地方，就安全了。

　　过了十几分钟，孟雪终于看到了城市的灯光。她在路口拦了一辆过路车，司机是一个三十多岁的女人。

　　"能用下电话吗？"孟雪坐上车后问道。

　　"可以。"司机把手机递给了她。

　　孟雪立刻拨了郑卫国的电话，可是却一直打不通，于是，她又给沈家明打了一个电话。

　　"喂，孟雪。"电话很快通了。

　　"沈家明，沈家明，我是孟雪。"听到沈家明的声音，孟雪突然有种想哭的冲动，就像一个在外流浪的孩子，突然听到家人的声音，充满了熟悉与温暖。

　　"你们现在什么情况？怎么电话一直打不通？是有什么事吗？"沈家明问道。

　　"我们被人袭击了，然后陈远腿受伤，还被对方关着。我现在跑了出来，准备去苏城公安局求救。"孟雪说道。

　　"想着你们可能遇到事情了，我已经让左斌安排人过来找你们了。还有，也让杨局长通知了苏城公安局的人，你到苏城公安局，然后带他们去救陈远。"沈家明说了一下目前的情况。

　　"好，我知道了。"孟雪明白了沈家明的意思。

　　很快，车子开到了苏城市区旁边，孟雪看到那里有几名警察正在路边对过往车辆进行排查。她立刻打开车门，走了下去。

　　表明自己的身份，孟雪被一个警察带着往苏城公安局走去。

　　接待孟雪的还是苏城公安局的那个科长骆飞扬，听完孟雪说的事情经过，他立刻联系了上级。

在这之前，苏城公安局也接到了左斌派过来的人的求助。因为孟雪和陈远是省厅过来的人，虽然之前苏城方面只派了一个骆飞扬接待他们，但是他们要出事了，这对苏城公安局来讲可是有避不开的责任。

左斌派出来的人也接到了电话，赶到了苏城公安局。之前冷清的公安局，顿时热闹起来，大家你一言我一语地说着意见，根本没有考虑到还在对方手里的陈远。这让孟雪有点着急，她不禁用力拍了一下桌子，然后说道："你们别吵了，我同事还在对方手里，可以快点派人过去吗？"

"好，那、那先派人过去吧。"骆飞扬愣了愣说道。

在孟雪的带领下，骆飞扬和左斌的人一共两辆车，向城际快路的方向赶去。

在车上，骆飞扬仔细询问了一下对方的情况，然后他简单部署了一下工作，等到了目的地，让孟雪先过去，吸引对方出来，然后他们再上去将对方一网打尽，最主要的是为了保证陈远的安全。

车子在距离目的地不远处停了下来，然后所有人下了车。孟雪按照他们的部署计划，走在前面，其他人则跟在后面。

孟雪推门走进房子里面，让她意外的是，里面竟然关着灯，漆黑一片。

"有人吗？"孟雪喊了一句。

"是，是孟雪吗？"突然，屋子里传来了一个声音，是陈远的声音。

"是我，陈远，你还好吧？"孟雪心里一紧，惊声喊道。

"进来吧，我没事。"陈远说着，屋子里的灯也亮了起来。

孟雪走了进去，然后发现陈远坐在一边，旁边的角落蹲着三个人，全部被绳子绑着，嘴里还塞着毛巾，看到孟雪，顿时发出了呜呜的叫声。

"你、你抓住他们的？"孟雪惊呆了。

"怎么会？是庞飞帮的忙。"陈远说着又补充了一下，"就是那个巡警。"

"他、他人呢？"孟雪这才发现庞飞并不在房子里。

"还有两个人没回来，庞飞在外面守着，准备也将他们一起抓了。刚才我以为有其他人进来了，所以关了灯。对了，你是带人过来了吗？"陈远说道。

"嗯，带人来了，苏城公安局的人就在外面，还有左斌也派人来了。你的脸怎么了？他们打你了？"孟雪这才看见陈远的脸上全是红肿。

"没事，皮外伤。"陈远笑了笑，但是一下子牵动了脸上的神经，顿时痛了起来。

孟雪不禁有点难过，忍不住眼泪落了下来。她知道，肯定是当时对方发现自己跑了，陈远想办法拖住他们，才被打成这样的。

这时候，外面传来了一阵嘈杂的脚步声。孟雪打开门一看，骆飞扬走了进来，后面的警察还拉着两个人。

"这两个小子是不是同伙，看着在外面鬼鬼祟祟的。"骆飞扬带着那两个人进来问道。

"对，就是他们。"陈远认出了他们，"这些人齐了。"

"陈警官，你抓住他们了，厉害啊！"骆飞扬这才看见旁边角落蹲着的三个人。

"不，我这样怎么抓，是庞飞，一个巡警帮忙抓的。"陈远指了指自己的腿和脸上，笑着说道。

"这个巡警厉害了，得好好表扬一下。"骆飞扬说道。

"骆科长，可以安排人送我们回去吗？陈远现在身体也不方便，我们还得回去汇报案情。"孟雪说道。

"当然可以，这个没问题的。我现在就安排。"骆飞扬连连点头。

"带上他，王丽敏的绑架案他是主谋。"这个时候，陈远指了指角落中间的一个人。

那个人抬起头，露出了一个痛苦的表情，他正是这帮人里的老大。

"没问题。"骆飞扬说道。

第三十七章 变

"你们是叔侄两个？"杭城清雅整容医院保安处负责人看着郑卫国和徐正，上下打量着他们。

"是的，这孩子大学刚毕业，天天就宅在家里玩手机。这不为了他，我才带着他出来工作，想着让他体验一下生活。"郑卫国笑着说道。

"体验生活，我们这里可不提供这个。"负责人一听，摆了摆手。

"领导，领导，你误会了。他这年轻人，能干得了什么？不是有我吗？我是可以长期干的，并且对于他的工资也不用开太多。"郑卫国说着拿出一盒烟，递给了对方。

"你这叔叔做的，还真不错。那行吧，反正咱们保安的工作也简单，你就多操点心，别出乱子。这要不是老孙介绍，我是真不愿让你们来。"负责人点了点头。

"放心，放心，一定好好工作。"郑卫国连连说道。

负责人打了一个电话，然后一个穿着制服的保安走了出来，负责人让郑卫国和徐正跟着他去熟悉一下环境。

"我叫大头，这里人都叫我大头哥。"大头看了看郑卫国，"你就别叫哥了。"

"好，好。"郑卫国笑了起来。

"其实咱们的工作很简单，分两班，白天一班，晚上一班，然后是二十四小时巡逻。你们现在刚来，先上白班，等熟悉了再上夜班。这医院一共三栋楼，前面是接待门诊，中间是手术观察院，最后一面一栋楼是医生的住宅楼，那里中间有一道门，除非有特别的事情，否则不要过去。这点相当重要，如果被发现，会被立刻开除的。"大头说着，指了指后面的那栋楼。

徐正和郑卫国点了点头，然后两人不约而同地对视了一眼。不用说，这个神秘的楼里面一定有不愿意让外人知道的秘密。

"基本上也没什么事，我们不在前面，还要天天站在那里。对了，你们两个叫什么名字来着？"大头问道。

"我叫徐卫国，我侄子徐正。"郑卫国说道。

就这样，郑卫国和徐正成功进入了杭城清雅整容医院保安部。

晚上八点，是白班和夜班交接的时间。忙碌了一天的白班保安有的出去吃饭，有的回宿舍睡觉，剩下的则交给了夜班保安。按照郑卫国和徐正之前订下的计划，两人一起陪着夜班保安，希望可以多学点东西，早点转正。对于夜班保安来说，有人主动帮自己忙，那自然是开心不过。

郑卫国和徐正一边熟悉医院里的情况，一边留意那栋医生的住宅楼。他们要探秘的地方有两个：一个是周医生的宿舍，一个是那个院长的私人禁地。

白天的时候他们已经打听好了，周医生住在208，平常吃完饭后都会出去跑步。徐正在楼下看着，等到周医生出去后，就让郑卫国快速上楼，用万能钥匙打开周医生的宿舍门走了进去。

房间不大，郑卫国戴上手套鞋套，然后开始翻找。根据对这个周医生的了解，他非常神秘，平常很少与人接触，说是医生，但是他并不给病人看病。有人说他是院长的亲戚，也有人说他其实是这个整容医院的股东。

一阵查访下来，并没有什么可疑的情况。郑卫国走到旁边的衣柜，打开看了一下，上面挂了一些衣服，不过奇怪的是，这些衣服全部是新衣服，甚至很多价格签都没剪。

难道这周医生并不在这里住？

郑卫国觉得有点奇怪，他随意打开一下那些衣服看了看，不禁更奇怪了，因为那些衣服竟然大小码不一样，有的是L码，有的是S码，更离奇的还有一件竟然是M码。这根本不是一个人穿的衣服，为什么却挂在衣柜里呢？

郑卫国又翻看了一下，没有发现其他异常，于是关上了柜门。整个宿舍搜寻下来，可以说没有任何收获。

郑卫国觉得有点失望，本来他们锁定了这个周医生，觉得应该会有所发现的，结果却是这样，难道说是他们看错了周医生？

临走的时候，郑卫国回头又看了一下周医生的宿舍。床、桌子、衣柜，还有一些其他零零碎碎的家具，看起来并没什么问题。可是，郑卫国却总觉得哪里有问题，最后，他的目光落到了那个衣柜上。

对，这个衣柜看起来是非常宽的，但是刚才郑卫国看的时候里面只挂了几件衣服就满了，这似乎和这个衣柜的宽度匹配不够。

郑卫国重新走到那个衣柜面前，打开仔细看了看，伸手进去摸索了一下，果然，他摸索到了一个挡板，于是将挡板抽开，里面还有一层衣服，密密麻麻地叠在一起。那些衣服，全部是格子样式的，有衬衫，有外套。

"果然，果然是他。"郑卫国笑了起来，然后将手电筒咬到嘴里，照着里面，用手机拍了一些照片。

这时候，手机突然响了起来，郑卫国低头一看，是徐正发来的信息："春天来了。"

这是他们的暗号，意思是周医生回来了。

郑卫国慌忙将挡板重新挡好，没想到刚才挪动的缘故，等到他弄好的时候，外面已经传来了一个脚步声。没有多想，郑卫国立刻俯身钻进了床底下。

然后，几乎同时门锁被打开了，周医生走了进来。

郑卫国将手机调成静音，然后屏着呼吸，静静地躺在床底下。

周医生进来倒了杯水，然后他的手机响了起来。

"喂。"周医生接通了电话。

"好,我一会儿过去。算起来时间也够了,那些女人的情绪也快顶不住了。"

"不如今晚就动手吧。"

"老师,我都有些迫不及待了,我想那些人看到我们的杰作,一定会非常惊讶的。"

"我知道,放心吧,不会有人知道的。"

然后,周医生挂掉电话,走到了衣柜面前,很快,他从里面挑了一件衣服,穿到身上,在镜子面前来回走动了几下,最后,离开了宿舍。

躺在床下面的郑卫国顿时长长地舒了一口气……

第三十八章 合

高旭东看到陈远脸上的伤，顿时火冒三丈，他直接揪起那个被一起带过来的老大，怒声喊道："就是你打警察的？"

"对不起，对不起，我不知道啊，我要知道他是警察，肯定不敢动手的。"老大连连求饶。

"高队长，好了。"杨天文看了他一眼。

"给我带下去，一会儿让我好好审审。"高旭东冷哼一声，松开了他。

陈远和孟雪把他们去苏城的事情讲了一下，包括他们在路上遇到的事情。

"说来也算有意思，这些对我们动手的人正是当初绑架王丽敏的人，他们就是一群混混，当时绑架王丽敏得了钱后，便一直寻思着再做一次，没想到这次他们遇到了我和孟雪。"最后，陈远说道。

"那我去审一下，看看他们绑架王丽敏的时候是和谁接头的，兴许能查出线索来。"高旭东说着站了起来。

"好，不过不要动手，文明审讯，知道吗？"杨天文同意了。

"我之前问了一下，他说是杭城这边一个人联系他们的，他们把人送到了杭城一家整容医院。"陈远说道。

"整容医院？"听到这里，杨天文不禁看了看沈家明。

"看来和我们想的差不多。"沈家明若有所悟地说道。

"什么？"陈远看得一头雾水。

"别着急，我现在和你说说这个案子的具体情况。"看到陈远的样子，沈家明拍了拍他，对他说道。

与此同时，审讯室里，高旭东正在对老大进行审讯。老大名叫李二狗，是苏城城际路附近的一个小混混，平常带着几个兄弟偷鸡摸狗，坑蒙拐骗。关于半年前绑架王丽敏的事情，他很坦然地交代了一切。

半年前，李二狗当时和几个兄弟在一家小区当沙霸，通过垄断小区的水泥和沙子来赚业主的钱。这种事情虽然赚钱，但是免不了要和个别业主发生冲突，有时候还要打架，最后惊动警察。

偶然一次机会，孙博找到了他，说有笔买卖问他做不做。李二狗其实是个胆小的人，孙博提出要帮忙绑个女人，并且说那个女人是他的老婆，之所以绑她，是因为这个女人出轨了，孙博想吓唬吓唬她。

李二狗在确认了孙博和女人的结婚证和身份证后，答应了他。

李二狗按照和孙博的约定，在人民广场将孙博的老婆绑走了，然后送到了杭城清雅整容医院，在那里，一个叫格子的男人接待了他，并且给了他一大笔钱。

得到一大笔钱后，李二狗的生活开始变了。几十万让他和那些兄弟很快泛滥起来，可惜钱就那么点，很快就消耗完了。于是，他们继续打起了绑架人的主意。不过，上次绑架人是因为对方愿意花钱，如果他们随便绑架一个，得有人接受付款才行。为了这一点，李二狗跑了很多地方，可惜都没找到合适的渠道。前几天，他好不容易找了一个地方，对方说可以帮他卖到山里给人当媳妇。有了这个渠道，李二狗才开始搜索目标，正好那天他们看到孟雪和陈远，于是便打起了孟雪的主意。

"真没想到，他们是警察，要不然，给我十个胆子我也不敢啊！"李二狗哭得满脸是泪。

"那个格子你后来联系过吗？"高旭东问道。

"没有，我找过他，但是他却不理我。再后来，电话都打不通了。"李二狗说道。

"把那个电话给我。"高旭东说道。

"就在我手机里，那个人姓周，具体叫什么，我就不知道了。"李二狗说道。

高旭东站起来走了出去，通过李二狗的手机找到了那个电话，发给网监大队，让他们查了一下。没过多久，对方查到了信息。

"周云成，杭城清雅整容医院医生。"

"不错，郑队长他们发来了信息，这个周云成就是格子。这李二狗联系的也是这个人，看来可以确定是一个人了。现在郑队长他们正跟着周云成在寻找那些被绑架的女人。这样，高队长，你带人直接到清雅整容医院附近待命。如果郑队长他们有什么发现，立刻对周云成进行抓捕。"杨天文看到李二狗交代的人名后说道。

"收到。"高旭东做了一个OK的手势。

"陈远，你受伤了，就休息一下吧。孟雪，你照顾他。其他人，我们准备抓捕工作。"杨天文转头对陈远和孟雪说道。

陈远正在看这些天高旭东他们的调查资料，尤其是后来出现的两起命案。他皱着眉，对于杨天文他们说的事情都没太在意。听到杨天文的话，他抬起了头，想说什么的时候，其他人已经走了出去。

"这次我们就等他们吧。"孟雪笑了笑说。

"我总觉得哪里不太对。你看，这个杨丽莎的尸体发现的位置在杭城西区天桥林，而这个杭城清雅整容医院在天心区，距离这个天桥林的位置可不近。难道这个杨丽莎是从清雅整容医院跑出来，为什么不在市区，却跑到了西区的天桥林呢？"陈远说道。

"是啊，会不会是因为天黑或者被人追赶，所以不辨方向呢？"孟雪猜测道。

"怎么可能？"陈远摇了摇头。

"那真是奇怪了，看来只能等郑队他们抓到周云成后了解情况了。"孟雪说道。

"现在还有一个问题，我们大家都忽略了。"陈远将文件合起来，然后掀开第一页说，"真正的鲁小河在哪里？是失踪了？被杀了？又或者去了哪里？现在出现的这个鲁小河是假的,并且也被人杀了。那么这背后又有什么原因呢?"

"这个案子确实有点冗长,你不说,我还真忘了这个情况。"孟雪说道。

"要不我们也出去一趟,我们去看一下陶伟峰,也就是假的鲁小河的尸体情况,这方面你是专家,兴许我们能找到一些线索帮助大家。就让我这么坐着,我真的不习惯。"陈远看着孟雪说道。

"行,我也是,大家都在拼命,我们在后面坐着,确实不习惯。"孟雪点点头说道。

第三十九章　破

郑卫国从医生楼宿舍下来后，躲在旁边角落里的徐正走了出来。他看到郑卫国额头上的汗，不禁说道："你没事吧，我看人都进去了你还没出来。"

"没事。看见周云成去哪里了吗？"郑卫国问道。

"我跟了他一阵子，他进了前面住院楼旁边的一个小门里。"徐正说道。

"不错，我还怕你在下面光等我了。"郑卫国对徐正竖起了大拇指。

两人一起向前走去，然后来到了住院楼旁边的小门边。来之前郑卫国听高旭东讲了，他和沈家明发现了这个小门，感觉里面有问题，虽然他们进去看了一下，并没有发现什么。

"周云成进里面了。"徐正指了指前面的门。

"你在这里守着，我设置了一个自动信息，半个小时后我会更改一下，如果你收不到信息，立刻联系高队长他们。"郑卫国扬了扬手机说道。

"我还是和你一起去吧。你不如把这个情况跟高队长说下，要是他收不到信息让他进来。"徐正说道。

"不行，这事要低调进行。如果直接给高队长发信息，他们人多，直接闯进来，兴许还会有问题。你听我的就行了。"郑卫国拍了拍他的肩膀。

徐正没有再坚持，只好点了点头。

郑卫国走进门里面，这是一个不算太大的院子，一共有两层楼。二楼一片漆黑，只有一楼亮着灯。

一楼一共四个房间，郑卫国挨个走了一下，却都没有发现周云成。一楼的房间里面东西也不多，看起来这里平常也没人来。犹豫了一下，郑卫国走进了第三个房间，然后蹑手蹑脚侧立到旁边看了看，他这才发现原来这几个房间的后面都是相通的，于是，他走到后面看了一下，看到在后面的通道里有一个开了一条小缝的铁门。

郑卫国轻轻走过去，然后透过那条缝隙往里面看了看，发现里面是一条甬道，有风从里面吹出来，阴森森的。他推了推门，然后猫着身子钻了进去。

甬道有点长，郑卫国走了几分钟还没到尽头。他觉得有点奇怪，这个甬道就在房间的后面，这个房子的宽度有限，怎么会走这么久还没到尽头呢？很快，郑卫国发现了其中原委，这个甬道竟然是倾斜的，也就是说看似是往前走，其实是在向下走。怪不得越走越觉得空气阴冷，原来是走到了院子的下面。

甬道的尽头是一个宽阔的走廊，走廊上面装着声控灯，郑卫国走过去，上面的灯突然亮了起来，吓得他慌忙躲到了一边，确定没有人发现，他仔细看了看左右，然后向左边走去。

隐约，一股浓重的消毒水味道从前面房间蹿出来，还有一个声音，似乎是有人发出的哭声。

郑卫国的心一下子跳到了嗓子眼，他往腰间摸了一下，结果才想起来，这次出来卧底，竟然没带配枪。

"不要，不要啊。"房间里传出来的呼叫声越来越响了，郑卫国走到门边往里面看了看，只见一个人穿着一件白大褂，站在一张移动床旁边，移动床上躺着一个女人，被两条安全带绑着，浑身颤动着。

"不要怕，很快就结束了。等到你醒过来，就完成了。"那个穿白大褂的人拿着一个注射器，将里面的液体往外喷了一点，阴森森地说道。

"不，我不要，求你了，你放了我吧。"床上的女人哀声哭了起来。

郑卫国没有再多想，直接冲了进去。

"你什么人？"那个穿白大褂的男人看到郑卫国，不禁皱了皱眉。

"周云成，你想清楚自己在做什么！"郑卫国没有枪，害怕周云成狗急跳墙伤害女人，于是进去房间后，直接走到了女人的前面，隔开了女人和周云成。

"你知道我的名字？"周云成看着郑卫国。

"不错，你做的那些事情我也知道。我是警察，你最好跟我回去自首，不然的话，你知道自己要面对什么样的后果。"郑卫国说道。

"我做什么了？你有什么证据？"周云成说道。

"还用说吗？你想对这个女人做什么？"郑卫国冷哼一声说道。

"警察同志，你不该这么问，你应该问问我想对你做什么。"周云成忽然笑了起来。

"你什么意思？"郑卫国话没说完，身后突然有个东西刺入了他的身体里面，一阵疼痛，然后顿时他感觉后背一片麻木，继而蔓延到整个身体，他慢慢地回头看了看，只见躺在床上的那个女人不知道什么时候竟然坐了起来，她的手里拿着一个注射器，脸上带着诡异的笑容。

"你待在我宿舍的床下面，你以为我不知道吗？我的衣柜里设置了机关，几根细得跟头发丝一样的线挂在上面，只要别人打开过，那些线就会断掉。当时我就知道有人进来了。然后我故意让你的人看着我进来这里，最后做好这个局等你进来。你是警察，那又怎样？无论是谁，都阻止不了我要做的事情。"周云成走到了郑卫国面前，笑眯眯地说道。

"你，你。"郑卫国感觉整个身体都麻了，几乎说不了话了。

"既然你这么关心我，那么今天我就让你看看我们做的事情，这个事情需要一个见证者，我想过找人过来，不过怎么也没想到会是一个警察。哈哈哈。"周云成大声笑了起来。

那个女人从床上下来了，走到了周云成面前，然后温柔地说道："我表现怎么样？"

"非常好，我太喜欢了。"周云成一把搂住了女人，然后将她按到自己怀里，女人像猫一样腻着他的身体。

"警察同志,你们查我,是不是因为她们失踪?"周云成低头看了看郑卫国问道。

郑卫国看着他没有说话。

"其实你查她们干什么啊?你没看到她们是自愿跟我在一起的吗?"周云成说着捏着女人的下巴问道,"你是不是愿意跟我在一起?"

"我愿意。"女人扭动着身体,连连点头。

"要是我让你去死,你去不去?"周云成又问。

"为了你,我什么都可以做。"女人说道。

郑卫国被女人的样子惊住了,难道周云成说的这一切都是真的?如果是这样的话,那么他们调查的方向从一开始可能就是错的……

第四十章 伤

杨丽莎和陶伟峰的尸体停放在法医部，虽然杨丽莎的家属几次要求将尸体带走，但是鉴于案情还在调查中，杭城公安局与他们沟通希望再等几天，等到抓到杀害杨丽莎的凶手后再让她入土为安。

法医报告上很清晰地记录了杨丽莎的死亡情况，她的头发被割掉了，死亡原因是被人勒死的。

孟雪仔细看着杨丽莎脖子上的勒痕，然后用手来回比画了一下。

"怎么样？"陈远问道。

"从上面的勒痕看，是从后面勒死的，也就是说是在杨丽莎没有防备的情况下被勒死的。这就有点奇怪了，既然对方绑架了她，那么要杀她何必从背后勒死她呢？直接将她吊起来，或者左右交错勒死的话更简单一些。从背后勒的话，是比较费劲的。"孟雪说道。

"会不会是因为对方和她认识？或者说本来对方并没有想过要勒死她？"陈远猜测道。

"有这个可能。"孟雪点点头，她又仔细看了看杨丽莎身上的其他地方。杨丽莎的下身衣服看起来有点怪，孟雪不禁拉开看了看，结果发现里面竟然没有穿内裤。

这个举动让旁边的陈远有点不好意思，不禁转过了头。

"死者死亡之前有过性行为。"这时候，法医从旁边走了过来。

孟雪和陈远对视了一眼，这是他们没想到过的，孟雪看了看手里的法医报告问道："法医报告里怎么没写？"

"这个死者有个亲戚和局里领导关系不错，怕家人知道了难过，所以就让屏蔽了这点。"法医说道。

"这太胡闹了吧？这不影响查案吗？"陈远有点生气。

"人都死了，具体的情况我们也了解，再加上领导打了招呼，我们能怎么办？"法医无奈地摊了摊手。

"是哪个领导这么厉害，罗局长吗？"陈远问道。

法医摇了摇头，没有说话，转身离开了。

"怎么回事？你怎么做法医的？"陈远顿时火冒三丈，叫了起来。

"好了，你吼人家有什么用。可能你不知道，这里的法医其实编制不算公安系统的，所以他们也是没办法。再说现在我们也知道了具体情况，先查案子为主吧。"孟雪拉了拉陈远。

"如果人质有发生性行为，那可能就脱离了绑架案的特点。我们可以想象下，杨丽莎死之前到底经历了什么？是什么原因造成了她目前尸体的状态？她和谁发生了性行为？是被强迫的，还是自愿的？"陈远提出了一系列问题。

孟雪没有说话，她走到陶伟峰的尸体面前看了起来。陶伟峰的尸体状况比较简单，基本上和法医检查的一样，没什么特点。

从法医中心出来，孟雪扶着陈远回去了，在路上，两人说起了两具尸体的情况。

"看了他们的尸体，陶伟峰的倒没什么，因为和法医鉴定的情况一样。就是杨丽莎的有些问题，她在死之前和人发生过性行为，然后根据勒痕看，似乎是被熟悉的人勒死的，会不会是和她发生性行为的人下的手呢？"孟雪疑惑地说道。

"最奇怪的是她的尸体被发现在天桥林那边，如果现在郑队他们查的案子是正确的，那么对方是在哪里对杨丽莎下杀手的呢？肯定不会太远，否则尸体的状态会发生变化。"陈远分析着。

"杭城清雅整容医院确实不会是第一现场，从距离上讲有点太远了。并且就那样带着尸体去天桥林，这样太冒险了。"孟雪明白陈远的意思。

坐到车上，陈远看着外面熙熙攘攘的人群，他突然提出想去发现杨丽莎的现场看看。

"那我就给你做免费司机和拐杖了，你好了以后可得好好感谢我一下。"孟雪笑着说道。

"这你放心吧，肯定的。"陈远做了一个OK的手势。

孟雪开着车子，两人向杭城西区天桥林驶去。本来他们还以为就是一个小树林，结果到了那里才发现竟然是一片一眼望不到边的树林。

"看来我们想得太简单了，这要过去还真费劲。"孟雪看着前面黑压压的树林说道。

"是啊，我也没想到。"陈远有点失望，好不容易来了，结果眼前却是这样的情况。

"想去？"孟雪看到陈远的表情，于是问道。

"既然来了，要再回去多可惜。你也知道，现场对我来讲还是比较有用的，与其看着其他证据来做推测，不如到现场看看。"陈远说道。

"走，我们过去。"孟雪迟疑了几秒，说道。

"什么？"陈远愣住了。

"我说我们过去，我就是背也把你背到现场。"孟雪吃吃地笑了起来。

两人下了车，沿着山路慢慢走去。其实陈远的腿已经好得差不多了，不过因为路面颠簸，走了十几分钟，他的腿又隐隐有点疼了。

"先坐下来吧。"孟雪指了指前面一块大石块。

"孟雪，你有男朋友吗？"陈远坐下来忽然问道。

"怎么忽然问这个？"孟雪看了看他。

"要是你有男朋友，他一定很幸福啊。不过老实说，也很害怕。"陈远说道。

"什么意思？"孟雪不明白。

"就是你对人特别好啊，不过你是法医啊，很多人可能对这个会介意。"陈远说道。

"我猜你肯定没女朋友。"孟雪盯着陈远，半天说出了一句话。

"什么意思？"这个轮到陈远不明白了。

"哪有跟女孩子这么说的，说她找不到男朋友。"孟雪叹了口气。

两人正说着，前面走过来一个男人，看到他们不禁停了下来。

"你们迷路了？"男人问道。

"我们想去前面的天桥林，我朋友的腿之前受了点伤，所以走得慢。"孟雪说道。

"去天桥林干什么，那里前些时候发生了命案，很多人躲都来不及。"男人说道。

"是这样的，我朋友是一名悬疑作家，想体验下命案现场的感觉。"孟雪笑了起来。

"那行吧，不如我带你们去吧。这小伙子总不能让你背着吧，我来背他过去。"男人说道。

"这多不好意思。"陈远看了看孟雪。

"要不然你们这么走下去，天黑都到不了。"男人说着走到了陈远面前。

"那真是谢谢你了。"陈远只好同意了。

第四十一章 抓

半个小时过去了，郑卫国还是没有发来任何消息。徐正不禁有点着急，他想给郑卫国打个电话，又怕不合适。他猜测着郑卫国是忘记了，还是手机没信号？又或者说是出了其他事情，发不出手机短信。

正当徐正焦急万分的时候，高旭东打来了电话。徐正把事情的经过讲了一遍。

"郑队不是说你如果半小时内收不到信息，马上喊人的吗？那肯定是保守时间，现在都没发来信息，肯定出问题了。"高旭东一听，顿时怒声说道。

很快，高旭东带人赶了过来。然后让徐正仔细讲了一下事情的经过。徐正把他们如何进入清雅整容医院，然后郑卫国去周云成宿舍里，他自己如何跟着周云成进入小门院子里的情况说了一下。

高旭东走到那个小门下面看了看，回头对徐正说道："过来，你过来看看下面。"

徐正有点疑惑地走过去看了看，顿时愣住了。

"我上次就看到了，这个进门口这儿安了一面镜子。一般家里门上安镜子，迷信的说法是可以挡灾抵邪。不过你跟着周云成，他走到这里的时候，肯定可以从镜子里看到后面的情况，自然也就知道你跟着他了。"高旭东说道。

"怪不得，当时他进门的时候蹲了下身子，我还以为他怎么了。"徐正一拍脑袋，顿时恍然大悟。

"所以，郑队长可能有危险。走，走，大家跟我进去，记住，声音尽量要轻点。"高旭东对后面的人说道。

走进门里面，几个人开始对房间进行查找。可惜找了一圈却什么都没有发现，房间里空荡荡的，一个人都没有。

"奇怪，人去了哪里？"徐正看着眼前空无一人的房间，愣住了。自从郑卫国进去后，他一直守在门外，根本没见出来。可是现在里面却没有人。

"肯定有另一个出口，或者入口。"高旭东说着四处看了看，最后走到了房子后面，发现了一个甬道。

走进甬道里面，他们来到了尽头的走廊，然后走进了铁门里面。

铁门里亮着灯，看起来是一个实验室，几张零散的移动病床，还有一些手术用品杂乱无章地放在旁边的桌子上。

"这个是郑队的。"徐正突然看到地上有一个工牌号，那是他们做保安发的工牌。

"四处找找。"高旭东脸色顿时变得阴沉起来，对后面的人说道。

几个人分成几拨四处开始寻找，有的去了对面的房子里面。很快，有人发现在对面的房子一个角落，有一个通往外面的出口。

高旭东带着大家从那个出口往外追去，从那个出口走出来竟然到了杭城清雅整容医院的门诊楼后面。

"看来这个通道和门诊楼这边是相通的，清雅整容医院在地下修这个通道到底用来做什么呢？"徐正看着眼前的甬道问道。

"肯定是干见不得人的事。"高旭东说道。

他们来到门诊楼后面，正对着前面的就是清雅整容医院的手术室，此时已经是深夜，里面竟然亮着灯，并且还有人在说话。

高旭东对其他人嘘了一下，示意他们不要发出声音，然后他蹑手蹑脚靠近门口，贴着耳朵听了一下里面的情况。

"科学的精髓是什么？创新？研发？不，其实是极致。你知道是什么原因让我们研发人员可以用常人所不能忍受的痛苦进行研发吗？你一定会说是钱，其实不是，是人类对未知的探索，是对极致的要求。

"就像我今天要让你看到的东西，这个世上的人总觉得人无完人。貂蝉拜月令月亮躲避，可是却不知道貂蝉发质粗糙；杨玉环观花令其羞涩，可是却无法抹去她的体态肥硕；西施浣纱，众鱼低沉，却不知道她体弱身差；昭君出塞，大雁都忘记了飞翔，落入天空，却殊不知昭君双手如若男人。

"所以，真正完美的人，只有通过创造才能出来。很幸运，完美可以见证这个时刻，可以看到世上的绝对。"一个男人激情昂扬地在里面说着。

"哼。"只听一声力道不大的冷哼，不过高旭东听出来了，那个正是郑卫国的声音，他的冷哼声明显是有气无力，应该是出事了。

没有多想，高旭东一把推开门，然后冲了进去。后面的人跟着他也一起冲了进去。

里面正说话说得扬扬得意的周云成顿时愣住了，看到高旭东和后面的警察，他不禁脸色剧变，想要冲到对面的郑卫国身边，但是早被两名警察直接按到了一边。

"郑队长，你没事吧？"徐正慌忙走过去扶起了郑卫国。

郑卫国艰难地举了举手，嘴巴里发出了一个含糊不清的词语。

"你把他怎么了？你把他怎么了？"高旭东看到郑卫国的样子，一把将周云成按到了旁边。

"就是麻药，麻药的作用。是我研发的快速麻醉药物，解药在我衣服上衣左边口袋。"周云成说道。

高旭东在周云成的上衣口袋摸索了一下，摸到了几个小型液体瓶，里面都有一点药水，需要注射才能进入体内，他担心地看了看郑卫国。

郑卫国露出了一个勉强的笑容，示意高旭东没事。

"高队，这里有人。"这时候，在房间里搜查的警察忽然喊了起来。

高旭东立刻走了过去，只见旁边手术帘后面的手术床上，躺着一个女人，她身上穿着白色的消毒服装，静静地躺在上面，仿佛一个熟睡的婴儿。

"这边还有。"另外一名警察拉开了隔壁的手术帘,发现隔壁手术床上还躺着一个女人,跟着,他们把所有的手术帘都打开了。一共五张手术床,上面躺着四个女人。不过这些女人都没有动,身体都有不同位置的手术,有的是腿,有的是鼻子。

"这些就是、就是那些失踪的女人吧?"徐正看着那些女人,喃喃地说道。

"快,联系急救中心。"高旭东大声喊道。

"哈哈哈,你救不了她们了。"旁边的周云成看到高旭东的样子,大声笑了起来。

"把这个王八蛋给我带回去,带回去。"高旭东的心突突地跳着,气得浑身颤抖。

第四十二章 同

男人名叫谢安,今年三十四岁,是一家医疗中心的负责人。

"平常我也没什么爱好,就是喜欢户外。这片天桥林我经常来,但是你别说,还是有很多地方没去。"谢安看着前面说道。

"谢大哥,不行我下来吧,我看你都出汗了。"陈远看着谢安脖子上都冒出了汗,有点不好意思。

"没关系,毕竟是山路。不过我身体还可以了。马上就到了。"谢安笑了笑说道。

"谢大哥,你是杭城人吗?"孟雪跟上来问道。

"对,杭城人,农村来的。这么多年在这里干事,也很少回去了。父母都不在了。"谢安点点头。

"不好意思啊,我不知道这个事情。"孟雪低声说道。

"没事,其实很正常。毕竟我还年轻,父母去世得早。"谢安显得不太在意,但眼神还是有点难过。

拐过一个弯,路面变得平整了很多。前面不远处是一个孤零零的小房子,看起来应该是守林员住的地方。

"快到了,你们看到前面那个小房子了吗?当时尸体就是在那边发现的。"谢安说道。

陈远从谢安的背上下来了,然后和孟雪一起走了过去。

尸体的近景照片上有,所以他们看到现场的时候,心里特别欣喜。陈远能够想象出当时尸体躺在这里的样子,尸体被勒死的状态,以及她死亡的姿势,包括到后面的各种各样的情况。

"你们在想什么呢?"谢安走了过来。

"哦,就是随便看看。"孟雪笑了笑。

"你们是警察吧?"谢安说话了。

"怎么这么说?"孟雪愣住了。

"谁会对这种地方感兴趣啊?你们应该是来调查那个女孩的死的吧?"谢安说道,"其实那天我正好看到了经过。"

"啊,是吗?你看到了经过?"这让陈远和孟雪顿时大吃一惊。

"我们进入里面说吧,走了这么久的路,也该休息下了。"谢安指了指前面的房子。

陈远和孟雪对视了一下,然后三个人一起向那个小屋子里面走去。

小屋子是守林员临时休息的地方，虽然不小，但是基本上空荡荡的。三个人找另一个干净的地方坐了下来，然后谢安讲起了那天他看见的事情。

谢安当时从天桥林里面出来，正好听到一阵声音。所以当时谢安是躲在后面看情况，没有敢贸然出去。他看到两个人抬着一个女孩来到了那个小屋子旁边，然后将她扔在了小屋的外面。

等到那两人走后，谢安才过去看了看那个女孩，结果发现女孩已经死了，于是他便拿起电话准备报警。可是让他没想到的是，先前抛弃尸体的那两个人又回来了。看到谢安在尸体旁边打电话，他们立刻追了上来。谢安慌忙往前面的树林跑去，结果慌乱中手机丢了。等到他第二天从天桥林出来的时候，守林员已经报了警。

"那你看清楚那两个人的样子了吗？"孟雪问道。

"看清楚了，那个男的穿着一个格子外套，三十岁左右，女的二十多岁，两人的样子也没什么特别之处。"谢安说道。

"格子外套？"这点让孟雪和陈远不约而同吃了一惊。

"是，是的。"谢安点点头。

如此说来，杀害杨丽莎的人应该就是那个格子凶手。可是对方为什么要选择抛尸在这守林房外面呢？

陈远慢慢走到门口，目光再次落到了发现杨丽莎尸体的位置。如果杨丽莎并不是在那里被杀的，那么这附近停车也不方便，应该说第一现场并不会太远。前面都是树林，显然这和杨丽莎尸体被发现的位置没什么区别。如果是这样的话，那么这附近只有一个地方不太一样，就是他们现在所在的这个房子。

"陈远，你在想什么呢？"孟雪问道。

"杨丽莎被害的第一现场很有可能就在这个房子里，因为附近都是相同的地方，并且因为这附近没有办法开车，凶手抛尸肯定不会走太远。"陈远说道。

"可是这房子就这么大地方，杨丽莎怎么会来到这里呢？"孟雪不太明白。

这点陈远也不明白，他四处看了看，目光落到了房子的前面，那里铺了一层干草，看上去和其他地方表面没什么区别，不过那层干草铺的位置比较奇怪。陈远走过去伸手摸了摸，取起一部分干草，他一下子愣住了。

"孟雪，你看，这下面好像有个地下室。"陈远惊喜地叫了起来。

孟雪走过去一看，果然，在那层干草下面有一个木板，上面还有一个可以拉起来的铁环。陈远将铁环拉开，然后看到了一个入口。

"唉，我是真不愿意伤害你们，可是你们为什么非要往枪口上撞呢？"突然，身后的谢安叹了口气，说话了。

陈远和孟雪回头一看，只见谢安手里不知道什么时候多了一把匕首，站在身后看着他们。

"谢大哥，你这是什么意思？"孟雪愣住了。

"你是什么人？"陈远问道。

"劝你们不要来这里，非不听，来了又要找第一现场。怎么现在的警察都这么轴呢？既然你们想知道真相，那干脆就陪着真相一起离开这个世界吧。"谢安摇着头，脸上全是惋惜。

"你要做什么？"陈远问道。

"你们不是想知道真相吗？那我带你们去见真相，走吧，往下面走去。"谢安说着往前走了两步。

孟雪扶着陈远沿着阶梯走了下去。谢安在后面跟着他们，走到下面，他们推开了一道门，走了进去。

"你们不是想看第一现场吗？这里就是，我想你们不只是想看杨丽莎被杀的现场，更想看看其他失踪女人的情况。现在，我让你们好好看看，也不枉我做这么大一个设计。这一天，我等了很久，不过怎么也没想到是两名警察帮我见证。"谢安声音颤抖着说道。

第四十三章　替

　　周云成，男，三十九岁，毕业于杭城医学院，学的是外科与麻醉。三年前，周云成应聘到了杭城清雅整容医院，做一名外科医生。周云成是完美主义控，尤其对女人的外表。所以他一直都没有女朋友。这点对于他来说是一个缺点，但对于工作上来讲却是一个优点，每次他的工作都做得至善至美。

　　在周云成的心里，一直希望自己创造一个完美女人，所以他私底下也一直在做这件事情。杭城清雅整容医院给他提供了很大的空间，唯一不能提供的就是活体实验品。直到有一天，他认识了王丽敏。

　　王丽敏是一名验光师，她是来杭城清雅整容医院做双眼皮的时候认识了周云成的。王丽敏虽然和孙博已经结婚，但是却对拥有特别气质的周云成一见钟情。于是，为了能和周云成在一起，王丽敏用尽各种办法，甚至不惜帮助周云成实现他的完美主义计划。

　　王丽敏被绑架，是周云成和她演的双簧，为的就是混淆警察视线。在周云成绑架其他女孩的时候，王丽敏都是作为参与者帮助周云成。

　　"王丽敏既然如此帮助，为什么你还要取了她的眼睛？"郑卫国问道。

　　"这是她心甘情愿为我做的，也是我创造一个完美女人的基本。杨丽莎的头发，王丽敏的眼睛，丁菲菲的双腿，周佳颖的鼻子，刘婷的手。这些漂亮的东西，聚合到一起，就是一个完美的女人。"周云成痴痴地望着前方，眼里闪着疯狂的笑容。

　　"你简直疯了，你这么做根本不可能实现。"郑卫国摇摇头说道。

　　"你不懂，你懂什么？"周云成看着郑卫国摇着头。

　　"我是不懂你的世界，但我懂的是你不懂的。你为了一己私欲，进行疯狂的实验，害人又害己，你最终要为自己所做的一切付出代价。"郑卫国说道。

　　对于周云成的审讯比较顺利，他就是格子先生，他交代了所有绑骗那些女人的过程，以及对那些女人进行最佳部分的手术。

　　唯独一点他没有说，就是那些被周云成取下来的女人的最佳位置创造的实验品让他放在了哪里。

　　罗明让杨天文负责安排那三名受到伤害的女人与家属见面，然后进行安抚工作。王丽敏和周云成则被关了起来，进行下一步审讯和计划。

　　"这不太符合常理。"徐正推了推眼镜，不太赞同。

　　"怎么不合理？"旁边杨天文问道。

　　"周云成是疯狂型犯罪者，对于自己的完美主义已经到了癫狂的状态，这样的作者一般在得到自己的需求时，特别希望别人来分享自己的成果。可是，他最完美的作品、最值得拿出手的东西却没有拿出来。按照他的性格，他肯定会拿出来让你们看，结果却没有。那只有一种可能，周云成在说谎，他并不知道那个最佳女人在哪里。"徐正分析了一下。

"你是说周云成还有个地方，那里才是他真正做实验的地方吗？"高旭东有点丈二和尚——摸不着头脑。

"对了，关于鲁小河的事情呢？他有没有说？"杨天文问道。

"问了，他也说得含糊不清，说是之前偶然得到了鲁小河的资料，然后找到陶伟峰让他冒充鲁小河的。但是具体在什么地方得到的资料，他却没说上来。"郑卫国说道。

"高队长，带人再去趟清雅整容医院，对医院进行彻底检查。之前我和他们的院长见过一次，好像这个院长年纪不大，做事还挺干脆的，当时是在杭城的十大优秀青年企业家的颁奖礼上，这个院长还得了奖的。"杨天文说道。

"我回来之前已经在医院里查过一遍了，他们的院长叫谢安，之前我也和他打过一些交道。这个谢安确实有点本事，年龄才三十多，但是做事却非常沉稳。"高旭东说道。

"陈远和孟雪呢？还没回来吗？"这时候，郑卫国忽然说话了。

"回来了，可能又出去了。我之前给他打电话，他说和孟雪出去查点东西。然后我们一直在清雅整容医院忙到现在，所以疏忽了他们。"沈家明说道。

"这个案子疑点重重，并且涉及多个事件。一定要搞清楚周云成说的口供真实性。对于周云成的审讯还要再做一次，也许周云成现在认为已经被抓了，所以不愿意配合我们。这点要想想办法，不然没有这一点，这个案子始终是不完善的，如果就这样结案交上去，确实很难交代。"杨天文说道。

"这样吧，我和徐正一起再去审审他。徐正可以用你的专业看看，这个周云成到底在隐瞒什么。"郑卫国想了想说道。

郑卫国之所以让徐正一起过去，是因为徐正的专业是犯罪心理学。现在周云成的状态就是破罐子破摔，想解除对方这种犯罪的状态除非用特别的办法，否则可能罪犯死活不说，那么对于后期案子的真相将会产生很大的阻碍。

两人再次走进了审讯室，走进去之前，徐正特意整理了一下衣服的扣子。

周云成被带了进来，他坐下来之前仔细看了看凳子，反复摸索了两下，确定没灰后坐了下来。

"周云成，还有两个问题要问你。"郑卫国说道。

"随便，反正在这里全都得听你们的。"周云成微笑着说道。

"你创造的完美女人叫什么名字？"徐正跟着问了一下。

周云成仔细看了看徐正："你不是警察吧？"

"我觉得女人本来就应该有缺点，否则还有什么意义？一个什么都好的女人，那多没意思，会让男人失去对女人的兴趣。要知道从原始社会开始，男人负责狩猎，天生就带着好奇性和占有性。如果得到的东西是最好的，还有兴趣再去找其他的吗？所以，你创造所谓的完美女人，其实是错误的。男人根本就不喜欢那样的女人。"

"你胡说，你才多大？你懂什么？"一直沉稳的周云成突然情绪大变，大声叫了起来。

"我说错了吗？你觉得这个世上会有人认同你吗？这一切不过是你自己的幻想而已。"

"错了，老师的话不会是错的，老师做的一切都是对的。"突然，周云成脱口说了一句。

"原来你还有老师啊。"徐正笑了起来，"哪个老师？"

郑卫国突然愣住了，他想起那天晚上在周云成宿舍床底下的时候，周云成接了个电话，对电话里的人也称为老师。

"你能不能把你的外套扣子扣好，你扣错了。"周云成看着徐正，忽然换了话题。

"是吗？哪里错了？"徐正走过去伸开双手让周云成看清楚。

"你难道没发现你第二个扣子扣到第三个扣眼里了吗？"周云成说道。

"是啊，我喜欢这么扣，好像没人说非得把扣子扣全吧？"徐正耸了耸肩膀。

周云成的脸变得阴沉起来，因为情绪激动，嘴唇在微微颤抖。

整个审讯室顿时一片死寂。

"周云成，这一切是不是你的老师做的？"郑卫国突然问道。

"你怎么知道的？"周云成不自觉地说道。

第四十四章　终

　　一张床上，躺着一个风烛残年的女人，确切地说，那是一个四肢瘫痪的女人。在女人的旁边，有一个巨大的玻璃透明罩，在里面有一个女人，不过这个女人非常年轻，四肢展开，皮肤娇嫩，头发乌黑，像一个干净的娃娃。

　　看到谢安和陈远他们进来了，守在床边的两个人立刻站了起来，走到了谢安的后面。

　　谢安走到那个老女人身边，轻轻抚摸着她的脸。

　　陈远拉住了孟雪的手，想让她找机会离开，可是谢安的两个手下却站在了他们身后。

　　"今天终于要成功了，你不是不相信我吗？当年你抛弃我和父亲，你认为我们是你的累赘。你真的太狠心了。"谢安对女人说道。

　　陈远四处看了下，他这才发现，这个位于守林房下面的地下空间，所有的一切都是重新设计的。看来谢安才是整个案子的幕后黑手，他为了这个所谓的成功，绑架了那些人。现在看起来，谢安似乎是为了那个老女人才这么做的。

　　"你想说什么，是的，应该让你说句话了。"谢安说着凑到了那个女人的嘴边。

　　那个女人费劲地说了一句话："你和你父亲一样。"

　　"不错，我和他一样。为了你，我们这辈子都毁了。要不是你，我们会这样吗？"谢安歇斯底里地叫了起来。

　　陈远往前走了两步，他明白了过来，他盯着前面的谢安大声叫了一句："你是鲁小河，你才是鲁小河，对吗？"

　　谢安转过头，看着陈远："现在才想明白？"

　　"是的，这个就是你失踪了二十五年的母亲，你才是真正的鲁小河。陶伟峰拿的那些资料，是你给他的。他所做的一切也是你授意的。"陈远顿时恍然大悟。

　　"不错，你说得不错。所有的一切都是我做的。"鲁小河转过头承认了一切。

　　"为什么？"孟雪走到了陈远身边，她看着谢安问道。

　　"当然是因为她，我的母亲。你们也看到了，她全身都动不了啦，我必须帮她。可是她的身体机能在一天一天衰老，这不是我记忆里母亲的样子。我记忆里的母亲，她漂亮，皮肤白皙，怎么会是这样？我要把她以前的样子做出来。我要以前的母亲，不要一副风烛残年的躯壳。"鲁小河说着，走到旁边的玻璃罩面前，"偶然一次机会，我认识了一个朋友，他是做基因开发的。他告诉我，我可以实现心愿。他告诉了我办法，可以将她的一切移植到新的身体上面。这一切，马上就可以实现了。"

"这不可能实现。你别天真了，那样只会让你的母亲白白丢掉性命。"陈远说道。

"谁说不能实现的？你看看我，我是不是好好的。我既是鲁小河，也是谢安，知道为什么吗？我就是一个例子，我将自己移植到了谢安的身上，才拥有了一切。"鲁小河指着自己的身体说道。

"这太疯狂了，简直太恐怖了。"陈远简直不敢相信自己的眼睛。

"不要激动，我要让你亲眼看到更疯狂的事情发生。"鲁小河笑了起来，然后拍了拍手。

站在陈远和孟雪后面的两个男人走了过来，然后走到了鲁小河身边。

"孟雪，你快走，出去报信。"陈远借机对孟雪说道。

孟雪刚准备转身向前跑去，鲁小河却拿出一把手枪，对着前面开了一枪，差点射中孟雪。

"好看的东西没看完就要走吗？"

这下，孟雪和陈远不敢再乱动了。

"既然是好看的东西，那一定要人多了才有意思。"这时候，外面突然传来了一个声音，一行人走了进来，为首的正是郑卫国和高旭东，他们后面跟着的全是穿着制服的警察，手里全部拿着手枪。

"郑队，高队。"看到他们，陈远和孟雪顿时高兴起来。

"你们怎么会来到这里？"鲁小河看着他们，愣在了那里。

"很简单，我们识破了周云成的身份，然后他交代了一切。现在这里所有的情况要全部进行清查。你投降吧。外面全部是警察。"郑卫国对鲁小河说道。

"就差一步，就差一步。为什么！为什么！"鲁小河叫了起来，举起了手里的枪。

"鲁小河，放下枪，放下。"郑卫国和高旭东全部举起了枪，对准了鲁小河。

"鲁小河在多年前就已经死了。"鲁小河微微一笑，拿起枪准备扣动扳机。

高旭东开枪了，子弹打中了鲁小河的胸口，然后他倒在地上，身体从上面滚了下来。后面的警察立刻冲了过去，将旁边的两个鲁小河的手下按住。

郑卫国走到陈远和孟雪身边，然后收起了枪："你们没事吧？"

"没事。"陈远说道。

"这案子总算结束了。"孟雪舒了口气。

审讯是一场漫长的回忆，对于鲁小河，之前陶伟峰提供的资料，就是他的过去。他的现在，是谢安，杭城清雅整容医院的院长。对于这个身体的改变，鲁小河讲出了原因。

当初鲁小河贫困潦倒，差点死在杭城清雅整容医院门口。是谢安救了他。谢安对鲁小河非常好，可惜当时鲁小河的脑子里长出了一个肿瘤，几乎回天无力。于是，谢安提出了一个办法，当时谢安正和一个神秘人在操作人体移植实验，但是苦于没有办法找到活人做实验。谢安提出的办法就是把鲁小河当实验品，把自己的脑袋移植到鲁小河的身体上。

古书《聊斋志异》里有陆判帮人换头之说，这种移植实验在国外一直都有操作，只是没有大范围被推广。谢安研究这种手术也有很多年，可惜一直不敢实际操作。

对于谢安提出的办法，鲁小河同意了。

移植手术非常成功，谢安的脑袋被移植到了鲁小河的身体上。本来按照正常的情况，应该是谢安的脑袋控制鲁小河的身体，但可能是因为鲁小河身体年轻，反而变成了鲁小河的思维控制了谢安的身体。于是，鲁小河和谢安合二为一，最后谢安的一切都被鲁小河占领了。

有了杭城清雅整容医院这个平台，鲁小河竟然很快找到了自己的母亲。不过他也知道了当年母亲失踪的真相，竟然是母亲为了离开父亲特意安排的。1997年，鲁小河的父亲找到了他的母亲，得知这个真相后才会郁郁寡欢，最后出了事。鲁大海临死前告诉鲁小河，不要让他去找母亲，原因就是这个。

鲁小河感觉自己的前半生被母亲的欺骗毁了，所以他要将那个时候的一切都找回来。这个时候，谢安的学生周云成向他提出了一个完美女人的创造理念，这个理念正好和鲁小河创造年轻时母亲的想法不谋而合，于是他们开始了这个疯狂的计划。

周云成分别在林城和鹤城选中了两个目标，然后将他们绑走。偶然一次机会，王丽敏认识了他，然后加入他的计划里。本来他们的计划进行得非常顺利，可是杭城的另外几个拐卖人口的势力引起了警方的关注，也就是当初杨天文组织的打拐行动。于是，为了他们的计划能够顺利进行，周云成和鲁小河商定了一个计划，那就是让陶伟峰假冒鲁小河，拿着那些资料去公安局报案，然后将所有的事情都引到一个叫影子集团的人贩子组织，这么做的目的其实是为了清理打击杭城的其余人贩子组织。与此同时，周云成又选中了杨丽莎、丁菲菲和周佳颖，作为完美女人创造的最后几个因素。

鲁小河的计划非常缜密，一方面，他重新找了一个女朋友，安安分分地过日子，用来隐藏自己的身份；另一方面，所有的事情都让周云成出面，为的是害怕事情被发现牵连到自己。可惜，鲁小河千算万算没有算到，周云成虽然对他非常忠诚，但是却因为他的完美主义控，无意中将鲁小河的身份暴露出来。

杭城公安局将鲁小河和周云成送到了拘留所，然后档案送到了法院。

案子结束了，调查组也要回去了。离开的时候，罗明和杨天文送他们。这和他们来之前的样子截然不同。

"这个案子的真相真是没想到，换头还能活下来，谢安当初一片好心，没想到却被鲁小河利用做了坏事。"罗明说道。

"是的，不过周云成更是悲哀，他都不知道让他做了一切的人其实并不是自己尊敬的老师。"郑卫国点点头说道。

"好吧，你们回去了帮我向叶局长问好吧。我看这个案子结束后，我也可以退休了。"罗明和调查组的人依次握手，然后告别。

启动车子，郑卫国通过后视镜看到陈远低着头，似乎在想什么，于是问道："陈远，你的腿好了吗？"

"已经好了，没什么大事了。"陈远说道。

"我比较奇怪，为什么你和孟雪两人能去天桥林，还碰到了鲁小河呢？"沈家明好奇地问道。

"这个说来话长。"陈远也不知道该怎么说。

"为了查案啊，有什么可说的。"孟雪瞪了沈家明一眼，然后说，"你别乱想啊。"

"我想什么了？我可没想什么。"沈家明笑了起来。

"其实我查了一下，告诉谢安移植身体的那个神秘人，你们知道是谁吗？"这时候，陈远说话了。

"是谁？"其他人问道。

"安慕容。"陈远拿出手机，展示了一下，"这是高队长刚刚查到，发给我的。"

"竟然是他。"郑卫国惊讶地说道。

"确实挺意外的。"沈家明抚摸了一下自己的刘海说道。

"好了，反正不管怎么样，现在结束了。不过老实说，这个安慕容还真是个天才，可惜不走正道。"孟雪叹了口气。

陈远没有说话，他的面前忽然出现了安慕容在童话城堡里地下室做的那些东西，那些躺在棺材里的人鱼。

科学让人进步，同样也让邪恶升级。